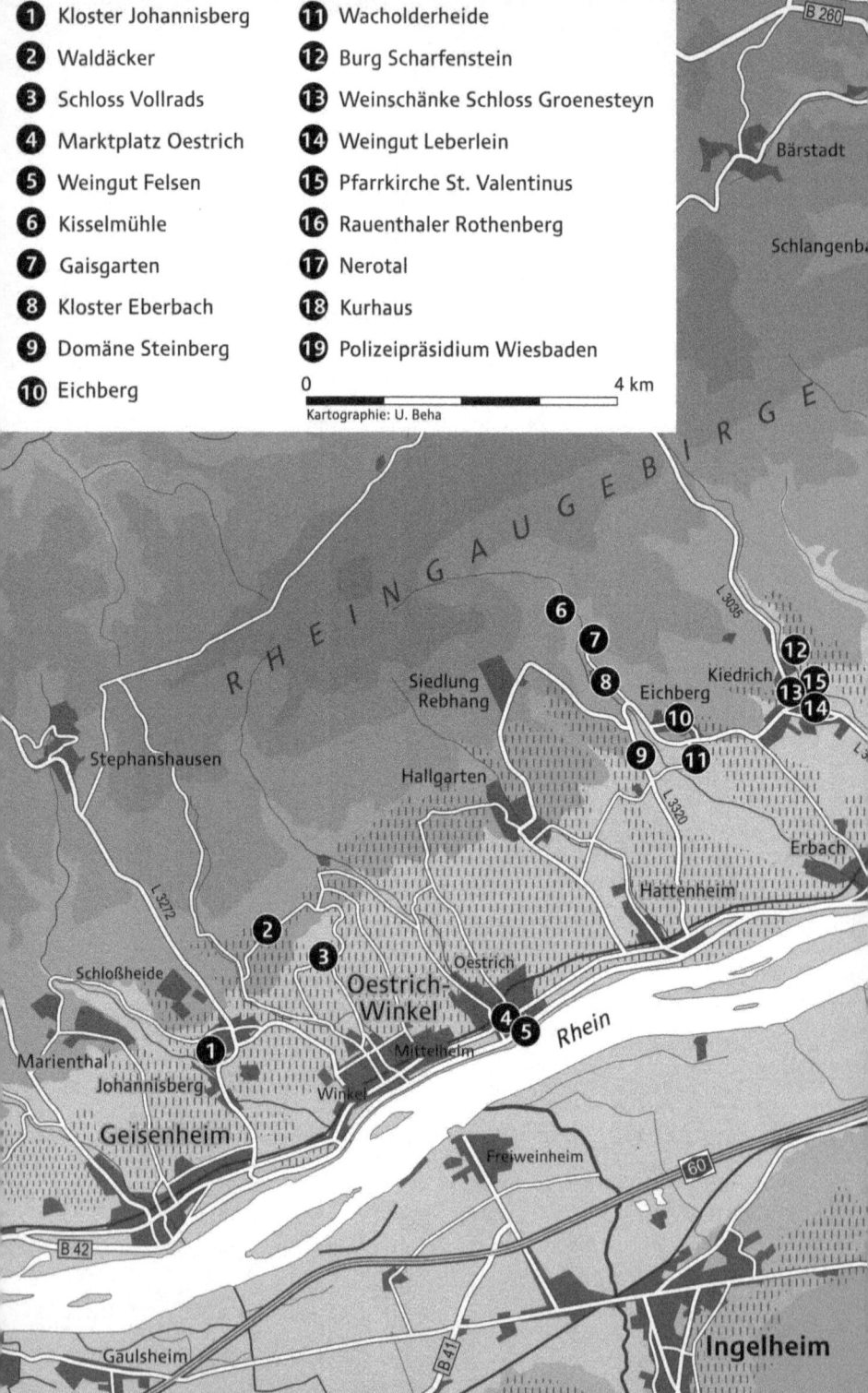

Roland Stark, geboren 1956, ist Arzt und Psychotherapeut. Er ist verheiratet, hat eine Tochter und lebt im Rheingau. Im Emons Verlag erschienen die Kriminalromane »Tod bei Kilometer 512« und »Tod im Klostergarten«.

Dieses Buch ist ein Roman. Handlungen und Personen sind frei erfunden. Ähnlichkeiten mit lebenden oder toten Personen sind rein zufällig.

ROLAND STARK

Tod im Klostergarten

RHEINGAU KRIMI

emons:

Bibliografische Information der Deutschen Nationalbibliothek
Die Deutsche Nationalbibliothek verzeichnet diese Publikation
in der Deutschen Nationalbibliografie; detaillierte bibliografische
Daten sind im Internet über http://dnb.d-nb.de abrufbar.

© Emons Verlag GmbH
Alle Rechte vorbehalten
Umschlagzeichnung: Heribert Stragholz
Umschlaggestaltung: Tobias Doetsch
Druck und Bindung: CPI – Clausen & Bosse, Leck
Printed in Germany 2014
Erstausgabe 2008
ISBN 978-3-89705-605-3
Rheingau Krimi 2
Originalausgabe

Unser Newsletter informiert Sie
regelmäßig über Neues von emons:
Kostenlos bestellen unter
www.emons-verlag.de

Für Ingrid

*Die Gerechtigkeit lit in groser Not
die Wahrheit ist geschlagen dot
der Glauben hat den Strit verlorn
die Falschheit die ist hoch geborn*

Gerechtigkeitsspirale, um 1500,
St.-Valentinus-Kirche, Kiedrich

Prolog

Raus aus der Enge, der stickigen, rauchgeschwängerten Luft, weg von den geilen, grapschenden Gaffern. Raus in die Mondnacht, in die Weite, in die beißende Kälte. Das Mädchen im Katzenfell taumelt weg von der grölenden Masse, weg vom Festzelt, weg vom aufgeheizten, weinseligen Frohsinn. Sie wirft einen ängstlichen Blick über die Schultern zurück. Sie atmet auf, niemand folgt ihr.

Was wollen all diese Narren, hinter Masken verborgenen Ungeheuer von ihr? Einen hat sie erkannt, vielleicht auch zwei oder drei. Ihr ist übel, und sie taumelt weiter, immer weiter weg, mal geradeaus, mal in Schlangenlinien, mal senkrecht, mal in Schräglage. Die Nacht ist so kalt. Ein Hustenanfall schüttelt sie. Jetzt ein warmes Bett, das wäre schön, aber zu Hause wartet eine alte, kalte Hexe. Also muss sie weitergehen, weiterstolpern, runter in die Gassen des gotischen Dorfes, wo entfesselte Dämonen und Hexen betteln und kreischen, hinein in die Fachwerkschluchten und in die Gewölbehöhlen.

Das Mädchen rennt, hetzt, torkelt, nach einer Weile wird sie müde, die Glieder werden schwer, sie sehnt sich nach Ruhe und Rast, will nach Hause. Aber es gibt kein Zuhause. Und sie sind hinter ihr her, das spürt sie jetzt. Sie wirft einen gehetzten Blick nach hinten und sieht zwei böse, braungraue Hunde mit lüsternen Augen, der eine groß, der andere klein. Wer steckt hinter den Fratzen?

Ein paar schrumpelige Weiber hüpfen ihr entgegen, schrecken sie mit Trillerpfeifen und Ratschen auf. Sie will sich an sie hängen, mit ihnen gehen, ihr ist jetzt alles recht, um ihren Verfolgern zu entkommen. Aber die alten Weiber stoßen sie weg, kichern gemein und rennen weiter, nach unten, dorthin, von wo das dumpfe Stampfen und Dröhnen herkommt.

Bald ist die Jagd zu Ende, die Jäger sind schon ganz nah. Das Mädchen wankt in einen Hofeingang hinein, dort umfasst sie ein wattiges Dunkel. Doch die Bluthunde haben ihre Witterung aufgenommen. Ihr bellendes Lachen hallt in ihrem Kopf, ein schwerer süßer Geruch frisst sich in ihr Hirn. Hechelnd und keuchend dringen die Hunde in das Dunkel ein. Ohne Gnade. Unter Schmerzen zersplittern die Erinnerungen des Mädchens. Die Welt bricht auseinander.

Samstag, 28. April

Es hatte die ganze Nacht geregnet, eine wahre Sintflut war über das Tal hereingebrochen. Aber nun schien der Himmel gnädiger gestimmt, die grauschwarzen Wolken waren für einen Moment aufgerissen, und ein paar fahle Sonnenstrahlen zerschnitten den Nebel, fielen auf den dampfenden Wald und das Kloster, das sich wie ein nasses Tier in die Kuhle des Tals hingeduckt hatte.

Margit Schubert sammelte ihr Fähnlein der sieben Unentwegten hinter sich. Sie hatte den Besuchern bereits alle Sehenswürdigkeiten im Inneren des Klosters gezeigt, die Basilika mit den verwitterten Grabplatten längst verstorbener Äbte, den Kreuzgang, der bei Sonnenschein so viel Anmut ausstrahlte, heute aber nur trist und feucht gewesen war, das Mönchsdormitorium in seiner kargen Schönheit, das barocke Mönchsrefektorium, den von Pilz überzogenen Cabinetkeller und das Laienrefektorium mit den historischen Keltern.

»Und Sie wollen wirklich noch die Außenanlagen besichtigen? Bei diesem Wetter?«, fragte sie ungläubig.

»Es gibt kein schlechtes Wetter, es gibt nur unpassende Kleidung«, krähte ein neunmalkluger Junge, der mit einer dickglasigen Brille, Gummistiefeln und garantiert wasserdichten und atmungsaktiven Hightech-Textilien bekleidet war. Die ebenso gewandete Mutter nickte heftig, um ihrem Sohn zuzustimmen.

Margit Schubert lächelte verständnisvoll, sie versuchte es zumindest. Zwei Stunden Führung durch eine Gästeführerin der Stadt Eltville hatten die Besucher gebucht, und die sollten sie auch bekommen. Sie führte die Gruppe die Klostergasse entlang, durch den Portikus nach draußen. Bestimmt würde der Regen gleich wieder einsetzen.

»Zu Ihrer Linken sehen Sie den barocken Anbau des Klosters, in dem sich das Laiendormitorium befindet, ein prachtvoller Saal, in dem häufig Veranstaltungen stattfinden. Gestern Abend gab es eine Weinpräsentation des Verbandes der Rheingauer Prädikatsweingüter, weswegen wir die Räumlichkeiten heute leider nicht besichtigen können.« Sie wich einer Pfütze aus. Segeltuchschuhe waren definitiv unpassend bei dieser Witterung. »An das Laiendormitorium schließen sich das ehemalige Backhaus und das Brauhaus an. Hier rechts sehen Sie den sogenannten Schlosserbau, in dem sich Werkstätten und die letzten Privatwohnungen auf dem Gelände von Kloster Eberbach befinden.« Die Gruppe bog nach links in eine geschotterte Straße ein, die zu einer hohen Bruchsteinmauer führte. »Hier links geht es zum Gästehaus und zur Klosterschänke, und wenn wir nach rechts Richtung Ausgang gehen, kommen wir am ehemaligen Frauenzuchthaus vorbei.«

»Cool!« Der Junge mit der dicken Brille und der wasserdichten Kleidung war begeistert. »Waren die da angekettet und so?« Jetzt schüttelte seine Mutter missbilligend den Kopf.

»Ja, zum Teil schon. Man dachte früher, dass man erregte Patienten beruhigen könnte, indem man sie zum Beispiel an Stühle festband oder in kaltem Wasser badete.«

»Cool! Was für Frauen haben sie denn so ins Zuchthaus gesteckt?«

»Nachdem das Kloster säkularisiert und in den Besitz des Hauses Hessen-Nassau gelangt war, brachte man hier sowohl Verbrecher als auch Geisteskranke unter«, setzte Margit Schubert ihren Vortrag fort. »Später hat man dann die Kriminellen und die Kranken voneinander getrennt, eine psychiatrische Klinik wurde auf dem Eichberg gebaut.«

»Stimmt es, dass man damals auch Frauen wegen Nymphomanie in die Psychiatrie eingewiesen hat?«, fragte eine junge Frau, die sich zu Anfang der Führung als Studentin der Soziologie und Ethnologie aus Mainz vorgestellt hatte.

»So ist es. Die Archive der Eberbacher Anstalt existieren noch. Es gibt eine Untersuchung, die besagt, dass ein Drittel der Frauen wegen Nymphomanie eingewiesen wurde. Das waren meist arme Frauen aus der bäuerlichen Unterschicht, die mangels Besitzes oder fester Anstellung nicht das Recht besaßen zu heiraten.

Und wenn sie wegen zu freizügigen Sexualverhaltens auffielen, wurden sie weggesperrt. Man wollte verhindern, dass sich vor allem die armen Leute fortpflanzten. Bei unverschämten oder widersetzlichen Frauen glaubte man, dass die Vernunft den Kampf gegen die Gelüste verloren habe. Bei Frauen galt das als besonders krankhaft.«

»Können wir weitergehen?«, schlug die Mutter des Jungen vor. Sie schien sich bei dem Thema unbehaglich zu fühlen.

»Gute Idee! Es fängt bestimmt gleich wieder an zu regnen.« Margit Schubert führte die Gruppe die Schotterstraße hoch bis zur Klostermauer. In das große zweiflügelige Holztor war eine kleinere Tür eingelassen, durch die die Besucher nach draußen auf den ehemaligen Friedhof der Irrenanstalt gelangten. Vereinzelt lagen verwitterte und bemooste Grabsteine im Unterholz, es roch nach Moder und Tod.

»Dahinten, jenseits der Wiese« – Margit Schubert bückte sich und zeigte durch eine Lücke im Gebüsch – »befindet sich der Gaisgarten. Das war früher eines der Wirtschaftsgebäude des Klosters, da wurden Ziegen gehalten. Im 19. Jahrhundert hat man es für eine geisteskranke Prinzessin umgebaut, die hier, fernab der Öffentlichkeit, bis zu ihrem Tod gepflegt wurde.«

»Wann kommen wir denn zu den unterirdischen Kanälen?«, fragte der Junge, der das Interesse an dem Thema offensichtlich verloren hatte. Der Wind frischte auf, blies Regen von den nassen Blättern auf die Besucher. Die ersten Tropfen fielen vom Blätterdach auf die Gruppe.

»Ich habe Ihnen ja vorhin von der besonderen Beziehung der Zisterzienser zum Wasser berichtet«, nahm Schubert den Einwurf auf. »Sie siedelten bevorzugt in sumpfigen Tälern, machten das Land urbar und nutzten die Wasserkraft für Mühlen und Werkstätten. Unter dem Kloster errichteten sie ein weit verzweigtes Kanalisationsnetz, das vom Kisselbach gespeist wurde.«

Margit Schubert lotste die Gäste des Klosters an einem Podest vorbei, auf dem früher wohl ein Kreuz oder eine Skulptur gestanden hatte und das an einen der wohlhabenderen Patienten der Irrenanstalt erinnerte. Sie gingen eine kleine Böschung hinunter, die Gästeführerin deutete auf eine Holzbrücke, die über den gurgelnden und rauschenden Bach führte.

»Wenn Sie sich auf die Mitte der Brücke stellen, dann können Sie den Eintritt des Kisselbachs durch die Klostermauer sehen. Jenseits der Mauer verläuft der Bach noch eine Weile oberirdisch, bevor er dann beim Schlosserbau in den Kanal, der unter dem Kloster hindurchführt, mündet.«

Der Junge stürmte los, seine Mutter rief ihm Ermahnungen hinterher, er solle aufpassen, der Boden sei glitschig. Unten angekommen, schaute er angestrengt in Richtung des Klosters, dann sprang er von der Brücke hinab und stapfte am Rande des Bachbetts zur Klostermauer.

»Er hat die passende Kleidung dazu an«, beruhigte Schubert die besorgte Mutter.

Der Junge verschwand hinter Büschen, deren Äste in den Bachlauf hineinhingen. Plötzlich ertönte ein gellender Schrei, der Junge schrie, als ob er dem Teufel direkt ins Auge geblickt hätte. Die Mutter rannte die letzten Meter der Böschung hinunter, sprang beherzt in das Bachbett und folgte ihrem Sohn, fiel ins Wasser, rappelte sich auf, watete weiter und verschwand ebenfalls zwischen den Büschen. Dann war auch ihr Schrei zu hören.

»Es gibt noch einen anderen Weg!«, rief Margit Schubert. Sie rannte die Böschung wieder hinauf, ließ einen Grabstein links liegen und folgte einem engen Pfad durch das Gehölz. Der Rest der Gruppe trampelte ihr hinterher. Sie erreichten die Klostermauer und sahen die Mutter und ihren Sohn, die sich aneinanderklammerten, mitten im Bachbett stehen. Vor ihnen lag, barfuß und nur mit einem rosa T-Shirt und einem kurzen roten Rock bekleidet, der Körper einer jungen Frau.

Der Regen wurde stärker.

***

Es regnete ununterbrochen, und das war für die Spurensuche eine Katastrophe. Hauptkommissar Mayfeld hatte sich einen weißen Overall übergezogen, aber diesmal war das vermutlich eine völlig überflüssige Vorsichtsmaßnahme. Es war kaum anzunehmen, dass der Dauerregen und die Touristen, die die Leiche entdeckt hatten und ausgiebig auf dem Terrain herumgelaufen waren, irgendeine Spur übrig gelassen hatten. Der Tatort war mit fremden Spuren kontaminiert, für die Kriminaltechnik war vermutlich nicht mehr viel zu holen.

Die Leiche der jungen Frau lag einige Meter vom Bachufer entfernt auf einer Plastikplane.

»Der Junge, der sie entdeckt hat, wartet zusammen mit seiner Mutter und den übrigen Teilnehmern der Führung in der Vinothek«, informierte Kriminalkommissarin Heike Winkler ihren Chef. Auch sie steckte in einem weißen Overall, der vom Regen mittlerweile völlig durchweicht war.

Mayfeld nickte. »Der Mann, der immer das letzte Wort hat«, begrüßte er den Polizeiarzt, der die Untersuchung der Leiche gerade beendet hatte. Dr. Enders zündete sich eine filterlose Zigarette an, ein mühsames Unterfangen bei dem heftigen Regen.

»Wollen Sie auch eine?«, fragte er hustend.

Mayfeld schüttelte den Kopf, griff unter den Overall in die Tasche seiner Regenjacke und zauberte ein Weingummi hervor, das er sich in den Mund schob.

»Sie wollen wissen, was ich Ihnen zum jetzigen Zeitpunkt bereits sagen kann, und ich antworte Ihnen, dass das recht wenig ist. Genaueres nach der Obduktion.« Enders liebte dieses Ritual. Er nahm noch einen tiefen Zug und drückte die Zigarette dann in einer Streichholzschachtel aus.

»Und was ist das wenige, das Sie uns schon jetzt sagen können?«, fragte Mayfeld.

»Die Tote ist achtzehn bis zwanzig Jahre alt geworden und starb zwischen zehn Uhr gestern Abend und zwei Uhr heute Morgen.« Der Arzt wies auf blutunterlaufene Stellen am Hals, hob dann den Kopf der Leiche an und zeigte den Polizeibeamten eine Wunde am Hinterkopf. »Sie wurde gewürgt und erlitt eine schwere Schädelverletzung. An einem von beiden ist sie vermutlich gestorben.«

»So haben wir die Tote gefunden.« Winkler reichte Mayfeld ein Polaroidfoto. Es zeigte den Körper der jungen Frau, mit dem Gesicht nach unten im Kisselbach liegend. Der kurze rote Rock war hochgerutscht, das rosa T-Shirt bedeckte notdürftig den Oberkörper. Ein zweites Bild zeigte eine rote Regenjacke, die zwei Meter vom Fundort der Leiche gelegen hatte.

»Lasst mich mal fünf Minuten in Ruhe.« Mayfeld setzte sich neben der Leiche auf den nassen Waldboden. Lass den Tatort zu dir sprechen, gib ihm die Zeit dazu, hatte ihm Brandt beigebracht, sein Chef, von dem er fast alles, was wichtig war, über seinen Beruf gelernt hatte. Aber der Tatort wirkte verschlossen.

Eine junge Frau war erwürgt oder erschlagen worden, eine junge und sehr attraktive Frau. Mayfeld ließ seinen Blick über die Leiche wandern. Man sah dem toten Körper noch an, wie viel Lebenskraft und Lust bis vor Kurzem durch ihn pulsiert war. Mayfeld sah dunkle, lockige Haare, die sie nie mehr aus dem Gesicht streichen würde, einen sinnlichen Mund, der nie mehr küssen würde, üppige Brüste, die sich niemals mehr im Rhythmus des Atems heben und senken würden. Sie war in einer fast obszönen Pose gefunden worden, um sie herum feuchter, dampfender Wald. Einen Steinwurf entfernt lag Kloster Eberbach, das ehemalige Kloster der Zisterzienser, heute historische Kulisse, Tagungsort, Weingut und Touristenmagnet. Ein Ort, an dem die Heiligkeit nur noch Erinnerung war. Der Sage nach war das Kloster gegründet worden, weil hier ein wilder Eber die Erde aufgewühlt hatte und so dem heiligen Bernhard von Clairvaux ein Zeichen gegeben hatte. Mayfeld schüttelte unwillig den Kopf. Seine Gedanken schweiften zu weit ab. Er blieb noch eine Weile neben der Leiche hingekauert, doch der Tatort behielt sein Geheimnis vorerst für sich.

Von der Seite näherte sich Horst Adler.

»Habt ihr was gefunden?«, rief Mayfeld dem Kollegen zu. Adler leitete die Spurensicherung. Der Kriminaloberkommissar, der seinen üppigen Leib ebenfalls in einen weißen Overall gepresst hatte, nickte und winkte Mayfeld zu sich. Mayfeld erhob sich mühsam aus seiner meditativen Position, schüttelte das linke Bein, das eingeschlafen war, aus und stolperte auf Adler zu.

»Komm mit!« Adler stapfte voran, auf die Mauer des Klosters zu. »Ein Tatort im Dauerregen ist ein einziger Albtraum. Aber wir haben trotzdem was gefunden.« Er zeigte auf die Bruchsteinmauer, die von schwarzen Schieferschindeln bedeckt war. »Da oben haben wir das entdeckt.« Adler fingerte eine Plastiktüte aus seinem Overall heraus und reichte sie Mayfeld. In der Plastiktüte steckte ein kleiner, blauer Fetzen Stoff. »Der hing an einem Nagel, mit dem eine Schindel oben auf der Mauer festgemacht wurde. Wir müssen den Stoff natürlich im Labor noch genauer untersuchen, aber es würde mich nicht wundern, wenn der Fetzen dort oben erst seit Kurzem gehangen hat. Sieht aus wie imprägnierte Baumwolle und könnte zu einem Anorak passen.«

»Was befindet sich auf der anderen Seite der Mauer?«, fragte Mayfeld.

»Ein Garten mit Kräutern, Tomatenpflanzen, Bohnenstangen sowie die Gewächshäuser der Klostergärtnerei. Und eine Leiter, die an die Mauer angelehnt ist.«

»Schaut euch da mal um, ich komme nach!« Mayfeld ging zu der Leiche der jungen Frau zurück und setzte sich auf einen Baumstumpf. Eine Weile ließ er seine Gedanken noch treiben. Dann machte er sich auf den Weg zum Klosterhospital.

»Mein Gott, die Tina!«, kreischte Frau Marder, als ihr Winkler ein Foto der Toten unter die Nase hielt. Frau Marder verkaufte im Kloster Eberbach die Eintrittskarten für das Museum. Der Kartenschalter befand sich in der Eingangshalle des Neuen Hospitals, einem von weiß getünchten Säulenbögen geformten Raum. Tina Lüder arbeitete seit einem halben Jahr als Verkäuferin in der Vinothek, erzählte Frau Marder den beiden Kommissaren. »Gestern ist sie um neunzehn Uhr nach Hause gegangen, das Wochenende hatte sie frei.« Frau Marder war ganz aufgelöst wegen des Todes ihrer Kollegin. »So ein nettes Mädchen und so hübsch, und jetzt ist sie tot.« Doch mehr konnte sie über Tina Lüder nicht sagen. Sie zeigte Mayfeld den Weg zu dem Raum, wo die Zeugen saßen, die die Tote am Morgen gefunden hatten.

Mayfeld befragte Margit Schubert zu den Ereignissen des Vormittags, aber sie konnte kaum etwas berichten, das ihn weiterbrachte. Sie hatte die Gruppe Touristen von zehn bis halb zwölf durch das Kloster geführt und kurz vor zwölf zusammen mit ihnen die Leiche entdeckt. Sie hatte das Opfer nicht gekannt, aber als sie hörte, dass Tina Lüder in der Vinothek gearbeitet hatte, kam es ihr so vor, als ob sie sie gelegentlich gesehen haben könnte. Auch die Befragung der Touristen erbrachte nichts Neues. Der Junge, der Tina Lüder als Erster entdeckt hatte, schilderte in allen Einzelheiten, wie er erst undeutlich etwas Befremdliches hinter den Büschen gesehen habe und wie er sich dann ganz cool zu der Leiche vorgearbeitet habe. Seine Mutter streichelte dem Zwölfjährigen während seines Berichts zärtlich die Haare, was der offensichtlich völlig uncool und peinlich fand.

Mayfeld verabschiedete sich von Schubert und den anderen Zeugen und ging zurück durch die Halle in einen weiteren Raum des ehemaligen Klosterhospitals, in dem die Vinothek der Hessischen Staatsweingüter untergebracht war. Zwischen den Weinregalen standen einige Besucher an zu Stehtischen umfunktionierten Weinfässern und fachsimpelten über die Tropfen, die sie gerade probierten. Am Verkaufstresen befragte Winkler Tinas Kolleginnen. Die beiden Verkäuferinnen waren entsetzt über die Nachricht von Tinas Tod, sie beschrieben sie als eine hübsche und lebenslustige Person, aber keine hatte mit ihr näheren Kontakt gehabt. Winkler ließ sich die Adressen der Mitarbeiter geben, die am Wochenende freihatten, vielleicht kannte jemand von ihnen die Tote besser.

Die beiden Beamten verließen das Gebäude des Neuen Hospitals durch die Hintertür und gelangten auf einen gepflasterten Hof. Rechts zog sich das Gebäude des Alten Hospitals entlang, ein weiß verputzter Bau mit Rundbögen aus rotem Sandstein, linker Hand waren die roten Spitzbögen des Mönchsdormitoriums zu sehen. Es regnete immer noch. Winkler öffnete einen Schirm mit der Aufschrift »Sauwetter«, und Mayfeld zog sich seinen breitkrempigen Filzhut in die Stirn.

»Tina Lüder wohnte zusammen mit ihrer Schwester Tatjana im Schlosserbau. Zu der Wohnung gehört ein Teil des Gartens, den Adler gerade unter die Lupe nimmt«, informierte Winkler ihren Chef, während sie einen Parkplatz überquerten. »Eine Mitarbeiterin der Vinothek hat mir übrigens erzählt, dass es im Laiendormitorium gestern eine Weinpräsentation gegeben hat. Die ging von zwei Uhr mittags bis halb zehn abends.«

»Normalerweise beginnt so was am Morgen, da sind die Geschmacksknospen am empfindlichsten«, bemerkte Mayfeld.

»Auf was für Ideen die Leute kommen, bloß damit sie morgens mit dem Trinken anfangen können«, feixte Winkler.

Der Schlosserbau war ein lang gestrecktes, weißes Gebäude mit sandsteingefassten Fenstern und einem Dach aus grauschwarzen Schieferschindeln. Über einer der mächtigen alten Holztüren las Mayfeld die Zahl 1694. Hinter dem Haus sah er ein weiteres eingeschossiges Gebäude in Fachwerkbauweise. Die beiden Häuser wurden von einem Zwischenhof getrennt, in dem bepflanzte und leere Blumenkübel standen, Baugitter, Sandsteinbrocken und Gartengerät herumlagen. Direkt vor dem Zugang zum Hof verschwand der Kisselbach unter einem steinernen Bogen im Erdreich.

Adler hatte sie kommen sehen und kam ihnen aus dem hinteren Teil des Gartens entgegen. »Ich hab es vorhin schon versucht, da hat niemand aufgemacht«, sagte er mit Blick auf die Wohnungstür, an der Mayfeld gerade klingeln wollte. »Kommt mal mit, ich muss euch etwas zeigen!«

Sie gingen am Rande des Kisselbachs entlang. Vor einer Brombeerhecke hatten die Beamten der Spurensicherung ein Areal mit Plastikband abgesperrt. Eine verwitterte Schautafel informierte über die Bedeutung von Rückzugsgebieten für die einheimische Reptilienwelt.

»Das Gras hier war höher als in der Umgebung, und es war niedergedrückt, wenngleich man das nach dem Regen nur noch schwer erkennen konnte«, erläuterte Adler. »Wir untersuchen den Boden nach Spuren eines Kampfes. Bislang haben wir nichts gefunden.«

Mayfeld musterte die Hecke und den Steingarten, der dahinter angelegt war, eine ideale Wohnstätte für Äskulapnattern und anderes Getier. Etwas Auffälliges konnte er nicht erkennen. Das Gras vor der Hecke war vermutlich durch einen heftigen Regenschauer niedergedrückt worden. Aber Adler war ein für seine Genauigkeit berüchtigter Polizist, eine Eigenschaft, die bei der Spurensicherung ein großer Vorteil war. Ihm entging an einem Tatort kein Detail. Mayfeld warf einen Blick auf die östliche Außenmauer des Klostergeländes. Sie war aus Bruchsteinen gesetzt, Waldreben begannen das Gemäuer emporzuranken. Jenseits des Baches standen große Gewächshäuser, daneben war ein Kräutergarten angelegt. Kurz bevor der Bach die nördliche Klostermauer unterquerte, erreichten die Beamten einen unbefestigten Holzsteg, der auf die andere Seite des Ufers führte.

»Der Regen hat so gut wie alle Spuren getilgt, aber das da dürfte euch interessieren«, sagte Adler und zeigte auf einen roten Damenschuh, der am Fuß einer riesigen Aluminiumleiter lag, die bis zum Dach der etwa viereinhalb Meter hohen Mauer führte. »Der Schuh liegt mit Sicherheit noch nicht lange hier, das dazu passende Pendant haben wir auf der anderen Seite der Mauer gefunden. Von der Größe her würden sie der Toten passen.«

»Und Genaueres kannst du uns nach der kriminaltechnischen Untersuchung sagen, richtig?«, ahmte Winkler den Kollegen nach.

»Richtig!« Adler grinste.

Hier war die junge Frau also vermutlich entlanggerannt, bevor sie ermordet wurde.

»Die Mauer kam mir von der anderen Seite weit weniger hoch vor«, bemerkte Mayfeld.

Adler nickte. »Das Gelände ist auf der anderen Seite der Mauer höher, da sind es von der Brüstung der Mauer beziehungsweise vom Dach bis zum Boden höchstens zwei Meter.«

Die Tote hatte das vermutlich gewusst. Sie hatte fliehen wollen. Mayfeld schaute sich um. Auch hier hatte der Dauerregen der Nacht die meisten Spuren wohl getilgt. Neben der Leiter stand ein kleiner Verschlag. Mayfeld spähte hinein. Ein Kinderpuppenwagen war zu einem Blumentopf umgewandelt worden, die Blume darin war verdorrt. Von der Decke hing ein Vogelkäfig mit einem Stoffpapagei, auf einem klapprigen Tisch lagen kleine Schaufeln, Scheren und Zangen, an einer Wand hing ein Kalender, der die Mondphasen anzeigte.

Der Regen wurde stärker, Mayfeld spürte, wie das Wasser unter dem Kragen seiner Jacke den Rücken hinunterlief.

»Ich muss jetzt mal ins Trockene, und in die Wohnung von Tina Lüder müssen wir sowieso.«

Mayfeld ging mit Winkler zurück zum Schlosserbau und klingelte an der Wohnungstür. Unter der Klingel war ein Pappschild angebracht mit der Aufschrift »T.&T. Lüder« und »M. Hellenthal«. Mayfeld klingelte mehrfach und wollte Winkler gerade nach einem Dietrich fragen, als die Tür geöffnet wurde. Im Türrahmen erschien eine Frau Anfang zwanzig. Ihre lockigen Haare waren hennarot gefärbt und hingen über die Schultern herab, bekleidet war die Frau lediglich mit einem grünen Leinenhemd, das mit bunten orientalischen Mustern bestickt war. Unter anderen Umständen wäre sie bestimmt eine aparte Erscheinung, fand Mayfeld. Im Moment sah sie allerdings so aus, als ob sie gerade aus dem Bett gefallen wäre. Er blickte auf seine Uhr: vierzehn Uhr dreißig. Die Frau rieb sich die Augen, kniff sie zusammen, als ob sie Mühe hätte, ihr Gegenüber zu erkennen, und holte sich zwei gelbe Stöpsel aus den Ohren.

»Ich hoffe, Sie haben einen guten Grund, mich an meinem freien Tag aus dem Bett zu klingeln«, raunzte sie Mayfeld an. Dann verzog sie ihr Gesicht vor Schmerzen und griff sich mit einem Stöhnen an den Kopf.

»Spät geworden heute Nacht?«, fragte Winkler spöttisch.

Die Frau warf ihr einen wütenden Blick zu. »Haben Sie mich geweckt, um mich das zu fragen? Wer sind Sie überhaupt?«

Mayfeld zeigte seinen Dienstausweis, stellte sich und Winkler vor. »Sind Sie Tatjana Lüder? Können wir reinkommen?«

Die Frau machte den beiden Beamten unwillig Platz und bedeutete ihnen mit einer wegwerfenden Geste, hereinzukommen. Sie leerte den Briefkasten, bevor sie zurück zur Wohnung ging. Winkler und Mayfeld betraten das Treppenhaus, dessen Boden aus Sandsteinplatten gefügt war. Eine Holztreppe führte in den ersten Stock, die Wohnung der Lüders lag im Erdgeschoss. Die dunklen Holzdielen knarrten, als Tatjana Lüder ihnen voraus durch den Flur ging. Durch einen Vorhang aus bunten Perlenschnüren gelangten sie in eine Küche, deren Besitzerin offensichtlich den Ehrgeiz entwickelt hatte, nirgendwo in ihrem Reich einen Quadratzentimeter freien Platz zu lassen. An der Wand über Herd und Spüle hingen die verschiedensten Töpfe, Pfannen und Küchengerätschaften, die anderen Wände waren mit Bambusregalen vollgestellt, auf denen sich Teller, Schüsseln, Töpfchen, Tiegelchen, Gläser, Karaffen, Vasen, Dosen, Tüten, Kochbücher, Blumentöpfe, Buddhastatuen, Handtücher, Kaffeefilter und was man sonst noch so brauchte in zum Teil atemberaubenden Konstruktionen stapelten. Auf dem Küchentisch standen eine große Wasserpfeife, ein Samowar, mehrere Aschenbecher und eine Duftöllampe. Daneben lagen Spielkarten mit bizarren Motiven und Symbolen.

Tatjana Lüder verschwand kurz in ihrem Zimmer und kam in einen schwarzen Kaftan gewandet zurück. Man hätte sie für die Priesterin irgendeines okkulten Ritus halten können, wäre da nicht der schalkhafte Blick gewesen. Sie zog heftig an einer türkisfarbenen Pfeife, mit der sie dichte Rauchschwaden in ihre Umgebung ausstieß.

»Frau Lüder, ich fürchte, wir haben eine schlechte Nachricht für Sie. Ihre Schwester ...«, begann Mayfeld.

»Was ist mit Tina?«, unterbrach ihn Tatjana Lüder.

»... ist von uns gefunden worden. Hinter der Klostermauer. Sie ist tot.«

Die junge Frau legte die Pfeife in die Schale der Duftlampe und starrte Mayfeld an. Mehrere Minuten vergingen, in denen sich niemand in der Küche bewegte. Mayfeld fand kein passendes Wort. Was für ein Trampel er doch war. Er hasste sich für seine Unfähigkeit, Todesnachrichten in einer angemessenen Art und Weise zu überbringen. Eine angemessene Art und Weise gibt es dafür nicht, hatte ihm Julia einmal gesagt. Und außerdem bist du seit dem Tod deiner Schwester in dieser Hinsicht traumatisiert, hatte seine Frau hinzugefügt und damit zu erkennen gegeben, dass sie seine Fähigkeiten auf diesem Gebiet genau wie er in Zweifel zog. Zumindest hatte Mayfeld das so verstanden.

Schließlich griff Tatjana Lüder wieder nach der Pfeife, suchte eine Weile auf dem Tisch und in der Tischschublade, fand schließlich einen Pfeifenstopfer und Streichhölzer, um sich die Pfeife wieder anzuzünden. Ihr Gesicht war in Rauch gehüllt, ein weicher Vanilleduft, vermischt mit einer Note von Sandelholz, erfüllte die Küche.

»Sie müssten sie noch identifizieren, aber ihre Kolleginnen

hatten keinen Zweifel, dass es sich um Ihre Schwester handelt«, unterbrach Mayfeld die lastende Stille.

»Ich müsste sie noch identifizieren«, echote die Schwester. Sie stand wie ferngesteuert auf. »Liegt sie noch hinter der Klostermauer?«

Mayfeld blickte Hilfe suchend zu Winkler, die ihr Handy zückte und ein kurzes Telefonat führte.

»Der Leichenwagen ist gerade angekommen, er steht am Nordtor. Sie warten auf uns.«

Tatjana Lüder ging wie schlafwandelnd zur Wohnungstür. »Noch identifizieren. Der Leichenwagen ist gerade angekommen. Sie warten auf uns. Führen Sie mich zu ihr«, sagte sie wie aus weiter Ferne und verließ die Wohnung, ohne die Beamten eines weiteren Blickes zu würdigen.

Es war ein merkwürdiger Zug, den die Schwester der Toten und die beiden Polizisten bildeten, als sie vom Schlosserbau zur nördlichen Pforte der Klostermauer gingen. Vorneweg schritt Winkler, die sich Mayfelds Hut ausgeliehen hatte. Dahinter stapfte Tatjana Lüder im schwarzen Kaftan barfuß durch die Pfützen und blies dabei Rauchschwaden in die Luft. Und daneben versuchte Mayfeld, mit Winklers Sauwetterschirm den Regen von sich und Lüder fernzuhalten. Außerhalb des Tores führte ein breiter Forstweg am Kloster vorbei durch den Wald. Vor dem schwarzen Kombi, der dort stand, hatte man die Bahre mit Tina Lüders Leichnam abgestellt.

Als Tatjana Lüder vor die Leiche ihrer Schwester trat, bat sie Mayfeld, sie einen Moment allein zu lassen. Dann begann sie zu wimmern, das Wimmern steigerte sich zu einem kehligen Klagen, schwoll an, und schließlich gellte ihr lang gezogener Schrei durch das regennasse, düstere Tal. Sie brach zusammen und fiel auf den Körper ihrer toten Schwester.

Mayfeld sprang auf sie zu, doch sie wollte seinen Halt und seine Hilfe nicht. Sie schrie nur noch lauter. In seinem Beruf begann die Arbeit immer erst dann, wenn eigentlich alles zu spät war, dachte Mayfeld beklommen.

Eine Viertelstunde später waren die beiden Beamten mit Tatjana Lüder zurück in ihrer Wohnung und saßen am Küchentisch.

»Ich habe nicht auf sie aufgepasst, ich habe es der Oma versprochen und mein Versprechen gebrochen«, murmelte sie immer wieder vor sich hin.
»War Ihre Schwester denn in Gefahr?«, wollte Mayfeld wissen.
»Ich habe es der Oma versprochen. Man ist immer in Gefahr, das Leben ist gefährlich, finden Sie nicht?«
»Solche allgemeinen Aussagen bringen uns nicht weiter, Frau Lüder.« Mayfeld schob ihr die Streichhölzer zu. »Hatte Ihre Schwester Feinde?«
Tatjana Lüder zündete sich ihre Pfeife an und entließ wieder riesige Rauchschwaden zur Küchendecke. »›Homo homini lupus‹, hat meine Schwester irgendwo gelesen und sich aufgeschrieben. Das ist Latein und heißt ›Der Mensch ist dem Menschen ein Wolf‹. Es ist eine ziemliche Beleidigung der Wölfe, die bringen sich nämlich nicht gegenseitig um. Ich weiß nicht, wer meine Schwester umgebracht haben könnte, wenn das Ihre Frage war. Sie war bis vor ein paar Wochen mit Tommy Wilhelm zusammen, einem aalglatten Scheißkerl aus Eltville. Und dann hängt sie seit ein paar Monaten oft bei dieser komischen Malerin im Gaisgarten rum, Kathrin Roth. Vielleicht ist sie scharf auf deren Mann gewesen, der heißt, glaub ich, Arthur und macht einen auf englischen Gentleman.« Sie nahm einen tiefen Zug aus der Pfeife und bekam einen Hustenanfall. »Das Zeug soll man nicht inhalieren. Wenn Sie mehr über meine Schwester erfahren wollen, dann sollten Sie mit Magdalena reden.«
»Magdalena?«, fragte Winkler.
»Magdalena Hellenthal. Mit der hat sie in letzter Zeit mehr gesprochen als mit mir. Magdalena ist eine alte Freundin von Tina und wohnt seit ein paar Monaten bei uns. Sie hatte Stress mit ihrer Mutter, wir hatten noch ein Zimmer frei, das traf sich gut. Magdalena ist im Moment nicht da, keine Ahnung, wo sie steckt.«
»Kommt es öfters vor, dass Frau Hellenthal verschwindet, ohne dass Sie wissen, wohin?«, wollte Mayfeld wissen.
Tatjana Lüder musterte ihn mit einem spöttischen Blick.
»Es ist Wochenende. Sie ist volljährig, nicht wahr? Sie muss sich nicht bei mir an- und abmelden. Ich weiß ja nicht, wie Sie …«

»Haben Sie ein Foto von Tina und von Magdalena?«, unterbrach Winkler sie.

Die junge Frau nickte, ging zu einem der Bambusregale, kramte dort eine Weile und kam mit einer Fotografie, die sie unter einem Stapel Kochbücher hervorgezogen hatte, zurück. »Das sind Tina und Magdalena an Silvester«, sagte sie zu Winkler, als sie ihr das Bild gab.

»Wann haben Sie Ihre Schwester zuletzt gesehen?«, fragte Mayfeld.

»Vor zwei Tagen. Ich arbeite hier in der Gärtnerei des Klosters. Wir haben im Moment Hochbetrieb. Die Kübelpflanzen müssen nach draußen, die ganzen Sommerblüher, die wir in den letzten Monaten in den Gewächshäusern gezogen haben, müssen jetzt ausgepflanzt werden, da arbeite ich manchmal zwölf Stunden am Stück. In diesem Jahr ist es besonders schlimm, weil sich die polnischen Hilfskräfte verspätet haben, sie kommen erst in den nächsten Tagen. Wenn ich nach Hause komme, haue mich aufs Bett und bin gleich weg.«

»Was haben Sie gestern Abend gemacht?«, hakte Mayfeld nach.

Lüders Pfeife war ausgegangen, sie zündete sie wieder an, was erneut einen erheblichen Rauchausstoß zur Folge hatte. »Wurde sie gestern Abend ermordet? Bin ich vielleicht verdächtig?«

»Die Frage ist reine Routine, Frau Lüder.«

»Gestern Abend hab ich eine Ausnahme gemacht, bin nicht gleich ins Bett gegangen, sondern war in der Kokosnuss, das ist eine Kneipe in Eltville. Es ist spät geworden, ich kam so um vier Uhr heute Morgen nach Hause. Und mir ist nichts Verdächtiges aufgefallen, wenn das Ihre nächste Frage sein sollte.«

Winkler notierte sich die Namen einiger Personen, die ihre Aussage bezeugen konnten.

»Wer sind Ihre Eltern?«, fuhr Mayfeld mit der Befragung fort.

Tatjana Lüders Gesicht wurde finster und abweisend. »Unsere Mutter ist Brigitte Maurer. Sie wohnt mit einem Arsch namens Uwe Maurer zusammen in Winkel. Unsere Mutter hat ein Talent dafür, sich immer die größten Idioten zu angeln. Meist hängen die beiden in seinem Schrebergarten in den Waldäckern rum. Den Maurer sollten Sie verhaften, der hat es auf jeden Fall verdient.«

Mehr wollte sie nicht sagen. Tina war an ihrem achtzehnten Geburtstag von zu Hause weg und bei ihr eingezogen. Winkler notierte sich Maurers Namen und Adresse.

»Und Magdalena Hellenthal? Wissen Sie, wo sie arbeitet und wo ihre Familie wohnt?«

»Sie arbeitet als Bedienung in der Klosterschänke und mittwochnachmittags als Verkäuferin in der Kisselmühle. Ihr Bruder und ihre Mutter wohnen in Oestrich. Auf die Mutter ist sie nicht so gut zu sprechen. Die ist so fromm wie eine Herde Klosterschwestern und so warmherzig wie ein Kühlschrank.«

»Dürfen wir uns mal in der Wohnung umsehen?«, fragte Mayfeld.

»Ob Sie das dürfen, weiß ich nicht. Aber schauen Sie sich in Tinas Zimmer ruhig um. Schnüffeln Sie gerne auch hier in der Küche und im Bad herum. Mein Zimmer geht Sie nichts an. Und zu Magdalenas Zimmer kann ich nichts sagen. Dafür bräuchten Sie wohl einen Durchsuchungsbefehl?«

Mayfeld und Winkler standen auf. Tatjana Lüder zeigte ihnen das Zimmer ihrer Schwester. Tina Lüder war keine neunzehn Jahre alt geworden, hatte ausgesehen wie dreiundzwanzig, aber ihr Zimmer war das einer Fünfzehnjährigen. An den Wänden hingen Poster verschiedener Rockgruppen, der Boden war übersät mit leeren Joghurtbechern, Schmutzwäsche, Musikzeitschriften, vollen Aschenbechern und leeren Alkopop-Flaschen.

Tatjana Lüder lehnte im Türrahmen. »Ich hab wohl wirklich nicht gut auf meine Schwester aufgepasst. Wie kann man nur so einen Scheiß trinken!«

Auf dem Schreibtisch in der Ecke stand ein großer goldfarbener Käfig mit zwei weißen Ratten, die ängstlich zu den Eindringlingen herüberblickten, daneben standen verschiedene Pappkartons mit Nagetierfutter.

»Sollen wir die Spurensicherung rufen?«, wollte Winkler von ihrem Chef wissen.

Mayfeld zuckte mit den Schultern. »Fragt sich, wonach die hier suchen sollen. Aber mach mal.«

Winkler holte sich ein paar Plastikhandschuhe aus ihrem Anorak, streifte sie über und öffnete das Fenster hinter dem Schreibtisch. »Das riecht hier ja wie in einem Stall.«

»Wie in einem Rattenloch«, präzisierte Tatjana Lüder.

In dem Zimmer war nichts Auffälliges zu finden, wenn man von der stattlichen Sammlung von Barbiepuppen absah, die Tina in ein Wandregal gestopft hatte. »Geschenke unserer Mutter«, kommentierte die Schwester der Toten in sarkastischem Ton. »Barbie im Bikini, Barbie im Reitdress, Barbie im Ballkleid, im Hochzeitskleid, als Hausfrau, Skifahrerin, Krankenschwester.« Eine Puppe lag nackt zwischen den anderen. Irgendjemand hatte ihr ein Bein und einen Arm ausgerissen. Der Barbiepuppe mit dem Hochzeitskleid fehlte ein Auge. Das blütenweiße Hochzeitskleid hatte im Bereich des Bauches einen knallroten, hässlichen Fleck.

»Besitzt jemand von Ihnen einen Anorak aus imprägnierter Baumwolle?«, fragte Mayfeld.

Tatjana Lüder sah ihn verdutzt an. »Ich hab so ein Ding. Wollen Sie den sehen?« Sie ging in den Flur zu einer Garderobe, an der verschiedene Jacken und Mäntel hingen. Sie gab Winkler eine grüne Jacke.

Die untersuchte den Anorak sorgfältig. »Alles okay«, sagte sie und gab ihn seiner Beisitzerin zurück. »Gibt es sonst noch was, das Ihnen aufgefallen ist?«

Tatjana Lüder überlegte einen Moment. »Die rote Regenjacke von Tina fehlt. Magdalena lief immer in so einem schrecklichen weißen Plastikmantel rum. Der fehlt auch.« Sie zuckte mit den Schultern. »Einen Anorak aus Baumwolle trage hier nur ich. Weiter weiß ich nichts, was Sie interessieren könnte.«

Die beiden Beamten gingen zurück ins Zimmer des Mordopfers und sahen sich dort noch eine Weile um. Sie fanden nichts Interessantes mehr. Winkler gab den Ratten Futter. Dann verließen sie den Schlosserbau wieder.

Eine halbe Stunde später fuhr Mayfeld mit seinem Volvo auf der Vollradser Allee in Winkel Richtung Schloss. Links ließ er einen Sportplatz liegen, rechts Pferdekoppeln und Schrebergärten. Der

Wagen glitt durch einen Tunnel frisch ergrünter Bäume, deren Äste sich über der Allee vereinten, um dann der leicht ansteigenden Straße durch das hügelige, mit Rebstöcken bepflanzte Land zu folgen. In einiger Entfernung sah man den großen eckigen Wohnturm des Schlosses.

»Alle paar Kilometer findest du hier ein Kloster, eine Burg oder ein Schloss, die Leute müssen hier recht reich gewesen sein«, bemerkte Winkler.

Mayfeld wiegte den Kopf. »Das kann man von den Greiffenclaus heute nicht mehr behaupten. Der Familie von Greiffenclau hat Schloss Vollrads über Jahrhunderte gehört. Aber die Weinpreise waren zu niedrig, die Unterhaltungskosten für das Schloss zu hoch, und die Konditionen der Bank waren wohl auch nicht die günstigsten. Der letzte Graf hat sich vor ein paar Jahren auf dem Schlosshügel mit seinem Revolver erschossen. Jetzt gehört das Schloss der Bank.«

»Was ist der Überfall auf eine Bank gegen die Gründung einer Bank?«, kommentierte Winkler sarkastisch.

Für eine hessische Staatsdienerin war das eine unpassende Bemerkung, fand Mayfeld, der den Gedanken aber nicht für völlig abwegig hielt.

»Der Qualität des Weines hat der Besitzerwechsel jedenfalls nicht geschadet«, brummte er in seinen Dreitagebart.

Kurz vor dem Schlosstor bog er nach links ab, umfuhr die Schlossmauer und das Herrenhaus und folgte einem geteerten Feldweg, der erst in Schlangenlinien durch die Weinberge und dann zum Waldrand hinaufführte. Zwischen Waldrand und Weinbergen, teilweise zwischen Bäumen versteckt, lagen die Waldäcker. Mayfeld fuhr an Schrebergärten vorbei und nahm eine kleine Stichstraße, die in den Wald hineinführte. Verwilderte Grundstücke wechselten sich ab mit Gärten, deren Rasen wie mit einem Bartschneider getrimmt schienen, alte Brombeerhecken grenzten an frisch lackierte Jägerzäune. Es regnete schon wieder, die Windschutzscheibe des Wagens fing an zu beschlagen. Der Waldweg wurde morastig.

»Hier muss es sein«, rief Winkler.

Das Grundstück war mit einem zwei Meter hohen Drahtzaun

eingegrenzt. Hinter dem Eingangstor begrüßte ein mannshoher Gartenzwerg mit Rechen und Gießkanne grinsend die Besucher. Neben ihm kniete eine barbusige Gartenzwergin, die in ihren Händen einen mit Stiefmütterchen bepflanzten Kübel hielt. Schwere Regentropfen trommelten auf das Dach des Volvos.

»Das ist ja allerliebst«, entfuhr es Mayfeld. Er setzte sich seinen Filzhut auf und stieg aus dem Wagen. Sofort versanken seine Füße bis zu den Knöcheln in Schlamm, der Schmodder lief ihm in die Schuhe. Mit einem Fluch humpelte er nach hinten, öffnete die Heckklappe des Kombis und angelte sich seine Gummistiefel, die zwischen Gertdraht, Stickeln, Spaten, Rebschere und anderem Werkzeug im Kofferraum lagen. »Ich hab noch ein zweites Paar Stiefel«, rief er seiner Kollegin zu, aber die lehnte dankend ab.

Sie liefen schnell über den Kiesweg zu dem dunkelbraun gestrichenen Holzhaus, das im hinteren Teil des Gartens stand. Die schwarz-rot-goldene Fahne hing schlaff und traurig an dem Mast, den der stolze Schrebergartenbesitzer auf der Terrasse vor dem Wochenendhaus aufgepflanzt hatte. Selbst die Bö, die durch die Blumenrabatte fegte, konnte sie nicht bewegen.

Mayfeld klopfte an der Haustür, die mit einem geschnitzten roten Herz verziert war. »Tritt ein, mein Herz, und bringe Freud« war darauf zu lesen. Die Tür wurde sofort geöffnet, und eine schlanke Frau mit platinblonden Haaren begrüßte sie. Sie war Mitte vierzig und hatte einige Mühe darauf verwandt, wie Anfang dreißig auszusehen. All ihre Mühen hatten jedoch nur bewirkt, dass man sie für eine aufgetakelte Puppe mit überschminktem Gesicht hielt. Sie trug einen kurzen schwarzen Lederrock, Netzstrümpfe und einen rosafarbenen, flauschigen Pullover, ihre großen Füße steckten in rosa Plüschpantoffeln. Genau das richtige Outfit für Gartenarbeit und ein Leben in der Natur.

»Mayfeld, Kripo Wiesbaden, das ist meine Kollegin Winkler. Wir hatten vorhin miteinander telefoniert.«

»Uwe, kommst du mal?«

»Könnten wir vielleicht reinkommen, es ist ziemlich nass hier draußen«, bat Mayfeld. Die in die Jahre gekommene Barbiepuppe haspelte eine Entschuldigung vor sich hin und ließ sie in den Vorraum des Holzhauses hinein.

»Scheiße!«, brüllte ein Mann in dem Zimmer, das hinter dem Vorraum lag. Man hörte das Geschrei einer Menschenmenge, Pfiffe und Tröten. »Scheiße, Scheiße, Scheiße!« Eine Tür wurde aufgerissen. Uwe Maurer trug eine braune Feincordhose, einen roten Baumwollpulli und einen Bierbauch vor sich her. Sein Gesicht, das von einem nach oben gezwirbelten Schnauzbart beherrscht wurde, war vor Aufregung gerötet. »Sie kommen zum falschen Zeitpunkt«, herrschte er die Besucher an, »Frankfurt liegt 0:1 zurück.«

»Tut mir leid, dass wir Sie stören, aber wir müssen mit Ihnen reden.« Mayfeld trat, ohne weiter zu fragen, in das Wohnzimmer der Maurers, Winkler folgte.

Der Hausherr steuerte auf seinen Sessel zu, ließ sich hineinfallen, griff nach dem Weizenbierglas, das auf einem kleinen Beistelltisch stand, und nahm einen großen Schluck. »Wenn die so weitermachen, steigen sie noch ab!«, schimpfte er.

Die Barbiepuppe tat so, als wäre alles in Ordnung, und bot den beiden Polizisten Platz auf der billigen Ledergarnitur an, die um den Flachbildfernseher herum gruppiert war. »Kann ich Ihnen ein Bier anbieten, oder dürfen die Herrschaften im Dienst nichts trinken?«, fragte sie beflissen.

»Ich fürchte, wir haben eine schlimme Nachricht für Sie«, begann Mayfeld und ärgerte sich wieder über seine ungelenke Art. Die Leute hatten offensichtlich keine Ahnung, was da gerade auf sie zukam.

»Machen Sie es kurz, schlimmer als das 0:1 kann es kaum werden«, brummte Maurer in seinem Sessel. »Schatz, bringt du mir noch ein Bier?«

Maurers Schatz sprang auf, ging nach hinten in die Küche und kam kurz darauf mit einer Flasche zurück. Sie füllte das Bier langsam und sorgfältig in das Glas.

»Am Ende die Flasche schwenken, damit die Hefe mit ins Glas kommt!«, herrschte Maurer sie an. »Wie oft soll ich dir das noch erklären?«

Der Schatz schwenkte die Flasche und goss die Hefe in das Glas. »Was denn für eine schlimme Nachricht?«, fragte sie mit zitternder Stimme.

»Wir haben heute Morgen Ihre Tochter Tina tot aufgefunden. Sie wurde ermordet.« Mayfeld biss sich auf die Unterlippe. Jedes Mal vor solchen Gesprächen überlegte er sich, wie er die Katastrophe möglichst einfühlsam und rücksichtsvoll mitteilen konnte, und jedes Mal scheiterte er. Jedes Mal riss er ahnungslose Menschen brutal aus ihrem meist kleinen, bescheidenen Leben hinab in die Hölle der Verzweiflung und Trostlosigkeit.

Aus Brigitte Maurers Gesicht wich jede Farbe. Mit einem Schlag war die netzbestrumpfte Frau in den rosa Pantoffeln um Jahre gealtert. »Tina, wieso denn Tina?«, stammelte sie. Sie nestelte nervös mit den Händen.

»Ihre Tochter Tatjana hat sie bereits identifiziert, es besteht leider kein Zweifel«, fuhr Mayfeld fort.

Brigitte Maurers Augen füllten sich mit Tränen. Sie begann, an ihren rosa Fingernägeln zu kauen. »Wie ist es denn passiert? Wer tut denn so was? Haben Sie einen Verdacht?«, fragte sie mit heiserer Stimme. »Mach doch mal die Glotze aus!«, rief sie ihrem Mann zu.

»Davon wird sie auch nicht wieder lebendig!«, giftete Uwe Maurer zurück. Immerhin stellte er den Fernseher mit der Fernbedienung etwas leiser.

»Die genaue Todesursache kennen wir noch nicht. Vermutlich wurde sie erwürgt«, antwortete Mayfeld. »Leider haben wir noch keinen Anhaltspunkt, was den Täter betrifft. Deswegen sind wir unter anderem hier. Vielleicht können Sie uns helfen. Erzählen Sie uns von Ihrer Tochter!«

»Was soll ich denn erzählen?«, platzte es aus Brigitte Maurer heraus. »Sie war ein ganz normales Mädchen. Und so hübsch war mein Mädchen, so hübsch! Wer macht denn so was, warum schützt uns denn die Polizei nicht vor solchen Sexualverbrechern?«

»Wir wissen noch nicht, warum Ihre Tochter ermordet wurde«, stellte Mayfeld richtig.

»Was für einen Grund soll der Mörder denn sonst gehabt haben? Meine Tina hatte kein Geld. Aber sie war schön, und sie mochte die Männer. Deswegen ist sie umgebracht worden. Wurde sie vorher vergewaltigt?«

»Das wissen wir noch nicht. Erzählen Sie uns von Ihrer Tochter. Was war sie für ein Mensch, mit wem war sie zusammen, hatte sie Feinde?«

»Alle mochten meine Tina, sie war so hübsch, und jetzt ist sie tot. Was soll ich Ihnen sonst noch erzählen?« Brigitte Mauer schluchzte laut auf. »Sie liebte das Leben, war immer lustig, nahm nie was übel. Ihr Hobby waren die Barbiepuppen, die hat sie bis zuletzt gesammelt. Ihre erste Puppe hat sie mit vier von mir bekommen. Und dann zu jedem Geburtstag eine und manchmal zwischendurch noch eine. Ist das nicht süß?«

Der Fernsehkommentator vermeldete das 0:2 der Dortmunder gegen Frankfurt. »Scheiße«, zischte Uwe Maurer, »Scheiße, Scheiße, Scheiße!«

»Mit wem war sie denn zusammen?«, wollte Winkler wissen.

»Ich glaube, sie hat mal den Namen Tommy Wilhelm erwähnt. Meinen Sie, der hat sie umgebracht?«

»Red doch nicht so einen Mist«, brummte Uwe Maurer von der Seite. Er leerte sein Glas mit einem Zug. »Der Tommy ist in Ordnung. Bring mir lieber noch ein Bier!« Bevor Mayfeld oder Winkler etwas einwenden konnten, war Brigitte Maurer schon aufgesprungen und in die Küche gerannt, kurz darauf kam sie mit einer weiteren Flasche Weizenbier zurück.

»Lass mal, ich mach das schon«, sagte Maurer großzügig, nahm seiner Frau die Flasche ab und schenkte sich selbst ein, dachte an die Hefe und schwenkte die Flasche.

Winkler machte ein Miene, als wollte sie den Fernseher eintreten und anschließend das Gesicht des Schnauzbartträgers. In der Konferenzschaltung wurde mittlerweile das Spiel zwischen Mainz und Hannover übertragen. Das schien Maurer nicht so sehr zu interessieren, er wandte sich für einen Augenblick den Besuchern zu. »Besonders nah scheint Ihnen der Tod Ihrer Tochter nicht zu gehen.« Diese Bemerkung konnte sich Winkler nicht verkneifen.

»Ist nicht meine Tochter«, versetzte Maurer trocken. Mehr hatte er über seine Stieftochter nicht zu sagen. Er nahm einen großen Schluck aus dem Weizenbierkelch und konzentrierte sich wieder auf die Mattscheibe vor sich.

Auch die Mutter wusste erstaunlich wenig über ihre Tochter. Die Väter beider Töchter seien jeweils flüchtige Bekannte gewesen, zu denen Brigitte Mauer keinen Kontakt mehr hatte. Tina habe eine normale, glückliche Kindheit gehabt, behauptete sie. Nach der Realschule habe sie eine Ausbildung zur Bürokauffrau begonnen, diese vor einem Jahr allerdings abgebrochen. Sie habe seither verschiedene Jobs gehabt und sei vor einem knappen Jahr zu ihrer Schwester ins Kloster Eberbach gezogen.

»Ich hab mir gleich gedacht, dass das nicht gut geht mit den beiden. Tatjana hatte einen schlechten Einfluss auf ihre Schwester, sie ist ein aufsässiges, böses Weib. Es ist schlimm, wenn eine Mutter so was über ihre Tochter sagen muss.«

»'ne richtige Hexe«, gab Maurer seiner Frau ausnahmsweise einmal recht.

Und das war dann auch schon alles, was die beiden der Polizei mitzuteilen hatten.

»Noch eine Frage zum Schluss, Herr Maurer: Wo waren Sie gestern Abend und heute Nacht?«

Maurer glotzte Mayfeld ungläubig an. »Verdächtigen Sie etwa mich, meine Tochter ermordet zu haben? Sind Sie noch ganz bei Trost?«, brüllte er.

»Ist doch gar nicht Ihre Tochter«, erinnerte ihn Winkler.

»Die Frage ist reine Routine«, beschwichtigte Mayfeld.

»Ich bin seit Freitagabend achtzehn Uhr hier, zusammen mit meiner Frau, die kann Ihnen das bestätigen!«, grunzte Maurer.

Brigitte Maurer nickte erschrocken und bestätigte das Alibi ihres Mannes.

Obwohl es draußen immer noch regnete, war Mayfeld froh, als er mit Winkler wieder im Freien war.

***

Erst mal ein Pfeifchen stopfen, sagte sie sich, vielleicht etwas Cannabis sativa unter den Tabak mischen, garantiert naturrein, weil selbst gezogen. Gut, dass die Bullen ihr Zimmer nicht durchsuchen wollten. Sie musste ihre Haschischvorräte und die Pilze anderswo deponieren, falls die noch mal kommen sollten. Als die

Tabakmischung in Brand gesetzt war, ging Tatjana Lüder zum Kühlschrank, holte eine Flasche Kiedricher Heiligenstock aus dem Kühlschrank, eine süße und wuchtige Auslese. Das war ein feiner Stoff.

Tina war tot, das kleine Miststück, der süße Fratz, ihre Schwester. Sie hatte nicht aufgepasst, obwohl sie es der Oma an deren Sterbebett noch versprochen hatte. Oma war jetzt schon ein paar Jahre tot. Alle, die ihr etwas bedeutet hatten, waren jetzt tot.

»Warum ist die Welt so böse? Warum trifft es immer die Falschen? Wer hat Tina das angetan? Weißt du es?« Sie goss sich von der goldenen, leicht öligen Flüssigkeit aus der Flasche in das Kristallglas vom Flohmarkt und nippte daran. Wirklich ein feiner Stoff.

Das sind ziemlich viele Fragen auf einmal und ziemlich schwierige obendrein, antwortete die Großmutter aus der Ferne.

Tatjana nahm einen kräftigen Schluck, schlürfte, schmatzte, spürte, wie die Aromen im Mund explodierten, wie der süße Schmelz ihre Geschmacksknospen streichelte. »Schade, dass du davon nichts mehr probieren kannst.«

Warum hast du nicht aufgepasst, Tatjana? Die Stimme wurde deutlicher.

Also kamen doch Vorwürfe. »Sei nicht böse, Oma, bitte nicht böse sein! Woher hätte ich denn wissen sollen, was passiert? Nicht einmal die geringste Ahnung habe ich gehabt.«

Die Karten hatten sie im Stich gelassen. Keinen einzigen Hinweis hatten sie ihr gegeben, dass Tina in Gefahr war. Aber genau genommen konnten sie das ja auch nicht, weil sie die Karten gelegt hatte und nicht Tina. Die hätte so was nie gemacht, weil sie es für Esoterikmist gehalten hatte. Hätte sie mal besser auf sie gehört.

»Was soll ich denn jetzt tun?« Tatjana wurde schwindelig. Immer wenn sie mit der Großmutter in Kontakt trat, wurde ihr schwindelig. Alles fühlte sich dann unwirklich an. Aber es musste wahr sein, dass die Großmutter aus dem Jenseits zu ihr sprach. Sonst wäre sie ja ganz allein auf der Welt.

Sie nahm das Kartendeck, das vor ihr auf dem Tisch lag, mischte. Es war das Rider-Waite-Tarot, das ihr die Oma hinterlassen hatte. Eigentlich müsste sie jetzt ein paar Karten nach einem bestimmten Schema auslegen, aber Oma hatte ihr schon vor langer Zeit, als sie noch lebte, erlaubt, dabei ganz ihrer Intuition zu folgen. Sie zog eine Karte und deckte sie auf: Ritter der Stäbe. Der Ritter saß in seinem Harnisch auf dem Streitross, in der Linken die Zügel, in der Rechten den Stab mit fünf Trieben. Das Element des Feuers, des Willens, der Triebe sprach da zu ihr. Das Pferd auf der Karte stieg mit den Vorderhufen empor. Sie musste in Bewegung bleiben, musste aus ihrer Intuition heraus handeln. Sie sah den Ritter, wie er durch die Wüste stob, eine Staubfahne hinter sich herziehend. Er ritt an den Pyramiden vorbei, vorbei an der rätselhaften Sphinx. Sie konnte nur dadurch erkennen, was sie wollte, indem sie es tat, das war die Bedeutung der Karte. Im Feuer war Kraft, im Feuer verzehrte sich alles. Sie spürte die Macht in sich.

Die Pfeife war ausgegangen, sie zündete sie wieder an. Sie ließ ihre Gedanken schweifen: Erinnerungen tauchten auf, Erinnerungen an glücklichere Zeiten. Sie saß neben ihrer Oma am Küchentisch und hörte ihren Geschichten zu. Die Oma hatte viele Geschichten zu erzählen, wahre und erfundene, das machte gar keinen so großen Unterschied, hatte sie oft gesagt. Immer wieder hatte sie ihr von dem Ritter erzählt, der einmal kommen würde, um sie zu beschützen, ein starker und feuriger Ritter; diese Geschichte hatte Tatjana besonders gern gehört. Leider war so ein Ritter noch nie in ihrem Leben aufgetaucht, ganz bestimmt nicht, den hätte sie bemerkt. Außer an die schönen Stunden mit Oma erinnerte sie sich an kaum etwas in der Vergangenheit. Die letzten Jahre, klar, da kannte sie sich aus. Sie hatte eine Lehre gemacht und war jetzt Gärtnerin im Kloster, wo sie auch wohnte. Aber vorher, da lag vieles im Nebel.

Die Karten konnten auch über die Vergangenheit Auskunft geben. Sie zog eine weitere Karte und erschrak. Sie hielt die Nummer fünfzehn der Großen Arkana in der Hand, den Teufel. Ein grimmiger Satyr thronte auf einem Podest, die befellten Beine hatte er geöffnet und dem Betrachter zugewandt. Daneben standen eine nackte Frau und ein nackter Mann. Eine schwere Kette war ihnen um den Hals geschlungen und an einem im Podest eingelassenen Ring befestigt. Tatjana nahm einen tiefen Zug aus der Pfeife und hustete. Nikotin und Cannabis strömten in ihre Adern, in ihre Gehirnzellen, ihr wurde wieder schwindlig. Der Magen revoltierte. Vom Teufel wollte sie nichts wissen. Es war vielleicht ganz gut, dass sie so wenige Erinnerungen an früher hatte. Sie zog schnell eine neue Karte: Mal sehen, was die Zukunft brachte.

Die Zukunft brachte den Ritter der Münzen. Dieser Ritter gehörte zum Element Erde, er wirkte bäuerlicher als der erste, das Pferd war schwerfälliger. Gemeinsam blickten Ross und Reiter auf Hügel und Felder. Er war ein stolzer Besitzer. Die Karte wirkte irgendwie beruhigend.

Man soll es mit dem Kartenlegen nicht übertreiben, hatte die Oma sie gemahnt. Vergiss nie, sie mit einem kleinen Augenzwinkern zu benutzen. Sie sagen dir nur, was in dir ist. Zuerst hatte sie mit dieser Mahnung gar nichts anfangen können, hatte mit den Augen gezwinkert, wenn sie sich die Karten legte, aber später hatte sie den Hinweis verstanden. Immer mit beiden Beinen auf dem Erdboden bleiben, das war wichtig. Deswegen hatte sie ja auch einen erdverbundenen Beruf erlernt, Gärtnerin.

Sie achtete genau auf den Sessel, auf dem sie saß, spürte die Beine, die fest auf dem Boden standen, und atmete ruhig und langsam aus. Oma hatte ihr gesagt, dass man sich so erde. Erden war gut gegen das Abheben. Sie blickte sich in der Küche um, lauschte angestrengt. Regentropfen trommelten leise gegen die Fensterscheiben, sonst war kein Ton zu vernehmen. Im ganzen Haus war es ruhig. Die Saisonarbeiter aus Polen sollten morgen anreisen. Das war gut, dann war im Stockwerk über ihrer Wohnung wieder Leben in der Bude.

Sie schrie innerlich auf. Leben in der Bude, bei diesen Worten fühlte sie sich, als ob ihr jemand einen Rammbock in die Magengrube gestoßen hätte. Sie sah die Leiche Tinas direkt vor sich, die herausgequollenen Augen, die Würgemale am Hals. Sie hatte nicht auf sie aufgepasst. Warum musste ich der Oma überhaupt versprechen, auf sie aufzupassen, schoss es ihr kurz durch den Kopf. Doch dann gewannen Schmerz und Schuldgefühle in ihrer

Seele die Oberhand über die Neugierde, und sie zermarterte ihren Geist mit grüblerischen Vorwürfen.

Seit einer Woche herrschte in der Gärtnerei Hochbetrieb, die Frühlingspflanzungen hatten begonnen. In dieser Zeit gab es bei den Kollegen eine Urlaubssperre, und alle arbeiteten fast ununterbrochen. Lediglich am Wochenende nahm sich Tatjana eine Auszeit. Seit einer Woche hatte sie also für nichts mehr Augen und Ohren gehabt als für die Fuchsien, Geranien, Bauernrosen und Malven, die sie im Laufschritt zu den weit verzweigten Rabatten der Klosteranlage brachte und dort einpflanzte. Abends war sie so kaputt gewesen, dass sie bloß noch ein Pfeifchen rauchte, ein Glas Wein trank und etwas meditierte oder sich die Karten legte. Von Tina und Magdalena hatte sie in dieser Woche so gut wie nichts mitgekriegt. Überhaupt, seit Magdalena bei ihnen eingezogen war, hatte Tina immer weniger mit ihr geredet, Magdalena war ihre beste Freundin geworden, die große Schwester hatte ausgedient. In der letzten Zeit hatten die beiden viel miteinander getuschelt. Magdalena hatte von ihrer Familie erzählt, von ihrem Bruder und ihrer Mutter und von Geld, an das sie zu kommen hoffte. Das hatte sie einmal nebenher mitbekommen, als die beiden sich in Tinas Zimmer zurückgezogen und die Tür offen gelassen hatten.

Sie gab sich einen Ruck. Sie durfte sich nicht hängen lassen, musste in Bewegung bleiben. Sie konnte nur herausfinden, was sie wollte, indem sie handelte, ihrer Intuition folgte. Sobald Magdalena zurückkam, würde sie sie wegen des Geldes ausfragen. Bis dahin konnte sie sich ja mal in deren Zimmer umsehen.

***

»Rheingauer Lebensfreude« lautete das Motto der diesjährigen Ausstellung des Johannisberger Künstlerkreises. Sie fand im Kreuzgang des ehemaligen Klosters Johannisberg statt, das seit Jahren ein Hotel beherbergte. Mayfeld war zur Vernissage eingeladen, seine Frau Julia beteiligte sich in diesem Jahr erstmals mit eigenen Bildern. »Wir treffen hier bestimmt Kathrin und Arthur Roth«, hatte er zu Winkler gesagt, und das hatte den Ausschlag gegeben, dass die Kollegin, die bekannte, mit bildender Kunst nicht viel anfangen zu können, mitgekommen war.

Sie waren von den Waldäckern durch die Weinberge bis nach Johannisberg-Grund gefahren. Sie kamen spät, die Eröffnung der Vernissage war schon in vollem Gange. Gerade hatte der Vorsitzende des Vereins, Dr. Maußke, ein selbstverfasstes Gedicht vorgetragen. Warmer Applaus beendete den Vortrag des Malers und Poeten, und die Gäste strömten zur Sektbar, die jetzt ebenso geplündert wurde wie die diversen Tabletts mit Schnittchen, die Hotelbedienstete durch die hungrige und durstige Menge balancierten.

»Hab ich dich gefunden!« Mayfeld spürte ein Kitzeln im Nacken, dann weiche Lippen und einen Kuss.

»Julia!« Er drehte sich um und strich seiner Frau zur Begrüßung über das lockige schwarze Haar.

»Hast du dienstlich hier zu tun?«

Mayfeld war verblüfft. »Woher weißt du denn das schon wieder?«

Sie lächelte spitzbübisch und warf einen Blick zu Winkler. »Heike hat mir mal erzählt, was sie von moderner Malerei hält. Da ist es naheliegend zu vermuten, dass sie hier nicht ihre Freizeit verbringt.«

An Julia war eine Detektivin verloren gegangen, dachte Mayfeld. Psychologen machen einen ähnlichen Job, hatte sie ihm einmal auf diese Feststellung geantwortet.

»Erzähl mir später, worum es geht! Erst zeig ich euch die Ausstellung.«

»Ich hol mir was zu essen und zu trinken«, lehnte Winkler dankend ab. »Wir treffen uns am Eingang.«

Julia hakte sich bei Mayfeld ein. Sie gingen an Aquarellen, die das Eltviller Rheinufer im Sommer zeigten, und an Riesenwürsten und Riesenschinken aus Pappmaschee vorbei, bis sie zu ihren Bildern kamen. Julia hatte zwölf Aquarelle gemalt, die die Aussicht zeigten, die sie vom Balkon ihrer Wohnung auf den Rhein hatten. Jedes Bild war in einem anderen Monat des Jahres gemalt worden und jedes zu einer anderen Tageszeit. Die Reihe begann mit der eisigen Morgendämmerung des Januars, die Frühlingsbilder fingen die Stimmung des Vormittags ein, in den Sommerbildern spürte man die glühende Mittagshitze, die Herbstbilder waren in eine milde Nachmittagssonne oder in fahles Zwielicht getaucht, und die Winterbilder versanken allmählich wieder in der Dämmerung. Jedem der Gemälde war ein Foto von den Krisenherden dieser Welt aus dem jeweiligen Monat zugeordnet. Die Fotos, die Krieg und Zerstörung zeigten, standen in einem fast unwirklichen Kontrast zu der ruhigen Bildersprache der Aquarelle, die die Wiederkehr des immer Gleichen in verwandelter Gestalt und neuem Licht darstellten. »Alles ist im Fluss«, hatte Julia den Zyklus genannt.

»Ich glaube, ich verkaufe sie nicht. Ich kann mich nicht daran gewöhnen, dass ich etwas, dass mich über ein ganzes Jahr begleitet hat, einfach für Geld hergeben soll. Verschenken könnte ich sie vielleicht, aber verkaufen: niemals«, sagte sie.

Das hatte sich Mayfeld schon gedacht. »Am Anfang einer künstlerischen Karriere ist das wahrscheinlich ein gangbarer Weg, aber denk mal daran, wie unsere Wohnung in zehn Jahren aussieht, wenn du weiterhin so produktiv bist.« Mit dieser Bemerkung handelte sich Mayfeld einen freundschaftlichen Knuff in die Rippen ein.

»Das da gefällt dir vermutlich besser«, frotzelte Julia. Sie wies ihren Mann auf die Bilder hin, die direkt neben ihren hingen. Mit den Worten »Wir sehen uns später« verabschiedete sie sich. Bei den Bildern handelte es sich um circa hundert Weinetiketten, jedes eine Miniatur, die einen Aspekt des Weinbaus zeigte, von der Arbeit im Weinberg über die Lese bis zu Szenen aus einem Weinkeller. Sie waren in einem naiven Stil gemalt, kindlich und anrührend. In ihrer Gesamtheit ergaben sie ein buntes und flirrendes Ornament.

»Die schönsten habe ich für die Etiketten unserer diesjährigen Kollektion drucken lassen. Hallo, Robert!«, rief ihm Cornelius Bergmann zu. Der Geschäftsführer des Weinguts Felsen aus Oestrich war ein kleiner, leicht untersetzter Mann, gekleidet in einen dezenten grauen Flanellanzug, schwarzes Hemd und rote Krawatte. Bergmanns Frau Nadine war mit Mayfelds Schwägerin Elly befreundet, und er kannte Bergmann vom Rheingauer Winzerverband, dessen dynamischer und ehrgeiziger stellvertretender Vorsitzender er war. »Großartig, was mein Schatz da geschaffen hat«, schwärmte Bergmann und zog seine Frau, die etwas abseits stand, zu sich. Nadine Bergmann versteckte ihr schönes, ebenmäßiges Gesicht hinter einer riesigen Hornbrille mit dicken Gläsern. Dadurch wirkten ihre ausdrucksstarken Augen wie kleine Schweinsäuglein. Es schien ihr zu widerstreben, von ihrem Mann so in den Mittelpunkt der Aufmerksamkeit gezerrt zu werden, aber er präsentierte seinen Schatz wie eine besonders gelungene Kreszenz. Sie faltete ihre großen, knochigen Hände verlegen ineinander. Bergmann schien die Schüchternheit seiner Frau etwas zu ärgern, aber den Anflug von Gereiztheit, den Mayfeld zu erkennen glaubte, verbarg er hinter einem routiniert freundlichen Lächeln.

»Warst du gestern bei der Weinpräsentation in Kloster Eberbach?«, fragte Mayfeld.

»Aber selbstverständlich, ich habe sie organisiert. Warst du auch da? Ich habe dich gar nicht gesehen.«

»Nein, ich hatte dienstlich zu tun.«

»Geh nur zu deinen anderen Gästen, mein Schatz«, sagte Bergmann und schickte seine Frau, die brav gehorchte, weg. »Ihr solltet eure Weine auch in so einem Rahmen präsentieren«, sagte er zu Mayfeld.

»Dein Vorschlag ehrt uns. Aber für das Weingut Leberlein ist eine solche Veranstaltung zu groß«, antwortete Mayfeld. Und die Standgebühren sind zu hoch, fügte er im Stillen hinzu.

»Stell dein Licht mal nicht so unter den Scheffel«, protestierte Bergmann. »Ich habe vor Kurzem deine 2005er Auslese vom Rauenthaler Rothenberg probiert.« Er schnalzte genießerisch mit der Zunge. »Ein Gedicht. Der Wein hat wunderbare Aromen, eine gute Säurestruktur, Eleganz und einen langen Nachhall. Der braucht sich vor keinem der Weine, die gestern vorgestellt wurden, zu verstecken.«

So etwas hörte Mayfeld gern. Es bestätigte ihn darin, dass es richtig gewesen war, die Weinberge, die Julia vor Jahren geerbt hatte, selbst zu bewirtschaften und den Wein im Weingut seiner Schwiegereltern auszubauen. »Ohne die Unterstützung meines Schwagers würde ich das nie schaffen«, sagte er bescheiden, aber er war geschmeichelt. Dann besann er sich wieder auf den Fall, den er zu lösen hatte. »Ist dir bei der Veranstaltung gestern Abend irgendetwas aufgefallen?«

Bergmann schaute ihn überrascht an. »Fragst du das als Winzerkollege oder als Kriminalbeamter?« Als Mayfeld nicht antwortete, fuhr er fort: »Die Besucher waren begeistert, haben fast alles ausgetrunken. Das Essen vom Caterer war perfekt, Crépinette vom Perlhuhn und Roastbeef mit Sauce hollandaise. Was willst du denn wissen?«

Den Speiseplan des gestrigen Abends eher nicht. »Ich frage als Polizist. Wann hast du die Veranstaltung verlassen?«

»Um zehn, nachdem die letzten Gäste und die Aussteller gegangen waren. Ich bin zu meinem Wagen auf dem Parkplatz beim Schlosserbau gelaufen und nach Hause gefahren. Warum fragst du, was ist denn passiert?« In Bergmanns Gesicht konnte man lesen, wie irritiert er über die Entwicklung des Gesprächs war.

»Ich sage es dir gleich«, versprach Mayfeld. »Beantworte bitte vorher noch ein paar Fragen, Cornelius. War außer dir zu diesem Zeitpunkt noch jemand im Laiendormitorium?«

»Die meisten Besucher sind zwischen neun und halb zehn gegangen, die letzten Winzer kurz danach. Um zehn waren nur noch Andy Körner vom Partyservice und einer seiner Mitarbeiter da. Aber die wollten auch gleich gehen.«

»Ist dir auf dem Parkplatz etwas aufgefallen?«

Bergmann zuckte mit den Schultern. »Ich war müde und wollte nach Hause. Die Veranstaltung ging seit 14 Uhr. Der Parkplatz war leer. Worum geht es denn?«

»Ist dir rund um den Schlosserbau etwas aufgefallen?«, wiederholte Mayfeld seine Frage.

Bergmann dachte lange nach. »Als ich zu meinem Wagen ging, hatte es gerade begonnen zu regnen, es war ein richtiger Wolkenbruch, der da herunterkam. Wir haben ja seit Kurzem echtes Aprilwetter. Ich hab mich beeilt, ins Trockene zu kommen, und nicht auf das Drumherum geachtet.« Nach einer Weile fügte er hinzu: »Da war noch ein Mann auf dem Parkplatz, der rannte zum Schlosserbau. Ich hab ihn im Augenwinkel gesehen, als ich nach draußen fuhr.«

»Kannst du den beschreiben?«

Bergmann schüttelte den Kopf. Er konnte ihn beim besten Willen nicht beschreiben, mittelgroß, mittelschlank, mittelalt, vermutete er. Niemand, den er kannte, das war das Einzige, was er mit einiger Sicherheit sagen konnte. »Was ist denn passiert, warum fragst du mich das alles?«

»Wir haben heute Morgen eine Tote im Wald hinter dem Kloster gefunden, Tina Lüder, eine junge Frau. Sie arbeitete in der Vinothek der Staatsweingüter und wohnte im Schlosserbau. Sie wurde gestern Abend ermordet. Kanntest du sie?«

Bergmann sah ihn ungläubig an. »Nein, die kannte ich nicht. Das ist ja fürchterlich. Wurde sie im Kloster ermordet? Wer tut denn so was?«

»Das wissen wir noch nicht, aber ich werde es herausfinden. Wenn dir noch was einfällt, ruf mich an!« Mayfeld gab Bergmann seine Karte.

»Wir sehen uns ja jetzt öfter.« Bergmann steckte die Karte ein. »Nadine hat sich in den Kopf gesetzt, bald auch eine Straußwirtschaft zu eröffnen, und schnuppert deswegen nächste Woche bei Julia und Elly in den Betrieb hinein.«

»Julia hat mir erzählt, dass du nicht sehr begeistert von der Idee bist.«

»Ich würde mir die Arbeit nicht antun. Unser Wein verkauft sich auch so prächtig. Oder ich würde Andy kochen lassen, der hat das gestern auf der Weinpräsentation perfekt gemacht. Aber Nadine kommt mit Andy nicht so gut klar, und sie findet es persönlicher und familiärer, selbst zu kochen.« Bergmann rollte mit den Augen und hob mit gespielter Hilflosigkeit die Schultern. »So sind die Frauen halt!« Er zwinkerte Mayfeld zu. Der wollte sich gerade verabschieden, als sich Bergmanns Gesichtsausdruck veränderte, so als ob er plötzlich von heftigen Zahnschmerzen befallen worden wäre.

»Hallöchen!« Mayfeld drehte sich um. Vor ihm stand eine Frau Anfang sechzig. Sie war klein, korpulent und grell geschminkt, die toupierten Haare hatte sie platinblond färben lassen. Sie ging an Mayfeld vorbei, zog dabei eine Wolke aus Veilchenduft und Spritgeruch hinter sich her und schloss Bergmann in ihre Arme.

»Meine Mutter«, stellte er sie Mayfeld vor, nachdem er sich aus ihrer Umarmung befreit hatte.

Die Frau schwankte etwas und streckte Mayfeld die Hand entgegen, so als ob sie einen Handkuss erwartete. Mayfeld ergriff die Hand widerwillig und schüttelte sie ein wenig zu heftig.

Frau Bergmann versuchte, einen indignierten Gesichtsausdruck hinzubekommen. »Willst du mir deinen Freund nicht vorstellen, Cornelius?«, fragte sie mit einer blechern und leicht verwaschen klingenden Stimme.

Bergmann gehorchte und stellte Mayfeld vor.

»Hat er etwas ausgefressen?«, fragte die Mutter und schüttelte sich vor Lachen über diesen Witz. Dann griff sie ihrem Sohn ans Ohrläppchen und zog daran, was bei ihr zu einem weiteren konvulsivischen Lachanfall führte, der in einer Hustenattacke endete. »Der kleine Schlingel«, fügte Frau Bergmann hinzu, als sie sich wieder erholt hatte.

Bergmann schaute jetzt nicht mehr wie ein Mann mit Zahnschmerzen aus. Er sah jetzt aus wie jemand, der gerade eine Gewalttat in Erwägung zog. Mayfeld konnte den armen Kerl gut verstehen.

»Du hast zu viel getrunken, Mutter«, sagte Bergmann mit einer erstaunlich freundlichen Stimme. »Bitte verdirb Nadine nicht diesen schönen Tag!«

Seine Mutter starrte ihn mit böse funkelnden Augen an. Sie schien sich eine Antwort auszudenken, doch dann fand sie nicht die rechten Worte. Sie drehte sich abrupt um, rempelte Mayfeld im Vorübergehen an und schwankte von dannen.

»Ist nicht immer leicht mit den Eltern«, sagte Mayfeld. »Ich kenne das von meinem Vater.«

»Danke für das Mitgefühl«, antwortete Bergmann. Aber er schien sich nicht darüber zu freuen. Eher schien er im Erdboden versinken zu wollen.

Mayfeld verabschiedete sich eilig.

Die »Bacchantinnen« von Kathrin Roth hingen am Ende der Ausstellung. Winkler wartete vor dem Bild auf ihn. Das Ölgemälde maß zwei mal zwei Meter und nahm die ganze Wand neben der Eingangstür zum Kreuzgang ein. Es war in heftigen, ungeduldigen Pinselstrichen auf die Leinwand geworfen worden, so dachte man jedenfalls beim ersten Hinschauen. Es zeigte zwei junge Frauen, deren Kleider aus Leopardenfell auf dem Boden lagen. Eine berührte mit einem großen Stab eine Felswand hinter sich, aus der tiefroter Wein hervorquoll, die zweite streckte der Quelle einen Pokal entgegen und versuchte, den Wein aufzufangen. Die gesamte Bildfläche war mit roten Farbspritzern übersät, Flecken aus Wein oder Blut, die sowohl auf eine Orgie als auch auf ein Massaker hinweisen konnten. In den Gesichtern der beiden Frauen spiegelten sich Neugier, Angst, Ekstase und Lebenshunger. Mayfeld stand direkt vor dem Bild und studierte die Gesichter der Bacchantinnen, die sich dem Betrachter im Profil darboten. Winkler streckte ihm ungefragt das Foto von Tina Lüder und Magdalena Hellenthal entgegen, das ihnen Tinas Schwester gegeben hatte. Kein Zweifel, es waren deren Gesichter. Mayfeld trat ein paar Schritte zurück, um das Bild aus etwas größerer Distanz auf sich wirken zu lassen. Wenn man einige Meter entfernt stand und die Augen etwas zukniff, verwandelte sich die Felswand mit der Quelle wie ein Vexierbild, und zwar umso eindringlicher, je länger man auf die Leinwand starrte und mit den Augen blinzelte. Die Silhouetten der Frauenkörper verschwammen, verschmolzen mit der Felswand aus Ocker, Grün und Schwarz, ihre langen Haare und die Ranken der Reben schlangen sich ineinander, und nach einer Weile trat ein lockiger, blutüberströmter Kopf aus dem Bild hervor und starrte den Betrachter an. Irritiert rieb sich Mayfeld die Augen, ging wieder näher an das Bild heran und betrachtete die Ränder des Gemäldes. Dort waren in die dicken Schichten der Farbe mit einem Messer Buchstaben eingeritzt worden. »Die Bakchen – Hin zur Insel der Liebe möcht ich ziehen«, entzifferte Mayfeld.

»Muss mir das jetzt etwas sagen?«, fragte Winkler ihren Chef mit spitzem Ton.

»Eine Tragödie des Euripides«, klärte sie eine Frau auf, die zu den beiden Beamten getreten war. »Die Frauen Thebens huldigen Dionysos. Pentheus, der Herrscher Thebens, will dagegen vorgehen, doch in ihrem Wahn zerreißen sie ihn bei lebendigem Leib. Ein Spiel von Rausch und Vernunft, vom Kampf der Geschlechter und von der Arroganz der Macht. Darf ich mich vorstellen: Kathrin Roth, ich habe das Bild zu verantworten.«

Kathrin Roth war ein Frau Mitte vierzig, blond, schlank und groß gewachsen. Sie trug einen Nadelstreifenanzug, und mit ihrem herausfordernden Blick und dem spöttisch lächelnden Mund erinnerte sie Mayfeld an Marlene Dietrich. Er streckte ihr die Hand entgegen und stellte Winkler und sich vor.

»Ihre Frau hat wunderhübsche Aquarelle gemalt.« Kathrin Roths Kompliment war ein Quäntchen Herablassung beigemischt.

»Wir müssen Sie wegen der beiden Frauen sprechen, die Ihnen Modell gesessen haben«, sagte Mayfeld.

»Tina und Magdalena? Was ist mit den beiden, wo sind sie überhaupt? Ich erwarte sie hier!«

»Wir haben Tina Lüder heute Morgen tot im Kisselbach gefunden, sie wurde ermordet.« Wieder kam sich Mayfeld wie ein ungehobelter Trampel vor, der seinen Mitmenschen ohne jedes Feingefühl Katastrophen vermeldete.

Die Frau vor ihm verlor für einen Moment jede Körperspannung, sackte in sich zusammen, griff Hilfe suchend nach seinem Arm, bevor sie sich mühsam wieder aufrichtete. Man sah ihr die Anstrengung an, die es sie kostete, ihre Gesichtszüge unter Kontrolle zu halten. »Und was ist mit Magdalena, ist ihr auch etwas passiert?«, fragte sie mit gepresster Stimme. Sie wühlte in ihrer Jackentasche, fischte ein silbernes Etui und eine Zigarettenspitze heraus, steckte eine Zigarette in die Spitze aus Elfenbein und zündete sie an.

»Wir können Frau Hellenthal nicht finden. Können Sie uns dabei helfen?«, fragte Winkler. »Sie scheinen zu den beiden eine recht enge Beziehung zu haben.«

»Sie haben mir beide jeden Freitag Modell gesessen. Nach den Sitzungen haben wir zusammen mit meinem Mann noch ein wenig gefeiert. Wenn Sie das eine enge Beziehung nennen wollen, bitte sehr. Mir wird schwindelig.« Sie steuerte auf einen Stuhl neben dem Eingang des Kreuzgangs zu und setzte sich. »Wie ist das denn geschehen und wann? Gestern Abend war Tina doch noch bei uns.«

»Erzählen Sie uns, was gestern Abend bei Ihnen zu Hause passiert ist«, bat Mayfeld.

Ein Besucher der Vernissage unterbrach das Gespräch zwischen Kathrin Roth und Mayfeld, indem er Roth auf das Rauchverbot, das in der Ausstellung herrschte, hinwies.

»Können wir rausgehen? Mir wird es hier drinnen eh zu eng!« Kathrin Roth zitterte, als sie sich von dem Stuhl erhob, lehnte den Arm, den Mayfeld ihr bot, jedoch ab. Sie traten ins Freie, die Sonne hatte die Regenwolken mittlerweile vertrieben. Mayfeld, Winkler und Roth gingen ein paar Schritte die Hoteleinfahrt hinab zum Eingang des Anwesens. Dort klärte ein Schild die Besucher auf, dass das Kloster Immaculata in der Gemarkung Johannisberger Hölle liege, früher eine Badeanstalt und eine Nerverheilanstalt gewesen sei und dann lange Jahre den Benediktinerinnen von der ewigen Anbetung als Kloster gedient habe, bevor es vor einigen Jahren mangels Nachwuchs in ein Hotel verwandelt worden war.

»Die Unbeflecktheit mitten in der Hölle, wie passend! Laufen wir ein wenig weiter?«, fragte Kathrin Roth. Mayfeld stimmte zu.

Sie spazierten an zwei Weingütern, die in ehemaligen Mühlen untergebracht waren, vorbei. »Gestern Abend kam Tina gegen acht Uhr zu uns. Magdalena wollte um zehn nachkommen, sie hatte zuvor zu arbeiten, ich glaube, bei einer Weinpräsentation im Laiendormitorium. Um halb zehn hat Tina sie angerufen. Kurz vor zehn meinte sie, sie würde nach Hause laufen, Magdalena abholen. Mein Mann wollte sie mit dem Auto fahren, aber sie meinte, ein bisschen frische Luft täte ihr ganz gut.«

Sie waren am »Weintempel« angekommen. Ein offensichtlich recht erfolgreicher Winzer hatte seinen Weinprobierraum in einem den Tempeln der alten Griechen nachempfundenen Gebäude aus Stein und Glas untergebracht. Sie drehten um, gingen zurück zum Hotel. Die an das Kloster angebaute ehemalige Kirche blickte streng und unnahbar auf das Tal.

»Wissen Sie, was Magdalena Hellenthal auf der Weinpräsentation gemacht hat?«, fragte Mayfeld.

Kathrin Roth zuckte mit den Schultern. »Ich nehme an, sie hat als Bedienung gearbeitet. Der Name ›Andy Körners Partyservice‹ ist gefallen.«

»Haben Sie danach von den beiden noch einmal etwas gehört?«

Kathrin Roth schüttete den Kopf. »Ich habe später versucht, Magdalena und Tina auf ihren Handys anzurufen, aber keine von beiden ist rangegangen. Ich dachte, sie haben ihre Pläne für diesen Abend wohl geändert, und bin dann ins Bett gegangen.«

»Und Ihr Mann?«, fragte Winkler.

»Er ist auch zu Bett gegangen. Aber Sie können ihn gleich selbst fragen. Er ist hier auf der Vernissage und sucht mich bestimmt schon.«

Als sie zum Kreuzgang zurückkamen, trat ihnen ein groß gewachsener Mann entgegen. Mit seinem markanten Gesicht, seinem an den Schläfen leicht ergrauten Haar und den buschigen Augenbrauen erinnerte er Mayfeld an Sean Connery in seinen besten Jahren. Erfreulicherweise trat Arthur Roth nicht mit Smoking und Martini auf, sondern im Tweedsakko und mit einem Glas Sekt in der Hand. Marlene Dietrich und Sean Connery, wirklich ein blendendes Paar, dachte Mayfeld.

»Möchtest du mich deinen Freunden nicht vorstellen, Darling?«, fragte er mit sonorer Stimme und streckte Winkler seine kräftige Hand entgegen.

»Das sind zwei Polizisten von der Kripo Wiesbaden. Sie sind wegen Tina hier. Sie wurde heute Morgen in der Nähe des Klosters gefunden. Man hat sie ermordet.«

Arthur Roth zog seine ausgestreckte Hand erschrocken zurück. Er sah aus wie Connery, trat aber nicht mit dessen Selbstsicherheit auf. »Aber wieso denn, gestern war sie doch noch völlig in Ordnung, ich meine, sie war doch noch bei uns. Und was wollen Sie denn jetzt von uns?«

»Wir möchten von Ihnen wissen, was gestern passiert ist und was Sie getan haben, nachdem Tina Lüder Ihr Haus verlassen hat«, antwortete Winkler.

Roths solariumgebräunte Haut wurde mit einem Schlag blass und fahl. »Was heißt denn, was ich getan habe? Nichts habe ich getan. Ich bin ins Bett gegangen, der Abend war ja wohl verdorben.« Er strich sich mit einer nervösen Geste über seinen Oberlippenbart.

»Wie wurde Ihnen denn der Abend verdorben, Herr Roth?«, schaltete sich Mayfeld in das Gespräch ein.

»Ach Unsinn!«, wiegelte Roth ab. Er setzte sich auf den Stuhl neben der Eingangstür. »Ich bin ganz durcheinander.« Sein Blick irrte umher, er suchte Kontakt zu seiner Frau, die aber in die Betrachtung der Bacchantinnen vertieft zu sein schien. »Wir wollten die Eröffnung der Ausstellung vorfeiern und waren enttäuscht, dass Tina nicht mit Magdalena zurückkam, das war alles. Deswegen bin ich ein wenig frustriert zu Bett gegangen.« Er hielt einen Moment inne. »Mein Gott, wie schrecklich«, brach es dann aus ihm heraus. »Wer tut denn so was?« Er schien aufrichtig bekümmert. Aber er hatte Angst. Angst wovor?

»Sie wollten Tina mit dem Auto fahren, aber sie das hat abgelehnt?«, fragte Mayfeld.

»Sie wollte lieber laufen. Man kann dann den direkten Fußweg nehmen und ist genauso schnell wie mit dem Auto.«

»Aber es regnete doch?«, hakte Mayfeld nach. »Gibt es vielleicht Einzelheiten des gestrigen Abends, die Sie uns noch nicht erzählt haben?«

Roth schüttelte unwirsch den Kopf. »Der Regen hat erst angefangen, als Tina das Haus schon verlassen hatte. Was meinen Sie denn mit Einzelheiten? Ich weiß nicht, wer sie ermordet hat, ich habe nicht den geringsten Schimmer einer Ahnung. Haben Sie Magdalena schon befragt?«

»Die können wir nicht finden.«

Roths Blick begann zu flackern. Er hob hilflos die Schultern und breitete die Arme in einer theatralischen Geste aus. »Ich kann Ihnen leider nicht weiterhelfen.« Er stand auf, ging zu seiner Frau und umfasste ihre Schultern von hinten mit seinen kräftigen Armen. Es sah aus, als wollte er mit dieser Geste Schutz und Trost spenden, aber Mayfeld glaubte, dass er Hilfe suchte.

Kathrin Roth schob ihn weg und drehte sich zu den beiden Beamten um. Sie hatte Tränen in den Augen. »Wir mögen die beiden sehr. Tina kam seit einem guten halben Jahr zu mir, seit ein paar Monaten kam Magdalena mit. Die beiden haben frischen Wind in unser Haus gebracht. Tina war eine sehr lebenslustige Person, Magdalena ist ein bisschen labil, sie ist mehr ein Engel als ein

Mensch. Ich hoffe, sehr, dass ihr nichts passiert ist. Bitte finden Sie sie. Und finden Sie Tinas Mörder!«

Die beiden Beamten verließen die Vernissage. Mayfeld fuhr Winkler zurück zu ihrem Auto, das beim Kloster Eberbach stand.

»Versuche, Tommy Wilhelm ausfindig zu machen«, sagte er, als sie aus seinem Volvo stieg. »Und frage jeden, der am Freitag in der Nähe des Klosters war, wann am Abend der Regen eingesetzt hat. Und wenn Magdalena Hellenthal morgen nicht auftaucht, müssen wir nach ihr suchen.«

Mayfeld hatte das bedrückende Gefühl, dass es dafür bereits zu spät war.

***

Ich bin ein schlechter Mensch, Abschaum, eine Beleidigung für Gott und meine Mitmenschen. Entschuldigen Sie also bitte, dass ich das Wort an Sie richte, aber ich weiß keinen anderen Rat, wie ich mir Erleichterung für meine Seelenpein verschaffen könnte, als Ihnen diesen Brief zu schreiben. Sich Erleichterung verschaffen – welche Selbstsucht und welche Anmaßung spricht aus dieser Absicht. Leiden sollte ich in alle Ewigkeit für das, was ich getan habe, und ich habe die Dreistigkeit, nach Beruhigung und Trost zu suchen! Wenn es noch eines Beweises für meine Verworfenheit, für meine Schlechtigkeit und Verdammenswürdigkeit bedürfte, dann steckte dieser Beweis in den Gründen und Motiven für diesen Brief, mit dem ich die Frechheit habe, Sie zu belästigen. Aber dennoch, ich kann nicht anders, etwas in mir drängt mich, mich Ihnen zu offenbaren, in der wahnwitzigen und anmaßenden Hoffnung, irgendwann vielleicht doch Gnade vor Gott und den Menschen zu finden.

So winsele ich jämmerlicher Tropf also um Gnade. Aber zuerst muss ich meine Schuld bekennen, vorbehaltlos und ehrlich, falls Ehrlichkeit ein Wort ist, das ich überhaupt in den Mund nehmen darf, ohne es zu besudeln.

Ich bin ein schlechter Mensch, ein widerwärtiges Stück Dreck, einer, der sämtliche Fehler in sich versammelt hat, der allen Lastern gefrönt und sich den sieben Hauptteufeln verschrieben hat. Satan,

Luzifer und Beelzebub, Mammon, Leviathan, Belphegor und Asmodeus, sie alle halten meine Seele in ihren Klauen, lassen sie nicht mehr los! Freiwillig und sehenden Auges habe ich mich in ihre Gewalt begeben, und nun jammere ich, ihr Gefangener zu sein.

Großes Leid habe ich verursacht in meinem Zorn, der Hochmut hat mich verblendet und die Wollust zum niedrigsten und verachtenswertesten Menschen gemacht. Die Habgier hat mich erkalten lassen, der Neid hat mich innerlich zerfressen, Maßlosigkeit und Selbstsucht haben alles Gute, sofern es jemals in mir vorhanden war, abgetötet. Und die Trägheit des Herzens, deren Last mich heute schier unter die Erde drückt, ist sowohl Anfang als auch Endpunkt all dieser unflätigen Beleidigungen der Moral, des Anstands und der Sitte.

Aber selbst der Niedrigste und Gemeinste unter den Menschen darf der Hoffnung auf Vergebung nicht entsagen, denn auch dies wäre Hochmut gegen Gottes Gnade. Also will ich beichten.

Sonntag, 29. April

»Ich denke gar nicht daran, in dieser blöden Straußwirtschaft Flaschen zu schleppen oder Suppen zu rühren. Das ist Kinderarbeit, und die ist bei uns verboten, das solltest du als Polizist wissen!«

Tobias Mayfeld war vierzehn Jahre alt, und das sagte eigentlich schon alles über seine seelische Verfassung. Weder er noch seine Eltern fühlten sich mit diesem Zustand wohl.

»Und was hast du stattdessen vor?«, fragte Robert. Julia beobachtete ihren Mann, wie er zum dritten Mal Kakaopulver auf den Milchschaum seines Cappuccinos streute und ziellos in der Tasse herumrührte. Die ganze Familie saß am Esstisch im Wohnzimmer der Etage, die die Mayfelds in der Villa am Rhein bewohnten.

»Ich geh zu Freddy. Da kann ich die ganze nächste Woche sein, seine Eltern haben nichts dagegen. Freddy hat im Keller einen total coolen Proberaum für unsere Band.« Tobias schaute seinen Vater herausfordernd an. Doch der hatte zum Leidwesen des Sohnes an diesem Plan gar nichts auszusetzen und bot ihm somit keinen Anlass für einen schönen Streit.

»Und ich geh zu Laura. Mama hat mit ihren Eltern schon geredet. Die erlauben das auch. Am Mittwoch darf ich mit zu ihrer Reitstunde«, meldete sich Lisa zu Wort.

»Wann krieg ich eigentlich das Schlagzeug, das ihr mir versprochen habt?«, wollte Tobias wissen.

»Ich versteh gar nicht, warum Tobias so ein Krachmacherinstrument haben will. Ich finde Klavier viel schöner.« Seit sich ihr Bruder derart stark in Opposition zum Vater befand, nutzte Lisa jede Gelegenheit, als braves Mädchen bei Papa zu punkten.

»Schleimerin«, zischte Tobias.

»Ich hab gehört, dass es mittlerweile ein elektronisches Schlagzeug gibt, das man über Verstärker oder Kopfhörer hören kann«, sagte Robert.

»Sonst seid ihr immer gegen diesen sogenannten Elektronikmist, und jetzt plötzlich findet ihr das klasse!« Tobias konnte es im Moment niemand recht machen, und sein Vater schon gar nicht.

»Robert denkt an unser aller Nerven und daran, dass du dann öfter üben kannst«, versuchte Julia zu vermitteln.

Jetzt meldete Lisa ihre Ansprüche an »Wenn Tobias ein Schlagzeug bekommt, dann will ich ein Islandpony! Lauras Eltern haben ihr auch eines versprochen.«

Julia seufzte. Bis vor einiger Zeit hatten Robert und sie das gemeinsame Frühstück mit den Kindern genossen. Im Moment war das anders. Lustlos biss sie in ihr Croissant.

Tobias schob seinen Stuhl geräuschvoll vom Tisch weg und ging, ohne ein weiteres Wort an seine Familie zu richten, in sein Zimmer.

»Darf ich aufstehen?«, fragte seine Schwester artig.

»Ja, und nimm deinen Teller mit«, antwortete Julia schmunzelnd.

»Gerne!« Sie warf ihrem Vater einen Beifall heischenden Blick zu, aber der schien sie gar nicht wahrzunehmen.

»Du hättest Urlaub nehmen sollen!«, stellte Julia fest, als Lisa gegangen war. »Ich hab schon ein ganz schlechtes Gewissen, dass wir Hilde und Elly gestern in der Straußwirtschaft allein gelassen haben.«

Robert hatte vorgehabt, Überstunden abzufeiern, um bei den Schlemmerwochen im Weingut ihrer Eltern zu helfen. Der Mordfall, in dem er jetzt ermitteln musste, hatte ihre Pläne gründlich durcheinandergebracht.

»Kommt Nadine heute schon?«, fragte er.

Julia schüttelte den Kopf. »Sie kommt ab morgen bis nächsten Sonntag. Ich freue mich schon drauf. Wir können Hilfe gut gebrauchen!«

»Kennst du eigentlich Kathrin Roth?«

Robert wechselte das Thema. Er war schon wieder im Dienst, spürte Julia. Er würde den Sonntag mit Ermittlungen verbringen und im Geiste selbst dann bei dem Fall sein, wenn er am Abend Schoppengläser füllen oder mit Gästen über den neuen Weinjahrgang diskutieren würde.

»Wir haben noch gar nicht über die Vernissage gesprochen. Wie haben dir denn die Bilder gefallen?«

»Bei dem Bild von Roth hat mich sehr beeindruckt, dass man darin eine orgiastische Szene genauso erkennen kann wie einen mit Blut besudelten Kopf. Sex und Gewalt, Rausch und Vernunft, lauter Gegensätze stecken in diesem Bild. Kennst du Kathrin Roth?« Robert ließ nicht locker.

»Nein, ich habe sie gestern auf der Vernissage das erste Mal gesehen. Nadine ist mit ihr befreundet. Warum fragst du? Hat sie was mit deinem Fall zu tun?«

Jetzt huschte ein Lächeln über Roberts Gesicht. »Würde ich sonst fragen? Soweit wir bisher wissen, sind sie und ihr Mann die letzten Personen, die Tina Lüder lebend gesehen haben. Ich würde gerne wissen, was das für Leute sind.«

»Du meinst, ich soll Nadine über die Roths ausfragen?«

»Drück es doch nicht so unfreundlich aus. Über irgendetwas müsst ihr euch in der Küche doch unterhalten, während ihr Gemüse schnippelt und Steaks bratet.«

»Na klar, wir ratschen und tratschen, was das Zeug hält. Wie das Frauen halt so machen«, frotzelte Julia. »Apropos tratschen: Dein Vater hat gestern angerufen.«

»Wollte der nicht eine Einkehrwoche in irgendeinem Kloster machen?« Robert schien alarmiert. Er goss sich eine Tasse Kaffee ein, gab mehrere Stücke Zucker hinein und trank die Tasse, ohne umgerührt zu haben, in einem Zug leer. Wenn sein Vater sich meldete, war das meist ein schlechtes Zeichen. Vor ein paar Jahren war er während Mordermittlungen, die Roberts ganze Kraft gefordert hatten, in die Psychiatrie eingeliefert worden, weil er sich für die Wiedergeburt des Philosophen Diogenes gehalten und den Bürgern Wiesbadens nackt auf dem Marktplatz Bußpredigten gehalten hatte. Solche Eskapaden waren schon zu normalen Zeiten für ihren Mann anstrengend. In Zeiten beruflicher Anspannung konnte er so etwas erst recht nicht gebrauchen. Doch eigentlich war jetzt nicht die Zeit für Roberts Vater, in eine Depression oder Manie zu fallen. Das geschah normalerweise im Sommer, wenn sich der Unfalltod von Roberts Schwester jährte.

»Die Aufgabe, die die Mönche den Besuchern im Kloster gegeben haben, ist es, zur Ruhe zu kommen, die Gespräche untereinander auf das Notwendigste zu reduzieren, um in Kontakt mit der inneren Stimme oder der Stimme Gottes zu kommen«, berichtete Julia. »Handys sind im Kloster verboten, aber er hat seines hineingeschmuggelt. Er sagte, das sei nur für den Fall, dass die Kommunikation mit der inneren Stimme nicht funktioniert. Er will dann wenigstens nach draußen Kontakt halten können.«

Roberts Handy klingelte. Er hörte eine Weile zu, stellte ein paar kurze Fragen und beendete das Gespräch wieder.

»Das war Heike. Sie hat bereits mit den Ermittlungen begonnen, und ich will sie damit nicht allein lassen. Ich muss los. Muss ich mir Gedanken wegen meines Vaters machen?«

Julia schüttelte den Kopf. »Ich weiß nicht. Er hat zwar ein bisschen viel gequasselt, aber sonst schien er mir ganz in Ordnung zu sein. Außerdem nutzt es niemandem, wenn du dich jetzt sorgst. Sollte er wieder krank werden, hast du darauf gar keinen Einfluss, und du erfährst früh genug davon. Er war aber ganz begeistert von der ›Atmosphäre dieses heiligen Ortes‹, wie er sich ausdrückte, und sagte, er spüre eine Kraft, die von dort ausgehe.«

»Meinst du, er dreht durch?«

Julia musste schmunzeln. »Er meinte noch, ich solle dir ausrichten, dass er nicht durchdrehe. Jemand wie du, dem jegliche religiöse Musikalität fehle, würde so etwas ja bestimmt befürchten. Ich habe ihm geraten, mit den Mönchen über seine Empfindungen zu sprechen, die Mönche seien im Gegensatz zu dir religiös hochmusikalisch und würden sich bestimmt über einen Gesprächspartner wie ihn freuen.«

Herbert Mayfeld war von dieser Idee begeistert gewesen und hatte Julia versprochen, diesen Rat gleich in die Tat umzusetzen. Ein wenig hatte Julia ein schlechtes Gewissen gegenüber den Mönchen gehabt, mit deren Beschaulichkeit es für die nächsten Tage wohl vorbei war. Aber Robert und ihr verschaffte das Ruhe und Entlastung, und die Mönche hatten Gelegenheit, ein gutes Werk zu verrichten.

»Ich kann den jetzt nicht auch noch gebrauchen.« Hoffentlich blieb er bei dieser Haltung. »Ich muss mich auf meinen Fall konzentrieren. Kümmerst du dich um die Roths?«

Robert war schon wieder ganz mit seinem Fall befasst.

»Jawohl, mein Kommissar«, antwortete Julia mit einer Mischung aus Freundlichkeit und gespielter Verzweiflung.

***

Winkler und Mayfeld trafen sich in der Rheingaustraße vor dem »Grünen Baum«, einem alten Oestricher Gasthof, dessen Fachwerk liebevoll restauriert worden war. Sie liefen durch die Rheinstraße, die zum Marktplatz führte.

»Tatjana Lüder hat nicht zu viel versprochen«, begann Winkler ihren Bericht. Sie lachte, als sie Mayfelds fragenden Blick registrierte. »Dieser Tommy Wilhelm ist wirklich ein aalglattes Arschloch. Dass seine Ex tot ist, hat ihm nur ein lässiges Grinsen abgerungen und die Bemerkung, das sei ja nun nicht mehr sein Problem. Aber er hat mit dem Mord an Tina Lüder wohl nichts zu tun. Sie sind seit vier Wochen getrennt, und er hat schon eine Neue. Mit der und einem Dutzend Freunde war er am Freitag bis tief in die Nacht in der Kokosnuss, das ist die Kneipe, in der auch Tatjana Lüder war. Ich muss das zwar noch überprüfen, aber das Alibi scheint wasserdicht zu sein.«

Sie erreichten den Marktplatz, der vom historischen Rathaus, einem weiß verputzten, stattlichen Fachwerkgebäude im spätgotischen Stil, beherrscht wurde. Die großen Klappläden im Erdgeschoss, die sonst auf den Platz hin geöffnet waren, waren heute verschlossen. Es hatte schon wieder zu regnen begonnen, die Stühle, die der Besitzer des Bistros ins Freie gestellt hatte, standen verloren um den Marktbrunnen herum. Dort ließen zwei Wasserspeier völlig überflüssigerweise Wasser in das Brunnenbecken plätschern. Mayfeld zog sich seinen Filzhut tiefer ins Gesicht.

Viele Bewohner hatten voller Optimismus bereits Tulpen und Narzissen in die Blumenkästen an den Fenstern ihrer schmucken Häuser gepflanzt, doch heute verbreitete der regengraue Himmel ein fahles Licht, das alle Farben verblassen ließ. Für ein Haus, rechts an den Gasthof »Zur Krone« angebaut, machte das Wetter allerdings keinen Unterschied: Der schmutzig graue Putz, der überall bröckelte, die undefinierbare Farbe auf den splitternden

Holzfensterrahmen und die heruntergelassenen rostroten Metallrollläden würden vermutlich auch an einem strahlenden Frühlingstag einen tristen Eindruck vermitteln. Hier wohnten Magdalena Hellenthals Mutter Monika und ihr Bruder Bernhard.

Auf Winklers Klingeln öffnete nach kurzer Zeit ein großer und stämmiger junger Mann mit dunkelbraunen Haaren und ungepflegtem Vollbart. Er trug eine braune Cordhose und eine ausgebeulte Strickjacke.

»Dürfen wir reinkommen?« Mayfeld zeigte Bernhard Hellenthal seinen Dienstausweis.

Der dicke Riese studierte ihn ausgiebig, ebenso den von Winkler. »Sie wollen zu meiner Mutter, haben Sie am Telefon gesagt. Ich bringe Sie zu ihr«, sagte er, drehte sich abrupt um und ging ihnen voraus. Der Hausflur war dunkel, karg und kalt.

Bernhard Hellenthal zog instinktiv den Kopf ein, als er durch die niedrige Tür der Wohnküche trat. Sie war im Gelsenkirchener Barock eingerichtet, der Fußboden war aus grauem Linoleum, und an den Fenstern hingen graue Stores. Die Stühle, die um den groben Holztisch in der Mitte des Raumes herumstanden, sahen ungemütlich aus. Mayfeld konnte gut verstehen, dass Magdalena Hellenthal hier ausgezogen war. Das einzige Lebenszeichen, das er in dieser Küche ausmachen konnte, war der Bratengeruch, der in der Luft hing, der einzige Schmuck des Zimmers bestand aus einem Kruzifix, das über einer der Türen hing. Von dort aus blickte Jesus verzweifelt auf das Elend.

Am Herd stand eine verhärmte Frau, die sich ihnen zuwandte, als sie die Küche betraten. Sie war vermutlich Mitte fünfzig, ihr strenges und mürrisches Gesicht ließ sie aber mindestens fünfzehn Jahre älter aussehen. Mayfeld kannte Achtzigjährige, die mehr Lebensfreude und Vitalität ausstrahlten als diese Frau.

»Sie haben am Telefon gesagt, Sie kommen wegen Magdalena. Was hat sie denn ausgefressen?«, fragte Monika Hellenthal und blickte die beiden Beamten aus müden Augen an. Hinter dieser Müdigkeit lauerten Angst und Bitterkeit, spürte Mayfeld.

»Ist sie denn jemand, der des Öfteren etwas ausfrisst?«, fragte Winkler.

Monika Hellenthal ging zum Esstisch in der Mitte des Raums

und bat die beiden Beamten, dort Platz zu nehmen. Die Stühle waren so unbequem, wie Mayfeld vermutet hatte.

»Kann ich Ihnen einen Pfefferminztee anbieten?«, fragte sie die beiden Beamten, die dankend ablehnten. »Setz dich zu uns«, wies sie ihren Sohn an, der widerspruchslos gehorchte.

»Nichts als Sorgen macht dieses Mädchen, nichts als Sorgen. Eine schlimme Sünderin«, murmelte Monika Hellenthal, präzisierte diese Vorwürfe allerdings nicht.

»Wir wollten eigentlich nur fragen, ob Sie wissen, wo sich Ihre Tochter zurzeit aufhält. Meinen Sie denn, dass man sich Sorgen um sie machen muss?«, fragte Winkler.

»Haben Sie mir nicht zugehört?« Monika Hellenthal musterte Winkler streng. »Ich mache mir große Sorgen um ihr Seelenheil, wenn Sie wissen, was ich damit meine. Ihr Lebenswandel ist der einer Sünderin.«

»Wissen Sie, wo sich Ihre Tochter zurzeit aufhält?«, wiederholte Mayfeld Winklers Frage.

»Nein«, antwortete die Mutter schmallippig. »Ich habe sie seit Wochen nicht mehr gesehen. Ist einfach auf und davon, hat ihre kranke Mutter im Stich gelassen! Ich hätte ihr das Jugendamt auf den Hals hetzen sollen, sie war nicht mal achtzehn, als sie ausgezogen ist, aber sogar dazu war ich zu schwach nach dem Tod meines geliebten Paul.«

»Paul ist unser Vater«, meldete sich Bernhard Hellenthal zu Wort. »Er ist letztes Jahr bei einem Unfall gestorben.«

»Das tut mir leid«, murmelte Mayfeld. »Was ist denn passiert?«

»Die Wege des Herrn sind unerforschlich. Er ist bei einem Spaziergang unglücklich gestürzt, hat sich den Kopf verletzt und ist daran gestorben«, antwortete seine Witwe schnell und bestimmt. »Und mein Sohn hatte den Anstand, zu seiner verlassenen Mutter zurückzukommen, ihr Trost und Stütze zu bieten in solch trauriger Zeit, während meine Tochter nichts Besseres zu tun hatte, als zu diesen *Personen* zu ziehen!«

»Mama!«, versuchte der Sohn einen zaghaften Einwand. »Man soll kein schlechtes Zeugnis ablegen wider seinen Nächsten. Du kennst Tina und Tatjana doch gar nicht.«

»Du vielleicht?« In Monika Hellenthals müden Augen blitzte plötzlich Misstrauen oder so etwas wie Eifersucht auf. Doch dann nahmen ihre Gesichtszüge einen mild vergebenden Ausdruck an.

»Mein Sohn glaubt an das Gute im Menschen«, klärte sie die beiden Polizisten auf. »Und er hat ja recht, ich kenne die beiden Lüder-Kinder nicht. Aber was man von ihnen hört, das klingt nicht gut oder gottgefällig.«

Besonders was mit Tina Lüder passiert war, war überhaupt nicht gut oder gottgefällig, dachte Mayfeld. »Wissen Sie, wo sich Ihre Schwester aufhält?«, wandte er sich an Bernhard Hellenthal.

Der schüttelte den Kopf. »Ich habe sie seit Mamas Geburtstag im März nicht mehr gesehen. Aber warum fragen Sie? Was ist denn geschehen? Ist Magdalena in Gefahr?« Bernhard Hellenthal zwirbelte nervös an seinem Bart.

»Das wissen wir nicht«, antwortete Mayfeld. »Magdalenas Mitbewohnerin, Tina Lüder, wurde in der Nacht von Freitag auf Samstag ermordet, von Magdalena fehlt jede Spur!«

»Jesus und Maria!«, entfuhr es der Mutter. »Meinen Sie, Magdalena hat mit dem Mord etwas zu tun?«

»Glauben Sie, ihr ist auch etwas passiert?«, rief der Bruder.

»Was wir glauben, spielt keine Rolle«, antwortete Mayfeld. Sicherlich war das ein völlig unpassender Satz in dieser Familie, dachte er mit Ingrimm. »Wahrscheinlich ist sie über das Wochenende bei Freunden, alles kann sich als völlig harmlos herausstellen, machen Sie sich bitte keine vorschnellen und möglicherweise unnötigen Sorgen!« Mayfeld spürte, dass er selbst nicht recht an das glaubte, was er da sagte. Er schaute in die Runde. Winkler starrte auf das Kruzifix an der Wand. Sie machte, seit sie bei den Hellenthals waren, den Eindruck, als wäre sie in einen komplett falschen Film geraten. Monika Hellenthal hatte einen Rosenkranz aus ihrer Kittelschürze hervorgeholt und begann zu beten. Sie schien sich ausschließlich Sorgen um das Seelenheil ihrer Tochter zu machen. Der Bruder wühlte aufgeregt in seinem Bart. Er war offensichtlich beunruhigt und machte sich wohl auch Sorgen um das leibliche Wohl und Weh seiner Schwester.

»Kannten Sie Tina Lüder, Herr Hellenthal?«, fragte Mayfeld.

Bernhard Hellenthal wurde rot. »Also, kennen, das ist zu viel gesagt«, stammelte er verlegen. »Nein, eigentlich nicht. Sie hat in der Vinothek des Klosters gearbeitet, ich hab sie da mit ihrer Schwester, glaube ich, mal gesehen, mit der Tatjana Lüder, die ist Gärtnerin im Kloster. Ich mache ja manchmal Führungen im Klostermuseum, weil ich doch Geschichte studiere und Bernhard von Clairvaux mein Spezialgebiet ist. Das ist der Gründer von Kloster Eberbach, ein bedeutender Kirchenführer seiner Zeit und ein großer Heiliger unserer Kirche, der den wilden Eber gesehen hat, wie er die Erde am Kisselbach aufgewühlt hat. Das mit dem Eber ist natürlich nur eine Legende.« Bernhard zupfte und riss immer heftiger an seinem Bart. Wenn er so weitermachte, hatte er bestimmt bald die ersten Haarbüschel in der Hand. »Tatjana ist außerdem Imkerin, ihr gehören einige der Bienenstöcke, die man rund ums Kloster sieht.«

»Dafür, dass sie die beiden eigentlich nicht kennen, wissen Sie erstaunlich viel über sie, Herr Hellenthal«, meldete sich Winkler zurück.

Jetzt wurde Hellenthal noch verlegener. »Nein, nein, da ist nichts. Es ist nur so, dass mich Tatjana Lüder ein wenig an meine Schwester erinnert hat, so bin ich auf sie aufmerksam geworden. Wir haben bestimmt nicht mehr als fünf Sätze miteinander gewechselt. Und da hat sie mir eben gesagt, wie sie heißt und was sie tut.«

Auf dem Foto, das Mayfeld von Tatjana erhalten hatte, waren Tina Lüder und Magdalena Hellenthal abgebildet. Eine besondere Ähnlichkeit zwischen Tatjana und Magdalena war ihm nicht aufgefallen. Aber Fotos konnten täuschen.

»Haben Sie ein Bild von Magdalena?«, fragte er.

»Geh doch mal ins Wohnzimmer!«, befahl Monika Hellenthal ihrem Sohn. »In der Kommode haben wir ein schönes Bild von Magdalena aus Lourdes. Ein einziges Mal, vor zweieinhalb Jahren, hat sie mich dorthin begleitet«, erklärte sie Mayfeld. »Ich pilgere da jedes Jahr hin. Hätte sie das nur öfter getan, dann ginge es ihr jetzt bestimmt besser.«

Hellenthal warf seiner Mutter einen tadelnden Blick zu, dann stand er auf.

»Ich komme mit«, entschied Mayfeld. Das Wohnzimmer, in das ihn Hellenthal führte, strahlte so etwas wie altbackene Gemütlichkeit aus. Die Möbel hatten Monika Hellenthal oder ihr verstorbener Mann bestimmt von ihren Eltern geerbt. Durch die Vorhänge des Fensters fiel gedämpftes Licht auf den Tisch mit der Spitzendecke und auf das Gesteck aus Trockenblumen. Die Sessel machten einen verstaubt gediegenen und wenig benutzten Eindruck, an den Wänden hingen Bilder mit religiös erbaulichen Sujets. Auf einem Tisch in der Ecke neben der Anrichte, aus der Hellenthal das Foto von seiner Schwester hervorkramte, stand ein Modell von Kloster Eberbach. Es maß im Grundriss etwa einhalb Meter auf eineinhalb Meter, und jemand hatte es aus Streichhölzern gebaut.

»Hier!« Hellenthal streckte ihm ein Foto entgegen, das seine Schwester zeigte, wie sie mit ihrer Mutter vor einer Kirche stand und mit einem gezwungenen Lächeln in die Kamera blickte. Ein attraktives Mädchen, fand Mayfeld, wären da nicht die zusammengefallenen Schultern gewesen und der missmutige Blick, über den das Lächeln nicht hinwegtäuschen konnte. Eine entfernte Ähnlichkeit konnte man zwischen ihr und Tatjana Lüder erkennen, aber Mayfeld schien das reichlich weit hergeholt.

»Haben Sie das gemacht?«

»Das Foto? Nein, damals war ich in Münster. Ich habe dort Geschichte studiert. Dieses Jahr will ich wieder mit meiner Mutter nach Lourdes pilgern, aber damals, da war ich nicht dabei.«

»Ich meinte das Modell vom Kloster.«

»Ach das! Ja, das war ich.« Man merkte Hellenthal an, wie stolz er auf dieses Bauwerk war, trotz der Beiläufigkeit, mit der er das sagte. »Ich finde es schöner als das Modell im Eberbacher Museum.«

»Ist das auch aus Streichhölzern gemacht?«

Hellenthal schüttelte den Kopf. »Das können nur wenige!«

Sie gingen wieder zurück in die Wohnküche, wo sich Winkler und Monika Hellenthal anschwiegen.

»Man sieht, wie gut es ihr in Lourdes ging!«, konstatierte die alte Hellenthal. Es war vermutlich völlig vergeblich, ihr zu widersprechen, und deshalb schwieg Mayfeld zu diesem Punkt.

»Ein neueres Foto von Magdalena haben Sie nicht?«, fragte er. Beide Hellenthals schüttelten im Gleichtakt den Kopf.

»Dann habe ich nur noch eine Frage. Weiß jemand von Ihnen, wann am Freitagabend der Regen begonnen hat?«

Die beiden schauten ihn verdattert an. Doch Bernhard wusste eine Antwort.

»Um Viertel vor zehn hat es hier angefangen mit dem Regen. Es begann plötzlich zu schütten. Ich war oben unter dem Dach, weil ich wissen wollte, ob es an diesem Abend noch etwas wird mit der Sternenbeobachtung.«

»Sternenbeobachtung?«

»Das ist mein zweites Hobby, neben dem Modellbau. Soll ich Ihnen mal das Teleskop zeigen, das ich auf dem Speicher stehen habe?«

»Nein, vielen Dank, vielleicht ein anderes Mal. Wir wollen Sie nicht weiter stören«, beendete Mayfeld das Gespräch. »Wenn sich Magdalena bei Ihnen meldet, sagen Sie uns Bescheid, und bitten Sie sie, sich mit uns in Verbindung zu setzen.« Mayfeld gab beiden eine Karte. »Bemühen Sie sich nicht, wir finden allein hinaus.«

Draußen regnete es, ein kühler Wind fegte über den Marktplatz, aber Mayfeld war froh, der Enge und Düsternis der Familie Hellenthal entkommen zu sein. Hier draußen konnte er wieder frei atmen.

***

»Willkommen, Ihr hochwohlgeborenen Damen und edlen Herren, kommt herein und schenkt uns Eure huldvolle Aufmerksamkeit, kommt herein und schaut Euch an, was wir uns erlauben Euch darzubieten. Bewundert die Arbeit der fleißigen Handwerker, bestaunt die Kunststücke der fahrenden Künstler! Und wenn es Euch gefällt, so gebt ihnen einen Taler oder zwei, denn sie alle haben Familien zu ernähren und sind dankbar, wenn Ihr ihnen helft, die vielen hungrigen Münder zu stopfen. Hereinspaziert, Ihr hochwohlgeborenen Damen und edlen Herren!«

Der Marktschreier war im Stile eines mittelalterlichen Landsknechts gekleidet. Über den Pluderhosen aus grobem Leinen trug er ein ledernes Wams, der Kopf war mit einem roten Barett bedeckt, und jetzt schlug er auf die große Pauke, die er um die Schultern gehängt hatte.

Tomtomtatom tumtum. Tatjana kicherte. Mit hochwohlgeborener Dame war sie gemeint. So hatte sie noch keiner genannt. Der Marktschreier zwinkerte ihr zu. Sie lächelte zurück. Aber das war ein Marktschreier oder Landsknecht, kein Ritter. Das war nicht der Richtige. Tomtomtatom tumtum.

Zum Glück hatte es aufgehört zu regnen. »Mittelalterlicher Markt in der Hattenheimer Burg«, stand auf dem Transparent, unter dem Tatjana hindurchschritt. Sie stieg die Stufen zur Burg hoch, ging an dem Turm aus Bruchsteinen vorbei in den Burghof. Natürlich hatte sie hierherkommen müssen. Wenn die Karten ihr einen Ritter verhießen, dann musste sie sich hier auf dem Markt umschauen, alles andere hätte bedeutet, das Glück, das sich ihr bot, auszuschlagen. Tomtomtatom tumtum, trommelte ihr der Landsknecht hinterher.

Vor den Fachwerkhäusern, die den Burghof begrenzten, waren Zelte aufgeschlagen, Zelte aus festem Leinenstoff oder aus Tierhäuten, aus dem Leder von Auerochsen oder Bisons, vermutete Tatjana. Solche Viecher hatten früher doch hier gelebt. Oder das Tuch war aus Hanf gewebt, Hanf wurde früher auch für solche Sachen gebraucht. Ein Gnom winkte ihr zu und lockte sie in eine dunkle Zelthöhle. Genau genommen war er kein Gnom, nur war alles an dem Mann, bis auf seine Nase, etwas klein gewachsen. Soweit man das von außen beurteilen konnte. Sie musste schon wieder kichern. Der Gnom bat sie, auf einem Klapphocker Platz zu nehmen, und setzte sich auf die andere Seite eines kleinen Tischchens.

»Schach?«, fragte er und deutete auf ein Brett mit geschnitzten Figuren aus Ebenholz und Elfenbein. Oder war es schwarzer und weißer Kunststoff?

Sie schüttelte den Kopf. Vom Schachspielen bekam sie Kopfschmerzen. »Karten spielen!«, antwortete sie dem Gnom.

»Teufelszeug!«, schrie der kleine Wicht, sprang auf und hüpfte zum Ausgang des Zeltes. Er zerrte sie mit und deutete zum anderen Ende des Marktes. »Euer Teufelszeug findet Ihr dahinten, hohe Frau. Wenn Ihr denn eine hohe Frau seid.« Ein meckerndes Lachen entwich seinem breiten, hässlichen Mund.

Sie ging weiter. »Wollt Ihr Euer Glück probieren?«, schrie ein weiterer Knecht und wollte sie zum Hufeisenwerfen einladen. Sie schenkte ihm ein huldvolles Lächeln. Eine Gärtnerin würde so etwas vielleicht mitmachen, aber eine hochwohlgeborene Dame? *Schön auf dem Erdboden bleiben*, murmelte die Stimme der Großmutter irgendwo im Hintergrund.

»Kommt, kauft meine Kräuter, davon könnt Ihr Euch einen trefflichen Sud oder einen schmackhaften Tee bereiten«, lockte eine Kräuterhexe im nächsten Zelt. Sie betrachtete die Leinenbeutelchen, in denen die Kräuter feilgeboten wurden. Salbei, Minze, Baldrian, Melisse, Johanniskraut, Blutwurz, Absinth. Bis auf Blutwurz hatte sie die alle zu Hause in ihrem privaten Garten. Und noch ein paar Kräuter mehr.

»Habt Ihr auch Pilze?«

»Getrocknete Steinpilze?«

Sie schüttelte den Kopf. Das war keine richtige Kräuterhexe. Die verstand überhaupt nichts. Tatjana schenkte ihr ein mitleidiges Lächeln und ging weiter. Sie kam zu einer Schmiede. Ein Junge heizte mit einem Blasebalg das Feuer ein, ein großer Mann mit muskulösen nackten Armen und einer Lederschürze um den dicken Bauch hielt mit einer Zange ein Stück Eisen fest, das er erst ins Feuer steckte und dann mit einem schweren Hammer auf dem Amboss bearbeitete.

»Hallo, Tatjana!«

Sie fuhr herum. Vor ihr stand ein riesiger Kerl in ihrem Alter, mit Wuschelhaaren, Wuschelbart und einem Grinsen auf den Lippen.

»Erkennst du mich?«

Sollte sie? Ja, natürlich sollte sie. Der Museumsführer aus dem Kloster.

»Ich wollte dich schon anrufen«, fuhr der Wuschelkopf fort. »Wegen meiner Schwester.« Er betrachtete verlegen seine Schuhe. Warum schaute er sie nicht an? Gefiel ihm nicht, was er sah?

»Du bist Bernhard Hellenthal.«

Jetzt hob er endlich seinen Blick und sah ihr erfreut ins Gesicht. »Du erinnerst dich an mich«, sagte er strahlend. Dann wurde sein Gesicht ernst. »Ich suche meine Schwester. Weißt du, wo Magdalena steckt?«

Konnte sich der Mensch nicht ein wenig für sie interessieren? »Das wollte die Polizei auch wissen, aber ich habe keine Ahnung. Ich bin nicht ihr Kindermädchen. Und du? Will der große Bruder auf einmal den Beschützer spielen?«

Jetzt schaute der Rübezahl ein wenig betreten. »Sie hat mir eine SMS geschickt, sie wollte etwas mit mir bereden, aber dann hat sie sich nicht mehr gemeldet. Und jetzt mache ich mir Sorgen um sie.«

Jetzt, nachdem er sich einmal getraut hatte, sie anzuschauen, wollte er seinen Blick nicht mehr von ihr abwenden. Er starrte sie richtiggehend an. »Du, du erinnerst mich an meine Schwester«, stotterte er.

Na prächtig. Der Vergleich mit Magdalena war an und für sich ganz schmeichelhaft, sie war ein attraktives Mädchen. Aber er war vermutlich im Begriff, brüderliche Gefühle für sie zu entwickeln, gleich wollte er sie auch noch beschützen. Das hatte ihr gerade noch gefehlt.

»Die Polizei war heute bei uns. Das mit deiner Schwester tut mir sehr leid«, murmelte der dicke Wuschelkopf.

»Es ist fürchterlich. Aber ich möchte jetzt nicht darüber reden.«

Bernhard schien das ganz recht zu sein. »Schöne Waffen sind das.« Er deutete auf den Stand neben der Schmiedestelle. »Messer, Kurzschwerter, Langschwerter, Speere, Spieße, Lanzen, Hellebarden und Streitäxte.« Er zog eines der Schwerter aus der Scheide. »Alle dem mittelalterlichen Brauchtum nachempfunden, aber leider nicht so scharf wie echte Waffen.« Er strich mit dem Finger vorsichtig über die Schneide eines Schwertes. Dann steckte er es zurück zu den anderen und griff nach einer Art Prügel, an dem mit einer Eisenkette eine dicke Dornenkugel befestigt war. »Ein wunderschön gearbeitetes Teil, dieser Morgenstern.« Er wog das Gewicht der Kugel mit Kennermiene. »Mit so einem Gewicht entwickelst du eine ganz ordentliche Schlagkraft.«

Der Schmied hatte sein Eisenstück, eine Lanzenspitze, geschmiedet und tauchte sie in einen Wasserbottich, wo sie wütend zischte und fauchte, so als wollte sie ihrem Schöpfer drohen, dass sie ihm diese Behandlung noch heimzahlen werde. Er warf sie achtlos zu den anderen Eisenstücken und trat zu Bernhard und Tatjana.

»Diese Waffen, hoher Herr, kann man käuflich erwerben«, dröhnte sein Bass.

Die beiden diskutierten eine Weile über die verschiedenen Waffen, über die billigen Imitate aus Fabrikproduktion und über die wertvollen Unikate, die der Schmied selbst hergestellt hatte. Der Morgenstern war ein solches Unikat. Es hatte den Schmied viele Stunden gekostet, ihn herzustellen, und entsprechend hoch war der Preis, den er verlangte und den Bernhard ohne große Diskussionen zu zahlen bereit war.

»Ritter sind mein Hobby. Ich hab eine Sammlung solcher Waffen zu Hause«, wandte er sich wieder an Tatjana, den Morgenstern stolz in der Hand. »Soll ich sie dir mal zeigen?« Er lächelte verlegen.

Tatjana musste grinsen, die Masche kannte sie noch nicht. Sie musste an die Karten denken: Da stand er, ihr großer Ritter. Tomtomtatom tumtum, trommelte der Landsknecht.

***

»Halleluja et vinum Kideraci!«

Das hieß frei übersetzt »Lobet den Herrn und den Kiedricher Wein!« und war das Motto Kiedrichs und der Wahlspruch der Familie Leberlein. Er stand auf allen Karten der Straußwirtschaft des Weingutes neben dem Kiedricher Wappen mit dem Turm der Burg Scharfenstein und dem Doppelrad der Erzbischöfe von Mainz. Seit zwei Tagen herrschte im Rheingau Hochbetrieb, die Tage der offenen Weinkeller hatten den schmalen Landstrich zwischen Wiesbaden und Lorch aus dem Winterschlaf wach geküsst und in einen Ausnahmezustand versetzt. Die meisten Weine der letztjährigen Ernte waren auf Flaschen gefüllt, die Winzer räumten in ihren Lagerhallen und Kellern alles Entbehrliche beiseite, stellten ein paar Tische auf, boten Winzerschinken, Handkäs mit Musik, Spundekäs oder auch raffiniertere Gaumenfreuden an und warteten auf die zahlreich herbeiströmenden Kunden, die den neuen Weinjahrgang probieren wollten. Mayfelds Schwiegereltern machten da keine Ausnahme. Sein Schwiegervater Jakob öffnete die Keller des Weinguts, führte interessierte Besucher darin herum und lüftete einige der Geheimnisse des Weinmachens. Die ganze Woche war er buchstäblich wie vom Erdboden verschluckt, kam lediglich zum Schlafen aus seinem Keller heraus. Hilde, seine Frau, wirbelte trotz ihres Alters im Schankraum und im Hof umher, begrüßte jeden Gast, nahm Bestellungen auf. Im Zentrum des Geschehens in der Küche stand Julia, die sich für diese Zeit jedes Jahr Urlaub nahm. Ihre kulinarischen Kreationen waren im Rheingau berühmt. Es war ein Fest für die Gäste von außerhalb, aber noch mehr war es eines für die Leute vor Ort. Die Rheingauer waren selbst ihre besten Kunden, und der regelmäßige Besuch einer Straußwirtschaft gehörte zum Pflichtprogramm der Einheimischen.

»Zweimal Spundekäs mit Brezeln und einmal Hausmacher-Wurstplatte für Tisch zwei, zweimal Schweinebäckchen in Burgundersauce und einen großen gemischten Salat für Tisch drei, viermal Wispertalforelle mit Kartoffel-Bärlauch-Salat für Tisch vier und dreimal Kiedricher Rieslingsuppe, zweimal Kalbshaxensülze mit Spargelsalat und grüner Sauce und eine Extraportion Bratkartoffeln für Tisch fünf!«, rief Hilde Leberlein in die Küche. »Und für Tisch eins ein Handkäs mit Musik.«

Es gab Straußwirtschaften, in denen gab es lediglich Wurstbrot, Schinkenbrot, Käsebrot, Handkäs und Spundekäs, und das war's. Dort hatte man es einfacher. Aber mit Julia war das nicht zu machen. Wenn ich mir schon die Arbeit mache, dann soll es Spaß machen und sich lohnen, sagte sie, und der Erfolg gab ihr recht. Bei den Leberleins musste man reservieren, wenn man nach halb sechs noch einen Tisch bekommen wollte.

Julia hantierte mit ihrer Schwägerin Elly in der Wohnküche ihrer Mutter, die für eine Woche ganz in den Dienst der Gäste gestellt wurde. In der letzten Woche hatten sie alles vorbereitet. Auf den Arbeitsflächen waren Elektroplatten und ein zweiter kleiner

Backofen aufgestellt worden, auf dem großen Esstisch wurden die Speisen vorbereitet und angerichtet. Das Wohnzimmer der Leberleins hatte Mayfeld zusammen mit seinem Schwager Franz leer geräumt. Wo vorher tiefe braune Ledersessel für Behaglichkeit gesorgt hatten, verbreiteten jetzt einfache Bänke und Holztische ihren rustikalen Charme. In einer Ecke des geräumigen Zimmers hatte Mayfeld eine Theke aufgebaut, hinter ihm brummte ein riesengroßer alter Kühlschrank, vor ihm murmelten, lachten und schwatzten die Gäste. Es war eng hier im Haus, der Regen hatte alle Besucher aus dem Hof des Weingutes ins Innere des Hauses und in die Kelterhalle auf der gegenüberliegenden Seite des Hofs vertrieben.

Mayfeld schenkte Riesling aus dem Hattenheimer Nussbrunnen in die Römer, die vor ihm standen, die Bestellung von Tisch vier. Keine schlechte Wahl als Begleitung für die Lachsforelle aus dem Wispertal hatten die Gäste getroffen, ein opulenter und fruchtbetonter Wein, der mit dem aromatischen Fischgericht gut mithalten konnte. Er balancierte das Tablett zum Tisch. Die vier waren Stammgäste, Trude und Klaus Beckerle, Doris und Peter Nachtweih, das »Straußwirtschaftliche Quartett«, wie sie sich gern nannten.

»Setz dich doch einen Moment zu uns!«, bat ihn Klaus Beckerle, der frischgebackene Rentner. Wegen seiner Baskenmütze, die er immer und überall, also auch hier in der Straußwirtschaft trug, nannten ihn alle nur »Batschkapp«. »Die Trude«, seine Frau Gertrud, unterstützte Batschkapps Wunsch mit heftigem Kopfnicken. »Ei, komm doch Robert, wir laden dich auch ein!« Mayfeld war in Gedanken bei seinem Fall gewesen und wäre dort auch gern noch eine Weile geblieben, aber er wusste, dass es sinnlos war, »der Trude« zu widersprechen. Sie bekam meistens, was sie wollte, und der Schwatz mit den Gästen gehörte schließlich zu den Aufgaben, die er normalerweise ganz gern erfüllte. Trude hielt ihm ihr Glas entgegen, und er nippte kurz daran.

»Was macht die Weingummimanufaktur von Franz?«, fragte Trude.

»Willst du eins?« Mayfeld holte eine Tüte mit dem Aufdruck »Kiedricher Sandgrub Riesling 2006« aus seiner Jackentasche und reichte Trude ein Gummiträubchen. Sein Schwager hatte sich mit einigen Winzerfreunden zu den »Rheingauer jungen Wilden« zusammengeschlossen. Gemeinsam gingen sie neue Wege bei der Vermarktung ihrer Weine. Handwerklich gefertigte Weingummis mit Lagebezeichnung war eine ihrer ausgefalleneren Ideen. »Seit diesem Jahr schreiben sie auch den Jahrgang des verwendeten Weines drauf«, erläuterte er dem staunenden Quartett. Nun wollten alle probieren. Alle fanden die Weingummis wunderbar, lediglich Batschkapp meinte unter dem Gelächter der anderen, die Gummiträubchen sollten vielleicht noch etwas lagern, bis sie ihre optimale Genussreife erreicht hätten.

»Du warst gestern dienstlich im Rheingau unterwegs«, stellte Peter Nachtweih fest. Er kannte im Rheingau alles und jeden, es gab kaum ein Restaurant oder Weingut, das er nicht schon für deren Prospekte oder Internetauftritt fotografiert, kaum einen Politiker, gleich welcher Partei, den er zu Wahlkampfzwecken nicht schon abgelichtet hatte. Er betrieb in Eltville ein Fotostudio mit Namen »Guckkasten«, von dem sich auch sein Spitzname, ohne den im Quartett offensichtlich niemand auskam, ableitete.

»Stimmt, Gucki«, räumte Mayfeld ein. »Wo warst du denn gestern Nachmittag? Hab dich in Johannisberg vermisst.« Gucki hatte einen wichtigen Termin mit einem noch wichtigeren Kunden gehabt, erklärte er mit ironischem Lächeln. Der Termin sei selbstverständlich nicht aufschiebbar gewesen. Alles an ihm, sein ironisches Lächeln genauso wie die schwarze Existenzialistenkluft, in der er tagein, tagaus durch die Gegend lief, signalisierten, dass Peter Nachtweih über den Dingen stehen wollte.

»Hat die Roth mit deinem neuen Fall zu tun?«, fragte Doris Nachtweih. Niemand wusste, ob sie ihren Spitznamen den roten Haaren verdankte oder dem Engagement in der Lehrergewerkschaft. Auf jeden Fall nannte sie jeder »Die rote Zora«. »Dann würde ich dir verzeihen, dass du gestern nur mit der großen Künstlerin geredet hast und nicht mit der kleinen Lehrerin, die Würste, Schinken und Weinflaschen aus Pappmaschee produziert.« Zora war seit einigen Jahren Mitglied des Rheingauer Kunstvereins. Von ihr stammten die »Kulinaria«, die Mayfeld tags zuvor in Johannisberg bewundert hatte.

Mayfeld mochte die vier, aber er war auf der Hut. Was immer er jetzt sagte, wäre innerhalb von vierundzwanzig Stunden im gesamten Rheingau und möglicherweise weit darüber hinaus allgemein bekannt.

»Wir haben eine junge Frau im Kisselbach gefunden, sie wurde ermordet.«

»Und was kannst du uns erzählen, was am Montag nicht in der Zeitung steht?« Trude konnte und wollte ihre Neugier nicht verbergen. Sie nahm einen kräftigen Schluck aus ihrem Römer.

»Sie heißt Tina Lüder.« Das würde morgen allerdings auch in der Zeitung stehen.

»Doch nicht die Tina, die bei der Roth Modell für die Bacchantinnen gesessen hat?«, rief Zora aus.

»Die war doch bei uns in der Schule!«, fiel Trude ein. Trude war Lehrerin für Deutsch und Musik in der Eltviller Gutenbergschule. »Ein ziemliches Luder!« Trude nahm einen weiteren kräftigen Schluck aus ihrem Glas.

»Ein armes Mädchen«, widersprach Zora, selbst Fachlehrerin für Kunst und Hauswirtschaft an derselben Schule. Sie griff jetzt ebenfalls zu ihrem Glas und leerte es mit einem Zug zur Hälfte.

»Gibt's hier heute nichts zu trinken?«, tönte es von Tisch zwei herüber.

»Gleich!«, rief Mayfeld zurück. »Was wisst ihr denn über Tina Lüder?«, wandte er sich wieder den beiden Damen des Quartetts zu.

»Ein ziemliches Luder!«, beharrte Trude auf ihrer Meinung.

»Ein armes, liebes Mädchen!«, widersprach Zora.

»Oder beides?«, fragte Batschkapp.

»Ich war mal ihre Klassenlehrerin«, erzählte Zora. »Die hatte eine fürchterliche Familie. Der Vater war unbekannt, der Stiefvater ein mieser Despot, die Mutter ist früher vermutlich eine Nutte gewesen. Die hat angeblich in Rüdesheim angeschafft, an den Landungsstegen auf die Schiffe gewartet und die Touristen in irgendwelchen Hauseingängen bedient, weil es in Rüdesheim noch nicht einmal einen ordentlichen Puff gibt.«

»Meine Zora hat eine wirklich umfassende Allgemeinbildung«,

stichelte Gucki. Aber das bekam ihm diesmal nicht besonders gut.

»Geile Touristen, miese Familienpaschas, kleine dumme Gören, Armut und Hoffnungslosigkeit passen nicht in deine Prospekte und Hochglanzbroschüren, in deine Ansichtskartenlandschaft. Die stören die Idylle, die blendest du aus. Es lebe die gelungene Retusche, nicht wahr?«

»So was gibt es doch überall!«, versuchte Gucki sich zu verteidigen. Man sah ihm an, dass er der Meinung war, solche Angriffe nicht verdient zu haben.

»Und deswegen muss man das nicht ernst nehmen?«, entgegnete Zora.

»Kriegen wir jetzt eine Grundsatzdiskussion über Sein und Schein?«, fragte Batschkapp amüsiert.

»Kriegen wir jetzt noch was zu trinken?«, brachte sich Tisch zwei gereizt in Erinnerung.

»Hatte Tina Feinde?«, wollte Mayfeld wissen.

»Die Schule, die für solche Mädchen kein Angebot hat, ihre Familie, die sich für sie nicht interessiert hat, die Männer, die das willige Mädchen haben wollten und sie gleichzeitig als Schlampe verachteten, das waren ihre Feinde. Reicht das?«

Die Rote Zora trug ihren Namen zu Recht. Aber etwas konkreter wünschte sich Mayfeld seine Informationen schon. »Kannst du Namen nennen?«

»Leider nicht. Das heißt, doch. Ich weiß nicht, mit wem die Mutter von Tina heute zusammen ist, aber damals, als Tina meine Schülerin war, war ihre Mutter mit Andy Körner zusammen. Andy Körner von Körners Partyservice ist ja mittlerweile ein bekannter Name geworden. Als sich der berufliche und finanzielle Erfolg einstellte, hat er die älter gewordene Barbiepuppe abserviert. Heute vergnügt er sich mit jungen Frauen, die er quartalsweise auswechselt, habe ich gehört. Den meinte ich vorhin mit ›miesem Despoten‹. Die Mutter hat sich sicher die Augen ausgeweint, als sie sitzen gelassen wurde, für die Kleine war es wahrscheinlich ein Glücksfall, falls für die nicht eh alles zu spät war.«

Mayfeld nickte. Für Tina Lüder war spätestens nun alles zu spät. Er musste dringend Andy Körner vernehmen. Tisch zwei wurde immer unruhiger, verlangte vehement nach Wein. »Wir reden später weiter«, sagte Mayfeld und verabschiedete sich.

***

Als Erstes will ich Ihnen beichten, dass ich meine Seele Belphegor, dem Bal vom Berge Phegor, ausgeliefert habe. Er drückt mich nieder, fast bis ins Grab, in das ich am liebsten fahren würde, wenn ich damit meinen vielen Verfehlungen nicht noch eine weitere, die schlimmste Sünde, den Selbstmord hinzufügen würde. Wie Sie wissen, hat Peter Binsfeld Belphegor einen der sieben Hauptteufel genannt. Er kommt in Gestalt einer jungen Frau auf die Welt, um die Menschen in Versuchung zu führen. Er verbreitet die Trägheit des Herzens, den Trübsinn, die Gleichgültigkeit, die Feigheit und den Überdruss.

Ich hätte viel früher erkennen müssen, dass Magdalena in Not war, dass sie etwas auf dem Herzen hatte, was sie mit einem anderen Menschen teilen wollte. Sie war seit Jahren verändert, scheu, zurückgezogen, nicht mehr das fröhliche Mädchen, das ich von früher kannte. Aber ich war zu feige, genau hinzuschauen, ich wollte nicht wissen, was sie mir zu sagen hatte, ich hatte Angst davor. Ich wollte nicht in meiner kleinen, übersichtlichen Welt gestört werden, ich wollte keine Vorwürfe hören, ich wollte nicht nachdenken müssen über mein Leben. Was für ein feiger Schuft bin ich doch gewesen und was für ein Dummkopf!

Acedia, die Trägheit des Herzens und des Geistes, die Dumpfheit, das Selbstmitleid haben mich eingelullt, und ich bin ihrem gefährlichen Wiegenlied erlegen. Doch dann habe ich plötzlich die Chance gesehen, mich aus den Fängen des Moabitergottes zu befreien, all meine Sünden und Verfehlungen wiedergutzumachen.

Aber wenn sich ein Verhängnis weit genug entwickelt hat, kann man nicht mehr unbeschadet daraus hervorgehen. Ich wollte mich befreien aus einem Sumpf von Sünden, schlug um mich, und ich bemerkte nicht, in welch noch viel tieferen Sumpf von Begierden, Verfehlungen und Schuld ich geriet, je mehr ich um mich schlug.

Ich wollte ein Unrecht sühnen, um unbeschadet, mit aufrechtem Haupt und guten Gewissens aus dem, was ich angerichtet hatte, her-

auszukommen. Aber welche Anmaßung steckte in dem Wunsch, aus einer Sache, die ich selbst mit zu verantworten hatte, unbeschadet hervorzugehen? Welche Selbstgerechtigkeit steckte in der Vorstellung, mit aufrechtem Haupt durch mein verpfuschtes Leben gehen zu können? Woher kam die Feigheit, dass ich mich vor der Verantwortung für das, was ich angerichtet hatte, davonstehlen wollte? Woher kam die Bequemlichkeit, dass ich mich nicht in die Seele Magdalenas hineinversetzen wollte? Aus der Dumpfheit, aus der Gleichgültigkeit, aus der Selbstgenügsamkeit und Selbstgefälligkeit, all diesen vergifteten Früchten der Trägheit.

Der Teufel ist ein gerissener und vielgestaltiger Schurke. Selbst dort, wo sich eine verdammte Seele zu reinigen, zu erleichtern und zu befreien versucht, lauert er und spinnt sein finsteres Netz. Wie leicht ist es doch, für die eigenen Verfehlungen den Teufel verantwortlich zu machen. Wie bequem ist es doch, eine schwere Kindheit, die Gesellschaft oder einen Dämon anzuklagen, wo es doch nur einen einzigen Verursacher des Übels gibt, einen selbst! Acedia, die Trägheit des Herzens und des Geistes, steckt sogar noch in der Bußfertigkeit!

Da sitze ich nun und hoffe auf Vergebung. Träge warte ich darauf, dass man mir vergibt, zu feige, Konsequenzen zu ziehen und den verdorbenen Baum der Sünde auszuhacken.

Ich bin verdammt.

Montag, 30. April

Es regnete schon wieder. Mayfeld steuerte seinen alten Volvo den Zweiten Ring entlang. Er war mitgenommen wie immer, wenn er von einer Obduktion kam. Er konnte sich an das Aufschneiden und Ausnehmen der Leichen nicht gewöhnen, und obwohl er es mittlerweile hätte wissen müssen, war er jedes Mal wieder darüber entsetzt, was von einem Menschen nach dessen Tod übrig blieb. Für religiösen Trost war er nicht empfänglich, und ein dickes Fell konnte er sich nicht zulegen, dafür war er zu sensibel. Bei jeder Obduktion wurde ihm schmerzlich vor Augen geführt, dass er in seinem Beruf im Grunde immer zu spät kam und dass es angesichts des Todes keine Gerechtigkeit geben konnte, bestenfalls einen müden Abklatsch davon. Selbst wenn er seine Arbeit erfolgreich erledigte und den Täter fasste, wurde nichts wieder gut. Jedes Mal nach einer Obduktion erlitt Mayfeld deshalb einen Rückfall und rauchte. Greifen Sie ruhig zu, hatte Dr. Enders diesmal hustend gesagt, rauchen Sie eine mit, hier darf man noch rauchen, meinen Gästen, auch den Nichtrauchern unter ihnen, schadet es nicht mehr.

Er bog vom Ring ab, fuhr an dem schwer bewachten rosafarbenen Gebäude mit den Wohnungen für amerikanische Soldaten vorbei, hinein in das umzäunte neue Areal der Wiesbadener Polizei. Das Polizeipräsidium Hessen West befand sich seit zweieinhalb Jahren in einem hellen Gebäude, das das Architekturbüro Albert Speers 1938 als Heereslazarett erbaut hatte. Nach dem Krieg war es lange Jahre von der amerikanischen Armee als Militärhospital genutzt und dadurch gleichsam entnazifiziert worden.

Mayfeld parkte seinen Wagen vor dem Haupteingang, öffnete die Eingangstür aus Stahl und Panzerglas mit einem Transponderchip, der auch die zweite Tür hinter der Sicherheitsschleuse öffnete, grüßte den wachhabenden Beamten und überquerte den großzügigen, in Marmor gehaltenen Eingangsbereich. Kritiker nannten den Stil des Gebäudes großkotzig, freundlichere Stimmen sprachen von Großzügigkeit. Er stieg die Treppen ins erste Obergeschoss des »Ostfinger« genannten Gebäudetraktes hoch, wo sich die Räume des K 10 befanden, des Kommissariates für verschwundene Personen und Tötungsdelikte, dessen Leiter Mayfeld war. Er öffnete eine weitere gepanzerte Glastür und ging den gebogenen Flur entlang. Den hatten die Architekten so konstruiert, damit die verletzten Soldaten nicht durch die Anmutung endloser Krankenhausflure deprimiert würden. Weicher Teppichboden, Grünpflanzen und Drucke mit moderner Malerei trugen heute ein Weiteres zum Wohlbefinden der Beamten bei. Im Vergleich zum schäbigen alten Polizeipräsidium aus den fünfziger Jahren, das in der Innenstadt gelegen hatte, hatte sich die Wiesbadener Polizei mit ihren Räumlichkeiten eindeutig verbessert.

Er ging in den Besprechungsraum, der durch seine großen Fenster einen weiten Blick auf die Gartenkolonie »Unter den Nussbäumen« der »Gartenfreunde Wiesbadens« gestattete. Heute schien sich das Grün, das sich in den sonnigen Tagen Anfang April hervorgewagt hatte, unter den grauen Regenwolken wegzuducken. Am runden Tisch des Raums warteten Kriminalkommissarin Heike Winkler, die Kriminaloberkommissare Hartmut Meyer, Paul Burkhard und Horst Adler sowie der Chef der Wiesbadener Kriminalpolizei, Kriminalrat Oskar Brandt.

Mayfeld begrüßte Brandt mit einem Händedruck, die Kollegen mit einem Kopfnicken. Brandt war ein kleiner untersetzter Mann mit mittlerweile eisgrauem, schütterem Haar, wie immer mit leicht zerschlissenem grauen Dreiteiler, himmelblauem Hemd, quietschentengelber Fliege und ausgelatschten Mokassins bekleidet.

»Heike hat uns schon von euren Ermittlungen am Wochenende berichtet«, leitete Brandt die Besprechung ein. »Ich nehme an, du willst den Mord vor deiner Haustür selbst aufklären und die Untersuchung leiten, Robert, auch wenn du letzte Woche etwas von Überstundenabbau gesprochen hast. Der muss jetzt leider warten.« Oskar Brandt stand auf. »Von der Staatsanwaltschaft ist dein Freund Lackauf zuständig, ich hoffe, ihr arbeitet gedeihlich zusammen. Falls es Probleme gibt, informiere mich unverzüglich.« Brandt klopfte Mayfeld tröstend auf die Schulter und verließ den Raum.

Den Zuspruch konnte Mayfeld gut gebrauchen. Mit Dr. Lackauf verband ihn eine tief empfundene, gegenseitige Abneigung. Mayfeld hielt den Staatsanwalt für einen aufgeblasenen und intriganten Wichtigtuer. Aber das hätte er ertragen können, wenn Lackauf ihn in Ruhe seine Arbeit machen ließe. Doch Lackauf forderte von seiner Umgebung Unterordnung und Demutsgesten, die von Mayfeld nicht zu haben waren. Mayfeld neigte zwar zu gelegentlichen Selbstzweifeln, aber er war in seiner Arbeit zu erfolgreich, um sich seine Arbeitsweise von einem Selbstdarsteller wie Lackauf vorschreiben zu lassen. Dementsprechend hielt der Staatsanwalt den Kommissar für einen sturen und anmaßenden Aufwiegler. »Für einen Achtundsechziger sind Sie eigentlich zu jung und für einen Bauern zu gebildet, warum verhalten Sie sich dennoch wie eine Kreuzung aus beiden?«, hatte Lackauf ihn einmal versucht abzukanzeln. »Die Wahl Ihrer Verbalinjurien sagt eigentlich schon alles über Sie«, hatte Mayfeld damals geantwortet. Es war ihm eine Ehre, von einem eitlen Streber wie Lackauf als rebellischer Bauer bezeichnet zu werden.

Burkhard grinste schadenfroh. Der muskulöse Lederjackenträger hielt von Lackauf nicht viel mehr, als Mayfeld das tat, aber seit seiner Scheidung versuchte er jedem Kollegen und jeder Kollegin bei allen möglichen und unmöglichen Gelegenheiten zu beweisen, dass er in jeder Hinsicht der Bessere und Überlegene war. Wenn Lackauf Herr des Ermittlungsverfahrens war, dann war die Position von Mayfeld geschwächt, und das konnte Burkhard nur freuen. Ein autoritäres Raubein und schlichtes Gemüt war Burkhard schon immer gewesen, aber früher, als er noch nicht so verbittert gewesen war, hatte man sich auf seine Loyalität verlassen können. Nur wegen dieser Erinnerung an bessere Zeiten hatte Mayfeld bislang noch nicht versucht, den Kollegen loszuwerden.

Winkler schob Mayfeld eine Tasse Kaffee herüber. »Bist ganz blass um die Nase«, sagte sie. Nachdem Brandts gelbe Fliege verschwunden war, war ihr knallrotes T-Shirt der letzte verbliebene Farbtupfer im Raum. Winkler kannte seine Abneigung gegen Obduktionen und gegen Dr. Lackauf. Sie schenkte ihm ein aufmunterndes Lächeln, das den Regen draußen gleich weniger grau erscheinen ließ.

»Und was hat der Enders gefunden?«, wollte Meyer wissen. Er hatte vor sich auf einem Pappteller drei Quark-Kirsch-Teilchen stehen, daneben eine große Flasche Cola. Meyers Haare waren in den letzten Jahren ergraut, und wie um diesem Alterungsprozess etwas entgegenzusetzen, hatte er sie lang wachsen lassen und am Hinterkopf zu einem Pferdeschwanz zusammengebunden. Nach seinem Lieblingssänger nannten ihn die Kollegen seither Meat Loaf, Fleischklops, nicht ganz unpassend für seine knapp drei Zentner Lebendgewicht.

»Jede Menge hat er gefunden«, berichtete Mayfeld von den Ergebnissen der Obduktion. »Der Todeszeitpunkt liegt zwischen Freitagabend zweiundzwanzig Uhr und Samstagmorgen ein Uhr. Tina Lüder hat Knochenbrüche am rechten Fuß, das rechte Sprunggelenk wurde unmittelbar vor ihrem Tod verletzt, am Hinterkopf hat sie eine Schädelfraktur, aber gestorben ist sie daran nicht. Sie wurde erwürgt. Gewehrt hat sie sich kaum, vermutlich ist sie gestürzt, war benommen von dem Sturz und völlig hilflos. Der Täter hatte leichtes Spiel. Unter einem Fingernagel konnte Dr. Enders Reste von Textilfasern finden, ansonsten hat er noch frisches Sperma in der Scheide der Toten gefunden und eine ordentliche Menge Kokain in ihrem Blut. Es gab keine Hinweise für eine Vergewaltigung.«

»Sie wurde sozusagen aus dem vollen Leben herausgerissen«, kommentierte Burkhard süffisant.

»Was ergab die Untersuchung von Tina Lüders Wohnung, Horst?«, fragte Mayfeld.

»Man findet mehr, wenn man weiß, wonach man suchen soll«, antwortete Adler. »Wir haben die Fingerabdrücke der Toten gefunden sowie die Fingerabdrücke von vier weiteren Personen. Keiner der Abdrücke ist in einer unserer Dateien. Von den textilen Spuren, die wir am Tatort gefunden haben, haben wir in ihrem Zimmer nichts entdeckt, aber es wird noch eine ganze Weile dauern, bis wir alle Proben, die wir sichergestellt haben, komplett analysiert haben. Wir haben einen Handyvertrag gefunden, es wird also leicht sein, an ihre Telefonverbindungen der letzten Zeit zu kommen. Und wir haben auch sonst alle möglichen persönlichen Unterlagen gefunden, ein Realschulzeugnis in ziemlich desolatem Zustand, ich meine nicht nur die Noten, sondern vor allem die Rotwein- und Colaflecken drauf, und einen Arbeitsvertrag mit der Vinothek. Eine Berufsausbildung scheint die junge Dame nicht gehabt zu haben, zumindest haben wir keine Unterlagen dazu gefunden. Na ja, und dann gab es noch die zwei Ratten und das Rattenfutter mit Spuren von Koks.«

»Ich check das mit den Telefonverbindungen«, schlug »Meat Loaf« Meyer vor. Dass er sich freiwillig für Arbeiten meldete, kam in der letzten Zeit immer häufiger vor. Es musste an den Unmengen Cola liegen, die er täglich in sich hineingoss. Irgendwie machte ihn das agiler.

»Habt ihr an der Brombeerhecke, wo das Gras niedergedrückt war, irgendwelche Spuren gefunden?«, fragte Mayfeld.

Adler schüttelte den Kopf. »Nichts. Das war nach dem Dauerregen in der Tatnacht auch nicht unbedingt zu erwarten. An der Kleidung der Toten gab es darüber hinaus keine Spuren, die darauf hinweisen würden, dass sie an dieser Stelle zu Fall gekommen wäre. Aber auch das ist nicht weiter überraschend, schließlich lag die Leiche eine ganze Weile im Wasser.«

Diese Spur führte also ins Nichts, dachte Mayfeld bedauernd. »Horst, du findest heraus, zu welcher Art Kleidungsstück der Stofffetzen passt, den wir am Tatort gefunden haben, und ob er zu den Fasern unter den Fingernägeln der Toten passt«, sagte er. »Paul, lass dir von Heike eine Liste aller in der Sache bislang Vernommenen geben und überprüfe sie im Polizeicomputer.« Er griff in die Tasche seines zerknitterten Leinenjacketts und holte eine Tüte mit Weingummis heraus, Martinsthaler Wildsau Riesling 2006. »Was wissen wir bisher über die Tote?«, fragte er in die Runde, um mit der Antwort gleich selbst zu beginnen. »Tina Lüder war ein hübsches Mädchen aus einer desolaten Familie. Sie lebte seit einem knappen Jahr bei ihrer Schwester, zusammen mit einer Freundin, die in ihrer Familie nicht sehr beliebt zu sein scheint.

Sie hatte keine Ausbildung, galt als leichtlebig, kokste, saß bei einer Malerin Modell, die nach dem Malen mit ihr noch ein bisschen feierte, wie sie das nennt. Als sie sich von ihrem Freund trennte, hatte der sofort eine neue und trauerte ihr nicht besonders nach. Warum wird so jemand umgebracht? Ich sehe kein Motiv.«

»Haben wir schon irgendwelche Verdächtige?«, fragte Burkhard.

»Die Roths haben Tina Lüder zuletzt gesehen«, antwortete Mayfeld, »wir sollten nachprüfen, ob das Sperma, das in Tina Lüder gefunden wurde, mit den Feiern im Hause Roth in Zusammenhang steht, und Arthur Roth um eine DNA-Probe bitten.«

»Aber Tina Lüder wurde nicht vergewaltigt. Warum sollte sie Roth nach einem freiwilligen Geschlechtsverkehr umbringen?«, wandte Winkler ein.

»Ein Unfall nach Würgespielen?« Burkhard grinste.

»Ich würde es begrüßen, wenn du deine Witze außerhalb der Dienstzeit reißt«, wies ihn Mayfeld zurecht. Schön wäre es auch, wenn sie ein ansprechenderes Niveau hätten, fügte er im Stillen hinzu.

»Lüder wollte Arthur Roth erpressen«, mutmaßte Meyer.

»Roth ist einer unserer Verdächtigen«, räumte Mayfeld ein, »ein besonders starkes Motiv kann ich aber noch nicht erkennen. Womit sollte sie ihn denn erpressen? Wegen eines sexuellen Verhältnisses? Ob das bei den Roths irgendjemand aufregt? Wir sollten auch ihren Exfreund um eine DNA-Probe bitten. Angesichts seines Alibis könnten wir die zwar nicht erzwingen, aber fragen kostet ja nichts. Und dann müssen wir uns um Magdalena Hellenthal kümmern. Wann sollte sie wieder an ihrem Arbeitsplatz erscheinen, Heike?«

»Vor einer Stunde, sie hatte Frühschicht. Sie ist nicht gekommen. Der Geschäftsführer der Klosterschänke meinte, das sei sehr ungewöhnlich, sie sei eine sehr zuverlässige Mitarbeiterin. Bloß in der letzten Woche sei sie ihm etwas unkonzentriert vorgekommen. Zu Hause bei Tatjana Lüder ist sie auch nicht aufgetaucht, auch nicht bei ihrer Mutter.«

»Damit wird es ziemlich wahrscheinlich, dass sie entweder in den Mordfall verstrickt und auf der Flucht ist oder aber selbst Opfer eines Gewaltverbrechens wurde«, stellte Mayfeld fest.

»Wir haben das gesamte Gelände sorgfältig abgesucht, wir haben keine Hinweise auf ein weiteres Verbrechen gefunden«, wandte Adler ein. »Aber das muss nicht viel heißen, so wie es in der Nacht geregnet hat.«

»Eben. Deswegen werden wir einen Durchsuchungsbefehl für Magdalena Hellenthals Zimmer beantragen. Ich rede mit Lackauf.« Mayfeld seufzte. »Wir lassen sie suchen, gehen in die Öffentlichkeit. Ich möchte eine Liste der Gäste, die die Weinpräsentation besucht haben. Zumindest ein Teil der Besucher hat die Karten beim Veranstalter schriftlich bestellt. Die anderen rufen wir über die Presse auf, sich bei uns zu melden. Ich will eine Liste der teilnehmenden Winzer. Cornelius Bergmann hat sie mir zugesagt, man muss ihn daran erinnern. Ich will, dass ihr alle vernehmt, dass ihr sie fragt, ob ihnen während der Weinpräsentation etwas aufgefallen ist, wann sie die Veranstaltung verlassen haben, wo sie geparkt haben, ob ihnen etwas auf dem Weg zum Auto oder auf dem Nachhauseweg aufgefallen ist. Und ich will mit Andy Körner reden. Der müsste einer der Letzten gewesen sein, die Magdalena Hellenthal vor ihrem Verschwinden gesehen haben. Er kennt außerdem Tina Lüder.«

Es lag viel Arbeit vor ihnen.

***

Tatjana fühlte sich wie im falschen Film. Am liebsten hätte sie weiter gearbeitet, aber Vogler, ihr Chef, hatte sie nach Hause geschickt, trotz der vielen Arbeit, die sie zurzeit in der Gärtnerei hatten. Er war richtig erschüttert gewesen über den Mord an ihrer Schwester, hatte fast geweint und mehrfach wiederholt, ihr müsse es jetzt ja ganz fürchterlich schlecht gehen. Ja, das müsste es eigentlich, aber merkwürdigerweise spürte sie heute gar nichts, die Welt war weit entfernt, unerreichbar, wie hinter einer Glaswand, und irgendjemand hatte ihr die Gefühle gestohlen. Darüber musste sie unbedingt mit Oma sprechen. Vielleicht hatte sie zu viel geraucht, vielleicht auch zu wenig. Und jetzt sprach diese

Frau mit Bernhard über südamerikanische Kamele. Sie war bestimmt im falschen Film.

»Lamas und Alpakas sind die Kamele Südamerikas«, sagte die Frau im selbst gestrickten Pullover. »Sie haben bestimmt draußen schon ein paar der Tiere gesehen, wir haben eine Zucht, und hier im Laden verkaufen wir Wolle und Wollprodukte.«

Sie standen im Laden der Kisselmühle. Hier hatte früher die vom Kisselbach getriebene Mühle des Klosters Eberbach gestanden, mittlerweile beherbergte das Anwesen einen Bauernhof, ein Wohnhaus und einen Laden. In den Regalen stapelten sich Pullover, Schals, Handschuhe und Wollknäuel in Weiß, Beige, Braun, Grau und Schwarz.

»Was können Sie mir über meine Schwester erzählen?«, fragte Bernhard.

»Die hilft mir im Laden, immer mittwochnachmittags. Mittwochs hat sie in der Klosterschänke frei. Aber wie kann ich Ihnen denn weiterhelfen?«

Bernhard zuckte hilflos mit den Schultern. »Sonst wissen Sie nichts über sie? Hat sie mal etwas von ihrer Familie erzählt?«

Die Frau von der Kisselmühle schüttelte den Kopf. »Ich habe sie eingestellt, weil ich selbst einen halben Tag frei brauche. Ich bin also meistens weg, wenn sie da ist, deswegen haben wir bislang gar nicht viel miteinander gesprochen. Sie scheint mir eine ehrliche Haut zu sein, mehr interessiert mich nicht. Und sie ist fasziniert von der Sanftmut der Lamas. Am letzten Mittwoch war sie nach der Arbeit besonders lange bei ihnen.«

»Ich muss meine Schwester finden«, murmelte Bernhard, aber die Lamafrau schien ihm da nicht weiterhelfen zu können.

»Wenn Sie wollen, gehen Sie doch eine Weile zu den Tieren auf die Weide. Da war Ihre Schwester auch immer gern. Das hat einen total beruhigenden Einfluss auf die Seele, die Sanftheit der Tiere, ihre Freundlichkeit und Anmut.«

»Aha.«

Sie traten alle drei aus dem Laden heraus ins Freie, ein Glöckchen über der Tür bimmelte. Vor dem Haus wandten sie sich nach links und folgten dem vom Regen aufgeweichten Weg, hoch zu den Stallungen und zur Weide. Die Lamas und die etwas zierlicheren Alpakas standen in Gruppen zusammen. Manche schienen sie neugierig zu mustern, anderen waren die beiden Besucher offenbar völlig gleichgültig.

Kurz nachdem Vogler Tatjana nach Hause geschickt hatte, war Bernhard bei ihr vorbeigekommen und hatte ihr erklärt, er habe seine Schwester immer noch nicht gefunden und wolle jetzt überall dorthin gehen, wo sie auch gewesen war. Er mache sich große Sorgen um sie, hatte er beteuert, sie habe mit ihm sprechen wollen, und jetzt sei sie verschwunden. Er sei zu spät gekommen. Ob Tatjana ihn begleiten wolle? Irgendwie hatte er so geschaut, als ob er froh wäre, einen Vorwand zu haben, sie wiederzusehen, nachdem er gestern einen Rückzieher gemacht hatte. Er hatte ihr seine Waffensammlung doch nicht gezeigt, weil er das vorher erst mit Mama absprechen müsse. Und irgendwie war es ihr recht, ihn zu begleiten. Vielleicht fand sie auf diese Weise ja auch heraus, was mit ihrer Schwester passiert war. Auf die Bullen sollte man sich keinesfalls verlassen, das hatte schon ihre Oma immer gesagt. Und außerdem war da ja noch die Sache mit dem Ritter, der ihr verheißen worden war.

»Spucken die Lamas denn?«, wollte Bernhard wissen.

Die Lamafrau schüttelte den Kopf. »Nur wenn sie sich bedroht fühlen. Aber unsere Tiere sind ganz sanft und an Menschen gewöhnt.«

Aber Bernhard war offensichtlich nicht an Lamas gewöhnt. Der große Kerl schaute Hilfe suchend zu Tatjana herüber. Sie zwinkerte ihm zu. Das schien ihm Mut zu machen.

»Wann werden Lamas eigentlich geschoren?«, fragte sie die Lamafrau.

»Jetzt, in den nächsten Wochen.«

Aus irgendeinem Grund erinnerte sie das an das Gespräch zwischen Tina und Magdalena, das sie belauscht hatte. Vielleicht sollte Bernhard nicht ungeschoren davonkommen, dachte sie und kicherte innerlich. In dem Gespräch war es um Bernhard, Magdalena und deren Eltern gegangen und um das Geld, das Magdalena und Tina bald haben würden.

»Komm, Ritterchen, wir gehen ein bisschen Lamas gucken«, schlug sie vor, und der große, dicke Ritter nickte. Oma hätte es nicht so gern gehabt, dass sie an Geld dachte, wo Tina noch nicht einmal beerdigt war. Oma würde schimpfen. Aber was konnte sie dafür, dass man ihr die Gefühle gestohlen hatte?

Der Weg zu den Weiden war schlammig, der Schmodder schmatzte unter ihren Schuhen. Und plötzlich, mit einem Mal, sah sie sich wieder auf dem morastigen Weg in dem feuchten und dunklen Waldstück hinter dem Kloster. Es war, als könnte sie sich von außen beobachten. Sie sah, wie sie über ihrer toten Schwester zusammenbrach. Sie spürte den fürchterlichen Schmerz wieder, den sie vor zwei Tagen empfunden hatte und der sie jetzt an einen anderen, noch größeren, aber unbestimmten Schmerz erinnerte. Sie fröstelte, holte tief Luft, riss sich zusammen und schob die Erinnerungen beiseite. Solche Gefühle konnten ihr gestohlen bleiben. Sie hakte sich bei Bernhard ein.

»Kommen Sie doch mal wieder vorbei, wir machen mit den Lamas auch Trekkingtouren durch das Tal!«, rief ihnen die Lamafrau hinterher.

Tatjana winkte ihr zum Abschied zu. Bernhard wirkte irgendwie abwesend. »Du denkst immer nur an deine verschwundene Schwester, was?«, fragte sie.

»An was denn sonst?«, brummte er.

War sie Luft für ihn? Spielte sie keine Rolle? »Magdalena taucht morgen oder nächste Woche vielleicht wieder auf. *Ich* habe meine Schwester verloren, *sie* ist tot. Verstehst du? Die arme Seele *meiner* Schwester muss auf Wanderschaft gehen, kommt vielleicht als Lama wieder auf die Welt.« Hoffentlich kapierte er, dass es nicht nur um ihn ging. »Das ist vielleicht gar nicht so schlecht. Dann kann sie auf die Menschen spucken, die so viel auf sie gespuckt haben.«

»Seelen wandern nicht. Das ist heidnischer Blödsinn. Nach dem Tod kommen sie in den Himmel, ins Fegefeuer oder in die Hölle«, belehrte sie Bernhard. Tatjana schüttelte sich. Die Idee mit der Wiedergeburt als Lama gefiel ihr entschieden besser als die Aufteilung der Seelen in Streber, Normale und Verbrecher.

»Auf jeden Fall ist sie fort aus meinem Leben, und das ist fürchterlich.« Sie hatte das gesagt, um Aufmerksamkeit und Mitleid von Bernhard zu bekommen, aber das war keine gute Idee gewesen. In dem Moment, als sie es aussprach, merkte sie, dass es ernst war, was sie da sagte, dass es stimmte, dass Tina weg war, und dass es ganz fürchterlich war. Schon wieder waren diese Erinnerungen da, schon wieder lag sie zusammengebrochen über der Leiche ihrer Schwester, die schon ganz kalt war. Das Frösteln kam wieder, jetzt stärker als zuvor, und ihr wurde schwindelig. Sterne tanzten vor ihren Augen, der Mund fühlte sich pelzig an, und die Lamas zwischen den Bäumen glotzten heimtückisch zu ihr herüber.

»Du hast recht, ich denke immer nur an meine Sorgen, vergesse dabei die Welt um mich herum.« Bernhard umfasste ihre Schultern mit festem Griff. So wie er sie drückte, machte ihr das Angst. Gleich würde es ihr zu viel werden, sie durfte sich nicht hineinziehen lassen in diesen Strudel, der ganz in der Nähe drohte, diesen Strudel aus Sehnsucht, Trauer, Hass und vernichtender Angst. Sie musste sich unbedingt ablenken.

»Glaubst du, dass die Karten die Zukunft vorhersagen können?«

»Nein, für mich ist das Teufelszeug.«

»Ich leg mir immer wieder mal die Karten, das hat mir meine Oma beigebracht. Zuletzt hab ich mir den Ritter der Münzen aufgedeckt. Ist doch komisch, dass ich einen Tag später jemanden kennenlerne, der sich für Ritter interessiert. Hast du was mit Münzen zu tun?«

Sie spürte sofort, wie er sich innerlich von ihr entfernte, wie er hart und starr wurde. Trotzdem hielt er ihre Schultern weiterhin fest umklammert.

»Wie kommst du darauf?«, fragte er mit kalter Stimme.

Die Großmutter hatte sie davor gewarnt, die Kartensymbole zu wörtlich zu nehmen. »War nur so eine Idee, wegen der Karten.« Von dem belauschten Gespräch zwischen seiner und ihrer Schwester erzählte sie jetzt lieber nichts. Wahrscheinlich lag da der Hund begraben.

»Teufelszeug!«

»Münzen?«

»Deine Kartenlegerei!« Er hielt sie weiter fest in seinem Klammergriff. Dann schien er sich eines Besseren zu besinnen, wurde

wieder weicher. »Du sollst nicht richten!«, murmelte er vor sich hin. »Was für Münzen meinst du denn?«
»So genau haben das die Karten nicht gesagt.«
Er schwieg.
War Bernhard ein guter oder ein böser, ein weißer oder ein schwarzer Ritter? Ihr fröstelte immer mehr, der Regen wurde stärker, und die Lamas hatten sich von ihnen abgewandt. Ihr Handy klingelte. Die Polizei stand vor ihrer Wohnung und wollte Magdalenas Zimmer durchsuchen.

***

»Willkommen in meinem Reich!«. Elly Leberlein umarmte Nadine Bergmann herzlich, Küsschen links, Küsschen rechts. »Meine Schwägerin Julia kennst du ja bereits. Ganz lieb, dass du uns helfen willst.«
Julia ging auf Nadine zu, begrüßte sie ebenfalls mit einer Umarmung. »Am besten legen wir gleich los.« Die drei Frauen gingen zu dem großen Tisch in der Mitte der Küche. Dort standen die Zutaten für die Speisen, die heute zubereitet werden sollten: Kalbsknochen, Karotten, Sellerie, Kartoffeln, Lauch, Zwiebeln, Gewürze und die verschiedensten Kräuter, Schnittlauch, Petersilie, Sauerampfer, Kresse und Estragon, Dosen mit Tomatenmark sowie Weinflaschen.
»Nehmt Platz!« Julia setzte sich auf einen der groben Holzstühle, die um den Tisch herumstanden, und machte eine einladende Geste zu den beiden anderen Frauen.
»Fühl dich wie zu Hause«, ergänzte Elly in etwas schnippischem Ton.
»Möchtest du Nadine unseren heutigen Arbeitsplan erklären?«, fragte Julia. Doch Elly winkte ab.
»Wir werden heute Fond für die Rotweinsauce herstellen und neue Rieslingsuppe kochen.« Julia griff nach einer Flasche Kiedricher Sandgrub, öffnete sie und schenkte in die drei Probiergläser, die auf dem Tisch standen, ein. »Auf gutes Gelingen! Sieht so aus, als müssten wir heute ziemlich viel Gemüse schnippeln.«
»Mama!«, krähte es von der Tür her. Der kleine Florian kam in

die Küche gerannt und stolperte auf Elly zu, die ihr Glas auf den Tisch stellte, aufstand und die Arme ausbreitete.

»Flori!«, rief sie, fing den kleinen Mann auf und hob ihn zu sich hoch. »Wolltest du heute denn nicht mit Stefanie spielen?«

»Stefanie ist doof«, protestierte der knapp Dreijährige. »Mama oder Oma spielen!«

»Ich habe mit Engelszungen auf den kleinen Racker eingeredet«, sagte Hilde Leberlein, die hinter Florian atemlos die Küche betrat. »Aber er hat darauf bestanden, dass er sehen wollte, was die Mama in der Küche macht. Ich muss mich jetzt um den Schankraum kümmern, und mit Stefanie hat es sonst nie Probleme gegeben. Sie kommt gleich.«

Stefanie war ein sechzehnjähriges Mädchen aus der Nachbarschaft, das bei Florian ab und zu babysittete und das Franz und Elly für die Dauer der Schlemmerwochen »fest gebucht« hatten.

Nun versuchte sich Elly im Reden mit Engelszungen. Sie erklärte Florian die Gerätschaften und dass die Mama jetzt ganz viel arbeiten müsse und dass es ganz lieb sei, dass Flori ihr helfen wolle und dass das ein anderes Mal ganz bestimmt ganz toll werde, heute aber leider, leider nicht gehe. Der Erfolg war ein mehrminütiger Brüllanfall von Flori, der erst dadurch gestoppt werden konnte, dass die Oma ein dickes Eis am Stiel aus dem Eisfach des Kühlschrankes hervorzauberte. Nach weiteren langwierigen Verhandlungen, in deren Verlauf die verschiedensten Aktivitäten in der darauffolgenden Woche und eine lückenlose Versorgung mit Eis am Stiel in dieser Woche versprochen wurden, gab sich der kleine Flori schließlich zufrieden und zog triumphierend, Oma im Schlepptau, aus der Küche ab.

»Kinder!«, seufzte Elly und blickte Florian mit einer Mischung aus Mutterglück und Ärger nach.

»Am besten beginnen wir mit dem Mirepoix«, nahm Julia den Faden von vorher wieder auf.

»Julia meint, wir sollen Sellerie, Lauch und Karotten würfeln«, erklärte Elly augenrollend. Sie reichte Nadine ein Holzbrett, ein großes Küchenmesser und einen Sparschäler.

Eine Weile arbeiteten sie stumm daran, das Gemüse in kleine

Würfelchen zu hacken, die in eine große Schüssel in der Mitte des Tisches wanderten.

»Macht ruhig den ganzen Lauch klein, aber haltet das Weiße vom Lauch zurück, das brauchen wir für die Rieslingsuppe«, bat Julia.

»Warum nur das Weiße?«, wollte Nadine wissen.

»Das Grüne vom Lauch macht die Suppe grau, das sieht nicht so toll aus«, erklärte Julia.

»Das merkt zwar kein Gast, aber für unsere Meisterköchin wäre das nicht akzeptabel, ihr Auge isst mit«, frotzelte Elly.

Julia schenkte ihr ein liebenswürdiges Lächeln. Sie hatte gehofft, dass Nadines Anwesenheit die Spannungen zwischen Elly und ihr abmildern würde. Die letzten Jahre war es für sie nicht immer einfach gewesen, mit ihrer Schwägerin zusammenzuarbeiten. Julias Mutter war dabei keine große Hilfe gewesen. Jedes Mal, wenn Julia in ihrem Elternhaus auftauchte, machte Hilde deutlich, wie sehr sie ihre Tochter vermisste und welch unvollständiger Ersatz Elly, die Schwiegertochter, doch war. Julia hatte die Mutter gebeten, sie gegenüber Elly nicht so hervorzuheben, aber Hilde hatte das Elly sofort weitererzählt und zum Anlass genommen, die Herzensgüte und Souveränität ihrer Tochter zu loben. Julias Verhalten war ab diesem Zeitpunkt bei der Schwägerin nur noch als gönnerhafte Anmaßung angekommen. Julia hatte nicht immer so hoch in der Gunst ihrer Mutter gestanden; als sie »wegen dieses Polizisten« von zu Hause ausgezogen war, hatte zwischen ihrer Mutter und ihr regelrecht Funkstille geherrscht. Doch als dann Tobias und Lisa auf die Welt gekommen waren, hatte sich das Verhältnis zwischen Tochter und Mutter nicht nur wieder normalisiert, sondern war besser geworden, als es je zuvor gewesen war. Und als Julias Bruder Franz nicht die Frau heiratete, die die Mutter gern im Weingut gesehen hätte, hatte Hilde begonnen, die Tochter und vor allem ihre Enkelkinder über den grünen Klee zu loben, was Elly, deren Ehe mit Franz kinderlos blieb, maßlos kränkte. Als Franz und Elly dann Florian bekommen hatten, hatte sich Ellys Beziehung zu Julia zwar entkrampft, aber die alten Wunden waren nie ganz verheilt. Auch das gute Verhältnis, das Robert und Franz miteinander pflegten, half da nicht wirklich. Julia war also sehr froh gewesen, als Nadine Bergmann Elly gefragt hatte, ob sie bei ihnen für eine Woche in der Küche hospitieren dürfe, da sie plante, im nächsten Jahr während der Tage der offenen Weinkeller ebenfalls eine Straußwirtschaft zu eröffnen. Jetzt konnte sie nur hoffen, dass es zwischen Elly und ihr nicht zu Eifersüchteleien wegen Nadine kam. Elly war deren ältere Freundin, Julia kannte Nadine nur aus dem Künstlerverein, in dem sie seit einem Jahr Mitglied war.

»Für ein so bekanntes Weingut wie eures ist ein Straußwirtschaftsbetrieb ja eher unüblich.« Julia versuchte ein neues Gesprächsthema zu finden.

»Stimmt!«, pflichtete ihr Elly ausnahmsweise bei.

Nadine lachte. »Cornelius sieht das genauso. Er meint, wir könnten unseren Wein sehr gut ohne solche Aktivitäten verkaufen, wir hätten das nicht nötig. Wenn die Leute was essen wollten, sollten sie in ein Restaurant gehen. Aber ich habe meinen Vater daran erinnert, dass wir über Jahrzehnte eine Straußwirtschaft hatten und dass das doch eine schöne Tradition ist. Er hat mir zugestimmt, und damit war die Sache entschieden. Cornelius wollte dann noch einen Partyservice ins Spiel bringen, aber das hat mein Vater abgelehnt.«

»Bei euch ist dein Vater noch der Chef«, bemerkte Elly.

»Mein Vater tut sich schwer, Verantwortung abzugeben«, antwortete Nadine. Dann schwieg sie.

»Ich glaube, wir können uns jetzt an die Zubereitung des Fonds machen«, sagte Julia. Sie stand auf, nahm die große Schüssel mit dem Mirepoix und ging zum Herd. »Elly, bringst du die Knochen?«

Auf dem Herd standen ein großer gusseiserner Bräter und mehrere Töpfe. Julia erhitzte Olivenöl in dem Bräter, und Elly gab die vom Metzger zersägten Kalbsknochen hinein, wo sie zischend zu schmurgeln begannen. Nach einer Weile schüttete Julia den Mirepoix dazu, würzte mit Salz und Pfeffer, warf eine Handvoll Lorbeerblätter und einige Wacholderbeeren dazu und rührte um. Sie stäubte Mehl über die Mischung.

»Das Mehl sorgt für die Bräunung und später für die Bindung der Sauce. Machst du mal eine Dose Tomatenmark auf, Nadine?«

Nachdem sie einige Esslöffel Tomatenmark in den Topf gegeben und mitgebraten hatte, bat sie Elly, eine Flasche Rotwein zu öffnen. »Wenn die Flüssigkeit verdampft ist und sich am Boden ein brauner Bratensatz bildet, löscht man mit Flüssigkeit ab«, erklärte sie. »Man kann Brühe oder Wein nehmen, ich bevorzuge Rotwein.« Sie kippte den Inhalt der Flasche in den Bräter. Zischend stieg Dampf vom Herd auf. »Den lass ich jetzt einkochen, dann wiederhole ich das dreimal. Für fünf Kilo Knochen brauche ich drei Liter Rotwein.«

»Warum kippst du den ganzen Rotwein nicht auf einmal in den Bräter, groß genug wäre er ja?«, wollte Nadine wissen.

»Wegen der Röststoffe, die sich jedes Mal zusätzlich bilden, wenn die Flüssigkeit einkocht«, antwortete Julia.

»Und außerdem ist es ein Ritual«, ergänzte Elly.

Die drei Frauen gingen zum Tisch zurück.

»Vielleicht sollten wir eine kleine Pause machen?«, schlug Julia vor.

»Warum denn?«, protestierte Nadine, und Elly stimmte ihr zu. »Jetzt ist die Rieslingsuppe dran.«

»Gut, dann schält mal die Kartoffeln und schneidet sie klein, ebenso den restlichen Sellerie. Ich kümmere mich um die Zwiebeln, wenn es euch recht ist.« Es war Nadine und Elly recht.

Wieder herrschte eine Weile emsiges Schweigen.

»Wann schaust du dir denn die Ausstellung an, Elly?«, fragte Nadine schließlich. Julia erinnerte das an Roberts Anliegen.

»Wahrscheinlich komme ich erst dazu, wenn die Straußwirtschaft wieder geschlossen ist«, antwortete Elly.

»Das Bild von Kathrin Roth hat mich sehr beeindruckt«, bemerkte Julia. »Es ist so geheimnisvoll, so vielschichtig. Sie ist eine professionelle Malerin. Du kennst Kathrin ganz gut, stimmt's, Nadine?«

Nadine, die einen großen Haufen geschälter Kartoffeln in der Schüssel vor sich liegen hatte, begann diese mit ihrem großen Küchenmesser in kleine Teile zu hacken. »Ich kenne Kathrin seit meiner Kindheit. Ihr Vater war der Steuerberater meines Vaters, und die beiden sind miteinander befreundet. Er hat seine Kanzlei mittlerweile aufgegeben und lebt in einem Seniorenstift am Tegernsee. Kathrin hat auf mich aufgepasst, als ich fünf, sechs Jahre alt war. Damals haben wir immer miteinander gemalt. Eine liebe und großzügige Person war sie schon damals, immer für einen da, geduldig und nachsichtig.«

»Ich hack dann schon mal die Kräuter«, schlug Elly vor.

»Die kommen erst ganz zum Schluss in die Suppe, sonst verlieren sie ihr Aroma. Wasch sie nur und leg sie beiseite«, korrigierte Julia sie. »Bis die ersten Gäste kommen, dauert es ja noch eine ganze Weile.«

»Ist Kathrin Roth nicht irgendwann aus dem Rheingau weg?«, fragte Elly.

»Kathrins Vater hatte vermögende Kunden, unser Weingut gehörte zu seinen kleineren Mandanten«, erzählte Nadine. »Einen dieser Mandanten hat Kathrin geheiratet, Klaus Roth aus Mainz, der besaß eine Maschinenbaufabrik. Ein reicher Mann, der mit dem Rheingauer Mädchen noch mal seine Jugend aufleben ließ.«

»Klingt nicht besonders romantisch«, fand Elly.

»Wir hatten damals nicht so viel miteinander zu tun«, fuhr Nadine fort, »aber später hat sie mir erzählt, dass sie ihn geliebt habe, trotz des großen Altersunterschiedes. Das Glück währte allerdings nur kurze Zeit. Nach knapp drei Jahren starb ihr Mann. Sie hat sein ganzes Vermögen geerbt.«

»Was irgendwie ja auch eine Art Glück war«, bemerkte Elly.

»Ich muss mal den Fond aufgießen.« Julia nahm eine Flasche Rotwein und entkorkte sie. Sie ging zum Herd, löste den Bratensatz mit einem Schaber vom Boden des Bräters und goss den Wein nach.

»Besonders glücklich war sie damals nicht«, fuhr Nadine fort. »Es gab viel Gerede.«

»Was für Gerede?«, wollte Julia wissen.

»Ach weißt du, Kathrin war jung, schön und reich, und sie war kein Kind von Traurigkeit. Damals begann auch schon ihr Erfolg als Malerin. Das können die Leute nicht ertragen, wenn jemand so eindeutig auf der Sonnenseite des Lebens steht.«

»Und was haben die Leute geredet?«, beharrte Julia auf ihrer Frage.

»Dreck, den ich nicht wiederholen werde«, antwortete Nadine

knapp.»Ich bin mit den Kartoffeln fertig. Wie geht es weiter, Chefköchin?«

Julia stand auf und ging zum Herd. Sie gab Butter und Olivenöl in einen großen Topf und erhitzte das Fett. Elly und Nadine waren ihr gefolgt, standen nun neben ihr und beobachteten, was sie tat. Sie schüttete das Gemüse in den Topf, würzte mit Salz und Pfeffer, gab Lorbeerblätter und eine kräftige Prise Zucker dazu und schwitzte das Ganze an.»Der Zucker wirkt als Geschmacksverstärker und neutralisiert die Säure, die mit dem Riesling nachher dazukommt«, erklärte sie und rührte mit einem Holzlöffel in dem großen Topf.»Öffnet ihr mal die restlichen Flaschen?«

»Was ich über Kathrin Roth gehört habe, klang nicht besonders nett«, meldete sich Elly zu Wort.»Sie soll nicht besonders traurig über den Tod ihres Mannes gewesen sein. Es hieß sogar, sie habe ein bisschen nachgeholfen. Aber die Leute reden viel, wenn der Tag lang ist.«

Julia schüttete die drei Flaschen Riesling, die ihr Elly und Nadine reichten, sowie etwas Brühe aus einem Topf, der neben dem Herd stand, auf das Gemüse.»Das lassen wir jetzt auf ein Drittel einkochen, dann kommen süße und saure Sahne und ein paar Spritzer Zitronensaft darunter, das Ganze wird mit dem Zauberstab püriert und am Schluss mit den Kräutern und einem Schuss Sekt verfeinert.«

»Kathrin ist eine große Malerin, ein wundervoller Mensch und eine gute Freundin«, betonte Nadine.»Die Leute sind voller Neid und Missgunst. Was kümmert mich ihr Geschwätz?«

»Die Suppe muss jetzt köcheln. Wir machen uns nun an den Spundekäs«, schlug Julia vor.

***

Die laubfroschgrüne Ente fuhr auf den Parkplatz vor dem Schlosserbau. Tatjana Lüder, das Mädchen mit den feuerroten Haaren, stieg aus, ebenso ihr Begleiter. Bernhard Hellenthal wirkte bieder und langweilig neben der jungen Frau, die mit einem violetten indischen Sarong, einem kornblumenblauen Halstuch, einem grünem Anorak und grellgelben Gummistiefeln bekleidet war. Die beiden kamen zur Wohnungstür des Schlosserbaus.

»Welch eine Überraschung, Sie hier zu sehen«, begrüßte Mayfeld Bernhard Hellenthal, nachdem er Tatjana Lüder den richterlichen Durchsuchungsbeschluss gezeigt hatte.

»Was ist mit Magdalena?«, fragte Hellenthal. Die Stirn über dem blassen, teigigen Gesicht war in Falten gelegt, die quer unter dem Haaransatz und längs zwischen den Augenbrauen verliefen.

»Um das herauszufinden, sind wir hier«, erklärte Winkler, die vor Mayfeld in den Eingangsflur des Gebäudes getreten war. Trotz weinroter Regenjacke wirkte sie neben Tatjana Lüder fast farblos. Die schloss die Wohnung auf und zeigte den Beamten die Tür zu Magdalena Hellenthals Zimmer.

Das Zimmer war rosa gestrichen und mit einer Bettcouch, einem Sessel, einem kleinen Tisch, einem Kleiderschrank und ein paar Ikea-Regalen möbliert. An der Wand hing ein Poster von Madonna, das auf eine Konzerttour des Popstars hinwies. Die Künstlerin hing in einer blasphemischen Pose an einem mit Neonlichtern erleuchteten Kreuz. Mayfeld stöberte in den Regalen. Die CDs stammten von aktuellen Popgruppen, die Bücher bestanden größtenteils aus Fantasyromanen, Geschichten von Feen, Drachen und Hexen. Dazwischen standen ein paar Bücher über Pferde, Hunde und Katzen sowie ein Buch über Kindererziehung. Magdalena besaß darüber hinaus tatsächlich auch eine Bibel. »Die gute Nachricht«, stand auf dem Buchumschlag. In einem Schuhkarton fand Mayfeld einen Arbeitsvertrag mit der Klosterschänke und einige Handyrechnungen. Winkler durchsuchte den Kleiderschrank.

»Sagt dir das etwas?« Winkler hatte aus einer Jacke einen Zettel gefischt. »Germanisches Museum«, stand darauf und darunter »Kirchgasse 15«.

Mayfeld schüttelte den Kopf. »Das Germanische Museum ist in Nürnberg, aber die genaue Adresse kenne ich natürlich nicht.«

Nirgendwo fanden sie weitere persönliche Dinge, die über die Person Magdalenas Auskunft hätten geben können, keine Unterlagen oder Briefe, kein Tagebuch oder Adressverzeichnis.

Sie verließen das Zimmer und versiegelten es. Mayfeld rief Adler von der Spurensicherung an. Er sollte das Zimmer noch einmal genauer unter die Lupe nehmen. Er hörte sich geduldig Adlers Einwände über die Fragwürdigkeit von Untersuchungen ohne genauen Suchauftrag an. »Mach es einfach, wir haben noch so verdammt wenig«, bat er anschließend den Kollegen.

In der Küche saßen Lüder und Hellenthal. »Sie sind sehr besorgt wegen Ihrer Schwester, ist das richtig, Herr Hellenthal?«, fragte Mayfeld.

Der junge Mann blickte ihn finster an und nickte. »Sie scheinen auch beunruhigt«, erwiderte er, »sonst würden Sie das hier nicht veranstalten. Magdalena hat mir vor ein paar Tagen eine SMS geschrieben. Sie wollte sich mit mir treffen, das Gleiche hat sie mir auch auf die Mailbox gesprochen. Ich habe keine Ahnung, worum es ging, ich habe Ihnen ja gestern schon erzählt, dass wir in der letzten Zeit nicht mehr so viel Kontakt wie früher hatten.«

»Wie kam das denn?«, wollte Mayfeld wissen.

Hellenthal zuckte mit den Schultern. »Ich war längere Zeit von zu Hause weg, habe in Münster Geschichte studiert. Nach dem Tod unseres Vaters ging es Mama ziemlich schlecht. Magdalena vertrug sich gar nicht mehr mit ihr und zog von zu Hause aus. Da bin ich wieder zurückgekommen, Mama brauchte meine Unterstützung.«

»Wie ist es denn gekommen, dass Sie und Ihre Schwester keinen Kontakt mehr miteinander hatten?«, wiederholte Mayfeld die Frage, die ihm Hellenthal nicht beantwortet hatte.

»Weiß ich nicht.« Hellenthal blickte verlegen auf seine riesigen Hände, mit denen er sich am Küchentisch festhielt. »Magdalena und Mama hatten Streit, und Magdalena hat wahrscheinlich gedacht, dass ich zu Mama halte.«

Mayfeld war sich sicher, dass das höchstens ein Teil der Wahrheit war. Aber er wunderte sich, dass es Hellenthal geschafft hatte, von zu Hause wegzuziehen und dem Dunstkreis der Mutter wenigstens vorübergehend zu entkommen. »Wie lange waren Sie weg?«

»Sechs Semester. Es war eine schöne Zeit. So frei.«

Kaum zu fassen, dass sich Hellenthal diese Freiheit genommen hatte. »In den Semesterferien waren Sie zu Hause?«

Bernhard verneinte das. »Ich habe studiert und in der freien Zeit gejobbt. Ganz am Anfang war ich an den Wochenenden noch hier, aber später bin ich nur noch zu Weihnachten und zu Mamas und Papas Geburtstag nach Hause gekommen. In Münster ist die Luft klarer als hier im Rheintal, da kann man nachts die Sterne besser beobachten.«

»Und wieso kümmern Sie sich gerade jetzt um Ihre Schwester, nachdem Sie fast drei Jahre keinen Kontakt mit ihr hatten?«, fragte Winkler.

Hellenthal schaute die Polizistin verärgert an. »Sie wollte mit mir reden«, antwortete er mit lauter Stimme. »Ich dachte, vielleicht will sie wieder zur Familie zurück oder möchte sich mit Mama versöhnen. Da könnte ich ja vermitteln. Aber jetzt ist sie weg. Das macht doch keinen Sinn. Ich befürchte, dass sie in Not ist, dass sie meine Hilfe braucht. Ist das so schwer zu verstehen?«

Das war in der Tat nicht so schwer zu verstehen, aber warum wirkte Hellenthal so angespannt, warum geriet er so schnell in eine Verteidigungshaltung?

»Hat Magdalena einen Computer?«, wollte Mayfeld wissen.

»Nein«, antwortete Tatjana Lüder schnippisch, »oder haben Sie einen gefunden? Die hatte damit nichts am Hut.«

»Hat Magdalena bei Ihnen in Oestrich noch ein Zimmer?«, wandte sich Mayfeld wieder an Hellenthal.

»Da hat sie aber auch keinen Computer stehen.«

»Aber ein Zimmer hat sie in Oestrich schon?«

Hellenthal nickte.

»Wir fahren zusammen hin«, entschied Mayfeld.

Eine Viertelstunde später betraten die beiden Beamten zusammen mit Hellenthal den dunklen Flur der Wohnung am Oestricher Marktplatz. Wie am Vortag hingen Essensgerüche in der Küche, wie am Vortag stand Monika Hellenthal am Herd. Als sie hörte, dass die Beamten das Zimmer ihrer Tochter sehen wollten, bat sie ihren Sohn, es ihnen zu zeigen, und legte sich jammernd über die viele Aufregung, die ihre Tochter verursache, auf das Sofa in der Ecke der Küche.

Magdalenas Zimmer war genauso altbacken eingerichtet wie der Rest der Wohnung. Nie wäre man auf die Idee gekommen, dass hier eine junge Frau wohnte. Das Bett, der Kleiderschrank, der Tisch und das Wandregal waren alt, dunkel und schmucklos. Ein kleines Fenster ließ durch die dicken Vorhänge nur wenig Sonne herein, der Raum lag in düsterem Dämmerlicht. Über dem Bett hing ein Madonnenbild, im Gegensatz zu dem Bild in der Wohnung im Kloster war es ein erbauliches und frommes. Im Wandregal fand Mayfeld einen Ordner mit einigen Zeugnissen, eine weitere Bibel und einige Kinderbücher. Im Kleiderschrank hingen abgetragene Kleidungsstücke. Mayfeld konnte gut verstehen, dass Magdalena Hellenthal verschwunden war und hier nicht mehr auftauchte.

»Ist das alles, was Ihre Tochter hier zurückgelassen hat?«, fragte Mayfeld, als er nach einer Weile zurück zu Monika Hellenthal in die Küche kam.

Die Mutter der Verschwundenen sah noch einmal um Jahre älter aus als gestern, presste die Lippen zusammen und nickte. »Ist ihr etwas zugestoßen, oder hat sie etwas Böses getan?«, wollte sie von Mayfeld wissen.

»Ich kann es Ihnen nicht sagen, wir wissen selbst nichts«, musste er zugeben.

»Wenn ihr etwas zugestoßen ist, dann hat sie hoffentlich vorher ihren Frieden mit Gott gemacht und gebeichtet«, entfuhr es der alten Frau.

»Die hat Sorgen«, lästerte Winkler wenige Minuten später, als sie die Wohnung der Hellenthals verließen.

**

Tatjana Lüder schaltete mit einem leisen Fluch ihren PC aus. Sie war einfach nicht auf das Passwort gekommen, das Zugang zu Magdalenas E-Mail-Account gewährte. Maria, Madonna, Muttergottes, das hatte sie alles vergeblich probiert. Warum hatte sie das Passwort nicht auf dem Computer gespeichert? Schade, dass Magdalena so misstrauisch war. Tatjana stand auf, holte sich die Wasserpfeife und eine Flasche Wein aus der Küche und machte es sich auf dem Diwan in ihrem Zimmer gemütlich. Sie entzündete die Kohle, füllte die Pfeife mit einer Mischung aus Tabak und Marihuana und schenkte sich von der süßen Spätlese ein Glas voll ein.

Nach den Aufregungen des Tages wollte sie erst einmal entspannen. Die Polizei hatte in Magdalenas Zimmer nichts gefunden, weil sie den Bullen zuvorgekommen war. Sie saugte am Mundstück der Pfeife und kicherte leise. Trau nie den Bullen, hatte ihr die Oma beigebracht, und Oma wusste Bescheid in solchen Dingen. Aber richtig etwas anfangen konnte sie nicht mit den Sachen, die sie in Magdalenas Zimmer gefunden hatte. Ein Zettel mit einer E-Mail-Adresse ohne Passwort und eine Brosche mit einer blonden Haarlocke unter Glas, das hätte sie auch ruhig der Polizei überlassen können. Aber vielleicht fand sie ja doch noch einen Zugang zu dem E-Mail-Konto. Vor ein paar Tagen hatte Tatjana dieses Gespräch zwischen Tina und Magdalena belauscht, in dem es um das Geld gegangen war, das Magdalena bekommen wollte. Vielleicht fand Tatjana in den Mails dazu Informationen, die ihr von Nutzen sein konnten.

Tatjana war zugleich müde und aufgekratzt. Heute Nacht hatte sie kaum geschlafen. Immer wieder hatte sie von der Leiche ihrer Schwester geträumt, von ihren Augen, die aus den Höhlen traten. Sie hatte geträumt, dass sie Tina war und dass sie erwürgt wurde. Sie hatte genau empfunden, wie es sich anfühlte, erwürgt zu werden, sie hatte den Druck der Hände auf den Hals gespürt, die Enge in der Kehle, die Übelkeit im Bauch, die Hitze im Kopf, die Angst, die Panik, die verzweifelten Versuche, nach Luft zu schnappen. Jetzt wurde ihr schwindlig, Sterne tanzten vor ihren Augen. Vielleicht war das mit dem Marihuanarauchen doch keine so gute Idee gewesen. Aber anders konnte sie keinen Kontakt mit Oma aufnehmen, und den brauchte sie jetzt ganz dringend. Von Oma bekam sie immer die besten Tipps. Wo steckte sie heute bloß? Sie musste versuchen, ihre Gedanken zu bündeln.

Was war mit Magdalena geschehen? Was wollte Bernhard? War er der versprochene Ritter? Irgendwie war er ihr unheimlich. Wenn die Karten nicht von einem Ritter gesprochen hätten, nie im Leben hätte sie sich mit so einem Kerl eingelassen. Aber vielleicht hatten Ritter fettige Haare und rochen nach Schweiß. Sie nahm einen tiefen Zug aus der Pfeife. In der Medizin benutzten sie Cannabis gegen Übelkeit, hatte sie irgendwo mal gelesen. Das konnte sie jetzt gut gebrauchen.

Als sie klein und Oma noch gesund war, durfte sie die Großmutter manchmal hinter einem Vorhang beobachten, wenn sie Kunden empfing. Oma hatte eine große Kristallkugel gehabt, aus der sie den Kunden die Zukunft vorhersagte. Man muss die Wünsche der Leute kennen, hatte sie ihr einmal erklärt, dann weiß man, was sie hören wollen. Und manchmal hatte Oma mit ihr das Drei-Wünsche-Spiel gespielt. Sie musste raten, welche drei Wünsche jemand äußern würde, wenn die berühmte Märchenfee käme und ihn danach fragte. Bei Bernhard war das ganz leicht zu erraten. Auch wenn er fast nur von Bernhard von Clairvaux, den Kreuzzügen oder von seiner Sternenguckerei sprach, wenn er sie anschaute, konnte sie die drei Wünsche in seinen Augen lesen. Sie lauteten pimpern, poppen und vögeln. Eigentlich komisch, wo sie ihn angeblich doch an seine Schwester erinnerte.

Aber es gab da noch ein Problem mit den Wünschen, hatte ihr die Oma erklärt. Manche Leute kannten ihre Wünsche selbst nicht, und es konnte sehr gefährlich werden, wenn man sie ihnen auf den Kopf zusagte. Manche Menschen wurden dann richtig ungemütlich. Manchen Menschen musste man die Wünsche erfüllen, ohne dass sie es selbst wollen mussten, hatte die Oma erklärt. Andere musste man darin bestätigen, dass ihre Wünsche mit ihnen nichts zu tun hätten, und sie dafür loben. Das Leben konnte ziemlich kompliziert sein.

Oma hatte sich immer noch nicht gemeldet. Tatjana nahm einen weiteren Zug aus der Pfeife. Die Erinnerungen der letzten Tage tauchten wieder auf, Tatjana sah die Leiche ihrer Schwester vor sich, die Grenzen zwischen Tina und ihr verschwammen schon wieder, sie konnte kaum noch sagen, wer sie war.

Tina war so kalt. So kalt, wie sie es auch einmal gewesen war. Tina lag auf einer Bahre. Angst überflutete sie. Vertrug sie den Stoff nicht mehr? Sie sah eine Flutwelle auf sich zukommen, Bilder aus einer längst vergessenen Zeit tauchten schemenhaft auf und nahmen ihr den Atem. Sie beobachtete sich von außen, jetzt war sie es, die nackt auf einer Bahre oder einem Bett lag und fror. Nattern krochen auf ihren nackten Körper, umschlangen den Hals und die Arme, schlängelten sich zwischen ihre Beine, Würmer krochen ihr aus Nase und Mund, umschlangen die Knöchel und Fußgelenke, zurrten sie am Bett fest. Das Bild verschwand für einen Moment, tauchte bald darauf umso deutlicher wieder auf. Jetzt standen grüne Mumien um sie herum, deuteten auf sie, lachten hämisch und feixten. Eine der Mumien steckte ihr eine Schlange in den Hals, sie musste würgen. Gleich würde sie ersticken, wie ihre Schwester.

Sie biss sich mit aller Kraft in die Hand und betrachtete neugierig die Bluttropfen, die vom Handrücken langsam herabliefen und auf den weißen Flokati tropften. Das war gut so, sie lebte also noch. Wer tot war, konnte nicht mehr bluten. Tatjana kam mit jedem Tropfen Blut wieder etwas mehr zur Ruhe. *Es gibt keine grünen Mumien, die einem Schlangen in den Hals stopfen*, hörte sie die Stimme der Oma aus der Ferne sagen.

Manchmal sah sie solche Bilder. Es war wie Träumen, während man wach war. Irgendwie basierten diese Bilder auf etwas Realem, das sie vergessen hatte. Es war merkwürdig, dass sie sich an ein halbes Jahr in ihrem Leben nicht mehr erinnern konnte, die sechs Monate waren wie ausradiert. Sie hätte ihre kleine Schwester fragen sollen, was damals passiert war, aber dazu war es jetzt zu spät. Und ihre Mutter, die blöde Schnepfe, wollte sie keinesfalls mit etwas Persönlichem von sich in Berührung bringen. Und wenn sie Oma fragte, antwortete die immer nur, sie wolle gar nicht wissen, was damals passiert war.

Aber jetzt war es an der Zeit, den Dingen auf den Grund zu gehen. Sie musste die Kälte in sich vertreiben, musste tun, was die Intuition ihr eingab, musste ihren eigenen Weg gehen. Sie wollte wissen, was damals geschehen war, sie hatte lange genug die Augen verschlossen. Sie sah die Karte vor sich, die sie sich gelegt hatte, den Ritter der Stäbe, das Feuerzeichen, das Symbol für Willen und Kraft. Und plötzlich spürte sie das Feuer in sich.

***

Mayfeld parkte seinen Wagen auf dem Parkplatz der Nerotalanlage, nahe dem Kriegerdenkmal. Ein nur mit einem Helm bekleideter Germane blickte mit leerem Blick von seinem Pferd herunter auf den alten Volvo-Kombi. Die Parkanlage war von großen Gartengrundstücken umgeben, in denen klassizistische Villen zwischen großen alten Bäumen standen. In einer dieser Villen befand sich Körners Altbauetage.

Winkler hatte ihren Besuch angekündigt, und Körner öffnete die Wohnungstür gleich nach dem ersten Klingeln. Er war Anfang vierzig, ein zwei Meter großer, muskulöser Mann mit kurz geschnittenen blonden Haaren und gebräuntem Teint. Über der weißen Leinenhose trug er ein Lacoste-Sweatshirt, die Füße steckten in Crocs, Plastikschuhen, wie sie in diesem Jahr Mode waren.

»Hereinspaziert«, begrüßte er die beiden Beamten mit breitem Lächeln.

Sie betraten die großzügig geschnittene Eingangsdiele, in der Designermöbel aus Aluminium und satiniertem Glas vom Wohlstand des Wohnungsbesitzers kündeten. Das Wohnzimmer erreichten sie durch eine breite doppelflügelige Holztür. Es wurde von einer weinroten Polsterlandschaft dominiert, von der aus der Blick durch eine breite Fensterfront auf die Parkanlage hinausging. Auf einem der roten Polster räkelte sich eine Kaugummi kauende junge Frau in einem schwarzen Kleidchen, die sich ein wenig aufrichtete, als die beiden Beamten den Raum betraten.

»Das ist Daisy«, stellte Körner die Frau vor, die Mayfeld auf höchstens zwanzig schätzte. Winkler und Mayfeld nahmen Platz und lehnten den Sekt, den Körner ihnen anbot, ab.

»Wir möchten uns mit Ihnen über letzten Freitagabend unterhalten«, eröffnete Winkler das Gespräch.

»Da war ich auf der Weinpräsentation in Kloster Eberbach«, antwortete Körner wie aus der Pistole geschossen.

»Ist Ihnen da irgendetwas Ungewöhnliches aufgefallen?«, fragte Winkler nach.

»Die Leute haben gegessen wie die Scheunendrescher. Es scheint geschmeckt zu haben.« Körner lächelte selbstgefällig und zündete sich ein Zigarillo an.

»Aber das ist ja nichts Ungewöhnliches, wenn es stimmt, was man über Ihre Kochkünste erzählt«, schaltete sich Mayfeld in das Gespräch ein. Körner lächelte noch etwas selbstgefälliger. Mayfeld fing an, diesen Mann nicht zu mögen. »Ist Ihnen etwas wirklich Ungewöhnliches aufgefallen?«

Körner dachte eine Weile nach, dann schüttelte er betrübt den Kopf. »Tut mir leid, aber da kann ich Ihnen nicht helfen«, behauptete er.

»Wann haben Sie Kloster Eberbach verlassen?«, fragte Mayfeld.

»Um zweiundzwanzig Uhr fünfzehn«, kam Körners präzise Antwort. »Ich bin zu meinem Wagen gegangen, der am Westeingang des Laiendormitoriums stand, und nach Wiesbaden gefahren. Kurz nach halb elf habe ich mich mit Daisy getroffen, mit der ich den weiteren Abend verbracht habe.« Daisy nickte eifrig. »Warum fragen Sie das?«

»Sie wissen nicht, was am letzten Freitag geschehen ist?«

Körner schüttelte den Kopf. »Am Samstag hatte ich einen Auftrag in Mainz, und gestern habe ich mich hier erholt.« Er warf einen zufriedenen Blick auf Daisy und blies ein paar Rauchringe in die Luft. »Die Rheingauer Nachrichten sind noch nicht bis zu mir durchgedrungen.« Sein Blick wurde ernster. »Aber ich befürchte, es sind keine angenehmen Nachrichten, die Sie haben.«

»Kennen Sie Tina Lüder?«, wollte Mayfeld wissen.

Jetzt wurde Körners Miene finster. »Ich war mit ihrer Mutter ein paar Jahre zusammen. Tina war damals ein schwieriges Mädchen.«

»Sie wurde Freitagnacht hinter dem Kloster Eberbach ermordet.«

Für einen Moment schien Körner überrascht, alle Farbe war aus seinem Gesicht gewichen. Er inhalierte tief und bekam einen Hustenanfall. Daisy nahm den Kaugummi aus dem Mund und starrte Mayfeld an, als ob in seinem Gesicht etwas besonders Ekliges zu sehen wäre.

»Das wusste ich nicht«, murmelte Körner und drückte das Zigarillo aus.

»Wann haben Sie Tina Lüder zuletzt gesehen?«, fragte Winkler.

Körner musterte sie abschätzig, so als ob er nicht wüsste, ob er die Fragerin ernst nehmen sollte. Dann besann er sich eines Besseren und versuchte ein verbindliches Lächeln. »Ich habe mich von ihrer Mutter vor drei Jahren getrennt. Seither habe ich auch ihre Tochter nicht mehr gesehen.«

»Eine Freundin von ihr, Magdalena Hellenthal, ist verschwunden. Sie hat am Freitagabend bei Ihnen im Service gearbeitet. Können Sie über Frau Hellenthal etwas sagen?«, fuhr Mayfeld in der Befragung fort.

Körner räusperte sich. »Sie ist eine Servicekraft von der Klosterschänke und hat zum ersten Mal für mich gearbeitet. Hat diese Magdalena etwas mit dem Mord an Tina zu tun?«

»Es beunruhigt uns, dass sie verschwunden ist«, sagte Mayfeld ausweichend.

»In dem Alter ist man doch öfter mal auf der Rolle, was, Daisy?« Er gab Daisy einen Klaps auf den Oberschenkel, Daisy grinste. »Ich würde mir da keine Sorgen machen. Hat wahrscheinlich einen neuen Lover.« Körner grinste jetzt auch.

»Vielleicht ist das der Grund«, meinte Mayfeld. Er mochte den Mann immer weniger. »Wann verließ Magdalena Hellenthal ihren Arbeitsplatz?«

»Ich habe sie kurz vor zehn nach Hause geschickt«, antwortete Körner.

Mayfeld erhob sich. »Kann jemand bestätigen, dass Sie das Laiendormitorium um zweiundzwanzig Uhr fünfzehn verlassen haben?«

»Verdächtigen Sie mich etwa?«

»Reine Routine.«

»Ich bin als Letzter gegangen. Aber Sie könnten Felix Koch fragen. Das ist mein Mitarbeiter. Er ist fünf Minuten vor mir gegangen.« Körner nannte dessen Telefonnummer. »Und zwanzig Minuten später war ich bei Daisy.«

»Das stimmt«, bestätigte die bis dahin stumme blonde Frau.

»Wenn Ihnen noch was einfällt, rufen Sie mich an.« Mayfeld gab Körner eine Karte.

»Tut mir leid, dass ich Ihnen nicht weiterhelfen konnte«, beteuerte Körner nochmals. Mayfeld glaubte ihm kein Wort.

Draußen hatte die Nachmittagssonne die Regenwolken vertrieben. Mayfeld schlug Winkler vor, noch eine Runde durch die Nerotalanlage zu gehen.

Nach zwei, drei Minuten hatten sie den Park erreicht, der das Ufer des Schwarzbaches zu beiden Seiten säumte. Sie gingen an einem Kiosk vorbei, schlugen den südlichen Weg ein und liefen schweigend nebeneinanderher. Die Bäume des Parks waren nummeriert und viele mit Namensschildern versehen. Körner war ihm nicht sympathisch gewesen, nicht im Geringsten, stellte Mayfeld fest. Dabei konnte er gar nicht genau sagen, was ihn an dem Mann gestört hatte, außer dass er ein sexistischer Wichtigtuer zu sein schien. Aber das genügte ja auch.

»Hattest du Körner nach einem Alibi für die Nacht gefragt?«, fragte Winkler nach einer Weile.

»Nein.«

»Und dennoch hat er es uns als Erstes mitgeteilt.«

»Und die Person, die das Alibi liefert, war praktischerweise auch gerade zu Besuch.«

In der Mitte des Parks ergoss sich der Schwarzbach in einen kleinen Teich. Dort zog eine Entenmama mit ihren Kleinen im Gefolge laut schnatternd ihre Kreise, während eine alte Frau vergebens versuchte, sie mit Brotkrumen anzulocken.

»Man hätte meinen können, dass er genau wusste, was wir ihn fragen würden, so schnell und präzise kamen seine Antworten«, setzte Mayfeld den Gedanken fort. »Aber über die Nachricht von Tinas Tod schien er tatsächlich überrascht.«

Sie gingen an einem Bismarck-Denkmal vorbei. Die mehrere Meter hohe, von Taubendreck bedeckte Statue sollte an den Ruhm erinnern, den der Reichskanzler Deutschland gebracht hatte. Die Tauben sahen das wohl anders. Winkler und Mayfeld schwiegen wieder eine Weile. Sie überquerten den Bach auf einer mit schmiedeeisernen Geländern begrenzten Natursteinbrücke und gingen den Weg auf der anderen Seite des Parks zurück. Auf der Berghöhe gegenüber blickten die Reben des Nerobergs und die Zwiebeltürme der Russischen Kapelle auf sie herab.

»Verdient man als Koch und Betreiber eines Partyservice eigentlich so viel Geld, dass man sich so eine Wohnung leisten kann?«, dachte Winkler laut nach.

»Er ist bekannt und gefragt. Aber ich habe mich auch gewundert. Wenn man bedenkt, dass er vor ein paar Jahren noch mit jemandem wie Brigitte Maurer zusammen war!«

»Du meinst, diese Daisy ist schon eher standesgemäß?« Winkler lächelte spöttisch.

Sie kamen an einem kleinen Spielplatz mit einer Kletterburg vorbei, auf der ein paar Kinder herumtobten, während ihre Mütter auf den Bänken in der Nähe saßen, die Frühlingssonne genossen und miteinander schwatzten.

»Auf jeden Fall würde sie alles bezeugen, um das sie gebeten wird. Aber warum sollte Körner etwas mit dem Tod der Tochter seiner Ex zu tun haben? Ich erkenne kein Motiv, weder bei ihm noch überhaupt«, sagte Mayfeld.

Winkler berichtete über die Vernehmung von Tinas Kollegen, die sie am Morgen aufgetrieben hatte. »Tina hat einer Kollegin gegenüber geäußert, sie würde bald zu Geld kommen, hat aber nicht verraten, wie.«

In einer Nische zwischen den Büschen am Rande des Parks gedachte das 89. Infanterieregiment mit einem frischen Kranz seiner Toten.

»Wir müssen herausbekommen, was das für Geld sein soll. Vielleicht hat es sich Magdalena unter den Nagel gerissen und ist damit verschwunden.«

»Oder beide mussten wegen des Geldes sterben«, erwiderte Winkler.

»Oder es ist ganz anders.« Sie erreichten das Kriegerdenkmal wieder. »Hier kommen wir heute nicht mehr weiter«, stellte Mayfeld fest. »Im Weingut meiner Schwiegereltern wartet noch jede Menge Arbeit auf mich. Vielleicht kann ich die Ermittlungen dort weiterführen«, sagte er und zwinkerte Winkler zu.

Sie verabschiedeten sich bis zum nächsten Tag. Mayfeld stieg in seinen Wagen, Winkler wollte den Weg nach Hause zu Fuß gehen.

Eine halbe Stunde später stand Mayfeld hinter dem Tresen im Gastraum des Weinguts Leberlein.

»Köstlich, die Rieslingsuppe«, rief Trude Beckerle. »Gibt's da einen Nachschlag, Robert?«

»Die Suppe geht ganz schön auf die Hüften!«, frotzelte Klaus Beckerle, der trotz der Wärme im Schankraum seine Baskenmütze aufbehalten hatte.

Trude warf ihrem Mann einen scharfen Blick zu. Doch dann besann sie sich auf etwas Wichtigeres. »Sag mal, Robert, stimmt das, dass ihr die kleine Hellenthal sucht?«

Mayfeld stellte die vier Gläser Rothenberg auf ein Tablett. Die meisten Nachrichten sprachen sich hier schnell herum. Meist sah oder hörte irgendwer etwas, hängte sich ans Telefon, erzählte es weiter, und spätestens am Abend in einer Straußwirtschaft traf die neueste Nachricht dann auf Multiplikatoren wie die vier Freunde, die sich am Stammtisch versammelt hatten. »Wie kommst du denn darauf?«, fragte Mayfeld, als er das Tablett mit den Gläsern auf dem Tisch abstellte.

Trude grinste. »Man kennt so den einen oder anderen, der das eine oder andere sieht oder hört.«

»Morgen steht es in der Zeitung.«

»Wir waren schneller«, stellte Batschkapp trocken fest.

»Wenn du was wissen willst, frag nur«, forderte ihn die rotlockige Zora auf.

»Die Zora weiß was, was für eine Überraschung!« Batschkapp lachte meckernd.

»Erzähl, Zora!« Mayfeld verteilte die Gläser und setzte sich zu den vieren an den Tisch. »Was weißt du über Magdalena Hellenthal?«

»Kriegen wir bald unseren Spundekäs?«, tönte es vom Nachbartisch.

»Der Abend ist noch lang!«, antwortete Gucki zur Freude des ganzen Lokals.

»Magdalena ist eine Freundin der toten Tina Lüder«, begann Zora. »Wenn du mich fragst, war das kein ideales Gespann. Beide sind bildhübsche Mädchen, aber da hören die Gemeinsamkeiten auch schon auf. Die Tina war ein ziemliches Luder, auch wenn ich sie gestern ein armes Mädchen genannt habe – man kann ja beides sein –, und die Magdalena ist eher so ein verhuschtes schüchternes Mädchen.«

»Woher weißt du das denn alles?«, fragte ihr Mann.

»Ei Gucki, deine Frau war zwei Jahre die Klassenlehrerin von den beiden«, erinnerte ihn Trude.
»Und Lehrerinnen wissen alles«, fügte Batschkapp hinzu.
»Warte nur, zu Hause kannst du was erleben!«, scherzte Trude. »War die Magdalena nicht längere Zeit krank?«, fragte sie ihre Kollegin.
»Stimmt. Anfang der zehnten Klasse hat sie längere Zeit gefehlt. Ich glaube, sie hatte eine Depression. Oder eine Essstörung, ganz früher war die mal ziemlich dünn gewesen, dann eine ganze Weile ziemlich dick. Das hat sie später aber wieder in den Griff gekriegt, oder sie hat heimlich gekotzt. Sie war dann jedenfalls wieder normalgewichtig.«
»Wo bleibt denn jetzt der Spundekäs?«, brachte sich der Nachbartisch erneut zu Gehör.
»Krieg ich eigentlich noch meinen Nachschlag?«, fragte Trude.
»Apropos Essstörung«, meckerte Batschkapp.
»Bei den Familienverhältnissen konnte die gar nicht so viel essen, wie sie hätte kotzen müssen«, kommentierte die rote Zora. »Eine vertrocknete alte Betschwester als Mutter und ein Säufer als Vater, das macht dich fertig!«
»Ist der alte Hellenthal nicht ersoffen?«, fragte Batschkapp.
»Freilich«, bestätigte Gucki. »In den Weinbergen in einer Pfütze, die gerade mal zwanzig Zentimeter tief war. Der war so besoffen, das er da nicht mehr rausgefunden hat.«
»›Trinkender Kellermeister ersäuft in Pfütze im Weinberg‹, das wäre doch eine schöne Schlagzeile gewesen«, sinnierte Batschkapp.
»Woher kennt ihr euch als Kiedricher und Eltviller denn in Oestrich so gut aus?«, warf Mayfeld ein.
Trude betrachtete ihn mitleidig. »Ei, warum denn nicht?«
»Die haben ursprünglich in Kiedrich gewohnt«, erklärte Zora. »Ende der neunziger Jahre hat der alte Hellenthal seinen Führerschein verloren. Ungefähr zur selben Zeit sind die Eltern von Monika Hellenthal gestorben, und die Familie ist in deren Haus gezogen, da konnte der alte Hellenthal zu Fuß zur Arbeit gehen.«
»Kennt ihr eigentlich auch die Schwester von Tina, Tatjana Lüder?«, fragte Mayfeld die beiden Lehrerinnen.

»Na klar!«, antwortete Trude. »Das war eine ganz Toughe. Erstaunlich bei der Familie, die stand mit beiden Beinen auf dem Erdboden. Sie ist jetzt Gärtnerin im Kloster Eberbach.«

»So weit kann das mit dem Toughen nicht her sein«, widersprach Zora. »Ich hab gehört, dass die mal versucht hat, sich umzubringen.«

Ein Mann vom Nachbartisch war aufgestanden und zur Tür zwischen Schankraum und Küche gegangen. »Julia, bring uns mal vier Spundekäs«, rief er in die Küche hinein. »Dein Mann hat sich hier festgeschwätzt und lässt uns verhungern.«

Mayfelds Handy klingelte. Es war Burkhard, der bei Arthur Roth gewesen war und Neuigkeiten zu berichten hatte. »Wir reden ein andermal weiter«, sagte Mayfeld und verabschiedete sich von dem Quartett.

**

Ich habe nicht in Gott vertraut, sondern mein Leben auf den Mammon gebaut, ich war ihm verfallen, habe meinen Schatz angebetet, wie das Volk Israel einst das Goldene Kalb. Der Apostel Paulus hat recht, wenn er in Geiz und Habgier die Wurzeln allen Übels sieht. Aber was versuche ich, Sie zu belehren!

Peccatum poena peccati, sagt der heilige Augustinus, die Sünde ist die Strafe der Sünde, und ich habe meine Strafe erhalten, indem ein Verhängnis das andere nach sich zog, eine Verfehlung die nächste. Zuerst und vor allem aber mussten andere durch meine Habsucht und meinen Geiz leiden. Doch ich sah nicht den Balken vor meinem Auge, nur den Splitter im Auge meines Nächsten, überall sah ich Habsucht und Gier, nur bei mir selbst konnte ich sie nicht erkennen. Stattdessen fühlte ich meine gerechten Ansprüche bedroht, war empört über die Niedertracht der anderen.

Natürlich waren auch andere nicht frei von der Sünde der Habsucht, kein Mensch ist davon ganz frei. Aber heute muss ich Ihnen und mir eingestehen, dass ich nicht im Recht war in diesem Streit. Ich durfte nicht all das, was ich von meinem Vater geerbt hatte, für mich behalten wollen, auch wenn er mir aufgetragen hatte, zusammenzuhalten und zu mehren, was er und seine Vorfahren gesam-

melt hatten. Selbst als er ein haltloser Trinker geworden war, ehrte und wahrte er das Vermächtnis seiner Väter, und so glaubte ich in meiner Verblendung, ihm nacheifern zu müssen.

Heute weiß ich jedoch, dass meine Hartherzigkeit auf keinerlei Verständnis stoßen darf. Ich war nicht bereit, dem Menschen, der mir doch am nächsten stehen sollte, zu helfen, obwohl ich dazu in der Lage gewesen wäre. Hätte Magdalena das Geld bekommen, das ihr zustand, wäre sie an diesem Abend wohl nicht zu dieser Arbeit gegangen, und alles wäre ganz anders gekommen. Wenn ich daran denke, dass Menschen ins Unglück gestürzt wurden, nur weil ich an weltlichem Besitz klebte wie eine Schmeißfliege am Unflat, möchte ich vor Scham im Erdboden versinken. Aber auch das würde nichts mehr helfen, zu viele unwiderrufliche Dinge sind passiert, zu viel Leid ist geschehen.

Niemand kann das, was er im Leben an Reichtum angehäuft hat oder was ihm durch Glück oder Herkunft zugefallen ist, mitnehmen in die nächste Welt, oft erweist es sich schon in dieser Welt als eitel und hohl, als flüchtig und vergänglich, oder aber es hängt an uns wie der Mühlstein am Hals des zu Tode Verurteilten.

Was uns bleibt, ist das Bewusstsein dessen, was wir getan haben, im Guten wie im Bösen, was uns bleibt, ist der innere Friede oder der Unfriede, sind Schuld und Scham. Es gibt viele, die behaupten heute, die Hölle gebe es nicht. Aber ich weiß es besser: Sie beginnt dort, wo wir uns an weltliche Dinge binden und sie vergötzen. Der Geiz ist ein kaltes Laster, und ich spüre die Hölle. Ein kaltes Höllenfeuer brennt in mir.

Dienstag, 1. Mai

Der Verhörraum im Untergeschoss des Polizeipräsidiums war schmucklos, fensterlos und einschüchternd. Das Licht kam auch mitten am Tag aus kalten Neonleuchten. Auf dem Tisch stand ein Tonband, mit dem Burkhard die Vernehmung aufzeichnete. In dem Raum roch es nach Angst und teurem Eau de Toilette.

»Ich dachte, ich erzähle Ihnen das, weil es vielleicht bei der Aufklärung des Mordes hilft, und jetzt behandeln Sie mich wie einen Verbrecher!«, protestierte Arthur Roth. Der groß gewachsene Mann saß gekrümmt auf einem Plastikstuhl und schien in diesem versinken zu wollen. Die gepflegte Kleidung, Cordhose, Tweedjackett, Seidenkrawatte, stand in groteskem Gegensatz zu seinem jämmerlichen Gesichtsausdruck.

»Unsinn, Sie machen Ihre Aussage, weil Sie wissen, dass wir das, was Sie uns zu sagen haben, in zwei Tagen sowieso in Erfahrung gebracht hätten«, fiel ihm Burkhard ins Wort.

Mayfeld seufzte. An psychologischem Feingefühl und Vernehmungsgeschick war das, was Burkhard da tat, kaum zu unterbieten. Roth hatte eingeräumt, mit Tina Lüder kurz vor ihrem Tod geschlafen zu haben, als Burkhard ihm am Montagabend eine DNA-Speichelprobe abnehmen wollte. Sie hatten vereinbart, Roth tags darauf ins Präsidium einzubestellen, und als Mayfeld eingetroffen war, hatte Burkhard die Befragung im Verhörzimmer bereits begonnen. Vermutlich war das Burkhards Art, sich bei Mayfeld dafür zu revanchieren, dass er ihn am Tag der Arbeit zur Arbeit zwang.

»Ich habe nichts Verbotenes gemacht, Tina ist volljährig, alles verlief völlig freiwillig, was werfen Sie mir denn vor?« Roth bemuhte sich um Fassung.

»Warum haben Sie uns nicht gleich von Ihrem Verhältnis zu Tina Lüder erzählt?«, mischte sich Mayfeld in die Vernehmung ein.

»Ich wollte mich nicht in falschen Verdacht bringen.«

»In Verdacht stehen Sie jetzt erst recht«, blaffte ihn Burkhard an. »In welchem Verhältnis standen Sie zu der Toten, verliefen die Freitage oft so?«

»Meine Frau hat Tina und Magdalena porträtiert, und anschließend haben wir noch ein wenig gefeiert.« Roth schaute Hilfe suchend zu Mayfeld.

»Sie meinen Sexorgien?«, insistierte Burkhard. »Haben Sie es zu viert getrieben? Ist Magdalena am Freitag nicht gekommen, weil sie Ihre Sauereien nicht mehr ausgehalten hat? Wollte Tina ebenfalls Schluss machen?«

Roth schüttelte heftig den Kopf. »Nein, so war das alles nicht. Ich war allein mit Tina.«

»Wusste Ihre Frau, dass Sie sie mit Tina betrogen?« Burkhard nahm die neue Fährte sofort auf.

»Wir führen eine offene und tolerante Ehe.«

Die Tür des Verhörraums wurde geöffnet, ein uniformierter Beamter gab Burkhard einen Zettel.

»Haben Sie sich immer im Gaisgarten getroffen oder waren Sie auch in Tinas Wohnung?«

Roth schaute hilflos von Burkhard zu Mayfeld. »Bei uns ist es gemütlicher.«

»Das war nicht meine Frage!«

»Immer bei uns.« Roth wurde einsilbig.

»Und wie kommen dann Ihre Fingerabdrücke in Tinas Wohnung?« Ein triumphierendes Lächeln huschte über Burkhards Gesicht.

Roth schwieg eine Weile. »Ich, ich war mal dort«, stammelte er dann verlegen.

»Ihre Fingerabdrücke wurden auch an der Haustür gefunden. Sie waren vor Kurzem dort, sonst wären die Fingerabdrücke längst wieder weggewischt oder überdeckt. Warum lügen Sie uns an?«

Roth rückte seinen Krawattenknoten zurecht und entfernte einen Fussel von seinem Tweedjackett.

»Ich war es nicht.«

»Wir haben an der Toten und am Tatort Spuren gefunden. Wir

kriegen Sie dran!«, drohte Burkhard. »Durch ein Geständnis könnten Sie Ihre Lage vor Gericht verbessern.«

»Ich sage nichts mehr ohne meinen Anwalt!«, antwortete Roth mit gepresster Stimme.

Burkhard schaute Roth verächtlich an, stoppte das Tonband und verließ mit Mayfeld den Vernehmungsraum.

»Du hast ihn erkennungsdienstlich behandelt?«, fragte Mayfeld draußen.

»Ich habe Fingerabdrücke genommen, das hat sich ausgezahlt, wie du vielleicht bemerkt hast.«

»Wann hast du mit der Vernehmung begonnen?«

»Gerade eben. Was soll die Frage?«

»Ich stelle die Frage noch einmal: Wann hast du mit der Vernehmung begonnen?«

»Um neun Uhr.« Burkhard grinste.

Zehn Uhr hatten sie vereinbart. Das Ausmaß der Illoyalität wurde allmählich unerträglich. Mayfeld hatte Burkhard gründlich satt.

»Ich hatte gerade das zweifelhafte Vergnügen, dem Gespräch zwischen zwei Vollidioten beizuwohnen«, fuhr er ihn an. »Vielleicht bist du ja stolz darauf, dass es dir gelungen ist, ein so schlichtes Gemüt wie Roth einzuschüchtern. Mal gespannt, was von diesem Erfolg übrig bleibt, wenn er jetzt nur noch in Absprache mit einem zweifellos teuren Anwalt spricht. Möglicherweise ist er unser Mann, obwohl ich diesem britisch gestylten Würstchen keinen Mord zutraue. Auf jeden Fall gab es keinen Grund, ihm unsere Tatortfunde unter die Nase zu reiben. Warum hast du ihn nicht einfach weiterreden lassen? Vielleicht hätte er sich in Widersprüche verwickelt, sich verraten. Jetzt wird er nur noch den Mund halten. Halte ihn jetzt noch eine Weile hin. Ich schaue, dass ich sofort einen Durchsuchungsbefehl für Roths Wohnung bekomme. Verhaften können wir ihn nicht, und spätestens nach deiner grandiosen Vernehmung wird er alle Hinweise auf die Tat bei sich zu Hause beseitigen, falls es solche Hinweise überhaupt gibt.«

Burkhard starrte seinen Chef voller Hass an. Dann schien er sich wieder an seinen Job zu erinnern. »Roth hat einen Laden für Golfzubehör in Mainz«, berichtete er.

»Dann werden wir den auch gleich durchsuchen. Hoffentlich erreiche ich die Bischoff.«

»Braucht man in Mainz die Erlaubnis des Bischofs für eine Hausdurchsuchung?« Burkhard grinste wieder. Selbst seine Witze missrieten ihm. Mayfeld ließ ihn stehen.

***

»Du siehst meiner Schwester so ähnlich!« Bernhard strich ihr zärtlich über das Haar. Was hatte er bloß mit dieser Ähnlichkeit? Tatjana hatte sich ein paar Fotos angeschaut, um ganz sicherzugehen. Ihre Erinnerung hatte sie nicht getrogen: Die Ähnlichkeit zwischen Magdalena und ihr war allenfalls oberflächlich. Und als Anmache fand sie dieses Gerede völlig unpassend. Bernhard und Tatjana saßen in ihrem Zimmer im Schlosserbau auf der Bettcouch.

»Du hast deine Schwester ziemlich gemocht, stimmt's?« Keine Antwort. »Seit sie bei uns gewohnt hat, war sie nur ein oder zwei Mal bei euch in Oestrich.« Immer noch keine Antwort. Sie griff nach der Hand, die in ihren Locken wühlte.

»Hat sie was von mir erzählt?« Bernhard zog seine Hand zurück.

»Nur Nettes«, log Tatjana. Tatsächlich hatte Magdalena nie ein Wort über ihren Bruder verloren.

»Was willst du damit sagen?«, fragte er gereizt.

Du meine Güte, die beiden hatten ja nicht gerade eine entspannte Beziehung. »Sie meinte, wenn sie mal Hilfe bräuchte, könnte sie sich auf ihren Bruder verlassen.« Was war bloß mit diesem Typen los? Jetzt stierte er vor sich hin, als ob er Verdauungsbeschwerden hätte. Was sie auch sagte, es war verkehrt. Sie versuchte, die Hand, die sich vor ein paar Sekunden in ihren Haaren verirrt hatte, in die eigene zu nehmen. Vergeblich. Er verschränkte die Hände und drückte sie in seinen Schoß.

»Und nun ist sie verschwunden. Ich habe ihr nicht geholfen. Was hat Magdalena über mich erzählt?«

Wenn sie nur wüsste, was er wollte. Mit seinen drei Wünschen war sie sich nicht mehr so sicher. »Was bedrückt dich denn?«

Das war die falsche Frage. »Ich mach mir Sorgen um meine Schwester!«, blaffte er sie an.

»Wie hättest du ihr denn helfen können?«

Das war vermutlich auch die falsche Frage. Bernhard wurde wütend. »Woher soll ich das wissen? Wir haben zuletzt nicht mehr miteinander geredet. Ich wollte von *dir* wissen, was mit Magdalena los ist.« Sein Blick war jetzt finster und verstockt.

»Ich kann dich gut verstehen, ich habe gerade meine Schwester verloren. Ich denke, du hast Angst, dass mit Magdalena etwas Ähnliches passiert ist.«

»Ich bin schuld, wenn ihr etwas passiert ist. Ich habe ihr nicht geholfen«, rief er verzweifelt aus. Dann schwieg er eine Weile. »Es stimmt schon«, fuhr er dann leiser fort. »Mir geht es wie dir. Du hast deiner Schwester auch nicht helfen können. Deswegen sitzen wir hier zusammen. Wir machen uns beide Vorwürfe wegen unserer Geschwister.«

Deswegen saß sie bestimmt nicht mit diesem dicken Riesen zusammen, ganz bestimmt nicht. Was wollte Bernhard ihr einreden, was bildete er sich ein? Sie merkte, wie sie ihrerseits wütend wurde. »Ich mach mir bestimmt keine Vorwürfe, warum sollte ich?«

Das Gespräch lief aus dem Ruder. Sie hatte vorgehabt, Bernhard näherzukommen, er sollte entdecken, dass er sie begehrte, sich ihr öffnen, und stattdessen verstrickte sie sich mit ihm in ein Gespräch über die Schwestern, die sie angeblich im Stich gelassen hatten, und über Schuldgefühle. Mit den Vorwürfen hatte er eine wunde Stelle bei ihr getroffen. Am liebsten würde sie jetzt etwas rauchen, aber Bernhard hatte derart irritiert geschaut, als er die Wasserpfeife in ihrer Küche gesehen hatte, dass sie sie lieber unbenutzt dort hatte stehen lassen.

»Tut mir leid, wenn ich dich verletzt habe«, sagte der Kerl jetzt. »Ich rede dauernd von mir und meiner Schwester, so als ob sich alles nur um mich drehen würde. Erzähl mir von Tina. Bitte!«

Auch das noch! Aber gut, wenn das einer seiner Wünsche war, wollte sie ihn erfüllen. »Sie wohnte seit einem knappen Jahr bei mir. Nachdem ich mit meiner Lehre fertig war, bin ich in den

Rheingau zurückgekommen und habe hier den Job und die Wohnung bekommen. Es hat keine vier Wochen gedauert, da hat Tina mich besucht, und bald darauf ist sie bei mir eingezogen. Den Job in der Vinothek habe ich ihr vermittelt, mein Chef hat einen guten Draht dorthin.« Ob ihm das reichte? Aus irgendeinem Grund sprach sie nicht gern über früher.

»Warum bist du denn überhaupt fort von hier?«

»Wegen der Lehre. Und du?«

»Wegen des Studiums.« Hoffentlich hielt er jetzt einfach die Klappe. »Hattest du früher ein gutes Verhältnis zu deiner Schwester?«, fragte er stattdessen.

Eigentlich hatte sie ihn ausfragen wollen, und jetzt machte er das mit ihr. Worauf wollte Bernhard hinaus? Ihr wurde unwohl, in den Armen und um den Mund herum kribbelte es unangenehm. »Ja, alles bestens, ich hab immer auf sie aufgepasst, das musste ich meiner Oma versprechen.«

»Lebt deine Oma noch?«

Das war eine schwierige Frage. Die ganze Wahrheit wollte sie ihm lieber nicht anvertrauen, sonst hielt er sie noch für verrückt. »Die ist leider vor acht Jahren nach einem Schlaganfall gestorben«, antwortete sie wahrheitsgemäß. Mit Omas Schlaganfall hatte das ganze Unglück begonnen. Aber welches Unglück genau? Irgendetwas hinderte sie daran, ordentlich Luft zu bekommen. »Erst kam sie ins Pflegeheim, und dort ist sie dann gestorben«, erzählte Tatjana. »Vorher habe ich ihr versprochen, auf mich und auf Tina aufzupassen.« Was ihr beides gründlich misslungen war. Tatjana schnappte nach Luft.

Bernhard blickte sie düster an. »Wir sind beide Versager«, stieß er atemlos hervor.

Was bildete sich dieser Kerl ein? Sie war keine Versagerin! Oder doch? Sie war doch krank gewesen damals, sie konnte doch auf niemanden mehr aufpassen, als sie in der Klinik war. Das Zimmer verschwamm vor Tatjanas Augen, alles wurde unscharf, Bernhards Gesicht löste sich irgendwie auf. Panik durchflutete sie. Plötzlich sah sie ein anderes Zimmer vor sich, es war dunkel, und draußen hörte sie Schritte. Irgendetwas war im Gange, und sie wusste nicht mehr, ob sie hier war oder dort. Sie lag auf dem

Bett, hilflos, nach Atem ringend, damals und jetzt. Ein großer Mann beugte sich über sie, stülpte einen Sack über ihren Kopf. Sie schrie, versuchte sich zu wehren, aber der Mann war stärker. Irgendetwas brüllte er ihr ins Ohr, immer wieder, aber sie verstand es nicht. Sie schlug um sich, so als ob sie um ihr Leben kämpfen müsste. Aber schließlich ermattete sie, wurde ruhiger. Jetzt erkannte sie auch die Stimme, die auf sie einsprach. Sie gehörte Bernhard.

»Es wird alles wieder gut. Ganz ruhig atmen«, sagte er. Dann nahm er ihr die Plastiktüte vom Kopf. »Du erinnerst mich total an meine Schwester. Die hatte das auch, Hyperventilation heißt so ein Anfall. Jemand hat mir den Trick mit der Plastiktüte gezeigt.«

Sie setzte sich wieder auf, lehnte ihren Kopf an Bernhards Schulter. Eine Weile saßen sie so da, schweigend. Tatjana weinte leise.

»Entschuldigung, ich wollte dir nicht wehtun, ich wollte dir keine Angst einjagen. Wein doch nicht«, murmelte Bernhard. Er versuchte, sie zu trösten, doch das machte ihre Traurigkeit nur noch größer. Und je mehr sie weinte, desto mehr versuchte er, sich zu entschuldigen, wofür auch immer. Er schlug ihr vor, gemeinsam zu beten, aber das steigerte ihr Weinen zu lautem Geheule. Schließlich schob er sie von sich weg und stand auf. »Ich habe es verdorben, tut mir leid. Ich gehe jetzt mal besser. Ich muss nach meiner Mutter schauen, der ging es heute Morgen nicht so gut.« Im Stehen erzählte er noch eine Weile über die Herzerkrankung der Mutter. Sie war jedes Jahr mindestens einmal im Krankenhaus, ohne dass die Ärzte ihr weiterhelfen konnten, und einmal im Jahr in Lourdes, wo die Heilige Jungfrau offensichtlich genauso wenig ausrichtete.

Dann ging er nach Hause. Was für ein Idiot, dachte sie resigniert.

***

Mayfeld hatte Adler zu Hause erreicht und ins Polizeipräsidium gebeten, Burkhard hatte eine Polizeistreife angefordert. Zusammen mit dem Bereitschaftsdienst der Spurensicherung fuhren sie in den Rheingau. Zwischen dem Kloster Eberbach und der Großbaustelle am Steinberg führte ein Waldweg zur Kisselmühle, von dem auf halber Strecke ein Querweg zur Siedlung Gaisgarten führte. Das Areal war mit einer Bruchsteinmauer umgeben, deren Eingang mit einem Stahltor gesichert war. Roth öffnete das Tor und ließ die Polizeibeamten auf das Gelände. Am Rande der Siedlung standen einige rot lackierte Wochenendhäuser aus Holz, im Zentrum die ehemaligen Wirtschaftsgebäude des Klosters, die in den letzten Jahren liebevoll restauriert worden waren. Roths Haus war ein stattliches zweistöckiges Gebäude, wie die meisten Gebäude des Klosters weiß verputzt, mit Fensterbrüstungen aus rotem Sandstein und einem Dach aus dunkelgrauem Schiefer.

Arthur Roth öffnete die schwere Eisentür, die in eine großzügige Eingangshalle führte. »Liebling, wir haben Besuch!«, rief er mit gekünstelter Fröhlichkeit. Von der Halle, die in der Höhe bis zum Dach des Gebäudes reichte, ging eine geschwungene Holztreppe zu einer Empore, hinter der die Zimmer des Obergeschosses lagen. Die Halle selbst wurde dominiert von zwei überlebensgroßen Statuen, die sich gegenüberstanden, einem männlichen und einem weiblichen Torso, an den Wänden hingen Bilder von Kathrin Roth.

Die Malerin war auf den Zuruf ihres Mannes aus einem der Zimmer des Obergeschosses gekommen und schritt die Treppe herunter.

Ihr Mann ging ihr entgegen. »Die Polizei will das Haus durchsuchen. Ich geh mal nach oben in mein Zimmer.« Er drückte ihr einen flüchtigen Kuss auf die Stirn.

Kathrin Roth ging in die Halle hinunter und musterte die Polizisten mit unverhohlenem Ärger. Mayfeld gab einem Kollegen einen Wink, Arthur Roth zu folgen, und zeigte seiner Frau die richterliche Anordnung.

»Dann suchen Sie mal schön«, sagte sie spöttisch, steckte eine Zigarette in die Zigarettenspitze, zündete sie an und blies Mayfeld Rauch ins Gesicht. »Fragt sich nur, was Sie eigentlich suchen?«

Genau das wollte ihr Mayfeld nicht erzählen. Dass der Täter

am Tatort eine Spur in Form eines Tuchfetzens zurückgelassen hatte, sollte möglichst geheim bleiben. »Wir suchen ganz allgemein nach Spuren von Tina Lüder«, antwortete er ausweichend.

»Mein Atelier befindet sich in der Orangerie.« Sie deutete auf einen Glasanbau rechts des Hauseingangs. »Da habe ich mich mit Tina und Magdalena getroffen, da war Tina am letzten Freitag. Sie finden bestimmt noch ein paar Spuren, wenn Sie sorgfältig suchen.«

»Ich möchte vorher mit Ihnen reden.« Mayfeld setzte sich in einen der Sessel zwischen dem männlichen und dem weiblichen Torso und bat Kathrin Roth, es ihm gleichzutun. »Sie haben mir etwas verschwiegen. Tina Lüder war am Freitagabend nicht nur in Ihrem Atelier.«

Sie schaute ihn abschätzig an. »Und?«, fragte sie mit einem ironischen Lächeln. »Was soll ich denn verschwiegen haben?«

»Dass Ihr Mann ein Verhältnis mit Tina Lüder hatte«, antwortete Burkhard, der neben den beiden stehen geblieben war.

Kathrin sah sie lächelnd an. »Das stimmt. Musste ich das der Polizei auf die Nase binden? Ich habe es nicht für wichtig gehalten.«

»Es könnte bedeuten, dass Sie eventuell ein Motiv für einen Mord hatten«, schlussfolgerte Burkhard.

»Lächerlich!« Kathrin Roth stand auf und entfernte sich ein paar Schritte von den Beamten, bevor sie sich Mayfeld zuwandte. »Teilen Sie den Verdacht Ihres Kollegen? Ich hätte Sie nicht für so einen Spießer gehalten. Wenn mich so etwas gestört hätte, dann hätte ich entweder Tina nicht mehr hierher eingeladen oder ich hätte meinem Mann den Laufpass gegeben.« Das klang absolut glaubhaft. »Unser Gespräch ist damit beendet. In Kürze kommt mein Anwalt.«

Dr. Klein traf eine halbe Stunde später im Gaisgarten ein. Er riet seiner Mandantin, zum gegenwärtigen Zeitpunkt keine weiteren Aussagen mehr zu machen.

Die Durchsuchung des Hauses dauerte zwei Stunden. Die Eheleute hatten getrennte Schlafzimmer. Im Zimmer Arthur Roths fanden die Beamten einen blauen Anorak aus imprägnierter Baumwolle, der allerdings keinerlei Beschädigungen aufwies. Schließlich fand ein Drogenhund, den Adler mitgebracht hatte, in Arthur Roths Schlafzimmer Spuren von Kokain. Entgegen dem Ratschlag, den ihm der Anwalt gab, bestätigte Arthur Roth, dass er am vergangenen Freitag mit Tina in seinem Schlafzimmer Kokain konsumiert hatte. Als man ihn aufforderte, Haare für einen Drogentest zur Verfügung zu stellen, räumte er ein, in den letzten Wochen mehrfach Kokain eingenommen zu haben. Er bestand allerdings darauf, von Tina Lüder dazu animiert worden zu sein.

»Wenn Sie sie nicht umgebracht haben, sollten Sie aufhören, mit der Wahrheit scheibchenweise herauszurücken«, raunzte ihn Mayfeld an, bevor sie nach Mainz fuhren.

Roths Golfladen befand sich direkt am Mainzer Markt, zwischen Dom und Fischtor. Vor der mit einem Gitter gesicherten Tür wartete Maria Bischoff, Hauptkommissarin bei der Mainzer Kriminalpolizei, mit einem weiteren Kollegen. Zwischen Mainz und Wiesbaden herrschte in vielen Belangen eine mal augenzwinkernde, mal ernste und gereizte Rivalität, und auch die Zusammenarbeit zwischen der Polizei der beiden Landeshauptstädte war davon nicht frei. Mit Bischoff verband Mayfeld allerdings eine jahrelange und herzliche Freundschaft.

Maria Bischoff war eine große, sportliche Frau Anfang fünfzig. Sie ging mit offenen Armen auf Mayfeld zu, umarmte ihn und gab ihm einen Kuss auf jede Wange. Mayfeld entdeckte die ersten silbergrauen Strähnchen, die sich seit ihrem letzten Treffen in die hellblonde Mähne eingeschmuggelt hatten. Sie begrüßte ihn mit ihrer tiefen und von einer Unzahl selbst gedrehter Zigaretten aufgerauten Stimme und stellte ihren Kollegen als Kommissar Jo Küster vor, »frisch von der Polizeischule«, was der schlaksige junge Mann mit einem gequälten Lächeln quittierte.

Im Laden staunte Mayfeld nicht schlecht, wie viele verschiedene Schläger man zum Golfspielen angeblich brauchte und was diese kosteten. Aber mehr als Schläger, Bälle und Taschen interessierte ihn die Bekleidung, die Roth verkaufte. Unter anderem fand er ein Dutzend blauer Anoraks aus imprägnierter Baumwolle, die zu der Spur am Tatort passen würden, aber keiner von ihnen war beschädigt. Auf dem Verkaufstresen lagen Prospekte für verschiedene Golfhotels in der Region, ein Verzeichnis der Golfplätze des Rhein-Main-Gebiets, ein Flyer, der auf die Ausstellung des Johannisberger Kunstvereins hinwies, eine Weinliste des Weinguts Felsen aus Oestrich und ein reich bebilderter Prospekt von »Andy Körners Partyservice«. Nach einer Stunde waren sie mit der Durchsuchung fertig. Sie waren nicht weitergekommen, hatten nichts Belastendes gefunden. Wenn Roth der Täter war, dann hatte er den beschädigten Anorak beiseitegeschafft. Mayfeld bat Burkhard, Roth wieder nach Hause zu fahren, Bischoff verabschiedete Küster.

Mayfeld und Bischoff gingen in das Heilig Geist, ein Restaurant, das im Gewölbe eines mittelalterlichen Spitals eingerichtet worden war. Sie setzten sich an einen der dunklen Holztische. Bischoff bestellte sich einen Ingelheimer Rotwein, Mayfeld eine Limonade.

»Rheinhessischen Wein zu trinken, so weit geht die Freundschaft dann wohl doch nicht?«, frotzelte Bischoff.

Mayfeld grinste. »Ich muss noch fahren. Du hast am Telefon gesagt, dass du die Roths kennst?«

Bischoff nickte. »Ich habe die Ermittlungen geführt, als Roths erster Mann starb. Dessen Exfrau hat damals eine ziemlich üble Kampagne gegen ihre Nachfolgerin angezettelt. Es war ja auch merkwürdig, dass Klaus Roth, wenige Wochen nachdem er sein Testament zugunsten Kathrin Roths geändert hatte, plötzlich verstarb. Und ihr Lebenswandel hat ihr nicht gerade die Sympathien der Mainzer Gesellschaft eingetragen. Sie war auf jeder Party zu finden, trieb es kunterbunt mit Männern wie Frauen und unterbrach dieses Treiben nach dem Tod ihres Mannes nur kurzfristig. Es ging das Gerücht um, sie habe ihren Mann vergiftet, aber wir konnten dafür keine Hinweise finden. Vielleicht hat sie ihm anderweitig zugesetzt. Er starb im Ehebett an einem Sekundenherztod, neben ihr oder auch über oder unter ihr. Eigentlich ein ganz schöner Tod.«

»Es gab also keinen Hinweis für Fremdverschulden.«

»Der alte Roth hat jede Menge Herztabletten eingenommen. Die Pathologen haben herausgefunden, dass da kurz vor seinem Tod bei der Einnahme einiges durcheinandergeraten war. Aber sein Tod soll damit nicht in Zusammenhang gestanden haben.«

»Und wie ging die Geschichte weiter?«
»Die Mainzer mochten die lustige Witwe wie gesagt nicht. Dass sie ein Jahr nach Roths Tod dessen Chauffeur geheiratet hat, der dann auch noch Roths Namen annahm, war die Krönung ihrer Provokationen. Sie hat ihm den Laden eingerichtet. Eigentlich verwunderlich, dass er den nicht wieder aufgegeben hat, als sie Mainz verließen.«
»Traust du ihr ein Verbrechen zu?«
»Ich traue jedem und jeder alles zu. Dass sie das Ableben ihres Gatten beschleunigt haben könnte, das hätte ich ihr zugetraut. Aber junge Mädchen erwürgen, weil die es mit ihrem Mann treiben? Da müsste sie sich arg geändert haben. Eher engagiert sie welche für gemeinsame Unternehmungen.«
Sie nahm ihr Weinglas und stieß mit Mayfelds Limonadenglas an.

***

Julia nahm die Kalbshaxe aus der Brühe. »Die Haxe ist gar, wenn man das Fleisch mit der Gabel vom Knochen schaben kann«, erklärte sie. Sie legte das Fleischstück auf ein Holzbrett und trug es zum Arbeitstisch. Dort begann sie, Knorpel, Sehnen und Fett zu entfernen. »Holst du mir mal die große Tonschüssel, Elly?«
»Aber klar doch.« Elly schien heute besser gelaunt zu sein.
Julia gab beiden Frauen einen Batzen Fleisch. »Zerpflückt das Fleisch grob, legt die Fleischstücke in die Schale, später beschweren wir sie und stellen sie kühl. In ein paar Stunden sind sie durch die Gelierstoffe, die im Fleisch sind, zu einem Block geworden, den wir dann in kleine Streifen schneiden.«
»Ich dachte, es kommen noch Gemüse und Aspik dazu?«, fragte Nadine.
Julia wies auf die Gemüse, Karotten, Sellerie und Lauch vor sich. »Das müssen wir alles klein schnippeln und blanchieren, es kommt zusammen mit den Fleischstreifen und dem Aspik in den kalten Sud. Dann soll es wieder gelieren.«
Als sie das Fleisch zerpflückt hatten, holte Elly eine große Platte aus einem der Küchenschränke, legte sie auf die Fleischstücke

und beschwerte sie mit mehreren Kochbüchern. Sie brachte den Tontopf in den Keller.

»Ist Robert nicht da?«, wollte Nadine wissen.

Julia schüttelte den Kopf. Robert durchsuchte gerade Wohnung und Geschäft von Nadines Freund Arthur, hatte er ihr am Telefon erzählt. »Der hat dienstlich zu tun. Was macht Cornelius?« Sie begann, die Karotten zu schälen.

»Na, Kunden bei den Tagen der offenen Weinkeller empfangen. Er ist ein bisschen sauer, dass ich hier meinem Hobby nachgehe, wie er das nennt. Und dass mein Vater von meiner Idee begeistert ist, macht die Sache nicht einfacher für ihn.«

Elly kam aus dem Keller zurück, griff sich eine Sellerieknolle und setzte sich zu den beiden anderen Frauen. »Für deinen Vater bist du einfach die Größte, da hat Cornelius einen schweren Stand«, vermutete sie. »Eingeheiratete haben es in Familienweingütern nicht immer leicht.«

Julia seufzte. Das Thema wurde sie in dieser Woche wohl nicht mehr los.

»Dabei versuche ich, Cornelius möglichst nicht in die Quere zu kommen«, antwortete Nadine. »Mein Vater würde mir am liebsten alle Aufgaben in seinem Weingut übertragen. Wenn ich ehrlich bin, bin ich auch deswegen auf die Idee mit der Straußwirtschaft gekommen: Damit überlasse ich Cornelius den Weinkeller, die Betreuung der Kunden. Und mein Vater kann nichts dagegen sagen, weil die Idee ja von mir kommt.« Nadine griff nach einer weiteren Stange Lauch und begann, sie in dünne Ringe zu schneiden.

»Das ist wirklich sehr fair von dir.« Elly sah sie bewundernd an.

»Nicht alle Männer kommen mit starken Frauen gut klar«, warf Julia ein.

»Ich versuche, auf Cornelius Rücksicht zu nehmen«, antwortete Nadine. »Der hat es mit seiner Mutter nicht leicht.«

»Was ist mit der?«, wollte Julia wissen.

»Die säuft.« Nadines Gesicht wurde jetzt ganz hart. »Cornelius' Vater ist bei einem Verkehrsunfall gestorben. Seither trinkt seine Mutter. Dreißig Jahre geht das jetzt schon so. Ich verstehe nicht, wie man als Mutter so verantwortungslos sein kann. Sie ist völlig unausstehlich, distanzlos, ohne jedes Taktgefühl. Und Cornelius schafft es einfach nicht, den Kontakt zu ihr abzubrechen.«

»Das ist nicht so einfach mit den eigenen Eltern«, sagte Julia. Sie konnte Cornelius Bergmann gut verstehen. »Robert geht es mit seinem Vater nicht anders. Er ist so unberechenbar, so peinlich, wenn er seine manischen Phasen bekommt. Und dennoch hält ihm Robert die Treue.«

»Ich kenne deinen Schwiegervater nicht, aber ich bin mir sicher, dass er es nicht verdient hat, mit meiner Schwiegermutter verglichen zu werden«, erwiderte Nadine mit kalter Stimme.

Eine Weile herrschte Stille in der Küche.

»Können wir nicht über etwas anderes reden?«, fragte Nadine schließlich.

»Reden wir über Arthur Roth. An den dachte ich vorhin, als ich von Männern mit starken Frauen sprach.« Julia griff nach einem schweren Küchenmesser und begann, die geputzten Karotten in Scheiben zu hacken. Vielleicht brachte sie ja doch noch etwas Interessantes über Roth in Erfahrung.

»Die reiche Erbin und ihr Chauffeur«, steuerte Elly etwas aus ihrem Fundus Rheingauer Klatschgeschichten bei.

»Er hat zum Glück den Golfsport«, erzählte Nadine. »Da bekommt er sein Selbstbewusstsein her. Cornelius meint, sein Handicap sei beeindruckend. Aber dich beeindruckt so was nicht, was, Julia? Du bist keine Anhängerin des Golfens.«

Das Gemüse war klein geschnippelt. »Jetzt machen wir uns an die Schweinebäckchen«, sagte Julia. »Elly, holst du die aus dem Kühlschrank? Und lässt du die Brühe auf dem Herd aufkochen?« Sie biss sich auf die Unterlippe. Sie sollte jeden Eindruck vermeiden, dass sie ihre Schwägerin herumkommandierte. Genauso sollte sie den Eindruck vermeiden, Nadine auszuhorchen. »Schweinebäckchen bestellt man am besten zwei Wochen im Voraus und lässt sie vom Metzger putzen, das heißt, man lässt das Fett und die Knochenhaut entfernen.« Sie gingen zum Herd. Die Brühe begann zu kochen. Julia nahm die Schweinebäckchen und gab sie in die brodelnde Flüssigkeit. »Wir lassen die einmal aufkochen und dann eineinhalb Stunden ziehen.« Sie ging zurück zum Tisch.

»Cornelius ist in Sachen Golfplatz ziemlich engagiert«, stichelte Elly. Sie wusste, dass Nadines Mann ein entschiedener Befürworter eines Golfplatzes in der Nachbarschaft von Kloster Eberbach war und Julia eine genauso entschiedene Gegnerin dieses Plans. »Für Julia ist Golf nur eine Art verdorbener Spaziergang.«

»Aber das ist nicht der Grund, warum ich gegen den Golfplatz bin«, stellte Julia klar. »Ich bin bloß der Meinung, dass man die Gegend um das Kloster herum so lassen sollte, wie sie ist. Es ist schlimm genug, dass sie jetzt die Kellerei auf dem Steinberg bauen. Wenn daneben noch ein Golfplatz entsteht und danach noch ein Golfhotel, dann wird aus der gewachsenen Kulturlandschaft innerhalb weniger Jahre ein Freizeitpark für Besserverdienende, und man erkennt die Gegend nicht wieder. Ich bin froh, dass diese Pläne erst mal gestoppt sind!«

»Julia ist eine richtige Nostalgikerin«, kommentierte Elly. »Ihr wäre es am liebsten, wenn hier alles aussähe wie früher. Als ob früher alles besser gewesen wäre.«

»Jetzt geht's bestimmt mit der Rotweinsauce weiter«, vermutete Nadine. Sie wollte offensichtlich nicht in eine politische Diskussion geraten.

»Die ist ganz einfach herzustellen, wenn du die Grundsauce schon hast.« Julia war über den Themenwechsel ebenfalls ganz froh. Sie griff sich eine Zwiebel und begann sie zu schälen. »Hackt Knoblauch, zupft die Thymianblättchen und die Rosmarinnadeln von den Stängeln, das schwitzen wir alles an, gießen mit Rotwein auf. Dann heißt es reduzieren, später kommt die Grundsauce dazu und etwas Balsamico.«

Alle drei Frauen hackten Zwiebeln, keine wollte diese unangenehme Arbeit heute den anderen allein überlassen, jede war um Beweise guten Willens und freundschaftlicher Absichten bemüht. Eine Weile schwiegen sie und ließen den Tränen freien Lauf.

***

Hatte sie es verlernt, Männer zu verführen? Das fragte sich Tatjana immer wieder. Nein, Bernhard war nur ein besonders schwerer Fall, lautete ihre Antwort. In der Nacht hatte sie einen Albtraum gehabt, an den sie sich nur ganz vage erinnerte, irgendetwas mit einem Krokodil. Das war vermutlich kein gutes Omen für den heutigen Tag gewesen. Sie holte sich die Flasche mit der edelsüßen Auslese aus dem Kühlschrank, schnitt sich ein Stück Schokoladenkuchen ab, füllte die Wasserpfeife und setzte sich an den überladenen Küchentisch. Draußen war es dunkel geworden. Jetzt begann der gemütliche Teil des Tages, hoffte sie. Sie erinnerte sich an winterliche Nachmittage in der Küche der Großmutter, wo sie zusammen diesen herrlichen Schokoladenkuchen backten. Es war eine glückliche und beschützte Zeit gewesen.

Wieso beschützt? Beschützt vor wem oder was?

Leider hatte die Oma zu viele Mentholzigaretten geraucht und einen Schlaganfall bekommen. Sie nahm einen Zug aus der Wasserpfeife. Sie hatte gehört, dass das gesünder als Zigarettenrauchen war. Sie erinnerte sich noch genau an den Abend, als es passierte, als sie im Bett lag und draußen den Aufprall hörte, als sie hinausstürzte und Oma auf dem Boden des Flurs liegen sah. Waren das die Erinnerungen gewesen, die sie heute Mittag so geängstigt hatten?

Das Kribbeln in den Händen und um den Mund herum begann wieder. Bloß keinen Panikanfall mehr bekommen! Sie nahm noch einen tiefen Zug aus der Wasserpfeife. Das tat gut. Sie brauchte diesen Bernhard mit seiner Plastiktüte nicht, diesen komischen Kerl, der immer nur von seiner Schwester oder seiner Mutter redete. Und der etwas verbarg.

Es tut mir so leid, dass ich dich nicht habe beschützen können, hörte sie Omas Stimme sagen. Das Zimmer, das sie heute Mittag so in Angst und Schrecken versetzt hatte, war nicht ihr Zimmer in Omas Wohnung gewesen. Das wurde ihr jetzt klar. Sie hatte sich an das Zimmer in der Wohnung in Winkel erinnert, wohin die Familie gezogen war, nachdem Andy und Brigitte Oma ins Altenheim gesteckt hatten.

»Du warst doch krank. Ich hab dich jeden Tag im Altenheim

besucht, du brauchtest Hilfe«, antwortete sie der Oma. »Wie hättest du mich beschützen können?«

Ich habe mich gewundert, dass du so anhänglich warst, entgegnete die Großmutter. *Das ist ungewöhnlich für eine Dreizehnjährige. Ich glaube, du hattest Angst vor zu Hause, deswegen hast du dich in dem Altenheim rumgedrückt.*

Oma hatte recht, das spürte sie. »Wovor hatte ich Angst?«, schrie sie. Gut, dass sie niemand hörte. Man hätte sie für verrückt gehalten. Sie nahm noch einen tiefen Zug aus der Wasserpfeife.

Das kann ich dir leider nicht sagen, ich war ja nicht dabei, antwortete die Großmutter. *Aber ich glaube, du weißt es, tief in deinem Inneren. Überlege dir gut, ob du dir das genauer anschauen willst. Erinnerungen können auch ein Fluch sein. Nur du kannst entscheiden, ob die Zeit dafür jetzt reif ist.*

Mittwoch, 2. Mai

»Was gibt es Neues über Tina Lüder und Magdalena Hellenthal?«, fragte Mayfeld in die Runde. Die mit dem Fall befassten Beamten hatten sich im Besprechungszimmer des K10 versammelt. Die Frühlingssonne hatte an diesem Morgen den Kampf mit den Regenwolken gewonnen, ihre Strahlen durchfluteten den Raum. Winkler blinzelte in die Sonne und hielt sich an einer großen Tasse Kaffee fest, Meyer packte drei Apfelplunderteilchen aus, Adler studierte seine Unterlagen, und Burkhard versuchte, überlegen in die Runde zu blicken.

»Hellenthal hat mittwochnachmittags in einem Laden in der Kisselmühle gearbeitet, da kann man Wolle und Strickwaren kaufen. Die Besitzerin meinte, dass sie am letzten Mittwoch aufgeregt und unkonzentriert gewesen sei. Aber als sie sie darauf ansprach, habe sie gemeint, es sei alles in Ordnung«, berichtete Winkler. »Ich habe außerdem mit den Kolleginnen der beiden gesprochen, die wir am Wochenende nicht erreicht hatten. Mehrere Mitarbeiter der Klosterschänke meinten, Magdalena Hellenthal habe in der letzten Woche sehr aufgewühlt gewirkt. Eine Verkäuferin der Vinothek hat mir erzählt, Tina Lüder habe Andeutungen gemacht, dass sie bald zu Geld komme.«

»Tina Lüder hat am Tag ihres Todes mit Arthur Roth telefoniert, mit Magdalena Hellenthal und ihrer Schwester. Um einundzwanzig Uhr dreißig hat sie die Hellenthal angerufen«, resümierte »Meat Loaf« Meyer seine Recherchen. Er nahm einen großen Schluck Cola aus seiner Magnumflasche.

»Haben wir die Verbindungsdaten von Magdalena Hellenthal auch schon?«, fragte Mayfeld.

Meyer nickte bedächtig, schob das Apfelplunderteilchen mit einem bedauernden Blick beiseite und blätterte in dem Papierstoß, der neben der Konditortüte lag. »Magdalena Hellenthal hat in den Tagen vor ihrem Verschwinden mit ihrem Bruder Bernhard telefoniert, mit Tatjana Lüder, mit der Klosterschänke, mit Kathrin Roth, dem Katholischen Pfarramt in Kiedrich und mit »Körners Partyservice«. Das letzte Gespräch führte sie um einundzwanzig Uhr fünfundfünfzig mit Tina Lüder. Seither wurden mit ihrem Handy keine Telefonate mehr geführt. Wir haben versucht, das Handy zu orten, aber es ist ausgeschaltet. Wir überwachen den Anschluss.«

»Das passt zu den Aussagen der Roths«, ergänzte Winkler. »Tina ruft um einundzwanzig Uhr dreißig Magdalena an, kurz vor zehn verlässt sie das Haus im Gaisgarten und will Magdalena treffen. Etwa zu dieser Zeit ruft Magdalena zurück. Das ist kurz bevor oder nachdem sie die Weinpräsentation verlassen hat.«

»Vielleicht hat die Lüder der Hellenthal erzählt, dass sie mit Roth gevögelt hat«, warf Burkhard ein.

»Wir müssen prüfen, wie lange man vom Gaisgarten bis zum Schlosserbau zu Fuß braucht«, sagte Mayfeld. »Übernimmst du das, Horst? Vom Laiendormitorium zum Schlosserbau braucht man bloß eine Minute. Wenn beide dorthin wollten und zur gleichen Zeit losgingen, war Magdalena bestimmt einige Minuten vor Tina dort.«

»Wenn Magdalena die Tat begangen hätte, hätte sie Tina bequem hinter dem Nordtor des Klosters abpassen können, das wäre weniger riskant gewesen«, überlegte Winkler.

»Tina ist vor dem Mörder durch den Garten des Schlosserbaus über die Klostermauer geflüchtet. Warum hätte sie vor Magdalena davonlaufen sollen? Die beiden müssen körperlich etwa gleich stark gewesen sein«, wandte Mayfeld ein. »Magdalena hat auch keine Jacke, die zu unserer Spur passt. Wenn Magdalena in den Mord verwickelt ist, dann muss es einen Mittäter geben. Ich befürchte allerdings, dass sie ein weiteres Opfer ist.«

»Roth hat Streit mit der Lüder, sie will ihn erpressen. Sie verlässt das Haus der Roths trotz des Regens zu Fuß, Roth verfolgt und tötet sie. Die kleine Hellenthal wird Zeugin des Verbrechens und muss deswegen auch dran glauben«, entwickelte Burkhard seine Theorie. »Wenn man will, ist die Sache ganz einfach.« Und Burkhard wollte es unbedingt ganz einfach haben.

»Ich hab mich bei Nachbarn umgehört«, entgegnete Mayfeld. »Der Regen hat Freitagabend in Kiedrich gegen zweiundzwanzig Uhr eingesetzt. Es kann also sein, dass es noch nicht regnete, als Tina loslief. Ein Streit zwischen Roth und Lüder würde außerdem nur erklären, warum Lüder zu Fuß zurück zum Kloster gegangen ist. Aber warum sollte Roth Tina Lüder bis auf das Gelände des Klosters verfolgen, wo er sie vorher viel gefahrloser umbringen könnte?«

»Ist doch eigentlich egal«, brummte Burkhard. »Er hat es einfach getan, das beweisen die Fingerabdrücke in der Wohnung. Er kam vielleicht nicht sofort von zu Hause weg, seine Frau sollte nicht mitbekommen, dass er hinter der Lüder her ist.«

»Und Magdalena Hellenthal ist bereits in der Wohnung, beobachtet alles, geht hinaus und lässt sich umbringen, ohne Spuren zu hinterlassen?«, fragte Adler mit zweifelnder Stimme.«

»Die fehlenden Spuren sind ein Problem«, räumte Burkhard ein. »Aber dieses Problem haben wir immer, wenn wir davon ausgehen, dass Magdalena ermordet wurde. Da gab es doch die Stelle an der Brombeerhecke, die dir verdächtig vorkam, Horst. Vielleicht fand da ein Kampf zwischen Magdalena Hellenthal und Arthur Roth statt. Man muss dann wohl den Regen dafür verantwortlich machen, dass dort keine Spuren gefunden wurden. Aber vielleicht wurde die Hellenthal auch nicht ermordet, sie macht vielleicht bloß ein paar Tage frei und taucht morgen wieder auf.«

»Wir haben den ganzen Wald rund um das Kloster durchsucht«, berichtete Adler. »Von Magdalena Hellenthal ist nirgendwo eine Spur zu finden.«

»Wir müssen alle Möglichkeiten weiter in Betracht ziehen: dass beide ermordet wurden oder dass Magdalena Hellenthal noch lebt. Im zweiten Fall ist sie entweder auf der Flucht vor dem Mörder oder auf der Flucht vor uns«, fasste Mayfeld zusammen. »Dass Sie am Freitag zufällig zu einem Kurzurlaub aufgebrochen ist, glaube ich eher nicht«, sagte er mit Blick auf Burkhard. Die Spekulationen brachten sie im Moment nicht weiter. »Haben wir noch Fakten?«

»Der Fetzen aus imprägnierter Baumwolle gehört zu einem Anorak, wie er hier im Rhein-Main-Gebiet in drei verschiedenen

Kaufhausketten und Dutzenden kleinerer Geschäfte verkauft wird«, berichtete Adler. »Es muss also nichts zu bedeuten haben, dass Roth ebenfalls solche Anoraks verkauft.«

»Bei ihm sind sie vermutlich einfach nur teurer«, lästerte Burkhard.

»Hast du noch Fakten, Paul?«, fragte Mayfeld. Burkhard ging ihm immer stärker auf die Nerven.

»Keiner der bisher in dem Fall Vernommenen taucht in irgendeinem Polizeicomputer auf«, antwortete der Kollege.

»Was ist mit dem Zettel, den wir bei Magdalena im Zimmer gefunden haben?« Mayfeld holte sich ein Weingummi aus seiner Jackentasche. Assmannshäuser Hölle Spätburgunder 2006.

»Das Germanische Museum in Nürnberg hat eine andere Adresse. Kirchgassen gibt es hier in der Region in Lorch, Rüdesheim, Rauenthal, Niederwalluf und Wiesbaden. Was die mit dem Germanischen Museum zu tun haben sollen, ist mir allerdings schleierhaft«, berichtete Meyer. Er hatte mittlerweile zwei der drei Plundertaschen verdrückt.

»Natürlich gehört Arthur Roth weiterhin zu den Verdächtigen«, fasste Mayfeld zusammen. »Aber es gibt kein überzeugendes Motiv, Ich glaube nicht, dass Arthur Roth wegen eines Verhältnisses erpressbar war, bei den Roths herrschen lockere Sitten. Deswegen kann ich mir auch nicht vorstellen, dass Kathrin Roth als Täterin in Frage kommt, ich glaube nicht, dass die wegen einer Affäre eifersüchtig werden, und schon gar nicht, dass sie deswegen töten würde. Die Indizien, die auf die Roths hinweisen, sind mager. Wir müssen uns näher mit Andy Körner beschäftigen. Am Montag hat er uns ungefragt ein Alibi für die Tatzeit präsentiert, und das Alibi saß zufälligerweise neben ihm, als wir ihn vernahmen. Das war mir alles ein wenig zu dick aufgetragen.«

»Sein Mitarbeiter Felix Koch hat bestätigt, dass Körner um zehn nach zehn, als Koch nach Hause fuhr, noch auf der Weinpräsentation war«, berichtete Winkler. »Koch hatte den Eindruck, dass es Magdalena am Abend recht schlecht ging, sie sei ganz blass gewesen und habe verstört gewirkt, als sie nach Hause ging. Sie soll einen Schwächeanfall gehabt haben. Aber etwas Genaueres konnte Koch nicht sagen, er war nicht dabei, er hat es nur von

Körner erzählt bekommen. Koch hat übrigens ein Alibi. Um halb elf hat er sich mit seiner Freundin in Biebrich getroffen und war die ganze Nacht mit ihr zusammen.«

»Für die Zeit nach zweiundzwanzig Uhr zehn hat Körner nur das Alibi seiner jungen Freundin, und die würde alles für ihn aussagen. Körner steht weiterhin auf unserer Liste. Haben wir sonst noch etwas?«

Mayfeld blickte in die Runde. Niemand hatte weitere Ideen.

»Wir sind immer noch ganz am Anfang«, sagte er dann. »Wir wissen noch viel zu wenig über die beiden jungen Frauen. Wie wollte Tina an Geld kommen? Was hat Magdalena an den Tagen vor ihrem Verschwinden so beunruhigt? Wir reden noch mal mit allen, die in den letzten Tagen mit einer von beiden telefoniert oder sich mit einer von beiden getroffen haben. Machen wir uns an die Arbeit!«

Die Kollegen des K 10 verließen den Besprechungsraum. Sie kamen nicht voran, dachte Mayfeld. Besonders störte ihn, dass er noch keinerlei Gefühl dafür entwickelt hatte, in welche Richtung die Ermittlungen weitergehen sollten. Die beiden bislang Verdächtigen waren ihm nicht sonderlich sympathisch, aber keiner der beiden hatte ein überzeugendes Motiv für die Morde. Zumindest hatten sie noch keines gefunden oder konnten es auch nur erahnen. Mayfeld spürte, wie Anspannung und Unzufriedenheit in ihm wuchsen.

»Mein Mandant hat sich dazu entschlossen, vorbehaltlos mit der Polizei zusammenzuarbeiten«, sagte Dr. Klein zu Mayfeld und Burkhard. Er war kurz nach der Morgenbesprechung mit Arthur Roth im Polizeipräsidium aufgetaucht und hatte darauf bestanden, dass sein Mandant eine Aussage nur gegenüber Hauptkommissar Mayfeld machen würde.

»Sie haben Angst wegen der Fingerabdrücke bekommen?«, mutmaßte Burkhard.

»Was möchten Sie uns denn erzählen?«, fragte Mayfeld.

»Mein Mandant war am Abend bei der Wohnung der Getöteten. Er versuchte, Tina Lüder zu finden, er suchte auch nach Magdalena Hellenthal. Aber er hat keine von beiden gesehen. Mein

Mandant räumt ein, dass er versucht hat, die Wohnung von Frau Lüder zu betreten, daher seine Fingerabdrücke an der Eingangstür. Aber die Tür war verschlossen. Die Fingerabdrücke in der Wohnung der Toten müssen von einem Besuch meines Mandanten bei ihr vor einigen Wochen stammen.«

»Wann soll das gewesen sein?«, wollte Burkhard wissen.

»Heute vor drei Wochen, am Abend«, sagte Roth.

»Zeugen gibt es dafür leider nicht.« Burkhard lächelte ironisch.

»Nein«, räumte Roth ein. »Magdalena und Tatjana waren an diesem Abend außer Haus.«

»Warum sind Sie am letzten Freitag zum Schlosserbau gegangen?«, fragte Mayfeld.

Roth fingerte nervös an seinem Ehering, schnipste schon wieder einen Fussel von der Tweedjacke. »Ich hatte ja schon angedeutet, dass es zwischen Tina und mir zu einem kleinen Streit gekommen war. Ich bin ihr gefolgt, weil ich mich wieder versöhnen wollte.«

»Sind Sie ihr unmittelbar hinterhergelaufen?«, fragte Mayfeld.

Roth schüttelte den Kopf. »Eine Weile später. Als sie nicht zurückkam, bin ich mit dem Auto zum Schlosserbau gefahren. Bei dem Regen wollte ich nicht laufen.«

Burkhard rollte mit den Augen. »Und dann hat es mit der Versöhnung nicht geklappt, und Sie haben Tina ermordet.«

»Unsinn«, fiel ihm Dr. Klein in scharfem Ton ins Wort. »Mein Mandant versucht zu kooperieren, und Sie arbeiten mit Unterstellungen.«

»Ist gut«, beschwichtigte Mayfeld. »Wann genau waren Sie am Schlosserbau?«

»Das muss zwischen Viertel nach zehn und halb elf gewesen sein. Ich habe leider nicht auf die Uhr geschaut«, antwortete Roth bedauernd.

»Ist Ihnen bei der Fahrt zu Tina Lüders Wohnung irgendetwas aufgefallen?«, wollte Mayfeld wissen.

Roth überlegte eine Weile. »Ein Auto ist mir entgegengekommen. Ich habe in der Dunkelheit und bei dem heftigen Regen aber nicht erkennen können, was für eine Marke es war. Ich glaube, es war ein dunkler Geländewagen. Sonst ist mir gar nichts aufgefallen. Die Wohnungstür war verschlossen, ich habe laut nach Tina und Magdalena gerufen und bin dann gleich wieder nach Hause gefahren.«

»Worum ging es bei dem Streit zwischen Tina und Ihnen? Hatte sie kein Vergnügen mehr an den Sexspielen zu viert?«, führte Burkhard die Befragung in seinem brachialen Stil fort. Mayfeld warf ihm einen Blick zu, der ihn zumindest vorübergehend zum Schweigen brachte.

»Nein, das war doch ihre Idee gewesen«, antwortete Roth kleinlaut. »Tina hat sich darüber aufgeregt, dass Magdalena bei meinem Freund Andy Körner arbeitete. Sie hat ihn übel beschimpft, und ich habe Andy verteidigt. Er ist ein feiner Kerl. Ich wüsste nicht, was man ihm vorwerfen könnte. Sie hat das auch nicht konkretisiert.«

»Was hat sie nicht konkretisiert?«, hakte Mayfeld nach.

»Es waren ziemlich vulgäre Schimpfworte, die ich nicht wiederholen möchte, mit denen sie ihn belegt hat. Tina war ganz außer Rand und Band.«

Die feinfühlige Masche nahm Mayfeld Roth nicht ab, aber der war nicht bereit, Näheres über Tinas Vorwürfe gegen ihren ehemaligen Stiefvater zu erzählen, sooft Mayfeld auch nachfragte. Roth redete noch eine ganze Weile, ohne etwas Substanzielles zu sagen. Seine Aussage beschränkte sich im Kern darauf, dass er am Haus gewesen war, was die Polizei aufgrund der Fingerabdrücke schon wusste, und dass Tina Lüder Andy Körner nicht mochte. Dr. Klein assistierte beim Nebelwerfen.

»Ich hoffe, dass Sie das weiterbringt, aber ich weiß natürlich nicht, ob es wichtig ist«, sagte Roth abschließend.

Natürlich war es wichtig, was Roth da gesagt hatte, dachte Mayfeld. Es war wichtig für Roth, der offensichtlich versuchte, mit seinen vagen Andeutungen die Aufmerksamkeit von sich weg- und auf Körner hinzulenken. Aber dennoch konnten seine Angaben der Wahrheit entsprechen.

Küche und Büro von Körners Partyservice lagen im Wiesbadener Bergkirchenviertel, in einem Hinterhof in der Röderstraße. Mayfeld stellte seinen Volvo auf den Bürgersteig und platzierte ein Flugblatt der Polizeigewerkschaft gut sichtbar hinter der Windschutzscheibe. Das half meistens gegen Verwarnungen der Kollegen von der Verkehrspolizei.

Körners Büro machte einen bescheidenen Eindruck. Die Einrichtung bestand aus einem Schreibtisch, einem Wandregal und ein paar Lederstühlen, Licht fiel nur spärlich durch eine blinde Fensterscheibe. Winkler und Mayfeld nahmen vor Körners Schreibtisch Platz.

»Kunden empfange ich lieber bei mir zu Hause«, entschuldigte er sich für den tristen Eindruck.

Mayfeld kam gleich zur Sache. »Kennen Sie Arthur Roth?«

»Mit dem spiele ich Golf«, antwortete Körner.

»Ein Freund?«

»Kann man so sagen.«

»Erzählen Sie uns über ihr Verhältnis zu Tina Lüder«, forderte Mayfeld Körner auf.

»Ich habe Ihnen schon alles gesagt. Ist das hier ein Verhör?« Die kantigen Gesichtszüge von Körner wirkten angespannt. »Eine fürchterliche Göre war das, voller Ansprüche und Anmaßung«, polterte er los. »Sie kannte keinerlei Respekt, immer hatte sie recht und die anderen unrecht, und sie bekam den Rachen nie voll. Von mir hat sie sich nie etwas sagen lassen, und ihre Mutter war zu schwach, ihr Grenzen zu setzen. In ihrer Wahrnehmung wurde Tina immer ungerecht behandelt, war immer das Opfer. Man kennt das ja!«

»Jetzt ist sie wirklich das Opfer«, bemerkte Winkler trocken.

»Und was habe ich damit zu tun?« Körner wurde lauter. Hinter der gestylten Fassade kam plötzlich der ungehobelte Choleriker zum Vorschein.

»Erzählen Sie es uns?«, fragte Winkler spitz.

Körners Kiefer mahlten, sein Gesicht wurde blass vor Wut. »Lassen Sie diese Unterstellungen«, giftete er Winkler an.

»Als Tina Lüder erfuhr, dass ihre Freundin Magdalena bei Ihnen arbeitete, war sie völlig außer sich, hat Sie übel beschimpft, geriet darüber in Streit mit Arthur Roth«, präzisierte Mayfeld. »Sie wollen uns weismachen, das seien spätpubertäre Auswüchse?«

»Ich habe mit dem Tod dieser Frau nichts zu tun. Da kann sie über mich hergezogen sein, wie sie will«, antwortete Körner heftig.

»Das hat bislang auch noch niemand behauptet«, konterte Mayfeld. Körner kam ihm vor wie ein Pulverfass, für das alles als Lunte dienen konnte.

»Da habe ich Ihre Kollegin gerade aber anders verstanden«, antwortete Körner gereizt. »Wenn Tina schlecht über mich geredet hat, dann ist das tatsächlich nur ein Beweis für ihre Unreife. Aber vielleicht hat Roth ja auch nur etwas missverstanden. Ich glaube, Magdalena Hellenthal war krank, ihr ging es an dem Abend nicht so gut. Vielleicht war Tina sauer, weil ihre Freundin arbeiten ging, statt sich zu schonen.« Körner versuchte seine explosive Stimmung in den Griff zu bekommen und sich den Anschein eines vernünftigen Mannes zu geben.

»Woher wissen Sie, dass sie krank war?«, fragte Mayfeld nach.

»Sie hatte einen Schwächeanfall, ihr wurde schwindelig und übel, deswegen habe ich sie ja ein wenig früher nach Hause geschickt.«

»Wann war das?«

»Dieser Schwächeanfall? Das war vielleicht um Viertel vor zehn. Fragen Sie Felix Koch, der kann Ihnen das bestätigen.«

»Er hat es uns bereits bestätigt«, antwortete Mayfeld. »Allerdings weiß er es auch nur von Ihnen. Wo hat sich dieser Anfall denn ereignet?«

»Es gibt neben dem Saal, in dem die Veranstaltung stattfand, eine Küche. Dort ist es passiert, sie ist einfach umgekippt, war nach ein paar Sekunden aber wieder bei Bewusstsein.«

»Waren Sie mit ihr allein in dem Raum?«

Körner nickte. »Für wenige Minuten.«

»Ich frage mich, warum Sie uns diese Information nicht schon bei Ihrer ersten Vernehmung gegeben haben.«

»Sie haben mich nicht danach gefragt, und ich hielt es nicht für wichtig.« Körner versuchte bei seiner Antwort einen möglichst treuherzigen Eindruck zu machen.

Mayfeld wollte Körner weiter aus der Reserve locken. »Die Aussagen Roths, was die Äußerungen Tina Lüders über Sie betrifft, waren ganz eindeutig«, sagte er.

Doch Körner hatte sich wieder unter Kontrolle. »Arthur Roth

hat Ihnen gesagt, dass Tina schlecht über mich gesprochen hat?«, fragte er ruhig. Die Lunte schien für dieses Mal gelöscht. »Vielleicht sollten Sie ihm nicht alles glauben. Er hat immer wieder Verhältnisse mit den Models seiner Frau, und ob die das so gelassen sieht, wie er immer behauptet, das würde ich an Ihrer Stelle in Zweifel ziehen. Das ist doch auch bloß eine Frau. Die hat ihm vermutlich die Hölle heißgemacht.«

»Worauf wollen Sie hinaus?«, fragte Winkler kühl.

»Dass Sie bei mir an der falschen Adresse sind. Nehmen Sie sich Roth vor. Oder die Roth.«

Die Freundschaft zwischen Körner und Roth ging offensichtlich nicht allzu tief, dachte Mayfeld. Er gab Winkler ein Zeichen zum Aufbruch. »Wenn Ihnen noch was einfällt, lassen Sie es mich wissen.« Mayfeld stand auf und ging zur Tür. »Und verlassen Sie die Stadt nicht, ohne mich davon zu informieren.«

***

»Bring die Sommerblüher in die Beete«, hatte ihr Vogler gesagt. Es hatte geregnet, und jetzt schien wieder die Sonne. Der Boden war locker und bereit, die Pflanzen aufzunehmen. Geranien, Malven, Bauernrosen, das ganze Programm des Rubens'schen Bauerngartens wurde ausgepflanzt. »Das wollen die Leute sehen, nicht einen stilreinen Renaissancegarten«, sagte ihr Chef immer. Hauptsache schön bunt, meinte er damit wohl. Im Gewächshaus standen die Töpfe und warteten auf sie. Sie packte ein Dutzend auf die Schubkarre und brachte sie nach draußen.

Sie kniete sich neben dem Kiesweg nieder, der vom Eingang des Klostermuseums zur Orangerie führte, und grub das Pflanzloch für eine Malve. Es war gut, wieder zu arbeiten. Das lenkte ab, half, nicht mehr an den fiesen Traum zu denken, den sie heute Nacht geträumt hatte. Zum Glück waren die polnischen Hilfskräfte gekommen und hatten die Wohnung über ihr bezogen. So war sie nicht mehr allein im Schlosserbau. Als sie in der Nacht schreiend aufgewacht war, hatte eine der Frauen an die Tür geklopft, war hereingekommen, hatte sie getröstet und zur Jungfrau Maria gebetet.

Ein Krokodil hatte sie im Traum verfolgt. Es hatte sie durch die Nacht gejagt, durch strömenden Regen und stechende Hitze, es hatte seinen stinkenden, giftigen Atem gegen sie ausgestoßen, mit seinem gezackten Schwanz nach ihr geschlagen. Vor allem der Schwanz, ein ungeheuer großes Teil mit giftigen Stacheln, hatte sie bedroht, gegen Ende des Traums hatte das Krokodil sie damit am Bauch verletzt. Sie wusste, dass sie daran nicht sterben würde, wie man im Traum eben manchmal einfach etwas weiß. Genauso sicher wusste sie allerdings, dass sie an dieser Verletzung ein Leben lang leiden würde.

Sie nahm eine Pflanze aus ihrem Plastiktopf, steckte sie in das Pflanzloch, schaufelte Erde auf den Wurzelballen. Irgendwie funktionierte das mit dem Ablenken durch Arbeit nicht richtig. Das Bild des Krokodils verfolgte sie andauernd. Sie begann, das nächste Pflanzloch auszuheben. Mit Rittern und Königen, Münzen und Stäben konnte sie etwas anfangen, die kannte sie von den Tarotkarten. Aber was bitte sollte ein Krokodil bedeuten? Sie musste heute Abend gleich in ihrem Traumdeutungsbuch nachschlagen, das hatte sie in der Aufregung der Nacht ganz vergessen. Aber die Karten hatte sie sich gelegt, sehr zum Missfallen der Polin, die ihr in gebrochenem Deutsch einreden wollte, dass das Teufelszeug sei und dass man Erleuchtung nie in den Karten finden könne, sondern nur im Gebet. Vielleicht stimmte das ja. Der Hexenmeister, den sie sich gezogen hatte, hatte sie jedenfalls nicht beruhigt. Was könnte es mit einem Hexenmeister auf sich haben?

Jemand tippte ihr von hinten auf die Schultern. Sie fuhr herum. »Bist du sicher, dass du schon wieder arbeiten willst, Tatjana?«, fragte ihr Chef, wie immer rührend um sie besorgt. »Nimm dir frei, solange du es brauchst, wir haben jetzt doch Hilfe.«

»Ich brauche keinen Urlaub. Es ist für mich das Beste, wenn ich arbeite.«

»Du sitzt seit zehn Minuten hier vor einem Pflanzloch und hast gerade mal eine Malve gepflanzt!«

»Ich werde schneller machen, glaub mir!«

»Darum geht es nicht. Lass dir Zeit.«

Genau das war das Problem. Sie spürte, dass sie keine Zeit

mehr hatte. Etwas arbeitete in ihr, wollte heraus, duldete keinen weiteren Aufschub. Sie wusste nicht, was es war, aber sie hatte Angst davor.

»Glaub mir, es ist am besten, wenn ich arbeite.« Sie nahm die nächste Pflanze vom Schubkarren und setzte sie in das Loch vor sich. Vogler entfernte sich, sie arbeitete weiter. Geranien, Malven und Bauernrosen versuchten, sie zu trösten.

***

Es war ein frustrierender Tag für Mayfeld gewesen, er war in seinen Ermittlungen nicht weitergekommen. Und kurz bevor er nach Hause fuhr, hatte er noch ein unerfreuliches Gespräch mit dem Staatsanwalt gehabt. Der hatte ihm vorgeworfen, er betreibe die Ermittlungen an ihm vorbei. Jedenfalls hatte er die Tatsache, dass er den Durchsuchungsbefehl für Roths Wohnung und Laden am Maifeiertag beantragt hatte, ohne ihn davon zu informieren, so aufgefasst. Die Eilbedürftigkeit der Durchsuchung hatte Lackauf nicht einsehen wollen. Jetzt stand Mayfeld am improvisierten Tresen im Wohnzimmer seiner Schwiegereltern und füllte Schoppengläser. Manchmal beneidete er Franz. Der konnte seine Arbeit in aller Ruhe machen und musste auf Kollegen und Vorgesetzte keine Rücksicht nehmen. Vor allem bereitete das Ergebnis seiner Arbeit allen Freude, Mayfeld hingegen bewegte sich bei seiner Arbeit fast ausschließlich auf der dunklen Seite des Lebens. Wo er auftauchte, sah er Verzweiflung, Angst oder Falschheit. Und dennoch war er ein Überzeugungstäter. Es gab keine Gerechtigkeit, aber man musste immer wieder versuchen, sie herzustellen. Keinesfalls wollte er das Feld Karrieristen wie Lackauf oder schlichten Gemütern wie Burkhard überlassen.

Am Stammtisch saßen »die, die immer hier hocke«, wie ein Schild auf dem Tisch verkündete, also Zora, Trude, Batschkapp und Gucki, und verlangten nach Rauenthaler Rothenberg. Am Nebentisch wollten die Gäste alle eine zweite Portion von der Sülze, die Julia gezaubert hatte.

Die Ereignisse des Tages gingen ihm durch den Kopf. Er hatte noch einmal mit Tatjana gesprochen und sie nach den Telefonaten gefragt, die sie zuletzt mit Tina und Magdalena geführt hatte. Aber das hatte nichts gebracht. In den Telefonaten war es um Alltäglichkeiten gegangen, wer wann was für den gemeinsamen Haushalt einkauft. Tatjana hatte einen verstörten Eindruck auf ihn gemacht, irgendwie abwesend. Er hatte versucht, ihr vorsichtig vorzuschlagen, sich ärztliche oder psychologische Hilfe zu suchen, hatte damit aber nur ein irre anmutendes Gelächter geerntet. Das Gespräch mit Bernhard Hellenthal war genauso fruchtlos verlaufen. Seine Schwester hatte ihm lediglich eine SMS geschickt, in der sie vorschlug, sich zu treffen, und eine gleich lautende Botschaft auf seiner Mailbox hinterlassen. Bevor das Treffen zustande gekommen war, war Magdalena Hellenthal verschwunden. Hellenthal hatte ihm dann noch unbedingt das Klostermuseum zeigen und von Bernhard von Clairvaux erzählen wollen, dem Gründer des Klosters und Befürworter der Kreuzzüge, aber Mayfeld hatte dankend abgelehnt.

»Kommt der Wein jetzt, oder sollen wir ihn holen?«, tönte es vom Stammtisch herüber. Mayfeld ergriff das Tablett und brachte die vier Gläser an den Tisch.

Dort war eine hitzige Diskussion zu Gange. »Willst du andauernd auf dem Kellereineubau herumhacken?« Trude stöhnte auf.

»Genau das hab ich vor!« Der Neubau der Kellerei der Staatsweingüter am Steinberg war Batschkapps Lieblingsthema, über das er sich immer wieder aufregen konnte. Der Steinberg war einer der ältesten Weinberge der Welt, die Zisterzienser des Klosters Eberbach hatten ihn im 12. Jahrhundert angelegt und mit einer Bruchsteinmauer umfriedet. An dessen Rand entstand zurzeit eine riesige unterirdische Kellerei. »Die in Wiesbaden genehmigen sich selbst einen Bau, den sie niemand anderem genehmigen würden, und die Winzer müssen mit ihren Steuergeldern auch noch die eigene Konkurrenz subventionieren. Damit werd ich mich nie abfinden!«

»Das Kloster war schon immer der Vorreiter im Rheingau«, behauptete Gucki. »Wenn die Mönche den Weinbau nicht in den Rheingau gebracht hätten, würden die Bauern hier immer noch Rüben anbauen. Und jetzt kriegen die Winzer eben fortgeschrittene Kellereitechnik und modernstes Marketing beigebracht.«

»Dafür brauchen die Winzer gerade die Staatsweingüter. So ein Blödsinn!«, moserte Batschkapp.

»Beliebt waren die Mönche bei den Bauern noch nie«, meinte Zora. »In den Bauernkriegen haben sie das Kloster geplündert und das berühmte Riesenfass ausgesoffen. Die Privilegierung des Klosters war den Rheingauern schon damals ein Ärgernis.«

»Und sie wurden schon damals so betrogen wie heute«, setzte Batschkapp noch eins drauf. »Auf der Wacholderheide hat die Obrigkeit den Bauern damals erst Zugeständnisse gemacht, und zwei Monate später hat sie sie wieder zurückgenommen und die Anführer des Aufstandes enthaupten lassen!«

»Mir ist gar nicht bekannt, dass die Landesregierung vor Kurzem ihre Gegner einen Kopf kürzer gemacht hat«, widersprach Trude ihrem Mann.

»Das würden die auch noch einführen, wenn man sie machen ließe! Und ansonsten sind sie keinen Deut besser als die damaligen Herren. Schau dir nur die Wahlkampfparolen in Eltville an. Vor der Wahl waren fast alle Politiker gegen den Neubau am Steinberg, und nach der Wahl haben sie genau das Gegenteil beschlossen. Wenn das kein Betrug ist!« Seine letzten Worte unterstrich Batschkapp, indem er mit zunehmender Heftigkeit mit der flachen Hand auf den Tisch schlug.

»Der Tisch kann nichts dafür«, warf Trude ein. »Mein Mann redet ja manchmal völligen Blödsinn, aber es steht ihm wahnsinnig gut, wenn er so wütend ist.«

»Und jetzt machen sie auch noch die alte Mauer von den Mönchen kaputt!« Batschkapp fuhr in seiner Anklage fort.

Gucki schüttelte missbilligend den Kopf. »Das ist stark übertrieben. Die Mauer hat sich lediglich an einer Stelle abgesenkt, vermutlich ist die seitliche Stabilisierung der Baugrube nicht ausreichend, und das Erdreich sackt dort weg. Die haben deswegen seit vorgestern die Arbeiten gestoppt, bis das wieder in Ordnung gebracht ist.«

»Dann kriegen die rumänischen Bauarbeiter wenigstens einmal die Pausen, die ihnen zustehen«, bemerkte Zora. »Die armen Schweine sollen dort für Hungerlöhne arbeiten müssen. Und das für den Staat, nicht irgendeinen miesen Ausbeuter!«

»Der ist ein mieser Ausbeuter«, ereiferte sich Batschkapp.

»Je oller, desto doller«, lästerte Trude. »In der Zeitung stand, dass sie letzte Woche den Keller fertig kriegen wollten«, erinnerte sie sich. »Und diese Woche wollten sie mit dem Obergeschoss beginnen.«

»Dann geht's mit der Verschandelung der Landschaft erst richtig los!« Batschkapp war noch lange nicht fertig.

»Sieht doch gar nicht so schlecht aus!«, widersprach Gucki. »Der Kontrast von Tradition und Moderne gefällt mir gut!«

»Hast du einen Werbevertrag mit den Staatsweingütern bekommen, oder leidest du an Geschmacksverirrung?«, giftete ihn Batschkapp an.

»Jetzt reicht es aber, Batschkapp, der Gucki ist dein Freund! Wie redest du denn mit dem?«, zeterte Trude. »Guckis Meinung kann man nicht kaufen, das weißt du genau. Zur Not macht der für seine Auftraggeber Werbung und sagt dir privat, was das für Idioten sind.« Gucki schien über diese Verteidigung nicht gerade glücklich zu sein. Dann wandte sich Trude an Mayfeld: »Kommst du mit der Mörderjagd weiter?« Sie hatte offensichtlich das dringende Bedürfnis nach einem Themenwechsel.

Mayfeld wiegte bedächtig den Kopf. »Kann ich im Moment schlecht sagen. Wir sammeln oft Informationen, die wir nicht einordnen können, und irgendwann ergibt sich dann ganz plötzlich ein Bild.«

»Ihr seid also noch am Sammeln«, fasste Zora zusammen. Vom Nachbartisch kamen anerkennende Rufe, Elly brachte die Sülze zusammen mit Bratkartoffeln und grüner Sauce.

»Das sieht aber sehr lecker aus«, rief Trude. »Krieg ich auch so was?«

»Das geht wieder auf die Hüften«, sagte Batschkapp frotzelnd. »Reicht dir die Rieslingsuppe nicht?«

Elly kam an den Tisch. »Wollt ihr noch was zum Essen?« Alle wollten, und Elly nahm die Bestellungen auf. »Reicht mir doch mal eure Suppenteller rüber«, bat sie.

»Ist denn die Magdalena Hellenthal wieder aufgetaucht?«, wollte Zora wissen.

»Leider nein«, antwortete Mayfeld. »Wir fangen an, uns Sorgen zu machen.«

Das Geräusch von zersplitterndem Porzellan und ein kurzer spitzer Schrei Ellys unterbrachen das Gespräch der Stammtischrunde. Elly hatte die Suppenteller fallen lassen und stürzte aus dem Schankraum, um gleich darauf mit Besen und Schaufel zurückzukehren.

»Scherben bringen Glück«, munterte sie Gucki auf. Aber Elly machte keinen glücklichen Eindruck. Mit fahrigen Bewegungen kehrte sie den Scherbenhaufen zusammen. »Haben wir dich erschreckt?«, wollte Gucki wissen.

»Es ist noch jemand ermordet worden, Robert?«, fragte Elly besorgt.

»Das wissen wir nicht«, versuchte Mayfeld sie zu beruhigen. »Magdalena Hellenthal ist verschwunden. Kennst du sie?«

Elly schüttelte den Kopf, ihr Blick schien irgendwo in die Ferne gerichtet. Dann sammelte sie sich wieder. »Glaubst du, hier im Rheingau geht ein Serienmörder um?«

Mayfeld schüttelte den Kopf. »Das ist ganz und gar unwahrscheinlich«, antwortete er. Aber unmöglich war es nicht.

Elly brachte das zerbrochene Porzellan nach draußen.

Die Gäste am Nebentisch wollten Wein nachgeschenkt bekommen. Mayfeld ging zurück zum Tresen. Irgendwo im Haus hörte er Elly und seinen Schwager Franz miteinander diskutieren. Er entkorkte eine Flasche Kiedricher Wasseros. Das war ein Wein, der garantiert ohne Staatssubventionen angebaut, gelesen und ausgebaut worden war.

***

Oma hatte gemeint, es sei keine besonders gute Idee, aber sie konnte nicht immer machen, was ihr die Großmutter einflüsterte. Sie hatte ein, zwei Joints geraucht, bevor ihr die Idee gekommen war. Hatte Oma nicht immer wieder gesagt, dass sie ihren eigenen Weg gehen müsse? Tatjana fühlte sich fremd in ihrer Haut, Menschen, Dinge und Ereignisse kamen ihr irgendwie merkwürdig vor. Merkwürdig war zum Beispiel, dass sie keine Trauer mehr über den Tod von Tina empfand, obwohl sie zwischenzeitlich so verzweifelt gewesen war. Die Gefühle waren einfach weg, so als ob sie ihr schon wieder jemand gestohlen hätte. Merkwürdig war auch, dass es ihr fast so vorgekommen war, als ob Tina ihr eingeflüstert hätte, sie solle Bernhard und seiner Mutter auf den Zahn fühlen. Das wäre dann noch eine Stimme aus dem Jenseits! Jetzt stand sie vor der Tür von Bernhards Haus und klingelte. Sie betrachtete die Hausfassade. In was für einer Bruchbude ihr Ritter hauste! Eine Burg war das nicht, eher war es eine Burgruine. Aber das war nicht wichtig, das waren Äußerlichkeiten. Sie sollte sich jetzt auf das Wesentliche konzentrieren. Sie musste den Stier bei den Hörnern packen. Genauer gesagt die Kuh. Sie musste diese Frau kennenlernen, von der Bernhard die ganze Zeit erzählt hatte, als er bei ihr auf dem Bett gesessen hatte. Mama! Ist der Ruf erst ruiniert, lebt sich's gänzlich ungeniert. Entweder wollte er nach diesem Abend nichts mehr mit ihr zu tun haben, oder es war ihm egal, was Mama dachte und sagte. Vielleicht bekam sie ja auch heraus, welchen Schatz der Drache und der Ritter in ihrer Burgruine bewachten.

Die Tür wurde von einer Frau geöffnet, die irgendein Alter zwischen fünfzig und hundert hatte. Schwarze Bluse, schwarzer Rock, schwarze Strickjacke. Graue Haare, graues Gesicht, graue Augen. Augen voller Bitterkeit, voller falscher Freundlichkeit.

»Sie wünschen?«, fragte sie in einem Ton, als hätte sie das Elend der ganzen Welt auf sich genommen und müsste jetzt obendrein auch noch Tatjanas Wünsche erfüllen.

»Frau Hellenthal? Ich bin Tatjana Lüder!« Sie strahlte die Alte an und streckte ihr eine Hand entgegen. Die nahm sie, als ob Tatjana Aussatz hätte. »Ich bin mit Ihrem Sohn verabredet. Hat er Ihnen nicht Bescheid gesagt?«

Einen Moment zögerte die alte Hellenthal, Tatjana fürchtete schon, sie würde ihr die Tür vor der Nase zuschlagen. Aber dann besann sie sich eines Besseren. »Bernhard!«, rief sie nach hinten in die Wohnung hinein. Er war also zu Hause bei Mama. Wo sollte er auch sonst sein.

»Bernhard!«, rief auch Tatjana und spazierte an seiner Mutter vorbei in die Wohnung. »Da bin ich, Bernhard!« Sie ging dem Sauerkrautgeruch nach und fand Bernhard in der Küche am Esstisch sitzend, vor sich eine Riesenschüssel mit Kraut, Rippchen,

Speck, Frankfurter Würsten, Rinderwürsten, Leberwürsten, Blutwürsten.

Er schaute sie verdutzt an, warf dann einen fragenden Blick zu seiner Mutter. »Hallo, Tatjana«, brachte er immerhin heraus, nachdem er die drei oder vier Würste, die er vermutlich gerade in den Mund gestopft hatte, hinuntergeschluckt hatte.

Sie gab ihm einen Kuss auf die Wange. Hier konnte er ja schlecht davonlaufen.

»Dann setzen Sie sich mal!«, forderte Monika Hellenthal sie auf. Sie gehorchte. Ohne sie weiter zu fragen, ging Mama zu einem Küchenschrank, der Tatjana an die Küche ihrer Oma erinnerte, holte einen Teller heraus und stellte ihn vor sie hin. »Sie essen doch etwas mit?« Tatjana nickte brav. Mama tat ihr auf.

»Sie sind also eine Bekannte meines Sohnes«, begann Mama. »Studieren Sie auch Geschichte?«

»Gartenbau, also ich bin Gärtnerin«. Sie lächelte, so lieb sie konnte.

Bernhards Mama lächelte zurück. »Aha! Wie war noch mal Ihr Name?«

Bernhard schaufelte unverdrossen Würste und Kraut in sich hinein. Er unterbrach diesen Vorgang nur, um riesige Schlucke Weißwein hinterherzugießen.

»Also, ich bin Tatjana. Magdalena hat bei mir gewohnt. Daher kenne ich Ihren Sohn.« Sie lächelte wieder, so lieb sie konnte, und aß artig von ihrem Kraut.

Diesmal lächelte Bernhards Mama nicht zurück. »Sie gehören zu dieser Frauenwohngemeinschaft?«, fragte sie in eisigem Ton.

»Mhm.«

»Ich kann nicht behaupten, dass ich glücklich war, als Magdalena auszog.« Die Alte bemühte sich immerhin um einen höflichen Ton. Aber es blieb beim Bemühen. So klänge es, wenn Vipern reden könnten. »Ihr Platz war hier, bei ihrer Mutter, nicht bei ihrer Freundin Tina. Ich will Ihrer Schwester nicht zu nahe treten, aber sie hatte nicht den besten Ruf«, fuhr die alte Schlange fort. »Doch über Tote soll man nichts Schlechtes sagen. Gott sei ihrer armen Seele gnädig.« Sie blickte mit frommem Augenaufschlag zu Jesus am Kreuz über der Tür. Dessen Gesichtszüge verzerrten sich schmerzhaft, als ihn Mama Hellenthals Blick traf, zumindest kam Tatjana das so vor. Armer Jesus! Aber man konnte sich seine Verehrer nicht immer aussuchen.

»Meine Schwester war etwas flatterhaft, sie war halt noch sehr jung. Aber Sie als Christin wissen ja am besten, wie wichtig das Verzeihen ist. Schließlich haben Sie Ihrer Tochter den schönen Namen Magdalena gegeben. Jesus vergab dieser Sünderin, und unter dem Kreuz hat sie um ihn getrauert.«

Damit hatte Mama Hellenthal nicht gerechnet, dieser Argumentation konnte sie schlecht widersprechen. Sie schien unsicher zu sein, ob Tatjana es ernst meinte oder sie verspottete. »Den Namen hat mein Mann, Gott hab ihn selig, ausgesucht.«

»Und daran hat er gut getan, sie war Jesu erste Jüngerin.« Tatjana hatte sich auf das Gespräch im Internet vorbereitet. Aber davon wusste Mama Hellenthal nichts. Sie schien beeindruckt.

»Ihr wurden laut Evangelium sieben Dämonen ausgetrieben. Aber sie war keine Prostituierte, diesen Irrtum hat die Kirche längst korrigiert«, meldete sich Bernhard zu Wort und schenkte sich ein neues Glas Wein ein. Seine Zunge schien schwer zu werden.

»Sie machen sich bestimmt Sorgen um Ihre Tochter«, vermutete Tatjana.

»Um ihr Seelenheil«, versetzte die Mutter ihr.

Das war ja allerliebst. Bevor sie sich vergaß und der Alten die Augen auskratzte, sollte sie das Thema wechseln. Tatjana probierte die Blutwurst. »Das Essen ist fantastisch«, log sie. »Wie lange kochen Sie das Kraut?«

Jetzt lächelte Bernhards Mutter tatsächlich, sie schien geschmeichelt. »Ich koche es lange, drei Stunden, mit viel Schmalz und Brühe, es soll ganz weich und sämig werden.« Genauso schmeckte es auch.

»Und die Würste machen Sie selbst?«

»Nein, Kind, das wäre mir dann doch zu viel Aufwand, wir sind ja nur ein Zwei-Personen-Haushalt.« Der alten Hellenthal schien es zu gefallen, dass sie ihr das zutraute.

Trag nicht zu dick auf, flüsterte ihr die Oma zu.

»Bernhard hat mir von seinen Streichholzmodellen erzählt. Ich würde sie so gerne einmal sehen.«

Red nicht nur mit der Mutter, sprich ihn direkt an, riet die Oma. »Zeigst du mir deine Modelle vom Kloster und den Burgen, Bernhard?«

Bernhard murmelte etwas Unverständliches in seinen Bart.

»So zeig ihr doch, was sie sehen möchte, komm deinen Gastgeberpflichten nach!«, ermunterte ihn seine Mutter zu Tatjanas Verblüffung.

Bernhard stand auf, er schwankte schon etwas. In seinen glasigen Augen loderte ein kleines Feuer, immerhin. »Komm mit!« Er griff nach der Flasche Wein und seinem Glas und führte sie durch die Tür, über der Jesus die Szenerie vom Kreuz aus betrachtete.

Im benachbarten Wohnzimmer roch es muffig. In einer Ecke stand das Kloster Eberbach in Streichhölzern. Die roten Schwefelköpfchen hatte der Baumeister alle abgeknappt, bevor er die Hölzchen verbaut hatte. Vorsichtshalber, wegen der Versuchung, dachte Tatjana. Wie schnell brennt alles lichterloh.

»Ich habe neunundachtzigtausenddreihundertvierundsechzig Streichhölzer verbaut«, verkündete Bernhard stolz. »Ich habe zwei Jahre an diesem Modell gearbeitet, während ich in der Ferne gelebt habe. So sah Kloster Eberbach Anfang des 18. Jahrhunderts aus, als es am reichsten und schönsten war.«

Tatjana war beeindruckt. »Neunundachtzigtausenddreihundertvierundsechzig Streichhölzer! Gütiger Gott! Was hat denn Magdalena dazu gesagt?«

Falsche Frage. »Es hat sie nicht interessiert.« Bernhard schien bekümmert. »Sie wollte es sich nicht einmal anschauen. Dabei war sie von meinem Trifels so beeindruckt.«

»Deinem Trifels?«

»Komm mit! Ich zeig dir meinen Trifels.« Tatjana gehorchte. Bernhard führte sie ins nächste Zimmer. »Dies ist mein Reich«, verkündete er.

Das Zimmer war verdunkelt. Schwere Gardinen vor den Fenstern verwehrten dem Tageslicht jeglichen Zutritt, falls es in der Welt draußen noch Tageslicht gab. Irgendwo in der Düsternis, ganz weit hinten, stand ein ungemachtes Bett. Daneben eine Truhe mit einem Vorhängeschloss. Davor, an den Wänden, hing allerlei mittelalterliches Kriegsgerät, unter anderem der kürzlich auf dem Hattenheimer Markt erstandene Morgenstern. Rechts der Tür hing ein riesiges Fernglas an der Wand. Und links der Tür stand der Trifels, drei Streichholzburgen auf drei Pappmascheebergen.

Bernhard nahm einen tiefen Schluck aus seinem Schoppenglas. »Trifels, Amboss und Münz, der Palast, die Waffenschmiede und die Münzstätte von Friedrich Barbarossa. Achtundsechzigtausendsiebenhundertvierunddreißig Streichhölzer habe ich für mein erstes Werk gebraucht. Gefällt es dir?«

»Oh ja, das gefällt mir sehr! Wer war dieser Friedrich Barbarossa?« Darauf hatte sie sich im Internet nicht vorbereiten können.

Zum Glück war Bernhard schon ziemlich angetrunken und nahm die Frage nicht krumm. Er erklärte ihr geduldig, dass dieser Rotbart ein deutscher Kaiser gewesen war. »Leider befand er sich oft im Streit mit der Kirche. Aber am Ende seines Lebens ist er für seinen Glauben gefallen. Er starb während des dritten Kreuzzugs, bei einer Flussüberquerung ist er vom Pferd gefallen und wegen seiner schweren Rüstung ertrunken.«

Tatjana musste sich auf die Lippen beißen, um nicht loszulachen. Für seinen Glauben gefallen, und zwar vom Pferd. Gestorben wegen seines Panzers. Er war zu schwer und ging deswegen unter. Ein großer deutscher Kaiser. Aber sie wollte die Gefühle Bernhards nicht verletzen, nicht seine religiösen und auch sonst keine. Bernhard hielt mit schleppender Stimme einen kleinen Vortrag über Kaiser Friedrich Barbarossa.

»Die Kreuzzüge faszinieren dich, stimmt's?«

»Stimmt.« Er fuhr mit einem Vortrag über die Kreuzzüge fort. Er schien daran Gefallen zu finden, Reden zu halten, er geriet richtig in Schwung. Er kannte alle Details. Besonders hatte es ihm dieser Bernhard von Clairvaux angetan, der unermüdliche geistige und geistliche Wegbereiter und Mentor der ersten Kreuzzüge, wie sich Bernhard ausdrückte, der heilige Krieger der katholischen Kirche. »Von ihm stammt die Idee, dass einem alle Sünden vergeben werden, wenn man an einem Kreuzzug teilnimmt, und dass es keine Sünde ist, einen Heiden zu töten.« Dann deutete er auf die Waffen, die an den Wänden hingen. »Das sind Kurzschwerter, Langschwerter, Lanzen, Speere, Hellebarden, und das ist mein Morgenstern.« Er deutete auf den Prügel mit der Kette und der stacheligen Eisenkugel. »Den könnte man noch benutzen.«

Na prima. Er streichelte den Prügel mit einer Zärtlichkeit, die Tatjana einen kalten Schauer den Rücken hinunterjagte. Bernhard goss sich mit unsicherer Hand aus der Weinflasche in sein Schoppenglas nach. Irgendwie erinnerte sie das alles an einen Film, den sie mal gesehen hatte. Nur Mama war lebendig und nicht ausgestopft.

»Schöne Hobbys hast du!«

Bernhard nickte. »Ich hab noch mehr!«, sagte er mit stolzer Stimme. »Ich guck auch Sterne!«

»Damit?« Sie deutete auf das Fernglas rechts der Tür.

»Das ist nur für unterwegs, es hat immerhin eine vierzigfache Vergrößerung! Aber du solltest erst einmal mein Teleskop auf dem Speicher sehen! Das hat eine zweihundertfache Vergrößerung!«

Bernhards Vergrößerung beim Sternegucken interessierte sie im Moment noch weniger als sein Trifels.

»Was ist denn in der Truhe? Ist das eine Schatztruhe?«

Einen Moment zögerte Bernhard, schien sich eine Antwort zu überlegen. Dann lächelte er.

»Ja, das ist meine Schatztruhe. Darin bewahre ich meinen Schatz auf. Willst du ihn sehen?«

Klar wollte sie das.

Er ging unsicheren Schrittes zu der Truhe, kramte lange in seiner Hosentasche, fingerte einen Schlüssel heraus und steckte ihn mit einiger Mühe in das Vorhängeschloss, mit dem die Truhe gesichert war. Tatjana stand hinter ihm und beobachtete jede seiner Bewegungen genau. Er öffnete die Truhe, holte ein Album heraus und setzte sich vor der Truhe auf den Linoleumfußboden.

»Da, setz dich neben mich«, lud er Tatjana ein und öffnete das Album. Tatjana hielt die Luft an: Das waren Münzen! »Mein Großvater hat die gesammelt, und mein Vater hat die gesammelt, und jetzt sind sie in meine Hände übergegangen«, erklärte Bernhard mit schwerer Zunge und etwas gestelzt. »Alle Münzen des Deutschen Reiches nach 1871, der Weimarer Republik, des Dritten Reiches und der Bundesrepublik. Eine Prachtsammlung, ein kleines Vermögen!« Er blätterte in dem Album. Er erklärte ihr den Unterschied zwischen den normalen Münzen und den Sondermünzen, zwischen den verschiedenen Prägeanstalten, zwischen den verschiedenen Erhaltungsgraden. »Fünf D-Mark, Germanisches Museum, polierte Platte«, rief er begeistert aus, als er ihr eine Münze mit einem komischen Vogel darauf zeigte.

Tatjana betrachtete die Münze mit der offensichtlich gebotenen Ehrfurcht. »Was ist denn so eine geputzte Platte wert?«, wagte sie zu fragen.

»Es heißt ›polierte Platte‹!«

»Entschuldige!«

»In dieser Ausführung dreitausend Euro. Ich habe mehrere davon!«

Bernhard nahm einen weiteren kräftigen Schluck aus dem Schoppenglas und zeigte ihr andere Münzen. Er geriet ins Schwärmen über ihren phänomenalen Erhaltungsgrad, und Tatjana verstand immerhin so viel, dass es sich bei der Sammlung wirklich um einen Schatz handelte. Irgendwo hatte sie vor Kurzem schon mal was von einem Germanischen Museum gehört oder gelesen. Aber sie kam im Moment nicht mehr darauf.

Plötzlich versiegte Bernhards Redefluss. Einen Augenblick herrschte Schweigen, dann setzte ein stetes und innerhalb kurzer Zeit mächtig anschwellendes Sägen, Schnarchen und Grunzen ein. Eigentlich wollte sie Bernhard fragen, wie viel die Sammlung insgesamt wert sei, aber das musste jetzt wohl warten. Er hielt das Münzalbum mit seinen Wurstfingern fest umklammert. Es war also völlig aussichtslos, es ihm zu entwinden, außerdem wachte draußen vor der Höhle vermutlich der Drachen. Leise erhob sie sich, gab ihm einen Kuss auf die Stirn und schlich sich hinaus, durchquerte das Wohnzimmer und ging in die Küche. Dort saß Mama und löste ein Kreuzworträtsel.

»Ihr Sohn ist eingeschlafen. Gute Nacht«, verabschiedete sie sich.

Wir kommen wieder, flüsterte eine Stimme und kicherte leise.

***

Vielleicht sind Sie der Meinung, dass die Völlerei eine eher harmlose Schwäche sei, vielleicht neigen Sie dazu, diese Schwäche nicht allzu hart zu beurteilen und zu verdammen. Das wäre dann ein Zeichen Ihrer Güte und Großzügigkeit, aber ich versichere Ihnen, Beelzebub, der Herr der Fliegen, ist kein weniger schlimmer Teufel als alle anderen.

Viele Menschen sind der Meinung, dass Gefräßigkeit und Unmäßigkeit eher ein medizinisches denn ein moralisches Problem darstellen, aber sie haben unrecht. Schon wenn sie nur ein medizinisches Problem darstellten, wären sie doch Sünde, denn wer hat es uns gestattet, dem Leib, den uns Gott geschenkt hat, aus anderem Grund als dem der Buße Schaden zuzufügen?

Ich will Sie nicht belehren, denn das kommt einem Schuft wie mir nicht zu. Aber ich muss wieder und wieder darauf bestehen, dass Gula ganz zu Recht zu den sieben Kardinallastern gehört, denn sie weist auf eine schlimme Charakterschwäche hin, die keine Gnade verdient hat. Ich hätte diesen Fehler ausmerzen sollen, wenn ich denn die Stärke und den Willen dazu gehabt hätte. Die Unmäßigkeit zeugt von einer Selbstsucht, die der Kern vieler Übel ist, und zieht eine bedenkliche Verrohung der Sitten nach sich. Sie ist ein Teil des Netzes, das der Teufel auswirft, um uns zu fangen.

Aber was rede ich schon wieder vom Teufel, wo ich vielmehr von mir reden müsste. Manchmal denke ich, die Menschen haben den Teufel erfunden, um sich selbst zu entschuldigen, wenn sie der Versuchung erlegen sind. Dabei steckt doch der Teufel in uns selbst, in unserer Verdorbenheit.

Ich habe in Essen und Trinken mehr als nur die unumgängliche Befriedigung natürlicher Bedürfnisse gesehen, ich habe nicht nur gegessen, wenn mich hungerte, und getrunken, wenn mich dürstete, nein, ich habe mich gehen lassen, ich habe zugelassen, dass diese Triebe mich steuerten, ich habe mich ihnen ausgeliefert. Und mit der Völlerei kam die Prahlerei. Das Trinken machte die Zunge lose. Mit dem rechten Maß ging auch jede Bedachtsamkeit verloren, und so wurde die Maßlosigkeit, auch wenn sie erst einmal wie eine recht harmlose Schwäche daherkam, Grund und Ursprung vieler weiterer Übel. Mehr als einmal hätte ich besser den Mund gehalten, statt mit dem anzugeben, was ich hatte, mehr als einmal hätte ich es bes-

ser bei einem Glas Wein belassen, statt mich sinnlos zu betrinken. Meine Haltlosigkeit, das Fehlen jeglicher Zucht, hat also nicht nur meinen Körper verkommen lassen, mich mehr als einmal vor den Mitmenschen beschämt und das Auge Gottes beleidigt, sie hat auch dazu geführt, dass ich mich zu Reden habe hinreißen lassen, zu Prahlereien mit dem Erbe meines Vaters, obwohl ich dieses nur durch Glück und Gnade, nicht aber durch Verdienst erhalten habe. Und sie hat der Wollust den Boden bereitet.

Vor allem aber hat mich die Völlerei daran gehindert, den klaren Kopf zu behalten, den ich benötigt hätte, um das Unheil, das auf uns zukam, vorauszusehen und vielleicht zu verhindern.

Auch deswegen bin ich verdammt.

Donnerstag, 3. Mai

»Ich verstehe nicht, warum wir gegen Roth nicht entschlossener vorgehen. Das Weichei hätten wir schnell geknackt!« Burkhard lümmelte in einem der Stühle des Besprechungszimmers und fixierte Mayfeld. »Er hatte mit dem Opfer ein sexuelles Verhältnis, er hatte mit dem Opfer vor der Tat Streit, er war zur Tatzeit am Tatort, wir haben Spuren eines Anoraks gefunden, von denen er ein Dutzend in seinem Laden hat. Er hat Angst, verdächtigt Freunde, um von sich abzulenken. Worauf warten wir? Dass er uns alle Arbeit abnimmt und von sich aus gesteht?«

»Er hat kein überzeugendes Motiv.« Mayfeld steckte sich ein Weingummi in den Mund, Assmannshäuser Hölle Spätburgunder, ohne Jahrgangsbezeichnung. »Mit außerehelichen Verhältnissen lässt sich heute so leicht niemand mehr erpressen, schon gar nicht Leute wie die Roths. Seine Frau wusste doch Bescheid. Und warum sollte er so dämlich sein, sie in der Nähe des Klosters zu töten, wo er mit Zeugen rechnen muss, wenn er es unbemerkt im Wald machen kann?«

»Er ist dämlich. Zum Glück gibt es auch dämliche Mörder«, beharrte Burkhard auf seinem Verdacht.

»Nachdem wir die blauen Anoraks in Roths Mainzer Laden gefunden haben, bin ich noch mal in den Gaisgarten gefahren«, berichtete Adler. »Mir kam der Verdacht, dass er den zerrissenen Anorak hat verschwinden lassen und sich stattdessen einen neuen aus seinem Laden besorgt hat. Aber ich muss dich enttäuschen, Paul, der Anorak in Roths Haus wies ganz eindeutig Gebrauchsspuren auf, der war schon länger in Gebrauch.«

»Er hat sich für den Mord einen neuen Anorak angezogen!«

Adler schüttelte den Kopf. »Nein, das Tuch, das wir gefunden haben, war auch schon eine Weile in Gebrauch.«

»Vielleicht hatte er zwei von den Dingern in Gebrauch. Wollen wir einen Mörder überführen oder ihn entlasten?«, knurrte Burkhard.

»Roth bleibt verdächtig, aber er ist nicht der einzige Verdächtige. Was habt ihr über Andy Körner in Erfahrung gebracht?«, fragte Mayfeld.

»Körner hat von 1998 bis Anfang 2004 mit Brigitte Maurer, damals Brigitte Lüder, der Mutter von Tina, zusammengelebt«, berichtete Winkler. »Nach den Adressen in Rüdesheim und Winkel zu schließen, lebten sie in einfachen Verhältnissen. Im Jahr 2000 hat sich Körner selbstständig gemacht, der Partyservice läuft dem Vernehmen nach sehr gut. Nach seiner Trennung von Brigitte Lüder hat er eine Altbauetage im Wiesbadener Nerotal gekauft. Das ist ja eine recht noble Gegend, er ist also in der Zwischenzeit zu Geld gekommen.«

»Er ist halt ein erfolgreicher Unternehmer.« Meyer hatte ein Schoko- und zwei Marzipancroissants verspeist und meldete sich erstmals an diesem Morgen zu Wort.

»Der in den Vernehmungen ausgesprochen unsouverän wirkte«, bemerkte Mayfeld. »Wissen wir sonst noch etwas über Körner?« Die Runde schwieg. »Wir müssen uns eingestehen, dass wir noch nicht weitergekommen sind. Wir haben kein Motiv für den Mord an Tina und keines für das Verschwinden von Magdalena. Wir vermuten lediglich, dass beide Ereignisse miteinander zu tun haben und dass Magdalena eher ein weiteres Opfer als Täterin ist. Haben wir irgendetwas Neues über eine der beiden herausbekommen, irgendeinen Hinweis von Freunden oder Bekannten? Hat sich schon jemand auf unseren Aufruf an die Öffentlichkeit gemeldet?«, fragte Mayfeld.

Niemand hatte in den Gesprächen mit Freunden, Kollegen oder Familienmitgliedern etwas in Erfahrung bringen können, was sie weitergebracht hätte. Außer den üblichen Wichtigtuern und Verrückten hatte sich auch noch niemand auf den Aufruf der Polizei im Rundfunk und in der Presse gemeldet. Die Gäste der Weinpräsentation, die Meyer und Burkhard bislang erreicht hatten, waren gegen zehn Uhr schon lange zu Hause gewesen. Die beteiligten Winzer hatten ihre Stände ab Viertel nach neun abgebaut und waren alle noch vor Einsetzen des Regens nach Hause gefahren. Niemand hatte etwas Auffälliges beobachtet.

Mayfeld fasste noch einmal zusammen, was sie über Lüder und Hellenthal wussten. Tina stammte aus schwierigen Verhältnissen. Ihr Vater war unbekannt, die Mutter war früher möglicherweise Prostituierte gewesen. Sie musste mit mehreren Stiefvätern leben, einer davon war Andy Körner, der die Familie wieder verließ, als er gesellschaftlich aufstieg, ein weiterer war Uwe Maurer. Auf keinen war sie gut zu sprechen gewesen. Magdalena hingegen stammte aus einer alteingesessenen Familie mit guter Reputation, die allerdings zuletzt unter den Alkoholexzessen von Magdalenas Vater gelitten hatte. Tina sagte man einen lockeren Lebenswandel nach, Magdalena galt als zurückhaltend und schüchtern. Zuletzt hatten sie davon gesprochen, dass sie zu Geld kommen würden, obwohl niemand sagen konnte, wie sie das bewerkstelligen wollten. Beide waren mit den Roths befreundet. Am Abend, als Tina ermordet wurde und Magdalena verschwand, hatten sich beide kurz vor zehn Uhr aufgemacht, nach Hause zu gehen.

»Roth war am Tatort, Körner in der Nähe. Roth hat kein Alibi, Körner eines, das sehr danach aussieht, als wäre es bestellt worden. Aber es waren vielleicht auch noch Gäste der Weinpräsentation in der Nähe des Tatortes, auf dem Weg zu ihren Autos. Wir haben noch nicht alle befragen können, wir können auch nicht jedermanns Alibi, der an diesem Tag im Kloster war, überprüfen. Und es könnte jeder x-Beliebige Tina im Kloster abgepasst haben«, sagte Winkler.

»Der Täter ist ein hohes Risiko eingegangen. Wenn er den Mord geplant hat, dann war er vielleicht dämlich, wie Paul vermutet«, führte Mayfeld die Überlegungen fort. »Dann hat es ihn nicht gekümmert, dass in der Nähe des Ortes, wo er Tina umbringen wollte, gerade eine Veranstaltung mit ein paar hundert Leuten über die Bühne gegangen war und sich einige von denen vermutlich noch auf dem Gelände befanden. Den Regen, der fast alle Spuren verwischte, konnte er nicht voraussehen haben, es war in den letzten Wochen trocken und warm, erst seit ein paar Tagen herrscht dieses Aprilwetter. Wenn der Mörder aber nicht dämlich ist, dann hat er den Mord begangen, weil er keine andere Wahl hatte, er musste das Risiko eingehen. Dann liegt der Schlüssel dieses Falles in den Stunden vor dem Mord. Irgendetwas ist passiert, was die Tat für den Mörder unausweichlich machte.«

»Der Streit zwischen Arthur Roth und Tina«, vermutete Burkhard.

»Vielleicht ist nicht Tina, sondern Magdalena der Schlüssel«, dachte Mayfeld laut nach. »Haben wir dafür Anhaltspunkte?«

»War ihr nicht schlecht geworden, bevor sie verschwand?« Meyer hatte inzwischen auch seine riesige Flasche Cola geleert. »Weiß jemand, warum ihr schlecht wurde?«

»Das müssen wir abklären. Ich werde Cornelius Bergmann fragen, vielleicht weiß der was. Und ich werde den Pfarrer von Kiedrich befragen, das ist der Letzte der Telefonliste, mit dem wir noch nicht gesprochen haben. Und ihr schaut, dass ihr auch die restlichen Besucher und Aussteller vom vergangenen Freitag ausfindig macht.«

Trotz der vielen Befragungen von Gästen und Winzern, trotz der ganzen kriminalistischen Fleißarbeit der vergangenen Tage hatten sie immer noch kaum Anhaltspunkte für die Lösung dieses Falles. Die Runde ging auseinander.

Mayfeld ging durch das mit wildem Wein bewachsene Spitzbogentor, in dem eine Regenbogenfahne mit der Aufschrift »Pace« hing, in den Kirchhof. Er schritt auf die mit roten Metallbeschlägen verzierte Tür aus dunklem Holz zu und betrat das Kircheninnere. Die Gittertür, die den Vorraum vom Rest der Kirche trennte, stand offen. Die Kiedricher Kirche hatte einen ganz eigenen Geruch, der ihn sofort umgab. Es roch nach Weihrauch und Weihwasser, den Geruch von Heiligkeit nannte es Mayfeld. Die Pfarrkirche St. Valentinus war anders als andere Kirchen. Hier wurde das Hochamt noch in Latein gefeiert, begleitet von den gregorianischen Gesängen der Kiedricher Chorbuben. Der Raum für die Gemeinde war von Altar und Chorraum durch einen Lettner abgetrennt, über dem Jesus am Kreuz und zwei Engel schwebten, was die Distanz zwischen dem Ort des Heiligen und dem gemeinen Volk verstärkte. Andererseits saß die Gemeinde hier auf einem altehrwürdigen Laiengestühl. Mayfeld betrachtete die mit Schnitzereien verzierten Holzbänke, voller Trauben, Reben und Heilkräuter, und versuchte die kunstvolle Inschrift auf einer der Holzbänke zu entziffern.

»Oh Mensch, du sollst vor allen Dingen lassen das unnütz Geschwätz im Kirchhof und auf den Gassen«, hörte Mayfeld eine Stimme hinter sich. »Grüß Gott, Herr Mayfeld!« Heinrich Grün, der Kiedricher Gemeindepfarrer, war unbemerkt hinter ihn getreten und begrüßte den Kommissar mit kräftigem Händedruck und breitem Lachen. »Der Baumeister, der dieses Gestühl geschaffen hat, scheint die Rheingauer ganz gut gekannt zu haben. Oder anders gesagt, die Rheingauer haben sich in den letzten fünfhundert Jahren nicht wirklich verändert.« Grün war ein etwa sechzigjähriger Mann mit lichtem, silbergrauem Haar und einem Lausbubengesicht, das nicht ganz zur Würde seines Amtes passte. Wenn Grün von der Frohen Botschaft spricht, meint er es auch so, hatte ihn Julia einmal charakterisiert.

»Grüß Gott, Herr Pfarrer«, antwortete Mayfeld in einer seltenen Anwandlung von Frömmigkeit. »Danke, dass Sie sich Zeit genommen haben.«

Grün fasste Mayfeld sachte am Arm und führte ihn durch den Mittelgang des Hauptschiffes Richtung Altar. »Sie sollten öfters hierherkommen, Herr Mayfeld. Ich befürchte, dass Sie heute einen dienstlichen Anlass haben. Aber diese Kirche birgt ganz andere Antworten in sich als die, die Sie vermutlich heute suchen.« Grün führte ihn um die Kanzel herum ins linke Querschiff.

»Ich bin wegen Magdalena Hellenthal hier. Sie hat in der letzten Woche mit dem Pfarramt telefoniert. Seit Freitag ist sie verschwunden, und wir suchen sie dringend. Können Sie mir weiterhelfen?«

»Ich habe Ihnen schon am Telefon gesagt, dass das schwierig ist. Magdalena war am Mittwoch hier in der Kirche. Aber das Gespräch, das ich mit ihr hatte, unterliegt dem Beichtgeheimnis.«

»Sie hat etwas gebeichtet?«

»Wir alle haben Dinge zu beichten. Damit will ich nicht gesagt haben, dass sie ein Fall für die Polizei ist.«

Natürlich nicht, der Pfarrer musste ja das Beichtgeheimnis

wahren. »Woher kennen Sie Magdalena Hellenthal?« Mayfeld versuchte es mit einem Umweg.

»Ihre Familie hat früher in Kiedrich gewohnt. Von mir hat Magdalena die heilige Kommunion empfangen, ich war ihr erster Beichtvater. Später war sie bei den katholischen Pfadfindern, die ich bis vor Kurzem seelsorgerisch betreut habe.«

»Ich will offen zu Ihnen sein, Herr Pfarrer. Wir befürchten, dass Magdalena Hellenthal Opfer eines Verbrechens wurde. Es kann aber auch sein, dass sie selbst in ein Verbrechen verstrickt ist. Wir wissen zu wenig über sie und sind für jede Information dankbar, die unser Bild von ihr konkreter und genauer werden lässt.«

»Magdalena stammt aus einer sehr frommen Familie, wie sie es heute kaum noch gibt«, antwortete Pfarrer Grün. »Ich will gar nicht behaupten, dass ich dieser Art von Frömmigkeit nachtrauere. Es steckt zu viel Angst vor dem Jüngsten Gericht darin und zu wenig Hoffnung, zu viel Strenge und zu wenig Zuversicht in die göttliche Gnade.«

»Manche Menschen zerbrechen unter rigiden Moralvorstellungen.«

»Es gibt nichts Schlimmeres als moralische Gebote, denen es an Liebe und Barmherzigkeit fehlt«, stimmte Grün Mayfeld zu. »Das Gegenteil von Tugend ist der Tugendterror. Schauen Sie nicht so erstaunt, Herr Mayfeld, so etwas darf man auch als Pfarrer sagen.«

»Sie können mir nicht sagen oder wenigstens andeuten, worum es bei dem Gespräch zwischen Magdalena und Ihnen am vergangenen Mittwoch ging? Sie müssen mir ja nicht verraten, welche Sünden Magdalena Ihnen gebeichtet hat. Es hilft mir vielleicht schon weiter, wenn Sie mir erzählen, worum es ganz allgemein ging.«

Grün schüttelte bedauernd seinen silberfarbenen Kopf. »Das Beichtgeheimnis ist eines der höchsten Rechtsgüter für unsere Kirche. Sie verlangen zu viel von mir. Magdalena lebt vielleicht und ist auf der Flucht, warum auch immer. Stellen Sie sich vor, was für ein Vertrauensbruch es wäre, wenn ich Ihnen erzählte, was sie bewegt. Aber das soll nicht heißen, dass ich Ihnen etwas verschweigen müsste, was die Polizei interessieren könnte.« Der Pfarrer deutete auf die Wand vor ihnen. Neben der Kanzel sah Mayfeld eine spiralförmig angeordnete Schrift, die in die Holztäfelung geschnitzt war. »Die Kirche wurde um 1500 in ihrer jetzigen Form errichtet. Das war eine schwierige Zeit damals. Es gab viele Erfindungen und Entdeckungen, die das Leben der Menschen veränderten. Der Unterschied zwischen Arm und Reich wuchs. Die Menschen suchten nach Orientierung, aber niemand konnte sie ihnen bieten. Lesen Sie, was der Baumeister von dieser Zeit hielt«, sagte Grün und las vor: »Die Gerechtigkeit litt große Not, der Glauben ist geschlagen tot, die Wahrheit hat den Streit verloren, die Falschheit, die ist hochgeboren. Finden Sie nicht, dass das auch für heute gilt?«

Mayfeld überlegte, ob ihm der Pfarrer damit einen versteckten Hinweis geben wollte, als sein Handy klingelte. Er sprach kurz mit Winkler.

»Entschuldigen Sie! Das ist sehr interessant, aber ich muss dringend weg. Es gibt eine neue Entwicklung in den Ermittlungen.«

Mayfeld fuhr die Straße am Eichberg vorbei Richtung Hattenheim. Kurz nach der Biegung, in der die Zufahrt zum Kloster Eberbach abzweigte, erreichte er die Baustelle der Staatsweingüter am Steinberg. Wo vor einem Jahr der Blick noch auf einen jahrhundertealten, von einer mittelalterlichen Mauer umfriedeten Weinberg gefallen war, tat sich nun eine riesige Baugrube auf. Kräne ragten in den Himmel, Lastwagen rangierten auf den lehmigen Feldwegen, und Bagger malträtierten die unschuldige Muttererde. Die Baugrube war größtenteils wieder gefüllt mit Betonteilen; Boden, Wände und Decke des Kellergeschosses waren bereits fertiggestellt.

Mayfeld parkte seinen Volvo an der Zufahrt zur Baustelle und wartete. Nach ein paar Minuten erschien Winkler und parkte ihren BMW-Dienstwagen neben ihm. Sie stiegen aus und begrüßten sich.

»Bist du dir sicher, dass wir das Handy hier finden?«, fragte ihn Winkler.

Mayfeld schüttelte den Kopf. »Natürlich nicht. Aber die Wahrscheinlichkeit ist recht hoch. Wir gehen zur Bauleitung.«

Bei der Überwachung von Magdalena Hellenthals Handy war heute Mittag beobachtet worden, dass mit dem Mobiltelefon im Bereich von Kiedrich oder Kloster Eberbach nach Rumänien telefoniert worden war. Natürlich hatte Mayfeld sofort an die Baustelle der Staatsweingüter gedacht. Es war bekannt, dass hier eine große Zahl rumänischer Bauarbeiter arbeitete, die angeheuert worden waren, um die horrenden Baukosten für das Prestigeobjekt zu drücken. Möglicherweise befand sich das Mobiltelefon im Besitz eines dieser Arbeiter. Die wollte Mayfeld zusammenrufen lassen. Die beiden Beamten gingen zur ehemaligen Rebveredelungshalle, einem Fachwerkbau, der als einer der wenigen überirdischen Bauten den Abriss überlebt hatte.

»Haben die hier alles plattgemacht, um diese unterirdische Kellerei bauen zu können?«, fragte Winkler ungläubig.

Mayfeld nickte. »Man muss fairerweise zugeben, dass das meiste, was hier vorher stand, auch nichts anderes als den Abriss verdient hat. Das waren sogenannte Zweckbauten aus den fünfziger Jahren. Aber Abreißen hätte für meinen Geschmack genügt.«

Die Bauleitung der Firma Müller und Raubach befand sich in einem Container neben der alten Halle. Ein schmächtiger Anzugträger mit eng zusammenliegenden, energischen Augen trat aus dem Container heraus, als Mayfeld an der Tür klopfte. Er stellte sich als Heribert Schmittchen vor und war der vor Ort entscheidende Bauingenieur. Mayfeld erklärte ihm sein Anliegen. Schmittchen sollte alle rumänischen Bauarbeiter zusammenrufen, er wollte sie wegen des verschwundenen Handys von Magdalena Hellenthal befragen.

»Hat das nicht Zeit bis nach acht Uhr? Dann sind die Leute mit der Arbeit fertig.«

Mayfeld schüttelte den Kopf. »Nein, aber es dauert ja nicht lange.«

»Das sagen alle«, war Schmittchens gereizte Antwort. »Wir hatten gerade eine Unterbrechung von drei Tagen, weil sich diese blöde alte Wand an einer Stelle gesenkt hat und wir warten mussten, bis ein Gutachter da war und das alte Gemäuer stabilisiert worden war. Seit Tagen wollen wir die Grube endgültig verfüllen.« Auf Mayfelds fragenden Blick erklärte Schmittchen, dass der Raum zwischen dem Rand der Baugrube und den Außenwänden des Kellers aufgefüllt werden sollte. »Wenn es nach mir gegangen wäre, hätten wir weitergearbeitet, aber die Firma will nicht in Verdacht geraten, irgendetwas zu tun, was mit den Belangen des Denkmalschutzes kollidiert. So haben wir drei Tage verloren, die wir jetzt wieder aufholen müssen.«

»Ihre Firma will bestimmt auch keine polizeilichen Ermittlungen in einem Mordfall behindern«, vermutete Mayfeld im freundlichsten Ton, zu dem er gegenüber Schmittchen fähig war. »Haben Sie einen Dolmetscher?« Schmittchen schaute Mayfeld widerwillig an, rief nach einem Vorarbeiter und gab dem die Anweisung, die rumänischen Bauarbeiter zusammenzurufen.

Nach zehn Minuten standen sie alle im Halbkreis vor dem Container der Bauleitung, dreißig kräftige Männer in ärmlicher Arbeitskleidung, mit gelben Bauhelmen, dunklen Haaren und müden, furchtsamen Augen. Der Dolmetscher, ein Siebenbürger Sachse namens Weinel, der seit einigen Jahren in Deutschland lebte und den Müller und Raubach als Polier eingestellt hatten, fragte seine Männer, ob jemand in den letzten Tagen ein Handy gefunden hätte. Keiner der Arbeiter regte sich. Winkler tippte die Nummer von Magdalenas Handy in ihr eigenes. Es funktionierte. Ein elektronischer Klingelton ertönte aus der Jacke eines der Arbeiter. Unwillkürlich wichen die Kollegen vor ihm zurück, der Mann blickte ängstlich um sich, zu Schmittchen, zu seinem Polier, zu den Kollegen und zu den Polizisten der fremden Staatsmacht.

»Das ist Nicolai Petrarcu«, sagte der Polier zu Mayfeld.

»Sie können in meinem Büro mit ihm sprechen«, bot Schmittchen an. »Können die anderen jetzt weiterarbeiten?«

Mayfeld stimmte dem zu. Er bat Petrarcu und Weinel in das Büro von Schmittchen, ein kleines Kabuff mit Schreibtisch, Notebook und drei Stühlen. Er wies Petrarcu einen Stuhl an und setzte sich selbst auf den Schreibtisch des Bauleiters. Er nahm ein Taschentuch in die linke Hand und streckte sie zu dem verschüchterten Bauarbeiter aus. »Das Handy«, verlangte er. Petrarcu holte es aus der Seitentasche seiner zerschlissenen Baumwolljacke und legte es in Mayfelds Hand. Der gab es an Winkler weiter.

»Wo haben Sie das her?«, wollte Mayfeld wissen und bat den Polier, zu übersetzen.

Petrarcu gestikulierte lebhaft und sprach laut und wortreich auf seinen Vorarbeiter ein. »Er sagt, er habe es gefunden«, erklärte der knapp.

»Wann und wo?«, fragte Mayfeld, Weinel übersetzte.

Wieder gab der Mann eine wortreiche Antwort. »Heute Morgen auf der Baustelle«, übersetzte der Vorarbeiter.

»Er soll uns die Stelle zeigen«, befahl Mayfeld.

Petrarcu stand auf, verließ den Container, der Polier, Mayfeld und Winkler folgten. Petrarcu führte sie zu einer Stelle in der Nähe der Baugrube und begann wieder, auf Weinel einzureden.

»Er sagt, dass er das Handy unter einer Bauplane gefunden hat, als er heute Morgen aufräumte«, berichtete der Polier. »Die lag hier mit anderem Baumaterial seit letzter Woche herum«, ergänzte er.

»Hat er sonst noch was gefunden?«

Wieder antwortete der Arbeiter Mayfeld mit vielen Worten, sein Vorarbeiter übersetzte sie mit einem einfachen Nein. Petrarcu war auch sonst nichts aufgefallen. »Er sagt, das sei die Wahrheit, er habe das Handy nicht gestohlen«, ergänzte Weinel, dessen Miene zunehmend finsterer wurde.

»In welchem Zustand war das Handy, als er es gefunden hat?«, fragte Mayfeld.

Der Polier bekam auf die Übersetzung dieser Frage erneut eine wortreiche Antwort. Diesmal übersetzte er etwas detaillierter. »Petrarcu meint, das Handy sei ausgeschaltet gewesen, weil der Akku leer war, als er es fand. Ein Kollege habe ein ähnliches Gerät und habe ihm seinen Akku geliehen.«

»Ich hab mir den Speicher des Handys angeschaut«, meldete sich Winkler zu Wort. »Der PIN-Schutz ist ausgeschaltet, Petrarcu konnte also nach dem Akkutausch ohne Probleme telefonieren. Was den Zeitpunkt des Fundes betrifft, könnte er ebenfalls die Wahrheit sagen. Heute Mittag wurde mit dem Telefon das

Gespräch nach Rumänien geführt, das uns aufgefallen ist. Zuvor wurde mit dem Apparat am letzten Freitag telefoniert, und zwar mit dem Anschluss von Tina Lüder.«

Mayfeld schaute sich um. Der Fundort lag einige Meter von der Landstraße entfernt, die von Kiedrich nach Hattenheim führte. Zwischen der Straße und der Baustelle waren zwei Pkws geparkt. Aus irgendeinem Grund hatte er den Eindruck, dass ihm die Zeit davonlief, wenn er nicht schnell die Antwort auf ein paar Fragen fand. Was war hier am Freitagabend geschehen? Wie war das Handy hierhergekommen? War Magdalena Hellenthal hier gewesen und hatte es verloren? Was wollte sie hier? War sie freiwillig hier gewesen? Oder hatte es ihr jemand weggenommen und hier weggeworfen? Hatte Petrarcu das Telefon tatsächlich nur gefunden, oder steckte er tiefer in der Sache mit drin?

Ein Lkw bog von der Landstraße ab und fuhr rückwärts auf die Baugrube zu. Er hielt an, die Ladefläche begann sich zu heben, die Erde, die der Wagen geladen hatte, rieselte langsam in den Spalt zwischen Kellerwand und dem Rand der Baugrube.

»Was passiert hier?«, fragte Mayfeld.

»Das hat Ihnen der Chef doch erklärt«, antwortete der Polier. »Die Baugrube wird aufgefüllt.«

Einen Moment beobachtete Mayfeld den Lkw und die Bauarbeiter, die mit Schaufeln herbeigekommen waren und dafür sorgten, dass das Erdreich in den Erdspalt fiel, der neben der Kellerwand klaffte. »Aufhören«, brüllte er dann. »Sofort die Arbeiten einstellen. Das ist eine polizeiliche Anordnung!« Er griff nach seinem Handy und rief Maria Bischoff an.

***

Heute Morgen war sie wie gerädert aufgewacht und hatte sich zur Arbeit geschleppt. »Willst du dich nicht lieber noch ein paar Tage erholen?«, hatte ihr Chef sie wieder gemahnt, aber was wusste der schon? Nichts wusste der. Sie musste sich ablenken, den Albtraum vergessen, der sie heute Nacht geplagt hatte. Gleich nach dem Aufstehen hatte sie einen Joint geraucht, und tatsächlich war sie etwas ruhiger geworden. Dann hatte sie sich die Karten gelegt. Schon wieder kam der Hexenmeister zum Vorschein, aber sie hatte ihn gleich wieder weggelegt. Die erste Karte sagte etwas über die Vergangenheit, und mit der wollte sie sich heute nicht auseinandersetzen. Heute sollte nur die Gegenwart zählen, also die zweite Karte, und das war die Sieben der Münzen. Ein Gärtner, der zwei verschiedene Schuhe anhatte und auf einen Spaten gelehnt vor einem Busch stand. Irgendwie guckte der Gärtner traurig und müde, und was es mit den zwei Schuhen auf sich hatte, wusste sie auch nicht. Aber die Münzen waren die Farbe des Elements Erde. *Erde dich*, hatte ihr die Oma zugeraunt, und so war sie zur Arbeit gegangen. Wo konnte man sich besser erden als beim Pflanzen von Blumen, Büschen und Bäumen?

Fuchsien und Fici, Wacholder- und Buchsbäume hatte sie heute nach draußen gebracht, einige waren in Übertöpfe aus Terrakotta gekommen, andere hatte sie in der Erde versenkt. Traurige Geranien, sanfte Malven und gutmütige Bauernrosen waren aus den Gewächshäusern ins Freie gekommen. Allen hatte die frische Luft gutgetan.

Bloß ihr selbst nicht. Dauernd hatte sie an den gestrigen Abend gedacht, an den dicken Bernhard und seinen Drachen in der Ruine, an die Streichholzmodelle und den Morgenstern, an das Sternenfernrohr und an die Münzen, die ein kleines Vermögen wert waren. Wollten Tina und Magdalena an die Münzen ran? Wollten sie so zu Geld kommen? War ihnen das zum Verhängnis geworden?

Tatjana brachte mit der Schubkarre die letzte Fuhre Buchsbäume vom Gewächshaus zur Orangerie. Die Terrakottatöpfe, die sie aufnehmen sollten, standen schon da. *Hol dir die Münzen*, flüsterte ihr eine Stimme zu. Sie war sich nicht ganz sicher, aber eigentlich konnte das nur die Stimme von Tina sein. Die hatte ihr gestern schon eingeredet, sie solle Bernhard unbedingt bei sich zu Hause besuchen. Jetzt meldete sie sich also wieder. Tatjana wurde schwindelig, das Herz klopfte wie verrückt. Wenn das so weiterging, hatte sie bald eine ganze Talkshow in ihrem Kopf. *Dieser Bernhard hat Tina nichts getan*, behauptete jetzt die Großmutter. *Und seiner Schwester erst recht nicht. Und das mit den Münzen ist eine ganz blöde Idee*, fügte sie hinzu. *Lass dir von deiner kleinen Schwester keinen Unsinn einreden, du bist die Ältere, du musst vernünftiger sein.*

Allmählich wurde die Sache kompliziert. Mit Streitgesprächen hatte sie nicht gerechnet. Wie sollte sie da noch wissen, woran sie war? Sie hievte den letzten Buchsbaum in den Übertopf und fuhr die Schubkarre zurück ins Gewächshaus. Dort wünschte sie den beiden Kollegen und dem Chef einen schönen Feierabend und ging nach Hause in den Schlosserbau. Sie betrat die Küche, holte sich ein Stück Schokoladenkuchen und die angebrochene Flasche mit der süßen Auslese aus dem Kühlschrank und setzte sich an den Küchentisch.

Plötzlich fühlte sie sich, als ob sie ein Stromschlag getroffen hätte. Auf dem Küchentisch lagen die Tarotkarten und das Traumdeutungsbuch. Sie erinnerte sich, dass sie am Morgen im Traumbuch hatte nachschlagen wollen. Sie hatte wieder von dem Krokodil geträumt, das sie verfolgte und mit seinem giftigen Schwanz nach ihr schlug, und von einer Maus, die zusammen mit ihr vor dem Krokodil flüchtete. Und jetzt, wo sie das Traumdeutungsbuch sah, war dieser blöde Traum wieder da, so als ob sie gerade aufgestanden wäre, und die Angst vor dem Krokodil, seinem giftigen Schwanz und dem gefräßigen Maul war so stark, als ob sie noch mitten in dem Traum steckte.

Sie japste nach Luft und griff nach dem Buch. »Unsere Träume und ihre Symbole«, stand auf dem Umschlag. Sie schlug das Buch auf, fand den ersten Eintrag, den sie gesucht hatte. »Die Maus steht oft für das, was unsere Energien aufzehrt, was an uns nagt«, las sie. Soso, so einfach war das. Sie blätterte weiter. »Das Krokodil steht oft für verdrängte Fantasien oder Erinnerungen, die am Rande des Unterbewussten lauern und die Angst machen, weil sie aufzutauchen drohen«, las sie beim nächsten Eintrag. Die auftauchen und einen auffressen, fügte sie für sich hinzu. »Es kann auch für eine reale Gefahr stehen, die instinktiv gespürt wird und im Traum zum Ausdruck kommt«, las sie weiter. Einbildung, Erinnerung oder reale Gefahr, jetzt konnte sie es sich aussuchen.

Sie nahm einen kräftigen Schluck Wein und stopfte sich eine

Pfeife mit Tabak. Dieses Krokodil beunruhigte sie. Es hatte mit einer Erinnerung oder einer Gefahr zu tun, das war keine Einbildung. Schon gestern hatte sie den Eindruck gehabt, dass sich etwas in ihr zusammenbraute, etwas, das ihr Angst machte. Dabei konnte sie Angst im Moment gar nicht gebrauchen. Aber wann konnte man das schon? Der Tod von Tina hatte etwas in Gang gebracht, etwas Bedrohliches, das sich erst vage zu erkennen gab, aber das seinen Schatten bereits auf ihre Seele warf.

Wie kam sie bloß auf so ein blödes Krokodil? Sie blätterte in dem Traumdeutungsbuch weiter. »Überlegen Sie, was Sie erlebt haben am Tag, bevor Sie den Traum geträumt haben«, las sie. »Wenn Sie einen Traum des Öfteren träumen, überlegen Sie, wann Sie ihn zum ersten Mal geträumt haben.« Den Krokodiltraum hatte sie in der Nacht von Dienstag auf Mittwoch zum ersten Mal geträumt. Am Dienstag hatte sie vergeblich versucht, Bernhard zu verführen. Am Dienstag hatte die Polizei Magdalenas Zimmer durchsucht. Vorher hatte sie das Zimmer durchsucht und später ein wenig Angst vor der Polizei gehabt. Aber warum hatte sie dann von einem Krokodil geträumt und nicht von einem Bullen? Sie kicherte. Das erste Mal hatte sie Probleme mit den Bullen gehabt, weil man sie im Kaufhaus erwischt hatte. Nicht beim Klauen, das hatte sie immer ganz geschickt hingekriegt, sondern wegen dieser Marotte mit den T-Shirts. Sie hatte den T-Shirts mit dem kleinen Krokodil auf der Brust das aufgestickte Vieh herausgeschnitten.

Da war ja das Krokodil! Tatjana nahm einen tiefen Zug aus der Pfeife, auch ohne Dope wurde ihr etwas schwindelig. Wie war sie denn bloß auf diese Schwachsinnsidee gekommen? Ob es die Marke überhaupt noch gab? Warum hatte sie nicht Mercedessterne gepflückt wie jeder vernünftige Mensch?

Da fiel es ihr ein. Andy Körner und seine T-Shirts und Pullis von dieser Firma mit dem Krokodil als Logo waren der Grund dafür gewesen, dass sie in den Kaufhäusern auf Krokodiljagd gegangen war. Mit einer spitzen, scharfen Schere war sie dorthin gegangen und hatte alle Kleidungsstücke mit dem blöden Vieh, deren sie habhaft werden konnte, verstümmelt, hatte die Monster massakriert. Am liebsten hätte sie die Schere Körner genau dort in die Brust gerammt, wo die albernen Krokodile klebten. Plötzlich durchflutete sie Hass, Hass, der sie erschreckte. Gut, sie hatte Körner noch nie leiden können, er war ohne Zweifel ein Riesenmistkerl, aber woher kam dieser tödliche Hass?

Sie ahnte, dass der Schatten, der auf ihre Seele gefallen war, bald Gestalt annehmen würde.

***

»Sind Sie jetzt völlig übergeschnappt, Mayfeld?« Widerwillig stapfte Lackauf über den schweren Lehmboden auf ihn zu. Schade um die handgefertigten italienischen Kalbslederschuhe, dachte Mayfeld etwas hämisch. Als der Staatsanwalt vor ihm stand, war Mayfeld sofort klar, dass Lackauf nicht zum Spaßen zumute war. Also schluckte er die Bemerkung über die Vereinbarkeit von Armanimänteln und Großbaustellen, die er schon auf den Lippen gehabt hatte, wieder hinunter.

»Ich habe Sie leider nicht erreicht, Dr. Lackauf. Ich habe deswegen Kriminalrat Brandt gebeten, Sie von der neuesten Entwicklung des Falles in Kenntnis zu setzen.«

Lackaufs Gesicht war blass vor Wut. »Was haben Sie sich dabei gedacht, den Baubetrieb hier aufzuhalten, bloß weil Sie das Handy einer vermissten Person in der Nähe gefunden haben? Das ist doch lächerlich. Ist das mal wieder eine Ihrer sogenannten Intuitionen?«

Genau so war es. »Wir gehen davon aus, dass Magdalena Hellenthal ermordet wurde und der Täter ihre Leiche hat verschwinden lassen. Möglicherweise hat der Täter das auf der Baustelle versucht und dabei das Handy des Opfers verloren. Zum Verstecken einer Leiche ist das hier der ideale Ort.«

Lackauf lachte höhnisch. »Sie enttäuschen mich, Mayfeld, das ist ja mehr als dünn. Das entspringt doch nur Ihrem querulatorischen Wahn, mit dem Sie alles verfolgen, was Ihnen politisch unlieb ist und Ihre Rheinromantik stört. Eine Schlagzeile ›Leiche im Keller der Staatsweingüter gefunden‹, die würde Ihnen doch perfekt in den Kram passen.«

Die Schlagzeile würde ihm in der Tat gut gefallen, dachte Mayfeld. Aber der Streit mit Lackauf war leider zu ernst, um darüber zu schmunzeln. Sein Gegner verstand keinen Spaß und war in der stärkeren Position. Was ihn überraschte, war die Radikalität, mit der der Staatsanwalt seine Liebedienerei gegenüber der politischen Führung des Landes in die Tat umsetzte. Schmittchen aus dem Container kam auf sie zugeeilt.

»Es geht lediglich um diesen Nachmittag«, verteidigte sich Mayfeld. »Die Leichenhunde müssen jeden Moment eintreffen. Wenn der Spalt am Rand der Baugrube erst aufgefüllt ist, wird man eine Leiche von oben nicht mehr finden können. Das ist dann das perfekte Versteck. Wir haben jetzt unsere letzte Chance.«

»Und wie sehen Sie das mit der Bauverzögerung?«, wandte sich Lackauf an Schmittchen.

Der wusste nicht, was er antworten sollte. Er war zu spät zu der Diskussion gekommen, um zu erahnen, was man von ihm hören wollte. Schmittchen schaute auf seine Armbanduhr. »Wir warten ja jetzt schon seit zwei Stunden auf diese Hunde. Mittlerweile lohnt es sich kaum noch, mit dem Auffüllen zu beginnen. Es wäre nur schön, wenn Ihre Untersuchungen heute Abend abgeschlossen werden könnten.«

Mayfeld atmete erleichtert auf, Lackauf lächelte gequält. Ein Polizeibus mit Mainzer Kennzeichen bog auf das Baustellengelände ein. Aus seinem Inneren ertönte Hundegebell.

Die Hunde hießen Derrick und Harry, zwei gut ausbildete Deutsche Schäferhunde. Maria Bischoff hatte im Zuge der Amtshilfe Klaus Möhrlein, den Leiter der rheinland-pfälzischen Hundestaffel, gebeten, mit seinen beiden Leichenhunden den hessischen Kollegen auszuhelfen. In Hessen gab es zurzeit keine solchen Hunde, die in der Lage waren, Leichen bis zu einer Tiefe von zwei Metern im Erdreich zu erschnüffeln. Möhrlein und seine Assistentin stiegen mit Derrick und Harry in den Graben außerhalb des Kellereikellers, Bischoff kam auf Mayfeld zu.

»Wir freuen uns immer, wenn wir unseren hessischen Kollegen aushelfen können«, sagte sie mit ihrer Reibeisenstimme, umarmte Mayfeld und gab Winkler und Lackauf die Hand. »Ist Ihre Hundestaffel den Sparmaßnahmen der Regierung zum Opfer gefallen?« Sie strahlte Lackauf an, der sie mit säuerlicher Miene musterte.

Gespannt verfolgte Mayfeld die Hunde. Wenn Sie nichts fänden, würde sich Lackauf die Gelegenheit nicht entgehen lassen, Mayfeld in den kommenden Wochen das Leben schwer zu machen. Zum Glück verabschiedete sich der Staatsanwalt jetzt von den Polizisten.

Nach einer Weile näherten sich Möhrlein und Derrick im Graben den oben wartenden Beamten. Zwanzig Meter von ihnen entfernt wurde Derrick unruhig, begann mit den Pfoten im Boden zu scharren, wühlte seine Schnauze ins Erdreich und schlug zuletzt aufgeregt an.

»Ruf Adler an«, sagte Mayfeld zu Winkler. »Er soll mit seinen Leuten kommen. Wir brauchen das volle Programm.«

Zwei Stunden später hatten Bereitschaftspolizei und Spurensicherung im Graben neben dem Keller der Staatsweinkellerei die Leiche einer jungen Frau freigelegt. Sie hatte einen schwarzen Rock und eine schwarze Bluse an, darüber trug sie einen weißen Regenmantel. Nach den Fotos zu urteilen, die Mayfeld von ihr hatte, handelte es sich mit größter Wahrscheinlichkeit um Magdalena Hellenthal. Sie lag einen halben Meter unterhalb der Erdoberfläche und wäre nach dem Aufschütten des Grabens unwiederbringlich verschwunden gewesen.

Hustend und schniefend nahm Dr. Enders, den Mayfeld zu Hause erreicht und herbeizitiert hatte, eine erste Untersuchung der Leiche vor.

»Eigentlich sollte ich das Bett hüten, statt Leichen zu untersuchen. Bei unserem letzten Termin hier draußen habe ich mir eine fürchterliche Erkältung geholt«, moserte er. »Die junge Frau wurde mit allergrößter Wahrscheinlichkeit erwürgt. Die Würgemale erinnern sehr an die der Toten, die wir vor einer Woche gefunden haben. Den Todeszeitpunkt kann ich natürlich noch nicht genau angeben, aber ich denke mal, dass die Leiche seit einer knappen Woche hier liegt.«

»Genaueres nach der Obduktion, stimmt's?«, fragte Winkler.

»Genau«, antwortete Enders und hustete sich seine halbe Lunge aus dem Leib.

Mayfeld ließ es sich nicht nehmen, Dr. Lackauf von der neuen Entwicklung des Falles in aller Ausführlichkeit zu berichten. Natürlich vertiefte er so die Feindschaft zwischen dem Staatsanwalt und sich, aber das war ihm in diesem Moment egal. Wenn er etwas hasste, dann war es der vorauseilende Gehorsam gegenüber Vorgesetzten und Autoritäten, wie er in den letzten Jahren in den Landesbehörden gang und gäbe geworden war. Und davon hatte ihm Lackauf heute wieder mehr, als er ohne Widerspruch ertragen konnte, vorgeführt.

Anschließend setzte Mayfeld die Befragungen auf der Baustelle fort. Heiner Münch, der Betriebsleiter der Domäne Steinberg, wohnte im zweiten Fachwerkhaus auf dem Gelände, das den Abriss überlebt hatte. Er war am letzten Freitag erst auf der Weinpräsentation im Kloster gewesen und am frühen Abend zusammen mit seiner Familie zur Schwiegermutter in die Pfalz gefahren. Die Baustelle war am Freitagabend also vollständig verlassen gewesen. Von den Bauarbeitern hatte in den letzten Tagen niemand etwas Auffälliges beobachtet. Nicolai Petrarcu hatte für Freitagabend und das gesamte Wochenende ein Alibi, er war die ganze Zeit mit mehreren Kollegen aus seiner Heimat zusammen gewesen.

Später fuhr Mayfeld über die holprige und vom Baustellenverkehr völlig verdreckte Straße nach Hattenheim und von dort nach Oestrich. Er stellte seinen Wagen vor dem »Grünen Baum« ab, ging zum Marktplatz und klingelte an der armseligen Haustür der Hellenthals.

Wieder hatte er einen der Termine vor sich, die er so hasste, er musste Angehörigen die Nachricht vom Tod ihrer Nächsten überbringen und wusste nicht, was er ihnen zum Trost sagen konnte. Magdalena Hellenthal war gerade einmal achtzehn Jahre alt geworden, und ihr Tod war nicht nur zu früh gekommen, er war auch grausam gewesen.

Bernhard Hellenthal öffnete die Tür und führte ihn in die Küche, wo Monika Hellenthal am Küchentisch saß und in einem Buch über »Die schönsten Heiligengeschichten« las.

»Ich muss Ihnen leider mitteilen, dass wir Ihre Tochter tot aufgefunden haben«, sagte Mayfeld und fand den formellen Ton so deplaziert, wie er auch jeden anderen Ton deplaziert gefunden hätte.

»Gott sei ihrer sündigen Seele gnädig«, war Monika Hellenthals erster Kommentar. Das erleichterte ihm seine Aufgabe. Mit dieser Mutter musste er kein Mitleid haben, ihre hartherzige Moral beziehungsweise die Gnadenlosigkeit, die sie für Moral hielt, stießen ihn ab.

Die Reaktion ihres Bruders war menschlicher. Mit einem Stöhnen sackte er zusammen. Er konnte sich gerade noch am Tisch festhalten und ließ seinen plumpen Körper auf einen der Stühle fallen, der bedenklich ächzte.

»Wurde sie ermordet?«, fragte er.

»Ja.«

»Und wo wurde ihre Leiche gefunden?«

Mayfeld berichtete von dem Fund auf der Baustelle am Steinberg. »Hatte Ihre Schwester irgendetwas mit der Baustelle zu tun, hat sie die jemals erwähnt?«

Bernhard stierte ihn stumm an und schüttelte den Kopf.

Mayfeld wiederholte noch einmal die Fragen, die er schon am vergangenen Sonntag gestellt hatte, und erhielt die gleichen Antworten. Weder Monika noch Bernhard Hellenthal wussten Neues zu berichten. Bernhard saß lange Zeit unbeweglich auf dem Holzstuhl, gab einsilbige Antworten, starrte vor sich hin und weinte. Seine Mutter zündete eine Kerze an und begann, ein Avemaria nach dem anderen zu beten, wenn sie nicht kurz angebunden eine Frage Mayfelds beantwortete.

Monika Hellenthal schien von Minute zu Minute zu altern. Das hätte Mayfeld nicht für möglich gehalten, er hatte ihr so viel echten Schmerz nicht zugetraut. Plötzlich bedauerte er die Frau, die sich so schwer damit tat, ihre Gefühle zu zeigen, und empfand Gewissensbisse wegen der selbstgerechten Verachtung, die er vor einigen Minuten noch für sie empfunden hatte. Gerade hatte er sich vorgenommen, etwas Freundliches oder Mitfühlendes zu sagen, da unterbrach sie ihr Gebet, griff sich an die Brust, röchelte und glitt von ihrem Stuhl.

Der Notarztwagen brachte sie wenige Minuten später auf die Intensivstation des Rüdesheimer Krankenhauses. Ihr Sohn begleitete sie. Die Identifizierung der Leiche musste verschoben werden.

Freitag 4. Mai

»Hat sich die Pathologie schon mit einem Termin für die Obduktion gemeldet?«, fragte Mayfeld in die Runde. Neben Winkler, Burkhard, Meyer und Adler war auch Brandt bei der Morgenbesprechung anwesend.

Meyer schnaufte schwer und wischte sich die Reste des Apfelstrudels mit einer Serviette vom Mund. »Das wird heute nichts mehr. Enders hat sich krankgemeldet, liegt mit Fieber im Bett. Eine Vertretung gibt es nur im Notfall. Wir müssen uns bis Montag gedulden.«

»Das ist ein Notfall! Wie sollen wir ermitteln, wenn wir den Todeszeitpunkt nicht eingrenzen können? Kannst du da was machen, Oskar?«, wandte sich Mayfeld an Brandt.

Der legte sein zerknittertes Gesicht in noch mehr Falten und schüttelte bekümmert den Kopf. »Die Personaldecke ist in der Gerichtsmedizin genauso katastrophal dünn wie bei uns.«

Mayfeld seufzte. »Dann gehen wir also vorerst davon aus, dass der Mord an Magdalena Hellenthal in derselben Nacht stattfand wie der Mord an Tina Lüder und dass die beiden Morde vom selben Täter begangen wurden. Die ersten Untersuchungsergebnisse von Dr. Enders am gestrigen Abend legen diesen Schluss nahe. Horst, du kümmerst dich um die Kleidung von Magdalena. Vielleicht finden sich da irgendwelche Spuren. Was wissen wir über den zeitlichen Ablauf des Abends? Kann das noch mal jemand rekapitulieren?«

»Tina Lüder arbeitet den ganzen Tag in der Vinothek im Kloster. Sie verlässt ihren Arbeitsplatz um neunzehn Uhr, sagen mehrere ihrer Kolleginnen. Kurz vor zwanzig Uhr trifft sie bei den Roths im Gaisgarten ein, wo sie eine Verabredung hat«, fasste Winkler zusammen. »Magdalena Hellenthal arbeitet seit vierzehn Uhr im Laiendormitorium und geht dort nach Aussage von Andy Körner kurz vor zweiundzwanzig Uhr weg. Zur selben Zeit verlässt auch Tina Lüder die Roths, um Magdalena Hellenthal zu treffen.«

»Um einundzwanzig Uhr dreißig ruft die Lüder die Hellenthal an, um einundzwanzig Uhr fünfundfünfzig ruft die Hellenthal zurück«, ergänzte Meyer.

»Merkwürdig, dass Tina Lüder ihre Freundin anruft, wo sie sich doch eine halbe Stunde später sowieso treffen wollten«, überlegte Mayfeld.

»Frauen reden eben gerne«, warf Burkhard ein.

»Wenn es stimmt, was Roth gesagt hat, dann wusste Tina nicht, dass Magdalena für Körner arbeitete und war schockiert und wütend, als sie es erfuhr«, sagte Winkler. »Wenn das stimmt, hat sie möglicherweise bei Magdalena angerufen, um ihr ihre Meinung über Körner mitzuteilen.«

»Eine Viertelstunde später bekommt Hellenthal einen Schwächeanfall, telefoniert mit Lüder, und beide gehen los, um sich zu treffen«, ergänzte Mayfeld.

»An diesem Punkt sind die Zeitangaben leider etwas unscharf«, fiel Meyer auf. »Wir kennen die Reihenfolge der Ereignisse nicht. Der Schwächeanfall war wohl zwischen dem ersten und dem zweiten Telefonat, aber wir wissen nicht, ob beide gleichzeitig losgingen und ob sie vorher oder nachher zum zweiten Mal miteinander telefonierten.«

»Vom Laiendormitorium bis zum Schlosserbau läuft man in einer Minute, da kann man fast hinspucken, aber vom Gaisgarten zum Schlosserbau dauert es auch nur sechs Minuten, wenn man sich beeilt«, ergänzte Adler. »Wer zuerst da war, lässt sich also nicht mit Sicherheit sagen.«

»Wir wissen doch sowieso nicht, ob die Aussagen der Wahrheit entsprechen«, warf Burkhard ein. »Wenn man Roth glaubt, kann man aus den Informationen, die wir haben, leicht eine Geschichte konstruieren, die Körner in Verdacht bringt. Das ist wahrscheinlich der Zweck dieser Aussage. Wenn man sie als Lüge nimmt, dann steht weiterhin Roth an oberster Stelle der Verdächtigen.«

»Roth und Körner sind beide verdächtig. Sie hatten Kontakt

mit beiden Mordopfern«, räumte Mayfeld ein. »Beide scheinen nervös zu sein. Aber keiner von ihnen hat bislang ein erkennbares Motiv für die Verbrechen. Körner hat darüber hinaus ein Alibi. Wir sind noch nicht wirklich weitergekommen.«

»Was Dr. Lackauf zum Anlass nimmt, anzufragen, ob wir vielleicht Verstärkung vom LKA brauchen«, meldete sich Brandt zu Wort. »Ich habe dankend abgelehnt. Er war wohl ziemlich angefressen von dem Baustopp am Steinberg, den du angeordnet hast, Robert. Können die dort mittlerweile wieder arbeiten?«

»Meine Leute sind heute Morgen noch mal an der Baustelle«, antwortete Adler an Mayfelds statt. »Der Fundort der Leiche ist noch abgesperrt. Ich fahre jetzt gleich hin, ab heute Mittag geben wir den Bereich vermutlich wieder frei. Überall sonst gehen die Arbeiten seit heute Morgen schon wieder weiter.«

»Gibt es sonst neue Erkenntnisse?«, fragte Mayfeld in die Runde.

»Ich weiß, was der Zettel mit dem Germanischen Museum und der Kirchgasse zu bedeuten hat, den wir bei der Hellenthal im Zimmer gefunden haben«, meldete sich Meyer zu Wort. »In Wiesbaden gibt es in der Kirchgasse 15 eine Münzhandlung. Dort kann man für ein paar tausend Euro unter anderem eine Fünf-DM-Sondermünze kaufen, die an das Germanische Museum in Nürnberg erinnert. Ich war dort. Der Inhaber ist sich nicht ganz sicher, aber er meint, dass Magdalena Hellenthal anfangs des Jahres in seinem Geschäft war und nach dem Preis dieser Münze gefragt hat. Er sagt, er habe sich das gemerkt, weil es selten sei, dass sich hübsche junge Mädchen für alte Münzen interessieren.«

»Wollte sie eine solche Münze verkaufen?«, fragte Mayfeld.

Meyer schüttelte den Kopf. »Sie hat sich einfach nur für den Preis interessiert. Der Münzhändler hat sie gefragt, aber sie hat nicht verraten, ob sie so eine Münze kaufen oder verkaufen wollte.«

»Das ist möglicherweise eine wichtige Information«, sagte Mayfeld. »Wir werden diese Spur weiterverfolgen. Wer im Umfeld Magdalena Hellenthals hat mit solchen Münzen zu tun? Wir müssen überhaupt noch mehr über die beiden Toten in Erfahrung bringen. Welches Verhältnis hatten sie zu den Roths? Wie wollten sie zu Geld kommen? Warum hasste Tina Lüder Andy Körner? Kannte Körner Magdalena Hellenthal besser, als er zugibt? War Magdalena Hellenthal ernsthaft krank, oder war der Schwächeanfall nur eine kleine Unpässlichkeit? Wir müssen noch mal alle vernehmen, die sie kannten, Familienmitglieder befragen, die wir noch nicht vernommen haben. Ich werde den Pfarrer noch mal befragen, vielleicht gilt das Beichtgeheimnis nach dem Tod Magdalenas nicht mehr.«

»Das hast du alles schon am Mittwoch vorgeschlagen. Freunde und Angehörige noch mal zu vernehmen, damit verzetteln wir uns und treten weiter auf der Stelle. Wir sollten Roth so lange in die Mangel nehmen, bis er gesteht«, meinte Burkhard. »Dann können wir uns die ganze Psychologie sparen.«

»Wir machen es auf meine Weise, Paul«, entgegnete Mayfeld. »Es ist mein Fall.«

Mayfeld betrat das ehemalige Neue Hospital des Klosters, in dem die Klosterkasse und die Vinothek der Staatsweingüter untergebracht waren, und fragte die Frau an der Kasse nach Bernhard Hellenthal.

Frau Marder erkannte den Kommissar wieder. »Er ist im Museum«, gab sie ihm Auskunft. »Ganz hinten im Museum, kurz vor dem Treppenhaus des Konversenbaus, ist das Zimmer, in dem er sich oft aufhält.«

Mayfeld bedankte und verabschiedete sich. Er ging an den Ständern mit Ansichtskarten vorbei durch einen lang gestreckten Flur und betrat den Kreuzgang des Klosters. Die Maisonne warf ihr Licht auf die frisch ergrünte Trauerweide, die in der Mitte des Innenhofes stand. Er wandte sich nach rechts und erreichte durch eine dunkle, mit Eisenbeschlägen verzierte Holztür eine ausgetretene Steintreppe, die ins ehemalige Mönchsdormitorium führte. Es war einer der schönsten Räume, die Mayfeld kannte. Das Gewölbe der riesigen Halle wurde von sandsteinfarbenen gotischen Kreuzbögen geformt, die auf weißen, mit Weinlaub verzierten Säulen ruhten, eine sonnendurchflutete Sinfonie in Weiß und Rot. Mayfeld durchschritt den Raum, in dem er schon oft für eine Weile Ruhe und Besinnung gesucht hatte, zügig und betrat das Museum des Klosters, das sich in einem angrenzenden Flügel des Gebäudes befand, warf einen Blick in die rechts und links vom Gang abgehenden Räume, in denen Statuen, Modellbauten und Schautafeln von der Geschichte der Zisterzienser im Rheingau erzählten.

Bernhard Hellenthal saß in einem Nebenraum am anderen Ende des Klostermuseums, einer Mischung aus Aufenthaltsraum und Abstellkammer, zwischen aufeinandergestapelten Schautafeln und Büroregalen, an einem kleinen Tisch und las in einem Buch über Bernhard von Clairvaux. Er stand sofort auf, als Mayfeld eintrat.

»Ist etwas mit meiner Mutter?«, fragte er mit ängstlicher Miene.

»Ich weiß nicht«, antwortete Mayfeld. »Ich habe keine neuen Informationen. Ich dachte, Sie erzählen mir etwas über ihren Gesundheitszustand.«

Hellenthal schaute bedrückt auf seine riesigen Füße. »Ich war die halbe Nacht im Krankenhaus, aber dann haben mich die Ärzte nach Hause geschickt. Mama soll sich nicht aufregen, haben sie gemeint. Ich weiß nicht, wie man sich nicht aufregen soll, wenn man auf der Intensivstation liegt und gerade erfahren hat, dass die eigene Tochter ermordet wurde. Aber eine Schwester meinte, Mama rege sich auf, wenn ich in der Nähe bin.« Er zuckte mit den Schultern, um sie gleich darauf wieder hängen zu lassen.

»Und Sie gönnen sich keine Ruhe, Sie arbeiten schon wieder?«

»In einer halben Stunde kommt eine Gruppe, die eine Führung durch das Museum gebucht hat. Sie interessieren sich vor allem für Bernhard von Clairvaux. Sie wissen ja, das ist mein Spezialgebiet. Ich wollte ihnen nicht absagen, und ein bisschen Ablenkung tut mir ganz gut.« Er nestelte an seiner ausgebeulten Strickjacke.

Der Mann brauchte dringend Ruhe, aber genau die konnte ihm Mayfeld nicht lassen. »Erzählen Sie mir von Ihrer Schwester!«

Hellenthal stand von seinem Stuhl auf und begann hin und her zu laufen. »Sie haben mich doch schon gestern gefragt! Ich weiß so wenig über sie, und jetzt werde ich auch nichts mehr über sie erfahren. Früher haben wir uns mal richtig gut verstanden, aber seit ein paar Jahren hat sie sich von mir zurückgezogen.« Er setzte sich wieder. »Ich war drei Jahre weg von zu Hause, habe studiert. Ich bin in dieser Zeit selten nach Hause gekommen, und wenn ich da war, haben wir nicht viel miteinander geredet. Es ist eine Schande für mich.« Er stand wieder auf und lief im Zimmer auf und ab. »Bernhard von Clairvaux hatte eine große Familie, viele Brüder und Schwestern, er hatte zu allen guten Kontakt, er hat sie alle vom Klosterleben überzeugt.« Da werden sich seine Eltern aber gefreut haben, dachte Mayfeld. Bekam er jetzt doch noch den historischen Vortrag gehalten, um den er sich vor zwei Tagen hatte drücken können? »Er war ein charismatischer Mensch«, fuhr Hellenthal fort und gestikulierte dabei mit seinen langen Armen. »Ein Mensch, der an sich glaubte und an seine Mission!«

Mayfeld unterbrach ihn und brachte sein Anliegen in Erinnerung. »Mir geht es um Ihre Schwester. Erzählen Sie mir von Magdalena. Vielleicht fällt Ihnen ja doch noch irgendein Detail ein. Ich habe gehört, dass sie vor ein paar Jahren recht krank gewesen sein soll.«

Hellenthal schaute ihn verdutzt an und setzte sich wieder. »Davon weiß ich nichts«, sagte er. Er schien ehrlich überrascht. »Wann soll das gewesen sein?«

»Vor drei Jahren, in dem Jahr, bevor sie die Mittlere Reife machte.«

»Das war mein erstes Studienjahr, da war ich kaum zu Hause. Aber man hat mir auch nichts davon erzählt«, sagte er verblüfft und mit dem Unterton der Empörung.

»Warum sind Sie wieder zurückgekommen?«

»Weil meine Mutter mich nach dem Tod unseres Vaters darum gebeten hat, das habe ich doch schon gesagt.«

»Ihr Vater hat ziemlich viel getrunken.«

»Meine Mutter brauchte mich.«

Es war merkwürdig, dass ein Mann, der so an seiner Mutter hing und so wenig selbstständig zu sein schien wie Bernhard, drei Jahre von zu Hause wegging, um dann wieder zur Mutter zurückzuziehen. Aber vielleicht lag die Erklärung dafür in der Beziehung zum Vater. Er konnte erst wieder zurück, als dieser tot war.

»Gibt es eigentlich noch Verwandte Ihrer Familie? Leute, die Magdalena kannten?«

»Cornelius Bergmann. Er ist unser Cousin. Seine Mutter und unser Vater waren Geschwister. Wir haben aber nicht viel miteinander zu tun. Ich glaube nicht, dass er etwas über Magdalena weiß.«

Den musste er unbedingt als Nächstes befragen, sagte sich Mayfeld. »Als Sie zurück in den Rheingau kamen, ist Ihre Schwester sofort von zu Hause ausgezogen?«

Das Thema schien Hellenthal nicht zu behagen, er drehte sich jetzt halb von Mayfeld weg und begann, seinen Bart zu zwirbeln. »Das haben Sie doch alles schon einmal gefragt.«

»Aber da wussten Sie und ich noch nicht, dass Ihre Schwester tot ist. Vielleicht fällt Ihnen jetzt noch etwas Neues ein.«

Hellenthal schüttelte den Kopf. »Sie hat sich mit Mama nicht mehr verstanden. Mama ist manchmal sehr streng, und Magdalena wollte ihr Leben genießen.«

»Woher wissen Sie das, wenn Sie kaum mit ihr gesprochen haben?«

Hellenthal schaute ihn verwundert an, legte den Kopf schief und zog die Mundwinkel nach unten. »Mama hat sich in dieser Richtung geäußert.«

»Sie hatten keinen Streit mit ihr?«

»Mit Mama?«

»Mit Ihrer Schwester.«

»Nein.« Bei diesem Thema wurde Hellenthal einsilbig.

»Wissen Sie, warum sich Ihre Schwester für das Germanische Museum interessiert hat?«

Hellenthal lief rot an. »Ich, ich verstehe nicht«, stotterte er.

»So heißt eine Fünf-DM-Sondermünze der alten Bundesrepublik, ziemlich teuer«, erklärte Mayfeld.

»Ach so, ja, natürlich«, stotterte Hellenthal weiter.

»Besitzen Sie so eine Münze?«

Hellenthal nickte stumm.

»Eine Erbschaft von Ihrem Vater?«

Wieder nickte Hellenthal stumm.

»Gab es darum Streit? Wollte Ihre Schwester ihren Anteil am Erbe?«

»Nein. So war es nicht. Sie hat mir eine SMS geschickt, dass sie unseren Streit beilegen wollte.«

»Also hatten Sie Streit!«

Hellenthal straffte sich. »Haben Sie eine Schwester? Haben Sie nie Streit mit ihr?«

Mayfeld seufzte. Seine Schwester war seit über dreißig Jahren tot, umgekommen bei einem Verkehrsunfall. Dieses Unglück hatte seine Familie zerstört, seither war sein Vater krank, zerfressen von Schuldgefühlen und Vorwürfen, die ihn nur selten zur Ruhe kommen ließen. Jahrelang hatte sich auch Mayfeld Vorwürfe gemacht, hatte gegrübelt, ob er an dem Unfall Schuld trug, ob er ihn hätte verhindern können, zumal sein Vater an seinen düsteren Tagen genau das behauptete. Und jetzt setzte er jemandem zu, der sich vielleicht in einer ähnlichen Situation befand, der sich fragte, ob er etwas hätte tun können, was die Schwester hätte retten können. Manchmal hasste er seinen Beruf. Aber der Job musste getan werden.

»Meine Schwester ist tot«, sagte er und biss sich sofort auf die Lippen. Er sollte einem Verdächtigen keine persönlichen Dinge preisgeben. Denn für verdächtig hielt er Hellenthal nach den Informationen über die Erbschaft.

Hellenthal holte sein Handy aus der Jackentasche, drückte darauf herum und hielt es Mayfeld entgegen. »Die SMS, sehen Sie!«

Mayfeld nahm das Handy und las auf dem Display: »24.4.07. Hallo, Bernhard! Wir sollten uns treffen. Hab keine Angst, es wird alles gut. Magdalena.« Das klang nun tatsächlich nicht nach unerbittlichem Streit, aber worum ging es in dieser Nachricht?

»Was meinte Ihre Schwester damit? Wovor sollten Sie keine Angst haben? Was würde gut werden?«

Jetzt zupfte Hellenthal wieder ziemlich heftig an seinem Bart. »Das habe ich nicht mehr herausfinden können, vorher ist sie doch verschwunden! Ich habe keine Ahnung, was sie damit meinte.«

Irgendetwas verschwieg Hellenthal, irgendetwas Schwerwiegendes. War es möglich, dass die in der SMS angekündigte Versöhnung nicht stattgefunden hatte, dass der Streit um Magdalenas Anteil am väterlichen Erbe wieder aufgeflammt war und Bernhard Hellenthal seine Schwester getötet hatte?

»Wo waren Sie am Freitagabend, Herr Hellenthal?«

»Verdächtigen Sie mich etwa?« Hellenthal wurde rot wie ein Krebs, den man gerade ins siedende Wasser geworfen hatte.

»Ich muss das fragen.«

Hellenthal nickte, wich auf seinem Stuhl vor Mayfeld zurück. »Ich war den ganzen Abend zu Hause bei meiner Mutter.«

Die konnte Mayfeld im Moment nicht dazu befragen. Vielleicht würde er das nie mehr tun können. Mayfeld stand auf.

»Wann werden Sie hier fertig sein?«

Hellenthal blickte ihn verwundert an. »In etwa zwei Stunden.«

»Bleiben Sie anschließend hier. Jemand wird Sie abholen.« Hellenthal wurde blass. »Sie müssen den Leichnam Ihrer Schwester noch identifizieren«, sagte Mayfeld und ging zur Tür. »Wir werden uns sicher noch mal unterhalten müssen. Bitte verreisen Sie nicht und lassen Sie mich immer wissen, wo Sie sich aufhalten.«

Mayfeld fuhr durch das hügelige, von Reben bewachsene Land nach Hattenheim. Hinter Schloss Reichartshausen bog er auf die B42 ein und folgte dem Rheinufer. Am Oestricher Kran, wo im Mittelalter der Wein in Lastkähne verladen wurde, verließ er die Schnellstraße wieder und folgte der Rheinallee. Nach kurzer Zeit erreichte er das Weingut Felsen. Es befand sich in einem stattlichen, beigefarbenen Gebäude, das auf den Rhein blickte. Die Fensterbrüstungen waren ebenso wie der Torbogen aus rotem Sandstein. Über dem dunkelbraunen Holztor schauten die Heilige Jungfrau und Jesus auf die Besucher. Mayfeld klingelte. Nach kurzer Zeit öffnete ihm Cornelius Bergmann.

»Komm rein, Robert! Kommst du als Kollege oder als Polizist?« Bergmann schüttelte Mayfeld herzlich die Hand und bat ihn in das Innere des Gebäudes. Der Eingangsbereich bestand aus einer großen Halle, von der aus dunkle, mit Schnitzereien verzierte Holztüren in die Räume des Weinguts führten. Bergmann ging voraus und führte Mayfeld in ein großzügiges Büro, dessen Fenster sich zu einem Garten hinter dem Haus öffneten. An den Wänden des Raums standen Bücherregale und Schränke aus dunklem Holz. Der Raum roch nach altem Holz und Leder, darüber hatte sich der Duft teurer Zigarren und eines teuren Herrenparfüms gelegt. Bergmann bot Mayfeld einen Platz in einem der schweren Clubsessel aus cognacfarbenem Leder an.

»Zigarre?«, fragte Bergmann. Mayfeld lehnte schweren Herzens ab und holte sich ein Weingummi aus der Jackentasche. Johannisberger Hölle Riesling 2006. »Magst du einen Espresso, oder trinkst du schon ein Glas Wein?«

Mayfeld entschied sich für den Espresso, den Bergmann in einer Ecke des Büros mit einer teuren italienischen Kaffeemaschine zubereitete. Nach ein paar Minuten kam er mit zwei dampfenden kleinen Tassen zurück, die er auf ein gedrechseltes Beistelltischchen vor Mayfeld absetzte.

»Was verschafft mir die Ehre deines Besuchs?«, fragte er.

»Du bist ein Cousin von Magdalena Hellenthal?«

Bergmann nickte. »Nadine hat mir erzählt, dass sie seit ein paar Tagen verschwunden ist.« Er lächelte. »Im Rheingau bleibt nichts lange geheim.«

Vom Fund ihrer Leiche schien Bergmann noch nichts gehört zu haben. Vielleicht war es besser, ihn unbefangen über seine Cousine zu befragen. »Was kannst du mir über sie erzählen?«

»Viel zu tun hatte ich mit der Familie von Onkel Paul eigentlich nie«, begann Bergmann. »Ich bin denen privat aus dem Weg gegangen, obwohl Paul bis letztes Jahr Kellermeister in unserem Weingut war. Er war der Bruder meiner Mutter. Ehrlich gesagt ist mir die Familie unangenehm gewesen. Paul war in den letzten Jahren eine Belastung für den Betrieb, er trank zu viel, bis er dann letztes Jahr diesen makabren Unfall hatte und im Weinberg in einer Pfütze ertrunken ist.«

»Ein bizarrer Tod«, meinte Mayfeld. »Ist das Alkoholproblem des alten Hellenthal der einzige Grund, warum dir die Familie unangenehm gewesen ist?«

Bergmann nahm die Espressotasse und trank sie aus. »Noch einen?«

»Danke, ich hab noch.«

»Du wirst es Tante Monika hoffentlich nicht weitersagen. Aber sie ist noch schwerer zu ertragen, als es ihr Mann war. Also bitte, jedermann soll nach der eigenen Fasson glücklich werden. Ich glaube auch an irgendetwas, ich gehe auch ab und zu in die Kirche, aber sie übertreibt es mit der Frömmigkeit.«

»Ich habe gehört, dass Magdalena gesundheitliche Probleme hatte.« Er sollte Bergmann über Magdalenas Schicksal aufklären, dachte Mayfeld, er fühlte sich mit dem Versteckspiel, das er gerade betrieb, nicht wohl.

Bergmann schaute ihn nachdenklich an. »Davon weiß ich nichts. Ich habe sie am letzten Freitag auf der Weinpräsentation gesehen, sie hat im Service des Caterers gearbeitet. Und ich dachte, die Magdalena ist eine hübsche junge Frau geworden. Ich habe Hallo gesagt und sie eingeladen, uns doch mal zu besuchen. Was man halt sagt, wenn man Verwandtschaft trifft. Einen besonders glücklichen Eindruck hat sie nicht gemacht, sie kam mir irgendwie nervös vor, aber ich habe mir darüber keine weiteren Gedanken gemacht. Hätte ich das vielleicht tun sollen?«

»Kann es sein, dass sie eine Essstörung hatte?« Er sollte nicht in der Vergangenheit von Magdalena sprechen, bevor er Bergmann erzählt hatte, was mit seiner Cousine passiert war.

Aber der schien seinen Lapsus nicht bemerkt zu haben. »Ich habe in den letzten Jahren nicht viel von ihr mitbekommen. Als ich sie zuletzt gesehen habe, wenn man von letztem Freitag absieht, da war sie noch ein Kind. Und ich bin kein Psychologe. Aber ein trinkender Vater und eine frömmelnde Mutter, das ist nicht gerade der Stoff, aus dem selbstbewusste Frauen entstehen.« Bergmann machte eine Pause, starrte erst in seine Espressotasse, dann in Mayfelds Gesicht. »Was ist mit Magdalena?«, fragte er schließlich.

»Deine Informationen sind nicht auf dem neuesten Stand«, entgegnete Mayfeld. »Ich muss mich dafür entschuldigen, dass ich es dir nicht früher gesagt habe. Wir haben gestern Abend Magdalenas Leiche gefunden.«

»Was?«, rief Bergmann ungläubig aus. Alle Farbe war aus seinem Gesicht gewichen. Er stand abrupt auf, ging zu einem der Regale und holte eine Karaffe hinter einem Buchdeckel hervor, hinter zwei benachbarten Buchdeckeln zauberte er zwei Cognacschwenker hervor.

»Nach dieser Nachricht brauche ich erst mal etwas Hochprozentiges. Du auch?«

Mayfeld bedankte sich und lehnte ab. Er ließ seinem Gegenüber etwas Zeit und nahm den letzten Schluck Espresso.

»Wie hat es denn Tante Monika aufgenommen?«

Natürlich wusste er das dann auch noch nicht. »Sie liegt mit einem Herzinfarkt im Rüdesheimer Krankenhaus.«

Bergmann verbarg das Gesicht hinter seinen Händen. »Manche Familien trifft das Schicksal doppelt und dreifach«, murmelte er verstört. Dann sammelte er sich und blickte Mayfeld konzentriert an. »Warum erzählst du mir das erst jetzt?«

»Entschuldige, Cornelius, ich wollte, dass du unbefangen über Magdalena sprichst. Hätte ich dir gleich mitgeteilt, dass sie tot ist, hättest du mir wahrscheinlich nicht so freimütig gesagt, was du von ihrer Familie hältst, Mitgefühl und Trauer hätten dich daran gehindert.«

Ein bitterer Zug machte sich in Bergmanns Gedicht breit. »Ist sie ermordet worden?«

Mayfeld nickte. »Ist dir auf der Weinpräsentation irgendetwas im Zusammenhang mit Magdalena aufgefallen, eine Kleinigkeit, die du bislang noch nicht erwähnt hast?«

Bergmann dachte eine Weile nach. »Ich hab sie nur das eine Mal kurz gesprochen, das war am Nachmittag, als ich mir am Büfett etwas zu essen geholt habe. Nachher habe ich sie gar nicht mehr wahrgenommen, aber ich war auch nicht mehr am Büfett.« Er schüttelte den Kopf. »Außer dass sie mir ein wenig nervös vorkam, ist mir nichts an ihr aufgefallen.«

»Du kennst Andy Körner?«

Bergmann lächelte. »Wer kennt den nicht?«

»Was hältst du von ihm?«

»Er ist ein Geschäftsfreund und ein exzellenter Koch. Persönlich ist er meiner Meinung nach ganz in Ordnung.«

»Ist dir an ihm etwas aufgefallen?«

Bergmann schüttelte den Kopf. »Der war sehr beschäftigt, hat viel positive Rückmeldungen bekommen, war entsprechend stolz darauf. Wir haben nur kurz miteinander gesprochen.«

»Was hast du nach der Veranstaltung gemacht? Ich muss das fragen, Cornelius.«

»Die meisten Morde sind Beziehungstaten, habe ich mal gelesen. Du ermittelst in ihrer Familie, das verstehe ich.« Bergmann griff sich den Cognacschwenker und die Karaffe, stand auf und goss sich nach. »Ich habe die Veranstaltung um zehn Uhr verlassen. Ich glaube, das habe ich dir schon auf der Vernissage erzählt. Etwa Viertel nach zehn war ich zu Hause. Nadine kann das bestätigen.«

»Du hast da einen Mann auf dem Parkplatz gesehen, sagtest du letzten Freitag. Ist dir zu dem noch etwas eingefallen?«

Bergmann schüttelte den Kopf.

»Hatte Magdalena Feinde? Gibt es jemanden, dem du einen Mord an ihr zutrauen würdest?«

Bergman schaute ihn lange an. »Wahrscheinlich gehst du davon aus, dass jeder Mensch zu einem Mord fähig ist. Vielleicht ist das so. Ich kenne aber niemanden, der Magdalenas Feind gewesen ist und dem ich den Mord an ihr zutrauen würde. Ich kann dir leider nicht weiterhelfen. Aber ich hoffe, du findest das Schwein!«

***

»Die Kartoffeln lassen wir jetzt ein wenig abkühlen. Bis die Vinaigrette fertig ist, haben sie genau die richtige Temperatur, nämlich lauwarm.« Julia ließ die letzten Kartoffelscheiben in die große Schüssel fallen. »Hast du die Zwiebeln fein gehackt, Elly?«

Elly reichte ihr die Schüssel mit den Zwiebeln, und Julia ging zum Herd, wo Nadine bereits Öl in einer großen Pfanne erhitzt hatte. Das Öl zischte auf, als Julia die Zwiebelstückchen in die heiße Pfanne warf. »Holst du mal die Brühe, Elly? Wenn die Zwiebeln glasig sind, löschen wir mit Brühe ab«, erklärte sie Nadine und rührte in der Pfanne.

»Habt ihr das mit der zweiten Frauenleiche gehört?«, fragte Nadine. »Cornelius hat gerade angerufen, man hat Magdalena Hellenthal tot aufgefunden, sie wurde wie ihre Freundin Tina ermordet.«

Elly setzte den Topf mit einem lauten Knall auf der Herdplatte ab, die Brühe schwappte über den Topfrand auf das Ceranfeld. »Was sagst du da?«, fragte sie mit gepresster Stimme. Ihr Blick flackerte und irrlichterte umher.

»Die Leiche von Magdalena Hellenthal wurde gestern am Steinberg gefunden. Magdalena wurde ermordet«, wiederholte Julia die Nachricht. Sie selbst hatte es noch am gestrigen Abend von Robert erfahren.

Elly schluchzte auf. »Das ist ja fürchterlich«, schrie sie und rannte aus der Küche.

Julia schaute Nadine verwundert an. »Was hat sie denn?«, fragte sie. Nadine blickte betreten zu Boden.

Julia zuckte mit den Schultern. Irgendetwas schien Elly zu belasten, aber wenn sie darüber nicht reden mochte, dann sollte sie es eben bleiben lassen. Sie nahm den Topf mit der Brühe und schüttete einen Teil zu den brutzelnden Zwiebeln. »Nachdem die Zwiebeln abgelöscht sind, würze ich noch mit Essig; ich bevorzuge weißen Balsamico wegen seiner Süße. Wenn man anderen Essig nimmt, muss man etwas Zucker dazugeben, das rundet die Sauce später ab.« Sie stellte die Essigflasche wieder ab, griff nach der Flasche mit dem Olivenöl, gab einen kräftigen Schuss dazu und rührte schließlich mit dem Schneebesen einen Klacks Senf in das brodelnde Gebräu in der Pfanne. »Die Vinaigrette kommt dann heiß auf die lauwarmen Kartoffeln.« Sie griff die Pfanne, ging zum Küchentisch und goss den Pfanneninhalt über die Erdäpfel. »Und jetzt kommt das Besondere dieses Kartoffelsalates, nämlich das Bärlauchpesto.«

Julia nahm sich ein Bündel Bärlauch in die eine, das große Küchenmesser in die andere Hand und begann, die fleischigen Blätter in atemberaubender Geschwindigkeit in schmale Streifen zu hacken. »Was Elly bloß hat?«, fragte sie Nadine.

Die Frage ließ sie doch nicht los. Nadine zog die Augenbrauen nach oben und die Mundwinkel nach unten, nahm ein Bündel

Bärlauch und ein zweites Messer und begann ebenfalls zu hacken. Die Küchentür öffnete sich, und Elly kam zurück.

»Schäl doch bitte den Knoblauch und drücke ihn durch die Presse«, bat Julia ihre Schwägerin.

»Man braucht eigentlich keinen besonderen Grund, um das alles ganz fürchterlich zu finden«, sagte Nadine. »Erst die tote Tina im Kloster, jetzt die tote Magdalena am Steinberg. Man könnte tatsächlich meinen, dass ein Serienmörder am Werk ist.«

Elly nahm sich ein kleines Messer und eine Knoblauchknolle, zerteilte sie und begann, die Zehen zu schälen. Ihre Hände zitterten. »Das mit Magdalena ist eine Katastrophe.« Sie schaute kurz zu Julia, dann lenkte sie ihren Blick wieder auf die Knoblauchzehen.

»Natürlich«, gab ihr Julia recht.

»Du hast keine Ahnung!«, brach es aus Elly heraus. Sie warf Knoblauchzehen und Küchenmesser weg und vergrub das Gesicht hinter ihren Händen. »Es ist eine Katastrophe für Florian, für Franz und für mich!«

»Wie meinst du das?«, fragte Julia. Nadine trat hinter Elly und umfasste ihre Schultern.

Elly schaute hinter ihren Händen hervor, sie schien all ihren Mut zusammenzunehmen. »Magdalena ist Florians Mutter.«

Eine Weile herrschte Stille in der Küche. Julia versuchte, zu verarbeiten, was sie gerade gehört hatte. Florian war als Neugeborenes zu Elly und Franz gekommen, die beiden waren seine Pflegeeltern. Das Kind, das zu früh auf die Welt gekommen war, hatte im ersten Jahr stark gekränkelt, die intensive Pflege, die damals notwendig war, hatte es den Eltern aber umso mehr ans Herz wachsen lassen. Heute war Florian ein gesunder und lebhafter Bub.

»Die Adoption sollte in den nächsten Wochen vonstattengehen, Magdalena hatte sich damit einverstanden erklärt.«

Die Tatsache, dass Magdalena Hellenthal ein Kind geboren hatte, war offensichtlich ein gut gehütetes Geheimnis geblieben. Julia jedenfalls hatte nie etwas davon gehört, und das »Straußwirtschaftliche Quartett«, das sonst über alles redete, hatte kein Wort darüber verloren, ebenso wenig Elly.

»Aber daran ändert sich durch den Tod von Magdalena doch gar nichts, es gibt höchstens eine kleine Verzögerung. Der Richter benennt einen Amtsvormund, und der wird in die Adoption natürlich einwilligen.« Julia ging um den Küchentisch herum und streichelte Elly übers Haar.

»Meinst du?« Elly wischte sich ein paar Tränen aus dem Augenwinkel.

»Sicher.« Jetzt war es sogar sicherer als je zuvor, dass Florian adoptiert wurde, überlegte Julia und schalt sich gleich darauf für diesen hässlichen Gedanken. Elly atmete auf. »Warum hast du nie darüber gesprochen?«, wollte Julia wissen.

»Was gab es denn da zu reden?«, antwortete Elly patzig. »Der Name der Pflegemutter tat die ganze Zeit doch nichts zur Sache. Magdalena Hellenthal wollte nicht, dass ihr Name bekannt wird.«

»Du musst mit Robert reden.« Julia ging wieder auf die andere Seite des Küchentischs, zu dem klein gehackten Bärlauch.

»Das ist mir schon klar.«

Julia nahm den Bärlauch und steckte ihn in den Becher des Küchenmixers. »Da kommen jetzt Olivenöl und Pinien dazu. Ich mixe das zu einer grünen Pampe, die ich mit wenig Knoblauch, Zitronensaft und Honig abschmecke. Der Knoblauch macht das Pesto kräftiger, der Zitronensaft frischer, und der Honig macht es runder. Zum Schluss hebe ich geriebenen Parmesan unter, und dann kommt das Pesto in den Kartoffelsalat. So eine schöne grüne Farbe hat er sonst nie, und so gut schmeckt er sonst auch nie. Dazu braten wir heute Abend die Forellenfilets.«

***

»Der Bärlauchduft weht durchs ganze Haus!« Mayfeld lief das Wasser im Mund zusammen, als er den Kopf durch die Küchentür steckte. Er sprach von seinem Lieblingskraut. »Hallo, ihr Lieben!«, begrüßte er die drei Frauen. »Ich bin nur noch ganz kurz im Dienst. Kann ich dich mal sprechen, Nadine?« Nadine Bergmann folgte Mayfeld in die Schankstube, die sich in der nächsten Stunde mit Gästen füllen würde. »Erinnerst du dich an den letzten Freitagabend?«

Nadine Bergmann schien über die Frage überrascht. »Was willst du wissen?«

»Wann dein Mann nach Hause gekommen ist.«

Jetzt verstand sie den Sinn der Frage. »Das ist wahrscheinlich eine deiner Routinefragen, die du stellen musst«, vermutete sie mit einem ironischen Unterton in der Stimme.

»Genau so ist es«, antwortete er ernst. »Also, wann ist dein Mann nach Hause gekommen?«

»Um Viertel nach zehn«, antwortete Nadine.

»Hast du auf die Uhr geschaut?«, wollte Mayfeld wissen.

»Ja. Ich falle zwischen neun und zehn ins Bett und schlafe sofort ein, meistens bis zum nächsten Morgen um vier, genauso wie Mäxchen. Aber am Freitag wurde Mäxchen wach, als Cornelius nach Hause kam. Er schrie wie am Spieß, und Cornelius hat ihn, hilflos, wie er war, zu mir gebracht. Mäxchen hat Cornelius und mich bestimmt zwei Stunden beschäftigt, Cornelius hat Märchen vorgelesen, ich habe Schlaflieder gesungen.«

»Ein ganz schön anstrengender junger Mann«, bemerkte Mayfeld.

Nadine konnte das nur bestätigen. »Von vier bis acht Uhr morgens ist meistens die Phase seiner größten Aktivität, da beschäftigt er mich. Deswegen bin ich abends so platt und falle ins Bett.«

»Wer kümmert sich jetzt um Maximilian?«

»Meine Mutter. Das Praktikum hier ist für mich wie Urlaub.«

Mayfeld bedankte sich für die Auskunft, Nadine ging zurück in die Küche. Die ersten Gäste trafen ein. In der folgenden halben Stunde füllte sich die Straußwirtschaft. Mayfeld nahm die Bestellungen entgegen: Kiedricher Sandgrub, Kiedricher Wasseros, Rauenthaler Rothenberg, Hattenheimer Nussbrunnen, Kiedricher Gräfenberg, Schweinebäckchen mit Burgundersauce, Kalbshaxensülze mit Spargelsalat, Forellenfilets mit Kartoffel-Bärlauch-Salat. Oder auch nur ein Schoppen trockener Weißer, ein Roter, ein Spundekäs, ein Handkäs mit Musik. Oder »was zu trinke, ich hab Dorscht«.

Nach einer Stunde, es begann gerade, gemütlich zu werden, kam Mayfelds Schwiegermutter aus der Küche in den Schankraum.

»Hallo, Robert!« Hilde begrüßte Mayfeld mit einem Kuss auf jede Wange. »Dein Typ wird in der Küche verlangt. Was weiß ich, was die Elly wieder hat. Ich lös dich hier mal ab!«

Mayfeld ging in die Küche. Dort saßen Elly und Franz mit düsteren Mienen, flankiert von Julia und Nadine, die Mayfeld sorgenvoll entgegenblickten.

»Was gibt's?«

Franz stand auf und begann, in der Küche herumzulaufen. »Wir hätten es dir wahrscheinlich gleich sagen sollen, aber wir wussten ja nicht, dass sie tot ist«, begann er aufgeregt.

»Von wem redest du?«

»Von Magdalena.«

»Magdalena Hellenthal? Was hättet ihr mir gleich sagen sollen?«

»Magdalena ist die leibliche Mutter von Florian«, sagte Elly.

Mayfeld sah Franz in die Augen, der schaute weg. Er sah Elly in die Augen, die seinen Blick trotzig beantwortete. So ganz verstand er die Anspannung der beiden noch nicht.

»Gut, dass ihr es mir jetzt sagt. Und warum seid ihr damit nicht gleich herausgerückt, als ihr von Magdalenas Verschwinden erfahren habt?«

»Wir hatten Angst«, antwortete Franz nach vielen endlosen Sekunden. »Florian ist unser Ein und Alles. Magdalena musste in die Adoption erst noch einwilligen, jetzt wo sie volljährig ist. Und sie und ihre Mutter haben immer darauf bestanden, dass nichts über ihre Mutterschaft an die Öffentlichkeit dringt.«

»Ich bin nicht die Öffentlichkeit«, bemerkte Mayfeld.

»Wir wussten doch nicht, dass sie tot ist!« Ellys Stimme wurde schrill. »Es hätte doch auch sein können, dass sie aus irgendeinem Grund abgehauen ist. Und wenn wir dann ihr Geheimnis herausposaunen, hätte sie uns das übel nehmen und Schwierigkeiten bei der Adoption machen können. Das Risiko konnten wir doch nicht eingehen!«

»Wir wissen seit heute, dass sie tot ist, und haben uns sofort an dich gewandt«, verteidigte sich Franz.

Mayfeld wurde allmählich unruhig. Die Nervosität seiner Schwägerin und seines Schwagers schien ansteckend zu sein.

Nicht dass er glaubte, die beiden hätten etwas mit dem Mord an Magdalena Hellenthal zu tun. Aber er ermittelte ab jetzt in einem Fall, in den seine Verwandten zumindest dem äußeren Anschein nach verwickelt waren. Das konnte schwierig werden.

»Hattet ihr in der letzten Zeit Kontakt mit Magdalena Hellenthal?«

In der Küche herrschte Stille. Die beiden ließen sich mit der Antwort viel zu lange Zeit.

»Nein«, sagte Elly endlich.

»Wir haben ihr zu Florians erstem und zu seinem zweiten Geburtstag über das Jugendamt ein Bild geschickt, und Anfang Februar dieses Jahres, kurz nach ihrem achtzehnten Geburtstag, hatten wir ein Gespräch im Jugendamt, in dem es um die Adoption ging. Sie wollte der Adoption zustimmen, aber die Sozialarbeiterin meinte, sie sollte sich für diesen Entschluss noch einmal eine Bedenkzeit von drei Monaten nehmen«, ergänzte Franz.

»Und seitdem?«

»Haben wir nichts mehr von ihr gehört«, antwortete Elly.

»Wenn es noch etwas gibt, was ich wissen sollte, wäre jetzt ein guter Zeitpunkt, es mir zu sagen«, meinte Mayfeld. Elly und Franz schwiegen. Nadine räusperte sich, und Julia begann, die Küchenmesser zu sortieren und der Länge nach nebeneinanderzulegen.

»Was wisst ihr über Florians Vater?«

»Der spielt in der ganzen Angelegenheit doch gar keine Rolle«, entgegnete Elly.

»Das weiß man nicht«, widersprach Mayfeld. »Magdalena war fast noch ein Kind, als Florian gezeugt wurde. Für den Vater kann es Konsequenzen haben, wenn das herauskommt. Vielleicht liegt hier ein Motiv für die Verbrechen.«

Aber dazu konnten weder Elly noch Franz etwas sagen.

»Wo warst du, Franz?«, fragte Mayfeld als Nächstes. »Wo warst du am Freitagabend?«

»Im Kloster, auf der Weinpräsentation.«

Diese Antwort hatte Mayfeld nicht hören wollen.

»Er war um halb neun wieder hier«, sagte Elly. »Du kannst Hilde fragen, wenn du mir nicht glaubst.« Warum unterstellte ihm

Elly dieses Misstrauen? Genau dadurch erzeugte sie bei Mayfeld Zweifel. Er spürte eine Erleichterung darüber, dass seine Schwiegermutter Franz ein Alibi geben konnte und nicht nur Elly. Andererseits war dadurch ein weiteres Familienmitglied in den Fall involviert. Lackauf würde seine Freude daran haben.

»Was schaust du uns so an, als ob wir Verbrecher wären?«, fragte Elly in anklagendem Ton. »Du hast keine Ahnung, wie es uns ergangen ist in den letzten Jahren! Die Eignungstests beim Jugendamt macht keiner mit, der einfach ein Kind zeugen will, aber wir mussten uns ihnen unterziehen. Wir mussten die ständigen Besuche vom Jugendamt ertragen, wo sie nachschauen, ob wir auch alles richtig machen. Als ob man ausgerechnet uns kontrollieren müsste, als ob es da nicht andere gäbe, bei denen die Kontrolle angebrachter wäre! Und wir mussten die ständige Angst aushalten, ob es sich diese Magdalena Hellenthal doch noch mal anders überlegt!«

Diese Angst mussten sie ja jetzt nicht mehr haben.

»Sei doch still, Elly!«, ermahnte Franz seine Frau.

»Ich denke gar nicht daran! Immer haben wir nur das gesagt, was wir dachten, dass die anderen hören wollten. Wir sind das perfekte Paar, dem nur die Kinder fehlen, haben wir denen vom Jugendamt erzählt. Auf dessen Seminaren geht es zu wie bei einer Castingshow, jeder zeigt sich nur von seiner besten Seite. Ich hab es satt, den Leuten immer nur nach dem Mund reden zu müssen. Du bist nach der Weinpräsentation direkt nach Hause gefahren, dafür gibt es mehrere Zeugen. Wir haben mit der Leiche am Steinberg nichts zu tun! Wieso werden wir dazu überhaupt befragt? Bloß weil wir ein Kind annehmen wollen?«

»Beruhige dich bitte, Elly! Robert macht nur seinem Job«, versuchte Julia zu vermitteln.

»Mich hat er auch gefragt, wo Cornelius war«, ergänzte Nadine.

»Ihr habt gut reden! Ihr habt eure Kinder, die macht euch niemand streitig. Ihr müsst euch nicht andauernd rechtfertigen, ihr müsst nicht in der Angst leben, dass sie euch jemand wieder wegnimmt, mit den allerbesten Gründen und dem tiefsten Ausdruck des Bedauerns!«

Mayfeld atmete langsam tief ein und tief aus, wiederholte das einige Male. Irgendwo hatte er gelesen, dass das helfe, zu entspannen. Zu seiner Verblüffung funktionierte es tatsächlich.

»Hab keine Angst, Elly«, hörte er sich sagen. »Niemand will euch Florian wegnehmen. Es war vielleicht nicht sehr klug, mit euren Informationen hinter dem Berg zu halten. Aber ihr habt nichts Unrechtes getan.«

Das war seine volle Überzeugung. Aber er bezweifelte, dass das jeder so sehen würde.

***

Die Dämmerung hatte eingesetzt, und ein harter und langer Arbeitstag ging zu Ende. In dieser Woche hatten sie einen Großteil der Pflanzen aus den Gewächshäusern ins Freie gebracht. In der nächsten Woche würde die Arbeit gemächlicher weitergehen. Tatjanas Chef hatte sich für ihren Einsatz bedankt und gemeint, dass sie sich nun ruhig freinehmen könnte. Sie solle sich erholen, hatte Vogler gesagt, an ihre Gesundheit denken, sie wirke so angespannt und mitgenommen. Ja, wie sollte sie denn wirken, nachdem man ihre Schwester erwürgt und in einen Bach geworfen hatte? Locker und gelassen? Bloß ein Stück weit betroffen? Sie hatte Vogler angebrüllt und ihn das gefragt. »Das meine ich doch«, hatte der geantwortet, »du solltest dich erholen.« Ein richtig guter Mensch war dieser Vogler. Sie legte ihre Gärtnerhandschuhe, die Pflanzschaufel und die Harke in das Regal links neben dem Eingang des Gewächshauses, hängte die grüne Schürze an den Haken und tauschte die Gummistiefel gegen ihre ausgetretenen Lederschlappen.

»Sie haben Magdalena gefunden«, hörte sie eine Stimme hinter sich und fuhr herum. Der große dicke Ritter stand da und starrte sie an. »Magdalena ist tot. Man hat sie erwürgt wie Tina und auf dem Steinberg verbuddelt. Ich hab sie in der Leichenhalle gesehen.« Tränen stiegen ihm in die Augen.

Sie strich ihm behutsam über die fettigen Haare. Allmählich sickerte die Bedeutung der Worte, die Bernhard gerade ausgesprochen hatte, in ihr Bewusstsein ein. Tina war tot, Magdalena war tot, beide Freundinnen waren erwürgt worden. Irgendwo hier draußen war ein Monster unterwegs. Sie schaute Bernhard prüfend an, aber der blinzelte nur unglücklich aus seinen tränenvollen Augen.

»Jetzt bist nur noch du da von den Bewohnern des Schlosserbaus«, stammelte er schließlich. Wie beruhigend. »Wir müssen zusammenhalten.« Das klang schon besser. Er fasste ihre Hand und drückte sie ganz fest zusammen, so fest, dass sie wehtat.

»Wie geht es deiner Mutter?«, fragte sie und entwand ihm die Hand.

»Schlecht. Sie ist im Krankenhaus auf der Intensivstation. Seit Jahren klagt sie über ihr schwaches Herz. Ich hab nicht mehr daran geglaubt, dass ihr mal was passiert, aber jetzt ist es wohl doch so weit. Herzinfarkt, sagen die Ärzte. Es steht nicht gut um sie.«

Jetzt übertrieb es die Alte mit ihrer Hypochondrie, dachte Tatjana. Am Ende starb sie noch.

»Ich bin schuld«, hörte sie Bernhard sagen.

»Wieso denn das?« Wollte sie es wirklich wissen? Wollte sie jetzt ein Geständnis hören? Das Herz schlug ihr plötzlich bis zum Hals. Was hatte Bernhard auf dem Kerbholz? Sie schaute sich im Gewächshaus um. Die Kollegen waren alle gegangen.

Bernhard hatte ihre Hand wieder fest im Griff und starrte ihr unentwegt in die Augen. »Ich bin schuld«, wiederholte er. »Ich habe meiner Schwester nicht geholfen.« Tatjana entspannte sich wieder etwas. Wenn es nichts weiter war! Er kramte mit der freien Hand sein Handy aus der Strickjacke, drückte auf den Tasten herum und hielt ihr schließlich das Display vor die Nase. »24.4.07. Hallo, Bernhard! Wir sollten uns treffen. Hab keine Angst, es wird alles gut. Magdalena«, zitierte er die SMS, die er offensichtlich auswendig kannte. »Ich bin zu spät gekommen. Und jetzt bin ich ganz allein.«

Ich habe zum Glück noch meine Oma, dachte Tatjana, aber im Moment war das kein so guter Trost. »Wenn du meine Hand loslässt, Ritterchen, dann nehme ich dich mit in den Schlosserbau, ich hab leckeren Schokoladenkuchen für dich. Wir sind doch gar nicht allein. Wir sind doch zu zweit!« Sie zwinkerte ihm zu, aber so verstört, wie er sie anschaute, wusste sie nicht, ob das eine gute Idee war.

Bernhard kam mit. Sie schloss das Gewächshaus hinter sich ab, ging den kurzen Weg über den Werkhof der Schreinerei zu ihrer Wohnung. Es war mittlerweile dunkel geworden. Die polnischen Saisonarbeiter hatten Anschluss an Kollegen in Oestrich gefunden und waren über das Wochenende weg. Von den Bewohnern des Schlosserbaus war jetzt nur noch sie da. Es begann zu nieseln. Kein Mensch war mehr zu sehen.

Was hast du vor?, fragte die Oma aus der Ferne, als sie die Haustür öffnete. Bernhard folgte ihr durch den düsteren Flur in die Wohnung im Erdgeschoss.

Sie machte erst einmal überall Licht, in der Küche, im Flur, in ihrem Zimmer, im Bad, nur die beiden verwaisten Zimmer blieben dunkel. Tinas Zimmer hatten die Bullen mittlerweile wieder freigegeben, Magdalenas Zimmer war noch versiegelt. Die E-Mail-Adresse ohne Passwort und die Brosche mit der blonden Locke kamen ihr wieder in den Sinn. Sie wusste immer noch nicht, was diese Fundstücke zu bedeuten hatten.

Bernhard hatte sich in der Küche niedergelassen. Sie hätte nichts dagegen gehabt, wenn er gleich in ihr Zimmer gegangen wäre, aber sie musste ihn nehmen, wie er war. *Was hast du vor?*, fragte die Oma schon wieder. Ach Oma, das kannst du dir doch vorstellen. Sie ging zum Kühlschrank und holte eine Flasche ihres Lieblingsweins heraus, eine edelsüße Riesling-Auslese vom Kiedricher Heiligenstock. Dazu schnitt sie zwei große Stücke von dem Schokoladenkuchen ab, den sie gestern Abend gebacken hatte, um den Hass und die Traurigkeit zu verscheuchen, die über sie gekommen waren nach den wirren Träumen der vergangenen Tage. Wenn sie an die Träume dachte, wurde ihr gleich wieder übel. Sie versuchte, die Gedanken an das Krokodil, an die Maus und an Körner zu verscheuchen. Der Ritter der Münzen war zu Besuch und bedurfte des Trostes. Die Mama des Ritters war weit weg, auf der Intensivstation, von wo sie möglicherweise nie mehr zurückkehren würde. Wie er dasaß und betreten in der Küche hin und her schaute, war Bernhard eigentlich ganz süß. Sie legte die Kuchenstücke auf kleine Teller.

»Den hab ich selbst gebacken«, sagte sie und gab ihm ein Stück. »Es ist ein Rezept von meiner Oma.« Ich habe das Rezept um ein spezielles Gräslein erweitert, sprach sie im Stillen weiter, so befreit der Kuchen noch besser von Gram und von Angst. Du wirst schon sehen.« Dazu passt dieser süße Wein ganz toll!« Sie füllte zwei Becher aus farbigem Kristallglas, die auf dem Küchentisch standen. »Zum Wohl!«

Bernhard aß von ihrem Tellerchen und trank aus ihrem Becherchen. »Der Kuchen ist gut. Kann ich noch ein Stück haben?«

Tatjana nickte, stand auf, schnitt ihm ein weiteres dickes Stück von dem Kuchen ab und stellte es vor ihn hin. »Der bringt dich auf neue Gedanken.« Sie lächelte vielversprechend, während er den Kuchen in sich hineinstopfte. »Noch ein Stück?«

»Vielleicht später.« Er nahm einen kräftigen Schluck. So war es recht. Bernhard lehnte sich auf dem Stuhl weit zurück, hoffentlich kippte er nicht um. Nach einer Weile war das Grimmige und Verdruckste aus seinem Gesicht gewichen, er begann selig zu lächeln. »Es stimmt, was du gesagt hast: Wir sind gar nicht allein, wir sind zu zweit. Aber was will so eine hübsche Frau mit so einem gewöhnlichen Kerl wie mir?«

»Du bist doch kein gewöhnlicher Kerl! So etwas solltest du nie sagen, sonst glauben es die Leute noch. Du bist mein Ritter, der Ritter der Münzen.«

Ein Hauch von Misstrauen huschte über sein Gesicht. »Was hast du bloß immer mit den Münzen? Geht es dir um meine Münzen?«

Warum reagierte er so gereizt, wenn sie auf die Münzen zu sprechen kam? Waren es seine Münzen? Oder gehörten sie seiner Mutter? Hatte ein Teil der Münzen Magdalena gehört? Wollten die Mädels so zu Geld kommen? Leise Zweifel beschlichen sie. Dieses Problem war Bernhard ja jetzt los. Hatte er das Problem beseitigt? Aber sie wollte nicht glauben, dass er seiner Schwester etwas angetan haben könnte.

»Nein, du dummer Ritter. Ritter der Münzen, das ist eine Tarotkarte, die ich am Abend gezogen habe, bevor ich dich kennenlernte.« Sie zog die Karte aus dem Stapel, der auf dem Tisch lag, und zeigte sie ihm. »Ein bodenständiger Mann auf einem robusten Pferd ist das, er symbolisiert Kraft und Stärke und Zuverlässigkeit. So einer bist du, das spüre ich.«

Sie beugte sich zu ihm hinüber, legte ihre Hände auf seine Knie und sah ihm lange in die Augen, deren Pupillen sich zunehmend weiteten.

Bernhard stand abrupt auf, sprang auf sie zu, zog sie hoch, umfasste ihren Hals und drückte ihr einen schokoladenkrümeligen Kuss auf den Mund. Seine Augen waren jetzt weit aufgerissen.

»Wir sind nicht allein, wir sind zu zweit«, hauchte sie.

»Ja, Magdalena!«, antwortete er.

Sie beschloss, den Namen zu ignorieren.

***

Auch Asmodeus, dem Dämon der Hurerei, habe ich mich hingegeben. Ich weiß, man ist heute in solchen Sachen großzügig geworden und nimmt diese Dinge gelassen. Aber ich kann Ihnen versichern, auch die Wollust gehört zu Recht zu den sieben Kardinallastern. Sie ist vielleicht sogar das hinterhältigste aller Laster, denn sie kommt oft in der Gestalt von angeblicher Liebe oder Zuneigung daher. Agape und Caritas werden von Luxuria vergiftet, und man täuscht sich selbst und andere über den wahren Kern der eigenen Absichten, nur um seine finsteren Triebe und Bedürfnisse mit gutem Gewissen auszuleben.

Aber schon wieder ertappe ich mich dabei, Sie belehren zu wollen, obwohl ich derjenige bin, der alles, was man falsch machen konnte, falsch gemacht hat. Wenn einer so ein Schuft ist wie ich, dann zieht er alles in den Dreck, selbst die Liebe. Lange habe ich versucht, mich rein zu halten, aber dies ist mir nicht gelungen, im Gegenteil, ich habe meine Familie auf die beschämendste Weise besudelt, die Sie sich nur vorstellen können und für die ich keine Worte finde, die ich auf Papier bringen könnte. Aber glauben Sie mir, nichts ist gemeiner und niederträchtiger, nichts verachtenswerter als das, was ich getan habe.

Nun liegen diese Dinge schon eine Weile zurück, aber dadurch werden sie nicht weniger schlimm, dadurch sind sie keinesfalls vergeben. Ganz im Gegenteil: Dass ich alles so lange im Dunkeln gelassen habe, in der Hoffnung, es werde dadurch in Vergessenheit geraten und könnte ungesühnt bleiben, macht diese Verfehlungen umso verachtenswerter und strafwürdiger.

Sicherlich ist das, was ich meiner Schwester angetan habe, der Anfang dieser Tragödie, ein Stein, der in verblendeter Absicht geworfen, eine ganze Lawine von Niederträchtigkeiten, Gemeinheiten und Verbrechen auslöste. Sicherlich haben sich auch andere versündigt, werden Sie jetzt einwenden, aber über die zu richten steht einem Finsterling wie mir nicht zu, das mögen andere tun, die dazu berufener sind.

Ich will wohl erwähnen, dass es am Anfang nicht böse Absicht war, die mich ins Straucheln brachte, sondern Einsamkeit, Kälte, Verlorenheit und Angst. Ich erahnte nicht, welche fürchterlichen Konsequenzen sich aus der falschen und verbotenen Zuneigung zu meiner Schwester ergeben würden, ich erahnte nicht, dass ich einmal in ihr totes Antlitz blicken müsste, dass sie ein Opfer meiner Gier, meiner Trägheit und meiner Wollust werden würde.

Aber die meisten Dinge fangen klein an, das Unheil beginnt dort, wo man vom Weg des Gesetzes und der Tugend das erste Mal abweicht, sich darüber erhebt, Dinge nicht so ernst nimmt, wie man es tun sollte, sich Ausreden einfallen lässt, sich einredet, alles sei ja nicht so schlimm, man habe gute Gründe für das frevelhafte Verhalten, man sei eine Ausnahme. Niemand kommt mit dem Vorsatz zur Welt, ein Monster zu werden, aber wir alle kommen mit der Fähigkeit dazu zur Welt, und es bedarf stetigen Bemühens, den Keim des Bösen in uns zu unterdrücken und auf dem rechten Weg zu bleiben. Sind die Dämme erst einmal gebrochen, dann gibt es kein Halten mehr.

Aber wer bin ich denn, dass ich predige, statt zu beichten?

In unserer Familie war so viel Schweigen, meistens fiel kein Wort, wenn die Familie zusammen war. Aber wir schwiegen uns auch an, wenn wir redeten, denn dann sprachen wir über Dinge, über die wir kein Wort hätten verlieren müssen, statt über die wichtigen Dinge des Lebens. Auch wenn also Einsamkeit, Verlorenheit und Sprachlosigkeit am Anfang des Verhängnisses standen, möchte ich damit nichts entschuldigen oder verharmlosen. Wahrscheinlich habe ich mit meinem Handeln Magdalena in eine fürchterliche Isolation getrieben. Abgetrennt von allem Mitgefühl und aller Hilfe war sie, als sie in Not geriet, als sie Asmodeus und den von ihm Getriebenen zum Opfer fiel, und blieb in dieser Einsamkeit fast bis in den Tod hinein gefangen. Was sie zuletzt an Hilfe fand, kam zu spät, war zu wenig, vielleicht auch nicht das Richtige, aber wiederum bin ich auch hier der Letzte, der sich darüber zu urteilen erfrechen dürfte. Wie anders hätte der Lauf der Geschehnisse sein können, hätte sie sich jemandem anvertraut, offen über ihre Not gesprochen. Aber dieser Weg war ihr verbaut, und daran habe ich meinen Anteil.

Und dann habe ich mich wieder auf etwas eingelassen, das Freundschaft hätte werden können, vielleicht sogar Liebe, aber das mich ganz schnell in die Niederungen der Wollust hinabgeführt hat. Meine Beweggründe waren die gewöhnlichsten, die Sie sich vorstellen können, um nichts anderes als die Befriedigung meiner Triebe ging es mir, und es kam so, wie es kommen musste, diese Gewöhnlichkeit und Niedertracht führte geradewegs in weitere Verfehlungen, Katastrophen und Verbrechen.

Samstag, 5. Mai

Draußen zwitscherten die Vögel schon eine ganze Weile, und neben ihr schien Bernhard sämtliches Gehölz der Eberbacher Gartenanlage zersägen zu wollen. Er lag da wie ein zufriedener Säugling, nur verkrumpelter, größer und behaarter. Es fehlte bloß noch, dass er einen Daumen in den Mund steckte und daran nuckelte. Er war ein wenig geübter und etwas ruppiger Liebhaber, aber im Vergleich zu vielen Kerlen, die sie schon im Bett gehabt hatte, war er eigentlich ganz süß. Wenigstens war er nicht so verdammt selbstgefällig wie die meisten seiner Geschlechtsgenossen. Verrückterweise fühlte sie sich sicher bei ihm, sicher und geborgen, obwohl sie ihn kaum kannte, fand ihn kuschelig, obwohl sie fettige Haare hasste, vertraute ihm, obwohl sie ihn vor Kurzem noch für den Mörder ihrer Schwester gehalten hatte, und hegte zärtliche Gefühle für ihn, obwohl sie vorhatte, ihn zu bestehlen.

Das wird nicht gut gehen, flüsterte ihr die Stimme von Oma zu.

Manchmal war es gar nicht so leicht, solch eine weise Ratgeberin im Ohr zu haben oder wo immer deren Stimme herkam. »Warum denn nicht?«, wollte sie von der Großmutter wissen.

Du willst zu viel, es passt alles nicht zusammen. Du willst einen Freund, du willst ihn beklauen, du willst erfahren, was in dem halben Jahr passiert ist, an das du dich nicht erinnerst, du willst den Mörder deiner Schwester finden. Das sind vier Wünsche. Das macht dich noch ganz durcheinander.

Was redete die Alte da? Sie war nicht verrückt. Sie hatte alles im Griff.

Jetzt hörte ihr Ritter für eine ganze Weile mit dem Schnarchen und Sägen auf. Er ruhte sich aus. Aber dann setzte er seine Tätigkeit mit doppelter Intensität fort. Zur Abwechslung schmatzte und grunzte er jetzt auch noch. Richtig abwechslungsreich war es mit ihm.

Du musst dich entscheiden, flüsterte die Stimme.

Jetzt schien Bernhard aufzuwachen. Einem lauten Schnarcher folgte ein Schnauben und Stöhnen. Er wälzte sich ein paar Mal unruhig hin und her, dann schlug er die verquollenen Augen auf und blickte ihr ins Gesicht. Der große, dicke Ritter mit dem schuldbewussten Dackelblick, dachte Tatjana.

»Mein Mäuschen«, röchelte er.

Immerhin hatte er sie nicht schon wieder Magdalena genannt, wie mehrfach in dieser Nacht geschehen. Wahrscheinlich sollte sie dafür dankbar sein. Aber als Mäuschen bezeichnet zu werden, das gefiel ihr überhaupt nicht. Eine Frechheit war das, eine Gemeinheit sondergleichen.

Reg dich nicht auf, er meint das doch nicht böse, versuchte die Großmutter sie zu besänftigen.

»Halts Maul!«, wies sie die alte Besserwisserin in ihre Schranken. Mäuschen! Hass durchflutete sie, bodenloser, böser Hass. Sie war kein Mäuschen, was bildete sich dieser stinkende Fettsack bloß ein? Jetzt fasste er sie an, sie schubste ihn weg.

»Was ist denn, Mäuschen?«

Sie sprang aus dem Bett. Wenn er sie noch mal so nannte, würde sie sich in der Küche das große Messer holen und ihn abstechen.

Drehst du jetzt völlig durch?, schimpfte die Großmutter. *Denk lieber mal nach, was dich an dem Wort Mäuschen so stört.*

Tatjana holte tief Luft. Großmutter hatte recht, wie immer. Sie setzte sich auf die Bettkante und ließ es zu, dass Bernhard heranrobbte und ihren Rücken zu kraulen begann.

»Nenn mich nicht Mäuschen, das kann ich nicht leiden. Da hab ich schlechte Erinnerungen dran.«

»Schlechte Erinnerungen an Mäuse?«, fragte er verständnislos.

Sie musste loslachen. Was für ein süßer Trottel er doch war! Aber gleich kamen die Wut und der Hass wieder. Was meinte sie bloß mit schlechten Erinnerungen? Ein Bild tauchte vor ihr auf. Ein unrasiertes Gesicht, buschige Augenbrauen, brennender Blick. Ein fieses Grinsen. »Na, Mäuschen«, hörte sie Körner sagen. Ein bohrender Schmerz fuhr ihr in den Unterleib, sie schrie auf, ihr Magen verkrampfte sich. Sie rannte aus dem Zimmer ins

Bad, wo sie sich in die Toilettenschüssel übergab. Sie fühlte sich, als ob ihr Kopf in einer Presse steckte, die langsam zugedrückt wurde, und ein Teufel ihr Salzsäure zwischen die Beine gekippt hätte.

Körner! Sein stoppeliges Gesicht war auf das ihre gedrückt, sie sah ihn direkt vor sich, wie er ihr zwischen die Beine fuhr. Jetzt kotzte sie den restlichen Schokoladenkuchen von gestern Abend in die Schüssel. »Zick nicht rum, du geiles Luder. Wenn du nicht spurst, greif ich mir dein kleines Schwesterchen, die will es doch auch nicht anders!«, hatte er ihr immer wieder zugeflüstert und sie damit gefügig gemacht. In ihr loderten Hass und Wut, immer mehr Bilder drangen in ihr Bewusstsein, Erinnerungen, die sie lange unter einer dicken Schicht Gefühllosigkeit vergraben hatte und die jetzt eine wilde und böse Auferstehung feierten. Was hatte das Schwein Tina angetan?

Es klopfte zaghaft an der Badezimmertür. »Entschuldige, Tatjana, wenn ich etwas falsch gemacht habe. Ich wollte dir nicht wehtun«, drang Bernhards klägliche Stimme von ferne an ihr Ohr. Er konnte wirklich nichts dafür, da musste sie Oma zustimmen.

»Du hast nichts falsch gemacht, mein Ritter!«, antwortete sie und öffnete die Tür. Er nahm sie in seine riesigen Arme und drückte sie heftig. Sie ließ es über sich ergehen, er meinte es ja nur gut. »Ich hatte einen schlechten Traum«, log sie.

Aber es war schlimmer. Dieser Albtraum war die Wirklichkeit.

***

Mayfeld klingelte und wartete, klingelte wieder. Vor genau einer Woche hatte er hier gestanden und Tatjana Lüder die Nachricht von der Ermordung ihrer Schwester gebracht, jetzt musste er ihr die Nachricht vom Tod ihrer Mitbewohnerin überbringen. Falls sie es nicht schon wusste. Es dauerte wieder viele Minuten, bis sie die Tür öffnete. Sie stand in einem verknitterten Leinenhemd vor ihm, und wieder sah sie reichlich mitgenommen aus.

»Kommen Sie rein«, raunzte sie ihn an und führte ihn in die

Küche. Dort hatte das Chaos in der vergangenen Woche noch zugenommen, in der Spüle stapelten sich Töpfe, Tiegel und Backformen. Auf dem Tisch standen zwei große Tassen mit dampfendem Kaffee.

»Wollen Sie einen?«, fragte Tatjana Lüder und deutete auf einen der Becher mit dem schwarzen Getränk.

»Haben Sie Besuch?«

»Ist das verboten?«, erwiderte sie gereizt.

»Herr Hellenthal kann ruhig hereinkommen.«

»Woher wollen Sie denn wissen, dass Bernhard hier ist?«, fragte sie verdutzt.

»Sein Motorroller steht vor der Tür«, erklärte Mayfeld. »Ich nehme an, dass er Ihnen schon von seiner Schwester erzählt hat.«

Tatjana Lüder nickte und fuhr sich durch das wirre, rote Haar. Ihre Unterlippe zitterte, und ihre Augen füllten sich mit Tränen.

»Das ganze Leben ist ein Scheiß-Albtraum«, sagte sie mit gepresster Stimme. Dann versuchte sie, sich wieder zu sammeln, die Kontrolle über sich zurückzugewinnen, die coole Fassade wieder aufzurichten. Sie wischte sich die Tränen aus dem Augenwinkel. »Wenn Sie mir nur sagen wollten, dass Magdalena tot ist, dann hätten Sie sich die Mühe, hier rauszukommen, sparen können. Ich weiß Bescheid. Finden Sie lieber den Mörder der beiden.«

Hellenthal steckte seinen Kopf durch die Glasperlenketten, die im Türrahmen der Küche hingen.

»Kommen Sie herein«, forderte ihn Mayfeld auf.

Hellenthal setzte sich zu ihnen an den Tisch. Er war nicht weniger mitgenommen als seine Freundin, allerdings hatte er sich bereits angezogen und gekämmt. Mit seiner großen, stämmigen Figur, dem Bart und der biederen Strickjacke wirkte er wie ein überdimensionierter Gartenzwerg.

»Haben Sie irgendeinen Verdacht, wer Ihre Mitbewohnerin umgebracht haben könnte?«

Tatjana Lüder stopfte sich eine Pfeife, entzündete sie und blies dicke Rauchschwaden in die Küche. »Sie glauben mir ja doch nicht«, sagte sie trotzig.

»Versuchen Sie es doch einfach mal!«

»Man verpfeift keinen an die Bullen, hat meine Oma immer

gesagt, aber bei dem ist es bestimmt erlaubt. Sagt Ihnen der Name Andy Körner etwas?«

»Allerdings.«

»Dieser Drecksack war mal ein paar Jahre unser Stiefvater. Dem trau ich alles zu, kleine Mädchen ficken genauso wie junge Frauen erwürgen.«

»Können Sie genauer sagen, warum Sie ihm das zutrauen?«

Ihr Gesicht verhärtete sich. »Sie wollten wissen, ob ich jemanden in Verdacht habe, und ich habe einen Verdacht geäußert. Wenn ich Beweise hätte, würde ich sie Ihnen mitteilen, hab ich aber nicht.«

»Kam es in der Zeit, in der Sie zusammenlebten, zu Übergriffen von Herrn Körner?«, fragte Mayfeld.

Tatjana Lüder lachte. »Was für ein langweiliges Bürokratenwort für eine so dreckige Sache!«

»Hat er sie vergewaltigt?«, präzisierte Mayfeld seine Frage.

Tatjana nickte.

»Hat er Ihre Schwester vergewaltigt?«

»Ich denke schon.«

»Aber Sie wissen es nicht? Sie vermuten es?«, fragte Mayfeld weiter.

»Herrgott noch mal, ich war nicht mehr zu Hause, woher soll ich das wissen?«, schrie Tatjana Lüder. »Aber er hat es vorher angekündigt, wenn ich nicht mehr da bin, dann hält er sich an meine Schwester.«

»Gibt es irgendwelche Beweise, gibt es Zeugen für Ihre Anschuldigungen?«, wollte Mayfeld wissen.

»Sie glauben mir nicht«, antwortete sie giftig, zog heftig an ihrer Pfeife und stieß dicke Rauchschwaden aus.

»Ich glaube Ihnen, dass er Sie vergewaltigt hat. Aber das reicht nicht. Ich muss es beweisen können. Und was Ihre Schwester betrifft: Vermutungen helfen nicht weiter.« Mayfeld nannte Tatjana Lüder die Adresse einer Opferberatungsstelle, was bei ihr lediglich einen hysterischen Lachanfall provozierte. Sie machte es weder sich noch ihm einfach. »Wussten Sie, dass Magdalena am Abend vor ihrer Ermordung für Andy Körners Partyservice gearbeitet hat?«, fragte er anschließend.

Tatjana Lüder legte die Pfeife aus der Hand und lehnte sich auf dem Küchenstuhl zurück.

»Das ist nicht wahr!«, schrie sie. »Der war's!« Dann ließ sie den Stuhl zurückkippen, stand auf und holte sich aus dem Kühlschrank ein Stück Schokoladenkuchen. »Sonst noch jemand?«, fragte sie, schon wieder etwas ruhiger.

»Wie kannst du jetzt bloß essen?«, wunderte sich Hellenthal.

»Geht schon«, antwortete sie, setzte sich wieder an den Tisch und stopfte sich ein großes Stück von dem Kuchen in den Mund. »Ich kann es nicht beweisen, aber der war's. Das spür ich. Machen Sie sich an den heran, Herr Mayfeld, packen Sie ihn an den Eiern, es trifft bestimmt den Richtigen!«

Das waren kaum Angaben, die ihn weiterbrachten. Vielleicht würde die Vernehmung Hellenthals ergiebiger sein.

»Wussten Sie, dass Ihre Schwester ein Kind geboren hat?«, fragte er ihn.

Hellenthal starrte ihn lange an. In seinem Gesicht kämpften Furcht, Zweifel und Verwunderung um die Vorherrschaft des Ausdrucks.

»Nein«, sagte er nach einer ganzen Weile. »Wann soll das gewesen sein?«

»Vor zweieinhalb Jahren.«

Hellenthal schüttelte ungläubig den Kopf. »Damals war ich selten zu Hause. Ich habe nichts bemerkt. Warum hat mir denn niemand etwas erzählt?« Das war eine interessante Frage. »Wo ist das Kind jetzt?«, wollte er wissen.

Die Frage war Mayfeld nicht so angenehm. »Das tut nichts zur Sache«, redete er sich heraus.

»Krieg ich doch ein Stück Kuchen?«, bat der verunsicherte Riese seine Freundin, die aufstand und ihm eines auf einem Teller brachte. »Im Krankenhaus wollte mir Mama gestern unbedingt etwas erzählen. Aber sie war zu schwach, ich konnte kaum etwas verstehen. Es war, glaube ich, eine Geschichte vom heiligen Florian. Ist das der Name des Kindes?«

»Das tut wie gesagt nichts zur Sache«, wiederholte sich Mayfeld. »Sie wussten also nichts davon?«

»Sagte ich doch schon.«

»Ich muss gestehen, dass mich das sehr wundert«, hakte Mayfeld nach.

»Mich auch«, war Hellenthals patzige Antwort.

»Gibt es sonst jemanden, der davon wissen könnte?«

Hellenthal zuckte mit den Schultern. »Meine Mama wusste es bestimmt. Vielleicht auch mein Papa. Aber wenn sie es mir nicht erzählt haben, dann haben sie es bestimmt auch sonst geheim gehalten. Meine Familie hatte nicht so viel mit fremden Leuten zu tun, auch nicht mit Freunden oder Nachbarn. Ich habe also einen Neffen«, sagte Hellenthal. »Oder eine Nichte. Wer kümmert sich denn um das Kind?«

»Diejenigen, die das schon die ganze Zeit getan haben«, antwortete Mayfeld. »Wenn Sie Näheres wissen wollen, müssen Sie sich an das zuständige Jugendamt wenden.« Er spürte, dass ihm die Fragen nach Magdalenas Kind, nach Franz' und Ellys Kind unangenehm wurden. Er wollte seinen Schwager und seine Schwägerin vor der Neugierde anderer schützen, sie aus dem Fall heraushalten, soweit das ging.

»Hat das Kind etwas damit zu tun, dass meine Schwester ermordet wurde?«, fragte Hellenthal.

»Das weiß ich nicht. Ausschließen möchte ich es nicht«, antwortete Mayfeld.

Hellenthals Blick war finster geworden, die Gesichtszüge hart. In ihm arbeitete etwas. Mayfeld konnte es nicht genau benennen, aber es schien ihm beunruhigend und bedrohlich.

***

Tatjana war in die Jeans geschlüpft, hatte die Gummistiefel angezogen und den Overall mit der Haube übergestreift. Sie war jetzt vollständig vermummt. Sie entzündete die Pfeife und blies dicke Rauchschwaden an die Zimmerdecke. Dann verließ sie den Schlosserbau und ging über den Hof zu den Bienenstöcken. Zwei der Völker waren krank, es flogen kaum Bienen. Wahrscheinlich hatten sich Parasiten in den Stöcken eingenistet. Tatjana musste sie deswegen säubern. Sie streifte sich die Handschuhe über, griff nach der Honigzarge und hob sie an, entfernte das Trenngitter zwischen Honig- und Bienenzargen und nahm den Rest des Stocks auseinander. Natürlich gefiel den noch lebenden Bienen die Hausdurchsuchung nicht besonders gut. Sie musste aber sein. Im Boden des Stocks lagen tote Bienen, und in den Zargen hatten sich zwischen den Waben Ungeziefer und Milben angesammelt. Die mussten mit dem Lötkolben weggebrannt werden.

Die Bilder, die heute Morgen aufgetaucht waren, als Bernhard sie mit einem einzigen Wort an Körner erinnert hatte, verfolgten sie weiterhin. Körner, der grinsende Erpresser und Vergewaltiger. Sie spürte, dass sie sich einer unangenehmen Wahrheit näherte.

Sie nahm den Handbesen und kehrte die Bienen von einer der Waben weg. Um den Bienen die Lust am Stechen zu vertreiben, paffte sie, so heftig sie konnte, war jetzt ganz in Rauchschwaden gehüllt. Hier spricht die Imkerin, bitte verlassen Sie sofort das Gebäude und stellen Sie das Stechen ein, es besteht akute Feuergefahr, rief sie den Bienen im Geiste zu.

Eine unangenehme Wahrheit war, dass sie den Auftrag ihrer Oma nicht erfüllt hatte. Pass auf Tina auf, hatte die Alte kurz vor ihrem Tod zu ihr gesagt, und sie hatte es versprochen. Nach deren Tod war es mit Körner immer schlimmer geworden, bis Tatjana es nicht mehr ausgehalten hatte. Sie zog schnell und heftig an der Pfeife, ein klein wenig schwindelig wurde ihr davon, und um den Mund herum fühlte sich alles schon wieder pelzig an und kribbelte wie verrückt.

Sie musste sich daran erinnern, was sie getan hatte. Ein komplettes halbes Jahr fehlte in ihrer Erinnerung. Was war passiert? Sie sah ihre Schwester Tina auf der Totenbahre, aber das war letzte Woche gewesen. Dann sah sie sich selbst auf einer solchen Bahre, erinnerte sich an den Albtraum, in dem ihr grüne Mumien eine Schlange in den Rachen gestopft hatten. Sie musste würgen. *Konzentrier dich auf die Arbeit*, mahnte die Großmutter, aber sie konnte jetzt nicht tun, was Oma von ihr verlangte.

Sie schloss die Gaskartusche an den Lötkolben an und öffnete das Ventil.

Plötzlich fiel es ihr wieder ein. Sie hatte auf einer Intensivstation gelegen. Dort waren sie alle grün vermummt gewesen. Die Schlangen waren keine Schlangen, sondern Schläuche gewesen.

Der Würgereiz wurde stärker. Wie war sie auf die Intensivstation gekommen? Hatte sie einen Unfall gehabt? Allmählich dämmerte es ihr. Sie hatte versucht, sich das Leben zu nehmen, sie hatte sich mit Tabletten vergiftet. Mit den Schlaftabletten ihrer Mutter hatte sie es versucht, und es wäre ihr fast gelungen. Sie war schon fast tot gewesen, hatte schon Kontakt mit der Großmutter aufgenommen, als die Ärzte sie wieder zurückholten. Aber Oma und sie hatten vereinbart, in Verbindung zu bleiben. Jetzt fiel ihr auch wieder ein, wo sie in dem halben Jahr gewesen war, nachdem man sie von der Intensivstation entlassen hatte. Sie war auf der Rheinhöhe gewesen, der Klapsmühle für Kinder und Jugendliche. Es war ganz schön anstrengend gewesen, den Ärzten dort die Gespräche mit Oma zu verheimlichen. Aber das war notwendig gewesen, die hätten sie sonst für verrückt erklärt. Die hatten sie sowieso verdächtig oft danach gefragt, ob sie Stimmen hörte. All das hatte sie die ganze Zeit gewusst, es kam ihr nicht wirklich wie etwas Neues vor. Aber diese Erinnerungen waren wie hinter einem Vorhang versteckt gewesen, sie hatte undeutliche Umrisse erahnen können, hatte gewusst, dass da etwas war, aber nicht genau, was es war. Und gerade eben war sie dabei, den Vorhang zurückzuziehen.

In einer Ecke der untersten Zarge entdeckte sie Milben. Sie entfernte die Waben vorsichtig, streifte einige der Bienen, die auf ihrem Overall herumkrabbelten, ab und zündete die blaue Flamme des Lötkolbens.

In der Klinik hatten sie ihr zu einer Ausbildung als Gärtnerin geraten. Die Arbeit in und an der Natur würde ihr guttun, hatte eine Ärztin gemeint. Oma hatte diese Ärztin sympathisch gefunden und sich deren Empfehlung angeschlossen. Und so hatte sie nach der Entlassung im Ländchen, östlich von Wiesbaden, mit einer Gärtnerlehre begonnen. Gegen Ende der Behandlung auf der Rheinhöhe hatte sich Oma verabschiedet, ihre Stimme meldete sich einfach nicht mehr. Wohl deswegen hatte Tatjana sich nicht an ihre Verpflichtungen gegenüber Tina erinnert und war aus dem Rheingau weggezogen. Zwei Jahre hatte sie abgeschnitten von sich und der Welt, ohne ihre Erinnerungen, vor sich hin gelebt. Bei ihrem Lehrherrn hatte sie nicht nur das Gärtnerhandwerk gelernt, sondern auch die Imkerei. Dennoch waren es einsame Jahre voller Leere und Langeweile gewesen. Bis ihr auf der Berufsschule ein Mitschüler Dope zum Rauchen angeboten hatte. Gleich beim ersten Mal hatte sich Oma wieder gemeldet, und seither rauchte sie regelmäßig, um sie nicht noch einmal zu verlieren. Nach einer Weile hatte Oma begonnen, sie an Tina zu erinnern, und nach der Gesellenprüfung hatte sie die Stelle im Kloster angenommen, war zurück in den Rheingau gezogen und hatte wieder Kontakt zu ihrer Schwester aufgenommen.

Das Holz der Zarge begann, sich zu schwärzen. Genau in diesem Moment musste sie die Flamme zügeln und zurückziehen. Schließlich wollte sie den Bienenstock ja nicht abfackeln, sondern nur das Ungeziefer, das sich darin eingenistet hatte, ausmerzen, mit Stumpf und Stiel ausbrennen. Auch in der mittleren Zarge entdeckte sie ein Milbennest. Sie entfernte die Waben und richtete die Flamme dorthin.

Tina hatte sie bald nach ihrem Einzug in den Schlosserbau besucht. Über den Selbstmordversuch und die Zeit davor sprachen sie nie, auch über die Zeit nach ihrem Weggang nur selten. Tatjana hatte den Eindruck, dass ihr Tina einiges verschwieg, aber sie wollte gar nicht so genau wissen, was die Schwester alles durchgemacht hatte, auch wenn Oma sie immer wieder danach fragte. Über Körner hatten sie nur einmal gesprochen, als Tina berichtete, dass der Arsch ein Jahr, nachdem Tatjana von zu Hause weggegangen war, ihre Mutter verlassen hatte. Ein oder zwei Mal hatte Tina versucht, das Gespräch erneut auf Körner zu bringen, aber sie war ausgewichen. Und jetzt konnte sie die Schwester nicht mehr fragen.

Sie brannte das Ungeziefer aus, wieder begann die Zargenwand, sich zu schwärzen. Das war kein schöner Tod für die Milben, überlegte Tatjana, so jämmerlich von einem Riesenflammenwerfer verbrannt zu werden. Aber für die Gesundheit und das Überleben des Bienenvolkes war es unabdingbar. Man musste manchmal grausam sein, wenn man nicht untergehen wollte.

**

Der Abend lud dazu ein, einen Schoppen Wein im Freien zu trinken. Mayfeld hatte mit seinem Schwager Tische und Bänke in den Innenhof des Weinguts hinausgetragen. Sie hatten die große Tür zur Kelterhalle geöffnet und dort eine Theke aufgebaut, auf der die Weine des letzten Jahrgangs zum Probieren aufgestellt waren. Daneben stand eine große Schale mit Weingummis der verschiedensten Rheingauer Weinlagen aus der »Ersten Rheingauer Weingummimanufaktur«. Das große dunkle Holztor, das den Hof zur Marktstraße hin begrenzte, stand offen, und über dem Rundbogen aus rotem Sandstein hing ein weißes Transparent, das zu den Rheingauer Schlemmerwochen und den Tagen der offenen Weinkeller einlud. Seit den Mittagsstunden kamen die Gäste in Scharen, und mittlerweile waren alle Tische besetzt.

»Viermal Kalbshaxensülze mit grüner Sauce und Bratkartoffeln für Tisch drei, viermal Schweinebäckchen mit Nudeln für Tisch eins, dreimal Rieslingsuppe für Tisch sechs«, rief Hilde Leberlein vom Hof durch das geöffnete Küchenfenster den drei Köchinnen im Inneren zu.

Das »Straußwirtschaftliche Quartett« hatte seinen Tagungsort vom Stammtisch im Schankraum ebenfalls nach draußen in den Hof verlagert. Mayfeld füllte für die Stammgäste vier Römer mit einer feinherben Spätlese vom Kiedricher Gräfenberg aus dem letzten Jahr. Ins eigene Glas schenkte er sich eine kleine Pfütze ein und probierte. Der Wein war vor zwei Wochen auf Flaschen gefüllt worden und seinen Flegeljahren noch nicht ganz entwachsen. Die Säure, von der es im letzten Jahr reichlich gegeben hatte, war noch etwas unruhig. Dennoch war Mayfeld zufrieden. Vielerorts hatte es im letzten Herbst Probleme wegen der ungewöhnlichen Nässe gegeben, die Trauben waren verfault, und der Wein hatte einen leichten Bitterton angenommen. Das Weingut Leberlein aber hatte es geschafft, sein Lesegut in Rekordzeit einzubringen, bevor sich die Fäulnis ausbreiten konnte. Man schmeckte es dem Wein an: Er schmeckte frisch und klar und fruchtig.

Trude, Zora, Batschkapp und Gucki diskutierten weiterhin erbittert und kontrovers die Frage, ob bei der Baugenehmigung für die Kellerei am Steinberg alles mit rechten Dingen zugegangen und ob Korruption im Spiel gewesen war, als die Eltviller Stadtverordnetenversammlung die Klage der Stadt gegen das Bauvorhaben zurückzog. Sie stritten darüber, ob es sich bei dem Kellereineubau um ein Leuchtturmprojekt oder ein Schandmal des Rheingaus handelte. Aber Mayfeld blieb nur kurz bei den vieren. Nachdem er ihnen die Römer gebracht hatte, verzog er sich gleich wieder hinter seine Theke. Er hatte andere Sorgen und wäre jetzt gern in seinem Weinberg gewesen, wo er am besten nachdenken konnte. Aber daran war angesichts des Rummels hier in der Straußwirtschaft derzeit gar nicht zu denken. Gerade brachte Franz neuen Wein aus dem hinteren Teil der Kelterhalle. Er mied den Blickkontakt mit Mayfeld, stellte die Flaschen ohne Kommentar ab und verschwand wieder. Dass Franz ihn nicht sofort, nachdem er von Magdalena Hellenthals Verschwinden gehört hatte, über die Verbindung zu ihr unterrichtet hatte, wurmte Mayfeld. Er hatte das vage Gefühl, dass daraus noch viel Ärger erwachsen würde. Lackauf würde ihm Befangenheit unterstellen. Das war natürlich absurd, aber das würde Lackauf nicht stören. Genauso absurd war es, aus dem Schweigen von Elly und Franz einen Verdacht gegen die beiden zu konstruieren. Sie hatten nicht wissen können, dass Magdalena ermordet worden war. Die Gründe für ihre Zurückhaltung klangen plausibel. Sie hatten die Anonymität der leiblichen Mutter nicht preisgeben wollen, weil sie befürchtet hatten, sie damit zu verärgern. Sie hatten Angst davor gehabt, dass Magdalena Hellenthal dann Schwierigkeiten bei der Adoption machen könnte. Das sah Elly mit ihrer Art, immer das Schlimmste zu befürchten, ähnlich.

»Du sollst Wein ausschenken, nicht grübeln, Robert!«, hörte er eine Stimme mit dem Klang eines Reibeisens von der Seite. Er drehte sich zu der Stimme hin. »Dann lass mich mal von deinem famosen Wein probieren!« Maria Bischoff lachte breit über das knochige Gesicht.

»Schön, dass du endlich mal gekommen bist!«, begrüßte er die Kollegin. Mayfeld freute sich ehrlich. Er brauchte jemanden zum Reden. Er rief Franz herbei und bat ihn, die Theke für eine Weile zu übernehmen, füllte zwei Gläser mit einer trockenen Auslese, die vom Rauenthaler Rothenberg stammte, und steuerte einen Tisch etwas abseits der anderen an, der gerade frei geworden war.

Sie setzten sich. Bischoff schwenkte und betrachtete den Wein, roch daran, nahm etwas davon in den Mund, schlürfte, kaute und schmatzte, bevor sie ihn hinunterschluckte. »Verlang jetzt bitte nicht, dass ich was von Pfirsich und Zitrusfrüchten erzähle, vom feinen Spiel der Säure oder langen Abgängen. Aber der Tropfen schmeckt verteufelt gut. Oder himmlisch, ganz wie du willst. So was trinkt ihr normalerweise aber nicht in euren Heckenwirtschaften?«

»Wir haben gar nichts anderes!«, entgegnete Mayfeld lachend.

»Kein bisschen eingebildet, die Rheingauer!«, frotzelte Bischoff.

»Einfach besser.« Er empfahl seiner Kollegin aus Mainz ein Forellenfilet zum Essen, aber die bevorzugte eine Laugenbrezel mit Spundekäs. Mayfeld erzählte ihr vom letztjährigen Weinjahrgang, von den Weinlagen des Leberlein'schen Gutes in Kiedrich und den Nachbargemeinden und von dem Morgen Rauenthaler Rothenberg, den er zusammen mit Julia bewirtschaftete und hier im Weingut ausbaute. Er redete eine ganze Weile ohne Punkt und Komma, auch wenn er Bischoff das meiste vermutlich schon mehr als einmal erzählt hatte. Er erzählte von seinen Bemühungen um Qualitätssteigerung. »Das Wichtigste passiert im Weinberg. Konsequente Mengenbegrenzung ist der Schlüssel zur Qualität«, sagte er. »Selbermachen ist die sicherste Methode, an guten Wein zu kommen«, schloss er sein Credo ab.

»Und die anstrengendste«, ergänzte Bischoff. Sie blickte Mayfeld nachdenklich ins Gesicht. Ihre Augen verengten sich fast unmerklich, die Fältchen um die Augenwinkel herum wurden deutlicher. »Aber im Moment strengt dich etwas anderes an. Was ist los?«

Er kannte Bischoff, seit er im Polizeidienst war, hatte sie auf dem ersten Lehrgang, den er als frischgebackener Kriminalpolizist besucht hatte, kennengelernt. Sie war damals schon eine erfahrene Kriminalistin gewesen und hatte Mayfeld durch ihre scharfe Beobachtungsgabe und ihre Feinfühligkeit beeindruckt. Eine gute Beobachtungsgabe war eine Voraussetzung für diesen

Beruf, aber Feinfühligkeit war bei Kriminalpolizisten eher selten anzutreffen. Intuitiv hatte er eine Schwester im Geiste erkannt. Seit damals hatten sie sich nie mehr aus den Augen verloren, und auch wenn sie sich manchmal ein Jahr lang nicht sahen, hatten sie nie ein Problem, gleich wieder zusammenzufinden, so als ob sie täglichen Umgang miteinander hätten.

Er konnte ihr vertrauen, er brauchte bei ihr nicht um den heißen Brei herumzureden. Sie war vom Fach und dennoch außenstehend. Deswegen erzählte er ihr von den neuesten Entwicklungen des Falles, von der Verbindung seines Schwagers und seiner Schwägerin zum Mordopfer und von seinen Befürchtungen Lackauf betreffend.

Bischoff hörte sich alles ruhig und konzentriert an. »Ich erinnere mich noch, wie dich dieser Staatsanwalt im Fall Mostmann behindert hat, wo er nur konnte. Euer Verhältnis hat sich seither nicht entspannt, wie ich am Donnerstag feststellen musste. Der könnte natürlich die Verbindungen zwischen Elly und Franz und der Hellenthal zum Anlass nehmen, dir Befangenheit zu unterstellen. Aber ob er so weit geht, dich von dem Fall abziehen zu lassen? Das scheint mir doch recht weit hergeholt. Was soll er denn dir oder den beiden vorwerfen? Nach der Hellenthal wurde gesucht, aber Franz und Elly wussten doch gar nicht, dass ihr etwas passiert war. Die Polizei hatte in der Öffentlichkeit nicht nach Informationen über die Person, den Charakter oder die Lebensgeschichte gefragt, sondern nur nach Hinweisen über ihren Verbleib. Vielleicht wussten sie noch nicht einmal, dass die Hellenthal verschwunden war. Wenn die nicht gerade die Adoption abblasen wollte, haben deine Leute keinerlei Motiv, ihr etwas Böses zu wünschen, geschweige denn, ihr etwas anzutun. Ihr Tod macht für sie doch alles nur komplizierter.«

Mayfeld stimmte Bischoff zu. Er war erleichtert.

»Das Problem mit der Befangenheit ist allerdings etwas subtiler«, fuhr Bischoff fort. »Wirst du deine Kollegen informieren? Wenn nein, was wirst du tun, wenn die Verbindung zwischen deinen Verwandten und dem Mordopfer auf anderem Weg bekannt wird? Wenn du sie informierst, wie wirst du mit Unterstellungen von Kollegen umgehen, die dir nicht wohlwollen? Wenn du nicht willst, dass bekannt wird, dass Elly und Franz die Eltern von Florian sind, dann wirst du vielleicht bestimmte Fragen nicht stellen. Du wirst bestimmte Schlussfolgerungen nicht ziehen, weil sie zu bestimmten Nachforschungen führen könnten, die deine Verwandten belästigen. Du wirst vielleicht mit bestimmten Leuten nicht reden und deswegen bestimmte Informationen nicht oder zu spät bekommen, mit denen du den Fall lösen könntest.«

Auch da musste Mayfeld Bischoff zustimmen, aber er tat es nicht gern. »Was soll ich tun?«

»Darauf achten, dass du innerlich Herr des Verfahrens bleibst. Wenn du anfängst, Rücksichten zu nehmen, gib den Fall ab. Wenn es dir schwerfällt, das Richtige zu tun, auch wenn du erkannt hast, was das Richtige ist, gib den Fall ab. Wenn du Angst vor bestimmten Ermittlungsergebnissen hast, weil sie dir nicht in den Kram passen, gib den Fall ab!«

»Das klingt ziemlich alltäglich, und dennoch sind das hohe Anforderungen.«

»Ich weiß.« Nach einer Pause fuhr sie fort: »Beschäftige dich auch nicht ausführlicher mit dieser Spur, als sie es wert ist. Hab weiter den Mut, in andere Richtungen zu ermitteln, und rede dir nicht ein, dass du das nur tust, um dich von dieser einen Spur abzulenken. Schließe das aber auch nicht aus.«

Das klang kompliziert. Aber Mayfeld wusste, dass Bischoff recht hatte.

»Vermutlich liegt die Lösung des Falles ganz woanders. Sie ist entweder noch völlig verborgen, oder sie liegt offen vor uns, wir nehmen sie nur nicht zur Kenntnis«, fuhr die Kollegin und Freundin fort.

»Worauf willst du mich hinweisen?«

Bischoff trank einen Schluck von der Auslese, kaute, schlürfte, schmatzte und schmeckte. »Am Dienstag, als wir in Roths Mainzer Laden waren, ist mir etwas aufgefallen. Er hatte Prospekte auf seiner Verkaufstheke liegen. Irgendetwas kam mir bekannt vor, aber ich kam nicht gleich darauf, was es war. Als ich vorgestern aus dem Rheingau zurück nach Mainz gefahren bin, ist es mir wieder eingefallen. Natürlich kann es ein Zufall sein. Aber ich glaube nicht an Zufälle. Sagt dir der Name Andy Körner etwas?«

»Das ist der Stiefvater von Tatjana und Tina Lüder. Tatjana hat ihn heute Morgen beschuldigt, sie vergewaltigt zu haben. Und sie hat ihn auch verdächtigt, ihre Schwester vergewaltigt und ermordet zu haben. Sie sagte wörtlich, kleine Mädchen ficken und junge Frauen erwürgen würde sie ihm zutrauen.«

»Ich auch«, antwortete Bischoff trocken. »Das ist, neben deinem famosen Wein, der Grund, warum ich heute hierhergekommen bin. Gibt es außer den Anschuldigungen dieser Tatjana Lüder noch andere Hinweise auf Körner?«

»Er ist ein Freund von Arthur Roth, unserem Verdächtigen. Dennoch hat Roth uns erzählt, dass Tina Lüder Körner hasste.«

»Die Freundschaft zwischen Roth und Körner erklärt, dass die Prospekte von Körners Unternehmen im Laden von Roth herumlagen«, warf Bischoff ein. »Auch wenn das keine besonders innige Freundschaft zu sein scheint.«

»Er hat als eine der letzten Personen Magdalena Hellenthal lebend gesehen. Das ist ein weiterer Hinweis auf Körner. Was weißt du über ihn?«

Hilde Leberlein brachte zwei frisch gebackene Laugenbrezeln und eine große Halbkugel Spundekäs an den Tisch. Bischoff brach sich ein Stück von einer Brezel ab und beförderte es zusammen mit einer Portion Spundekäs in ihren Mund. Dann antwortete sie Mayfeld.

»Wir hatten Mitte der neunziger Jahre eine Serie ziemlich übler Vergewaltigungen in Mainz und Umgebung. Ich hab mir gestern die Akten rausgesucht. Das Muster war immer das gleiche. Junge Mädchen, zwischen vierzehn und siebzehn, bekamen in einer Diskothek oder Kneipe Drogen in ihre Drinks gemischt, meistens Rohypnol. Dann wurden sie abgeschleppt und auf brutale Art und Weise vergewaltigt. Natürlich ist jede Vergewaltigung brutal, aber diese Verbrechen waren noch mal etwas Besonderes. Einmal wurde ein Opfer halb erfroren in einem Weinberg außerhalb von Mainz gefunden, es war eine der kältesten Nächte des Jahres, dem Mädchen waren drei Zehen und zwei Finger abgefroren, sie mussten amputiert werden. Die Arme ist noch heute in psychiatrischer Behandlung, und zwar nicht wegen der verlorenen Gliedmaßen. Weitere Details erspare ich dir.«

Bischoff nahm einen Schluck aus dem Römer.

»Und was hat das mit Körner zu tun?«

»Wir vermuteten damals, dass es sich immer um dieselben zwei Täter handelte. Und in einem Fall, der in das Raster passte, hatte ein Opfer einen der Täter erkannt. Die junge Frau beschuldigte Andy Körner, der damals in Mainz wohnte. Leider zog sie ihre Aussage wieder zurück. Wir hatten den Eindruck, dass sie bedroht worden war, aber es gelang uns nicht, ihr Vertrauen zu gewinnen. Da wir Körner nichts nachweisen konnten, mussten wir das Verfahren gegen ihn einstellen. Nachdem wir ihn mehrfach verhört hatten, endete die Serie übrigens.«

Mayfeld spürte einen Adrenalinschub in seinen Adern. »Konntet ihr Spuren der Täter asservieren?«

»Einmal konnten wir Sperma sicherstellen. Aber es war nicht das von Körner. In einem anderen Fall hatten wir Hautpartikel, auch die konnten Körner nicht zugeordnet werden. Aber es war zu wenig Material, die Testmethoden waren damals noch nicht so ausgefeilt, heute würde die Menge für einen DNA-Test reichen.«

An der Geschichte störte Mayfeld einiges. »Du meinst, Körner könnte Magdalena und Tina vergewaltigt und sie dann, um dieses Verbrechen zu vertuschen, ermordet haben? Aber der Mainzer Täter hat die Mädchen doch immer nur vergewaltigt und nie getötet?«

Bischoff nickte. »Stimmt schon.«

Und das war nicht die einzige Ungereimtheit. »Körner ist zu Geld gekommen. Er hat eine ganz junge Freundin«, sagte er.

»Du meinst, wer genug Geld hat, um sich die Sorte Frauen zu kaufen, die er bevorzugt, der vergewaltigt keine mehr?« Sie schüttelte den Kopf. »So ist das nicht. Geld ist kalte Macht, Gewalttätigkeit heiße, unmittelbare Macht. Manche brauchen den Kick.«

»Aber die beiden sind keine kleinen Mädchen mehr. Und sie wurden nicht vergewaltigt. Doch vielleicht liegt Tatjana Lüder richtig, und die Verbrechen wurden schon vor einiger Zeit begangen. Bloß verstehe ich dann nicht, warum Körner sie jetzt hätte umbringen sollen. Aber wie dem auch sei, ich werde diesen Körner im Auge behalten. Wenn möglich, besorge ich eine DNA-Pro-

be von ihm. Dann kannst du prüfen, ob die mit den Hautpartikeln übereinstimmt, die ihr damals sichergestellt habt.«
 Bischoff schien zufrieden. »Genau das habe ich mir erhofft.« Sie hatte mittlerweile beide Brezeln und den Spundekäs verdrückt. »Ich bin mir so gut wie sicher, dass er es damals war. Einem der Opfer musste ich versprechen, den Täter zu überführen. Als das nach drei Jahren nicht geschehen war, hat sie sich erhängt. Ihr Abschiedsbrief war an mich gerichtet. Diesem Vieh würde ich am liebsten persönlich die Eier ausreißen, einzeln und ohne Betäubung.« Bischoff lächelte freundlich, aber in ihren Augen loderte ein Hass, wie ihn Mayfeld bei der sonst so freundlichen Kollegin noch nie beobachtet hatte.

**

Alles war vorbereitet für die Wanderung, die sie in den nächsten Tagen unternehmen würde. Die Milbennester waren ausgebrannt, mit Feuer und Flamme vernichtet. Aber da war noch etwas, das Tatjana erledigen musste. Sie hatte sich die Karten gelegt, für den heutigen Tag hatte sie die dritte Karte der Großen Arkana gezogen, der Herrscherin, der Frau mit dem Zepter und der Sternenkrone, auf deren Schild dieses Frauenzeichen aufgemalt war. Die Königin saß auf ihrem Thron und sah sie unentwegt an, so als ob sie sie zu etwas auffordern wollte. Jetzt war Schluss mit dem Verstecken und dem Vergessen. Sie musste handeln, Rache nehmen. Allzu lange hatte sie sich beherrschen lassen, erst von ihrer Mutter, diesem Nichts, dann von deren Männern, allesamt Schweine, dann von ihren Ängsten. Das größte Schwein musste geschlachtet werden. Wie schlachtete man Schweine? Erschoss man sie? Erstach man sie? Erschlug man sie? Ließ man sie ausbluten? Musste sich eine Herrscherin überhaupt mit diesen Details befassen? Oma hatte einmal gemeint, das Wichtigste sei, gut zu improvisieren. Aber das war nicht alles. Sie musste jetzt klug und umsichtig vorgehen, durfte den Gegner nicht unterschätzen.
 Tatjana setzte sich an den Computer, besuchte die Website von Andy Körners Partyservice, notierte sich die Telefonnummern, die dort angegeben waren. Im Telefonbuch fand sie eine weitere

Nummer zu diesem Namen und eine Adresse: Südliches Nerotal 14. Das war wahrscheinlich die Privatadresse. Nobel geht die Welt zugrunde, dachte sie grimmig. Sie musste das Terrain erkunden, das Tier in seinem Bau aufstöbern, die Fährte aufnehmen.

Mach nichts Unbedachtes, hörte sie von ferne eine Stimme. Aber das hatte sie auch nicht vor. Alles, was sie tun würde, würde gut durchdacht sein. Oder gut improvisiert, je nachdem. Deswegen verzichtete sie heute auf Cannabis in der Pfeife. So war sie wacher und aggressiver.

Sie zog sich den Kampfanzug an, legte die Kriegsbemalung auf: schwarze Jeans, schwarze Bluse, schwarze Jacke, schwarze Stiefel. Schwarzen Lidschatten, schwarzen Lippenstift. Sie steckte das Pfefferspray und das große Küchenmesser in den Rucksack, für alle Fälle.

Sie verließ den Schlosserbau und fuhr los. Nach fünfundzwanzig Minuten Autofahrt hatte sie ihr Ziel erreicht, steuerte ihre grüne Ente auf den Parkplatz unter dem germanischen Krieger, der die Nerotalanlage bewachte. Von hier aus konnte man den Bau, in dem sich das Monster verkrochen hatte, gut beobachten. Der Bau war erleuchtet, er war also zu Hause. Sie würde sich auf die Lauer legen, warten, bis er aus dem Bau gekrochen kam. Dann sah man weiter.

Sonntag, 6. Mai

»Dominus vobiscum.«

»Et cum spiritu tuo«, antwortete die Gemeinde dem Pfarrer.

»Benedicat vos omnipotens Deus, Pater et Filius et Spiritus Sanctus«, segnete der Geistliche die Gemeinde.

»Amen.«

»Ite, missa est.« Pfarrer Grün entließ die Gläubigen.

»Deo gratias.«

Die Kiedricher verließen das Gotteshaus, begleitet von den gregorianischen Gesängen der Chorbuben der St.-Valentinus-Kirche. Mayfeld stand in der hintersten Reihe, dort wo die Inschrift auf dem Laiengestühl vor dem unnützen Geschwätz im Kirchhof und auf den Gassen warnte. Die meisten Kirchgänger kannte er, viele grüßten ihn etwas verwundert, denn normalerweise sah man ihn hier nicht. Auch Bernhard Hellenthal hatte die heilige Messe besucht und grüßte ihn beim Hinausgehen mit einem knappen Kopfnicken. Mayfeld versuchte, in den Gesichtern der Gottesdienstbesucher zu lesen, ob etwas von der Frohen Botschaft in ihren Herzen angekommen war. Doch die Leute machten denselben Eindruck auf ihn wie sonst auch. Wahrscheinlich war es ein alberner Gedanke, dass die Menschen die Kirche glücklicher verlassen sollten, als sie hineingingen.

Er ging nach vorn, durchschritt den Lettner, machte vor dem Altar halt und rief nach dem Pfarrer. Nach kurzer Zeit kam der aus der Sakristei zurück in den Altarraum. Als er Mayfeld erkannte, huschte ein freundliches Lächeln über sein verwundertes Gesicht.

»So oft wie in dieser Woche habe ich Sie noch nie in diesem Gotteshaus gesehen«, begrüßte er ihn. »Vermutlich haben Sie dienstliche Gründe«, fügte er bedauernd hinzu.

Die beiden Männer gingen ein paar Schritte und setzten sich in die erste Reihe der Kirchenbänke.

»Wir haben Magdalena Hellenthals Leiche gefunden«, sagte Mayfeld. »Sie wurde ermordet.«

Grüns Gesicht wurde blass, alle Lebensfreude verschwand innerhalb eines Augenblicks. Er blickte Mayfeld an, in seinen Augen spiegelte sich tiefe Resignation. Oder war es Demut? Mayfeld kannte sich mit dem Unterschied nicht so gut aus.

»Gott sei ihrer Seele gnädig«, murmelte Grün. »Hoffentlich finden Sie den Dreckskerl, der ihr das angetan hat«, fügte er in einer sympathisch weltlichen Anwandlung hinzu.

»Deswegen bin ich hier, Herr Pfarrer. Sie hatten mit Magdalena kurz vor ihrem Verschwinden noch ein Gespräch. Gilt denn das Beichtgeheimnis immer noch? Ich meine, Sie können ihr jetzt doch nicht mehr schaden, wenn Sie mir erzählen, was sie mit Ihnen besprochen hat.«

Pfarrer Grün sah ihn ernst an. »Beim Beichtgeheimnis handelt es sich nicht einfach um eine Vorschrift zum Datenschutz. Für die katholische Kirche ist es ein Sakrament, das ohne Einschränkungen gilt.« Grün machte eine Pause, dachte nach. Sein Gesicht wurde immer betrübter. »Über den Inhalt ihrer Beichte kann ich Ihnen also nichts sagen. Aber wir haben darüber hinaus auch ein seelsorgerisches Gespräch geführt, das man nicht als Beichte bezeichnen muss. Und dessen Vertraulichkeit ist nicht so streng geschützt wie das Beichtgeheimnis, da gibt es für mich einen gewissen Ermessensspielraum.« Wieder machte der Geistliche eine Pause.

»Wenn Sie auch nur den geringsten Verdacht haben, dass mich Ihre Informationen bei den Ermittlungen weiterbringen könnten, reden Sie! Ich will den Dreckskerl finden.«

Der Pfarrer nickte sorgenvoll. »Ich will keinesfalls unschuldige Menschen in Bedrängnis bringen.«

»Durch die Wahrheit werden unschuldige Menschen nicht in Bedrängnis gebracht«, entgegnete Mayfeld mit Bestimmtheit.

Grün lächelte nachsichtig. »Schön wär's. Aber Sie wissen so gut wie ich, dass das Leben nicht so ist, wie wir es uns wünschen. Gott schickt uns immer wieder Prüfungen, in denen wir zweifeln, was Recht ist und was Unrecht, und die Gerechtigkeit siegt auf dieser Welt beileibe nicht immer.«

»Sie könnten einfach darauf vertrauen, dass ich meine Arbeit gut mache.«

»Ja, natürlich. Vielleicht ist es Vorsehung, dass gerade Sie mich zu dem Gespräch befragen, das ich mit Magdalena hatte.« Nach einer weiteren Pause fuhr er fort: »Sie wissen vermutlich schon oder werden bald in Erfahrung bringen, dass Magdalena ein Kind geboren hat, und Sie wissen vermutlich, was aus dem Kind geworden ist.«

Mayfelds Mund fühlte sich plötzlich so trocken an wie eine Sandwüste. »Es ist in Pflege bei meiner Schwägerin und meinem Schwager.«

»Die beiden warten darauf, dass sie Florian adoptieren können«, fuhr der Geistliche fort. »Dafür fehlte nur noch die Zustimmung der leiblichen Mutter. Die wollte sie in den nächsten Wochen geben.« Grün machte wieder eine Pause. Es schien ihm schwerzufallen, weiterzusprechen. »Aber in den letzten Wochen kamen ihr Zweifel, ob das die richtige Entscheidung sei, ob es nicht besser wäre, wenn sie selbst versuchte, sich um ihr Kind zu kümmern.«

»Sie wollte der Adoption nicht mehr zustimmen und das Kind zurück in die eigene Obhut nehmen?«, fragte Mayfeld. Das wäre die unerfreulichste Wendung, die der Fall nehmen konnte.

»Das hat sie sich zumindest ernsthaft überlegt.«

»Und was haben Sie ihr geraten?«, fragte Mayfeld weiter. Eigentlich wollte er die Antwort gar nicht wissen.

»Ich habe ihr keinen Rat gegeben. Diese Frage musste sie selbst beantworten. Ich bin mit ihr die verschiedenen Möglichkeiten durchgegangen, habe Vor- und Nachteile mit ihr abgewogen. Sicherlich ist es für ein Kind besser, wenn es bei der leiblichen Mutter aufwächst, sofern diese emotional und materiell in der Lage ist, sich um ihr Kind zu kümmern. Mir schien Magdalena heute natürlich viel eher dazu in der Lage zu sein als damals, als sie das Kind bekam und selbst noch ein halbes Kind war. Andererseits gibt es die gewachsene Beziehung des Kindes zu seinen Pflegeeltern, eine Trennung von ihnen hätte für Florian sicher eine schwere Belastung dargestellt. Dann bedeutete eine Trennung nach dieser Zeit natürlich auch für die Pflegeeltern eine schlimme Belastung, aber das musste Magdalena am wenigsten interessieren.«

»Und wie hat sie sich entschieden?«

»Ich glaube, sie wollte das Kind zurückhaben. Es tat mir so leid für Elly und Franz, aber ich durfte das der jungen Mutter nicht ausreden.«

Es fiel Mayfeld schwer, weiterzufragen. »Hat sie mit den beiden darüber gesprochen?«

»Ich weiß es nicht genau. Aber sie muss mit irgendjemandem darüber gesprochen haben. Sie meinte nämlich, man wollte ihr das ausreden.«

»Wer wollte ihr das ausreden?«

Grün schüttelte den Kopf. »Das hat sie nicht gesagt.«

Mayfeld war wie vor den Kopf gestoßen. Vermutlich hatte sie mit Elly und Franz gesprochen. Wer sonst sollte ihr diesen Plan ausreden wollen? »Wie wollte sie ihr Vorhaben finanzieren?«, fragte er Grün.

»Darüber haben wir nur kurz gesprochen. Sie meinte, das würde sie schon schaffen, andere schafften es ja auch. Ich habe sie darauf hingewiesen, dass es dafür auch finanzielle Hilfen vom Bistum gibt.«

»Gibt es sonst noch etwas, das Sie mir erzählen können?«, fragte Mayfeld müde.

»Ich glaube, es reicht Ihnen. Ich sehe Ihnen an, dass Ihr Herz voller Unruhe ist. Ich weiß nicht, was Elly und Franz Ihnen erzählt haben und was nicht, aber ich kenne beide schon lange und hege keinerlei Zweifel an deren Integrität.«

Mayfeld stand auf und schüttelte Grün die Hand. »Ich kann nicht sagen, dass ich gerne gehört habe, was Sie mir da gesagt haben. Aber ich danke Ihnen für Ihre Offenheit. Es war bestimmt richtig, dass Sie mit mir gesprochen haben. Ich werde versuchen, meine Arbeit gut zu machen.«

Die Worte, die er sprach, klangen hohl. Er drehte sich um und ging durch den Mittelgang zum Kirchenportal. Vor ein paar Minuten hatte er den Gesichtsaudruck und Gemütszustand der

Gläubigen beobachtet, die nach der Messe die Kirche verließen. Seine eigene Miene wollte er jetzt lieber nicht sehen.

***

»Wo bleibt eigentlich Nadine?«, fragte Julia ihre Schwägerin. Die starrte in die Kasserolle vor sich und rührte stumm in dem karamellisierenden Zucker herum. »Soll ich mal anrufen, Elly? Ich glaube, du kannst den Karamell jetzt ablöschen.«

»Danke für den Hinweis«, antwortete Elly patzig, griff nach der Rotweinflasche und löschte den Karamell ab. »Und jetzt noch Orangensaft und Zitrone hinzufügen, etwas einkochen und dann mit Mondamin abbinden lassen«, kam sie weiteren Hinweisen Julias zuvor.

In diesem Moment ging die Küchentür auf, und Nadine kam herein. »Mein Auto hat gestreikt«, entschuldigte sie sich. »Cornelius hat mich gebracht. Was steht denn heute Besonderes auf dem Speiseplan? Mein Mann will nachher mit Arthur und Kathrin vorbeikommen und unsere Kochkünste testen.«

»Das hier gibt eine Rhabarbersauce«, antwortete Elly, die gerade dabei war, die roten Rhabarberstückchen in den Sirup zu geben. »Dazu gibt es Waldmeisterpanacotta und frische Erdbeeren.«

»Außerdem das volle Programm von der Rieslingsuppe über die Forellenfilets und den Kartoffel-Bärlauch-Salat bis zur Sülze, den Spargeln und den Schweinebäckchen. Aber das weißt du ja, von den meisten Sachen haben wir die letzten Tage genug auf Vorrat zubereitet. Am letzten Tag der Schlemmerwochen geben wir noch mal alles«, sagte Julia. »Wie steht's bei euch zu Hause?«

»Im Weingut war gestern der letzte Tag der offenen Weinkeller. Wie soll ich mich nützlich machen?«

»Du könntest die Spargel schälen und die Vinaigrette vorbereiten.«

»Wo ist Robert, muss er heute auch arbeiten?« Nadine hatte sich eine Schürze übergezogen und den Spargelschäler gegriffen.

»Er ist in der Kirche«, antwortete Julia.

»In der katholischen?«, fragte Elly ungläubig. »In der war er das letzte Mal bei unserer Hochzeit.«

»Ich glaube, es geht um etwas Dienstliches, um Magdalena Hellenthal.«

Elly starrte sie an, als stellte bereits die Erwähnung dieses Namens eine Zumutung für sie dar. Sollte sie Roberts Arbeit nicht mehr erwähnen? Wieso eigentlich, er hatte ja nun bestimmt nichts falsch gemacht. Aber seit vorgestern hatte sich die Atmosphäre in der Küche noch einmal abgekühlt. Natürlich war es für Elly und Franz unangenehm, in die polizeilichen Ermittlungen mit einbezogen zu werden, aber Elly tat gerade so, als ob Robert mehr gemacht hätte, als naheliegende Fragen zu stellen, als ob er irgendeinen Verdacht gegen sie geäußert hätte oder eine Beschuldigung erhoben. Sie hätte noch vor Kurzem nicht für möglich gehalten, dass die Beziehung zu ihrer Schwägerin in eine derartige Krise geraten könnte. Seit Florian im Haus war, war Elly so viel gelöster, freundlicher und offener geworden. Es hatte nicht mehr diese alberne Konkurrenz um die Gunst von Hilde gegeben, nicht mehr die neidischen Blicke, wenn sie mit ihren Kindern im Weingut auftauchte oder mit ihrer Mutter über die Enkelkinder sprach. Erst in den letzten Wochen hatte sich da wieder etwas geändert, sie hatte es gleich zu Beginn der gemeinsamen Arbeit in der Küche gespürt. Und seit zwei Tagen spitzte sich der Konflikt zu, und sie wusste noch nicht einmal genau, worum es ging.

Julia griff den Topf mit den Kartoffeln und goss sie über der Spüle ab. »Bärlauchpesto haben wir noch, wir brauchen aber frische Vinaigrette für den Kartoffelsalat. Kümmerst du dich darum, Elly?« Auf die Spannung zwischen Elly und ihr hatte sie so reagiert, wie sie das in Zeiten von Anspannung immer tat. Sie preschte nach vorn, organisierte, was organisiert werden konnte, nahm die Dinge in die Hand und ging damit allen, die etwas langsamer waren, gewaltig auf den Wecker. Aber deswegen allein war die Stimmung im Weingut Leberlein nicht gekippt. Es musste etwas mit Magdalena Hellenthals Tod und Florians Zukunft zu tun haben, mit Roberts Ermittlungen und Ellys Ängsten. Jetzt wäre es schön, wenn eine gemeinsame Freundin wie Nadine vermitteln könnte. Aber dafür kannte sie die Bergmanns nicht gut genug, und Nadine schien eher auf Ellys Seite zu stehen. Kein Wunder, nachdem sie sie in Roberts Auftrag über ihre Freundin Kathrin ausgefragt hatte.

Sie arbeiteten eine ganze Weile stumm vor sich hin. Dann kam Hilde in die Küche, auf ihrem Arm den schreienden Florian. »Ich weiß nicht, was mit dem Bub seit ein paar Tagen los ist, aber heute ist er ganz daneben und schreit nur nach seiner Mama!« Florian strampelte so heftig, dass ihn seine Oma nicht mehr auf dem Arm halten konnte und auf dem Boden absetzen musste. Schnurstracks rannte er auf Elly zu und umklammerte ihr Bein. Sie nahm ihn auf, sprach ein paar tröstende Worte zu ihm, strafte Julia mit einem vorwurfsvollen Blick und verließ die Küche.

»Die ersten Gäste sind gerade gekommen und wollen bedient werden«, berichtete Hilde. »Das wird heute noch turbulent.«

**

»Es tut nicht wirklich weh, wenn die Bienen stechen«, beruhigte Tatjana Bernhard. »Und gefährlich ist es auch nicht, außer man ist allergisch. Bist du allergisch?«

»Ich weiß nicht«, antwortete der große Bernhard mit kläglicher Stimme. »Mich hat noch keine gestochen.«

»Irgendwann ist immer das erste Mal. Heute Abend wissen wir Bescheid«, stellte Tatjana sachlich fest. »Außerdem hast du dir vorhin noch den kirchlichen Segen abgeholt, da kann jetzt eigentlich nichts mehr passieren.«

Tatjana kämpfte gegen ihre Müdigkeit an. In der Nacht war sie kaum zum Schlafen gekommen. Sie hatte auf der Lauer gelegen, sie hatte das Terrain sondiert, das Monster beschattet. Das Monster hatte sich die halbe Nacht in der Stadt herumgetrieben. Sie war ihm gefolgt. Er hatte sie nicht bemerkt. Am liebsten hätte sie das Schwein abgestochen, aber Oma hatte gemeint, er sei es nicht wert, dass sie die nächsten fünfzehn Jahre im Knast verbringe. Und eine Gelegenheit, das Monster zur Strecke zu bringen, ohne dabei erkannt zu werden, hatte sich nicht ergeben. Sie hatte immer noch keinen Plan. Es war ihr lediglich klar geworden, dass sie das Vieh nicht allein zur Strecke bringen konnte, dass sie Hilfe brauchte.

Sie hätte Bernhard gern ihre zweite Garnitur Schutzkleidung ausgeliehen, aber die passte ihm nicht. Er sah darin aus wie eine Wurst mit geplatzter Pelle. Sie hatte ihn gefragt, ob er zu Hause nicht ein Kettenhemd und einen Harnisch habe, aber Bernhard hatte es abgelehnt, Ritterkluft anzulegen. Das war vielleicht auch besser so, denn wenn die Bienen in den Panzer hineingekrabbelt wären, würden sie bestimmt sehr unangenehm werden, falls sie den Ausgang nicht mehr finden sollten. Also hatte sie ihm lediglich einen Imkerhut verpasst, dessen Netz das Gesicht und den Nacken schützte. »Am besten schlägst du nicht nach den Bienen, sonst stechen sie. Wisch sie einfach sanft weg, wenn sie sich auf dich setzen.«

Sie schoben den Anhänger zum Heck ihres 2CV. Bernhard packte die Deichsel und ließ sie langsam auf die Anhängerkupplung des Wagens absinken. Er verband das Kabel des Anhängers mit dem Stromanschluss des Autos. Dann gingen sie zu den Bienenstöcken. Zusammen packten sie den ersten und trugen ihn zum Anhänger. Die Bienen waren ganz aufgeregt, Wärme und Sonne signalisierten ihnen, dass sich die Welt um sie herum veränderte. Sie stellten noch einen zweiten Bienenstock auf den Anhänger und verzurrten alles mit Gurten.

»Im Frühjahr gehe ich mit meinen Bienenvölkern wandern«, erklärte Tatjana Bernhard. »Ich stelle die Stöcke dort auf, wo Blüten in der Nähe sind, von denen ich Honig will. Diese Stöcke sollen mir Rapshonig bringen, also muss ich sie in der Nähe von Rapsfeldern aufstellen. Zwischen dem Steinberg und der Hallgarter Zange, in der Senke zwischen den Weinbergen und dem Waldrand, gibt es ein paar solche Felder. Dieses Jahr ist die Natur schon ziemlich weit, das heißt, ich bin ziemlich spät dran, aber ich denke, die Blüte wird noch eine Weile dauern.«

Sie stiegen in die grüne Ente und fuhren los, vorbei am Alten Hospital des Klosters, ließen die Orangerie rechts und einen Weinlehrpfad links liegen. Durch das südöstliche Tor der Klostermauer gelangten sie zu den Parkplätzen außerhalb des Klostergeländes und von dort auf die Landesstraße, die von Kiedrich nach Hattenheim führte. Die Frühlingssonne schien auf die Hügel und das Flusstal. Nach wenigen Minuten kamen sie an der Baustelle der neuen Weinkellerei vorbei.

»Hier haben sie sie also gefunden«, murmelte Bernhard.

»Warum hat das Schwein Magdalena verbuddelt und Tina einfach liegen lassen?«, wunderte sich Tatjana. Diese Frage hatte sie beschäftigt, seit sie von dem zweiten Leichenfund gehört hatte.

»Du hast Sorgen«, sagte Bernhard.

»Eine plötzliche Anwandlung von Pietät war es bestimmt nicht«, fuhr Tatjana in ihren Überlegungen fort.

»Willst du Detektiv spielen, oder was?«

»Wolltest du das nicht auch?« Wenige Meter nachdem sie die Baustelle passiert hatten, bog Tatjana nach rechts ab und folgte mit ihrem Gefährt einem betonierten Weg.

»Ich habe meine Schwester gesucht. Jetzt ist sie ja gefunden.« Bernhards Stimme klang resigniert.

So konnte sie ihn nicht brauchen. In dieser Stimmung zog kein Ritter in den Krieg oder begann einen Kreuzzug. Und sie brauchte einen Ritter, einen Krieger an ihrer Seite. Sie fuhren an der Domäne Neuhof vorbei, die an den Steinberg angrenzte. In den alten Gemäuern waren jetzt Pferdeställe untergebracht.

»Du willst alles der Polizei überlassen, aber ich trau den Bullen nicht. Wenn man die Dinge nicht selbst in die Hand nimmt, passiert nichts. Wenn sie das Schwein überhaupt verhaften, dann bekommt er ein paar Jahre Knast und wird anschließend auf Bewährung wieder rausgelassen. So läuft das doch bei uns.« Bernhard blickte gleichmütig durch die Windschutzscheibe nach draußen auf den Weg. Solche Volksreden schienen ihn nicht sonderlich zu beeindrucken. Sie musste seinen gerechten Zorn anders anstacheln.

»Was hat dir der Kommissar über Magdalenas Kind erzählt?« Bernhard runzelte die Stirn, stellte sie mit einem kurzen Seitenblick zu ihm fest. Das Thema schien ihn schon eher zu berühren.

»Wie heißt es denn? Wo lebt es?«, fragte sie. Jetzt fuhr sie an der südlichen Mauer des Steinbergs entlang.

»Du warst doch dabei. Nichts hat er erzählt. Ich weiß nicht, wie es heißt. Mir hat ja nie jemand irgendetwas erzählt!«, antwortete er gereizt. War er jetzt beleidigt darüber, dass man ihn nicht ins Vertrauen gezogen hatte? Oder wollte er gar nichts Genaueres wissen?

»Ja, das ist merkwürdig, dass dir niemand etwas erzählt hat. Hatten sie kein Vertrauen zu dir?«

»Ich war weg von zu Hause.« Seine Stimme klang, als ob er sich rechtfertigen müsste.

Sie stocherte im Nebel herum. Irgendwann würde sie einen Treffer landen. Sie hatten das südwestliche Tor des Steinbergs erreicht. Jenseits des Weinbergs stand ein Rapsfeld, die Blüten waren bereits aufgegangen und erstrahlten in kräftigem Gelb.

»Wer wohl der Vater des Kindes ist?« Sie hielt an und schaute ihrem Beifahrer ins Gesicht. Die Frage war ein Volltreffer gewesen. Bernhard starrte angestrengt durch die Windschutzscheibe, während sein Kiefer zu mahlen begann. Etwas mulmig wurde ihr jetzt schon. Der große Bruder hatte sie während und nach dem Sex immer wieder mit dem Namen seiner kleinen Schwester angesprochen. Das war schon merkwürdig gewesen. Kannte er die Antwort auf ihre Frage? Aber er hatte ihr doch die Nachricht Magdalenas gezeigt, dass alles gut werde. Das konnte nur bedeuten, dass er nicht der Vater war. Außerdem würde das nicht zu ihrer Theorie passen.

»Ob Magdalena deswegen umgebracht worden ist?«, fragte sie.

»Weswegen?«

»Wegen des Kindes. Sie war vierzehn oder fünfzehn, als es gezeugt wurde. Wenn der Vater damals ein Erwachsener gewesen ist, dann ist er dran, nicht nur mit Alimenten.«

»Und deswegen wird sie drei Jahre später erwürgt? Tolle Theorie.«

»Sie hat den Vergewaltiger erst jetzt erkannt. Sie hatte eine Amnesie.« Von solchen Sachen hatte ihr die Ärztin im Krankenhaus erzählt.

»Eine was?«

»Gedächtnisverlust. Kommt bei Leuten vor, die einen schlimmen Schock erlebt haben«, erklärte ihm Tatjana geduldig.

»Willst du jetzt auch noch die Psychologin spielen?«

Was war ihr Ritter bloß für ein Ignorant. »Ich weiß bloß, dass eine der letzten Personen, die deine Schwester lebend gesehen haben, mein beschissener vorübergehender Stiefvater Andy Körner gewesen ist. An den habe ich mich gestern Morgen erinnert, als ich kotzen musste. Das war nicht wegen dir, Ritterchen, es war, weil er mich immer Mäuschen genannt hat, bevor er mich gefickt hat.«

Sie stieg aus dem Wagen und ging nach hinten zum Anhänger. Bernhard stieg ebenfalls aus. »Er hat was getan?«, rief er ihr zu.

»Er hat mich Mäuschen genannt.«

»Das meinte ich nicht!«

»Also hast du mich verstanden.« Sie löste die Gurte.

»Er hat dich vergewaltigt?«

»Oft. Er hat gesagt, wenn ich ihn nicht machen lasse, macht er es mit Tina, und glauben würde mir Flittchen sowieso niemand, falls ich ihn verraten sollte. Zur Strafe würde er mir dann den Arsch aufreißen. Ich hab's ihm geglaubt.«

»Teufel!«, schrie Bernhard auf. Sein Gesicht war feuerrot angelaufen.

»Hat dich eine Biene gestochen?«, fragte Tatjana.

»Was für ein Teufel! Früher hätte man so einen in Öl gesiedet oder gepfählt.«

»Oder aufs Rad geflochten«, ergänzte sie. So gefiel ihr der Ritter schon besser.

»Und du meinst, mit Tina hat er das auch gemacht?« Bernhard setzte sich den Imkerhut auf.

»Ich war dann ja weg.« Sie ließ das Netz der Kapuze vor ihr Gesicht fallen.

»Und mit Magdalena auch?« Bernhard verbarg das Gesicht hinter dem Netz seines Huts.

»Warum nicht? Die beiden waren befreundet und hingen viel zusammen rum.«

Bernhard öffnete die Ladeklappe des Anhängers. Seine Bewegungen waren fahrig, wahrscheinlich kochte sein Gesicht unter dem Imkerhut, bald würde er explodieren. Zusammen hoben sie einen der Bienenstöcke herunter und trugen ihn durch das Tor. Jenseits des Tors, am Rande der Weinbergzeilen, waren ein paar Rundhölzer in den Boden geschlagen, zwischen die Bretter genagelt waren. Die Bienen summten aufgeregt und schwirrten um die beiden herum. Als sie das Magazin auf den Brettern abstellten, brüllte Bernhard plötzlich auf. Er rannte von dem Bienenstock weg, riss sich die Handschuhe von den Händen und saugte an der linken Hand.

»Diese verdammten Biester!«, brüllte er und stampfte wie ein wütender, trotziger Junge mit dem Fuß auf den Boden. »Du mit deinen verdammten Bienen!«

Er rannte zurück, stieß Tatjana zu Boden und trat auf den Bienenstock ein. Der Bienenschwarm floh aus seiner bedrohten Wohnstätte und stürzte sich auf den Angreifer. Bernhard lief brüllend davon, stolperte über Tatjana, gewann sein Gleichgewicht wieder, rannte durch das Tor des Weinbergs und flüchtete in den 2CV. Drinnen schlug er noch ein paar Bienen tot und setzte seine Prügelorgie dann fort, indem er auf das Lenkrad der unschuldigen Ente einschlug.

Es dauerte ein paar Minuten, bis der Tobsuchtsanfall aufhörte. Die Bienen, die die ganze Zeit aufgeregt um Tatjana herumgeschwirrt waren, hatten sich mittlerweile auch wieder beruhigt. Bernhard stieg aus dem Auto aus und kam auf sie zu, sein Gesicht war feuerrot, die Augen blitzten.

Dieser Mann war eine Bombe, und sie würde die Bombe scharf machen.

»Hast du Atembeschwerden?«, wollte Tatjana wissen. Er schüttelte den Kopf. »Dann ist es mit der Allergie nicht so schlimm. Für die Bienen ist es schlimmer gewesen.«

Sie nahm seine Hand, entdeckte den Stachel in der Haut ihres Ritters und zog ihn heraus. Dann nahm sie den Finger in den Mund und saugte lange daran. »Ich versuche, möglichst viel von dem Bienengift aus der Stichwunde zu entfernen«, erklärte sie und saugte weiter. »Um ihre Familie oder ihren Stamm zu verteidigen, riskieren und opfern Bienen ihr Leben. Bewundernswert!«, sagte sie später. Und nach einer Weile weiteren Saugens fügte sie vorsichtig hinzu: »Aber du kannst auch ganz schön wütend werden.«

»Warum zeigst du Körner nicht an?«, fragte Bernhard.

Sie strich ihm über das feuerrote Gesicht. »Geht es mit den Schmerzen?«

Bernhard sammelte seine Handschuhe ein und setzte den Imkerhut wieder auf. Dann gingen sie zum Anhänger und packten den zweiten Stock.

»Ich habe keine Beweise, die lachen mich doch bloß aus! Deswegen müssen wir das in unsere eigenen Hände nehmen.«

Das war der Schwachpunkt ihrer Theorie. Wenn es keine Beweise gab, gab es für Körner kein Mordmotiv. Sie musste das alles noch einmal genau durchdenken. Sie trugen den Stock neben den anderen und stellten ihn dort ab. Irgendetwas musste sie jetzt noch sagen, etwas, das Bernhard überzeugte. Sie durfte nicht zulassen, dass das Feuer wieder erlosch.

»Ich habe es am Ende nicht mehr ausgehalten und versucht, mir das Leben zu nehmen. Ich war lange krank, lag im Koma. In der Zeit hat Körner sich über meine Schwester hergemacht, und vermutlich auch über deine. Ich habe sie nicht beschützen können. Glaub mir, ich wäre fast an dem zerbrochen, was mir dieses Monster angetan hat.« Sie zog Bernhard fort von den Bienen, zurück zur Ente. Dort nahm sie ihm den Imkerhut ab, fasste seinen Kopf mit beiden Händen, zog ihn zu sich und gab ihm einen langen und innigen Kuss. »Aber jetzt bin ich nicht mehr schutzlos.«

»Was sollen wir tun?«, fragte Bernhard. Seine Augen glühten vor Zorn und vor Gier.

»Lass mich nur machen«, antwortete sie.

***

Die letzten Gäste waren gegangen. Mayfeld hatte Zora und Trude, Batschkapp und Gucki nicht den Gefallen getan, am Ende der Schlemmerwoche noch ein paar Juwelen aus der Schatzkammer des Weinguts hervorzuholen, wie er das die letzten Jahre immer gemacht hatte. Dieses Jahr gab es keinen Eiswein, keine edelsüße Beerenauslese. Er war froh, als die Gäste weg waren.

»Warum bist du so schlecht gelaunt?«, fragte Franz, als sie die Kelterhalle verschlossen.

»Ich erzähle es dir gleich drinnen!«, antwortete Mayfeld. Du willst es gar nicht wissen, Franz, dachte er.

In der Küche saßen Julia, Elly und Hilde, sogar Jakob war aus dem Keller hochgekommen. Den ganzen Tag hatte Mayfeld die Informationen, die er von Pfarrer Grün bekommen hatte, mit sich herumgetragen, den ganzen Tag hatte es nie recht gepasst, Franz oder Elly darauf anzusprechen. Auch jetzt war nicht der richtige Augenblick und nicht der richtige Ort dafür, aber es war die letzte Gelegenheit, bevor er morgen wieder zum Dienst musste. Zum Glück waren Jakob und Hilde gerade im Begriff, in ihr Schlafzimmer im Obergeschoss des Hauses zu gehen.

»Ihr bleibt noch hier!«, sagte Mayfeld in etwas zu scharfem Ton zu Elly und Franz. Jakob musterte ihn verwundert, als er den Raum verließ.

Elly zog einen beleidigten Schmollmund. »Ich muss nach Florian sehen.«

»Das wird Hilde tun.«

»Bestimmst du das jetzt?« Elly stand auf.

»Die Lage ist ernst, Elly«, sagte Mayfeld ruhig. »Ich habe heute mit Pfarrer Grün gesprochen. Magdalena Hellenthal war letzte Woche bei ihm. Sie wollte der Adoption Florians nicht zustimmen. Wusstet ihr davon?«

»Was redest du da?«, schrie Elly. »Wie kann Grün das behaupten? Die Unsicherheit einer jungen labilen Frau muss man doch nicht gleich so aufbauschen!«

»Wusstet ihr von dieser sogenannten Unsicherheit?«, insistierte Mayfeld.

Elly schaute Hilfe suchend zu Franz.

Der nickte. »Ja. Sie hat mit uns vor etwa sechs Wochen darüber gesprochen. Wir haben an sie appelliert, sich das gut zu überlegen, das Wohl Florians bei ihrer Entscheidung nicht aus den Augen zu verlieren. Dann haben wir nichts mehr von ihr gehört und dachten, die Sache sei erledigt.«

»Dem Pfarrer hat sie gesagt, man habe versucht, ihr die Sache auszureden. Seid ihr sicher, dass ihr mit ihr zuletzt vor sechs Wochen gesprochen habt?«

»Natürlich sind wir da sicher. Es ist, wie Franz gesagt hat«, antwortete Elly schnell.

»Ist das so, Franz?«

Elly stand auf und stieß den Stuhl wütend weg. Angesichts seines offenen Misstrauens ihr gegenüber konnte Mayfeld das sogar verstehen. Franz stand ebenfalls auf, stellte sich hinter seine Frau und fasste sie beruhigend an den Schultern. »Natürlich ist es so, wie Elly das sagt. Wir hatten seit der Unterredung im März keinen Kontakt mehr mit Magdalena. Wahrscheinlich hat sie mit ihrer Äußerung gemeint, dass wir ihr ihre Pläne damals ausreden wollten. Und das stimmt ja auch, genau das haben wir versucht. Wir hatten gute Gründe dafür.«

»Aber ihr hättet mir das sagen müssen, spätestens gestern, als ihr von ihrem Tod erfahren habt«, entgegnete Mayfeld.

»Warum?«, fiel ihm Elly ins Wort.

»Weil ich euch danach gefragt habe. Ihr habt mich belogen. Man könnte meinen, ihr habt etwas zu verbergen.«

»Und wenn wir dir die Sache auf die Nase gebunden hätten, hättest du uns dann nicht verdächtigt, etwas mit ihrem Tod zu tun zu haben?« Elly bebte vor Wut. Oder vor Angst.

»*Ich* verdächtige euch überhaupt nicht. Aber das sind Informationen, die ich nicht für mich behalten kann. Andere werden daraus ihre Schlüsse ziehen.«

»Aber das tun sie doch unabhängig davon, wann genau Elly und Franz dir von ihrem Treffen mit Magdalena erzählt haben«, warf Julia ein. Mayfeld holte tief Luft. Gleich entwickelte sich das Ganze noch zu einer familiendynamischen Sitzung. Er hätte Julia wegschicken, die Sache allein mit den beiden bereden sollen. Er dachte einen Moment über diese Idee nach, dann kam sie ihm reichlich albern vor. Im Übrigen hatte Julia recht.

»Es war ein Fehler, dich anzulügen. Es tut mir sehr leid«, sagte Franz. »Aber wir hatten Angst, dass uns das Jugendamt Schwierigkeiten macht, wenn wir einfach die Wahrheit sagen. Wir haben gehofft, dass niemand von Magdalenas Zweifeln erfährt. Wir hängen an Florian. Es ist fürchterlich, wenn man den Behörden so ausgeliefert ist, dem Wohlwollen eines Sachbearbeiters, den Entscheidungen eines Richters.« Er blickte betreten vor sich auf den Boden. Mayfeld mochte es nicht, dass Franz wie ein ertappter Sünder vor ihm stand.

»Das verstehe ich schon, Franz. Es ist nur so, dass unsere Situation dadurch recht kompliziert geworden ist.« Hatte er »unsere Situation« gesagt? Seine und ihre Situation waren recht verschieden. Sie waren über Nacht Verdächtige in einem Mordfall geworden, und er war morgen vermutlich diesen Fall los.

»Kannst du etwas für uns tun?«, fragte Elly, die jetzt kleinlauter wurde.

»Den Mörder finden, schätze ich«, antwortete Mayfeld.

Montag, 7. Mai

Mayfeld fühlte sich hundeelend. Nicht nur, weil er schon wieder bei einer Obduktion hatte dabei sein müssen. Er hatte am gestrigen Abend noch lange mit Julia diskutiert und in der Nacht schlecht geschlafen. Es war klar, dass Julia sich wünschte, dass er ihren Bruder und dessen Familie aus den Ermittlungen heraushielt, so gut er konnte. Natürlich hatte sie es so nicht gesagt, aber Mayfeld hatte verstanden: Blut ist dicker als Wasser. »Du bist gekränkt, weil sie dich nicht frühzeitig ins Vertrauen gezogen haben, aber das darfst du jetzt nicht an ihnen auslassen«, hatte sie gesagt. »Familien müssen zusammenstehen«, hatte sie gesagt. »Für meinen Bruder ließe ich mich zerreißen«, hatte sie gesagt. Dieser Satz hatte ihn im Kern getroffen. Er hatte zugesehen, wie seine Schwester in ein Auto gelaufen war, er hatte möglicherweise nicht alles getan, was er hätte tun sollen, um sie zu retten. Aber Julia würde sich für ihren Bruder zerreißen lassen. Vermutlich hatte sie es so nicht gemeint. Der Tod seiner Schwester lag schon Jahrzehnte zurück, er war damals noch ein Kind gewesen. Aber es musste nur wenig geschehen, damit diese Narbe aufriss und wie eine frisch geschlagene Wunde schmerzte. Wahrscheinlich fühlte sich ein Hund selten so elend wie Mayfeld an diesem Morgen.

Die Kollegen hatten sich im Besprechungsraum versammelt. Mayfeld hatte Brandt hinzugebeten. »Ich komme gerade von der Obduktion Magdalena Hellenthals«, sagte er zu Beginn der morgendlichen Besprechung.

Meyer atmete für alle hörbar aus und schob Mayfeld einen seiner drei Windbeutel zu. Aber Mayfeld lehnte ab, er hatte keinen Appetit.

»Sie wurde erwürgt, und zwar in der Nacht vom 27. auf den 28. April, in derselben Nacht also, in der auch Tina Lüder ermordet wurde. Es gibt keine Hinweise auf eine Vergewaltigung. Enders sucht noch nach möglichen weiteren Spuren des Täters an der Leiche, unter den Fingernägeln und so weiter. Er meint, das gehe, obwohl die Leiche einige Tage unter der Erde gelegen hat.«

Adler nickte zustimmend. »Es macht die Arbeit weder schöner noch leichter, aber es geht. Wir haben Magdalenas Kleidung untersucht. An ihren Schuhen hafteten Erde und Grasspuren, die aus dem Klostergarten stammen könnten, von der Stelle an der Brombeerhecke, die mir aufgefallen war.«

»Das heißt, Magdalena Hellenthal ist möglicherweise ganz in der Nähe des Ortes getötet worden, wo auch ihre Freundin ermordet wurde. Die hat der Täter liegen lassen, während er Hellenthals Leiche unbedingt verstecken wollte. Vielleicht kommen wir dem Täter auf die Spur, wenn wir verstehen, warum er diesen Unterschied gemacht hat.«

»Vielleicht hatte er mit Magdalena eine persönliche Beziehung, nicht jedoch mit Tina«, überlegte Winkler.

»Ein ordentliches Begräbnis war das am Steinberg aber auch nicht«, scherzte Burkhard.

Er sollte diesem Witzbold möglichst bald den Mund stopfen, dachte Mayfeld grimmig. Aber im Moment hatte er andere Sorgen. »Es gibt ein überraschendes Ergebnis der Obduktion«, sagte er. »Magdalena Hellenthal hat bereits ein Kind auf die Welt gebracht.«

»Da hat sie aber früh angefangen«, kommentierte Burkhard.

»Wir müssen die Familie und das Jugendamt befragen, was aus dem Kind geworden ist«, schlug Winkler vor.

»Ist nicht nötig«, fuhr Mayfeld fort. »Das weiß ich bereits. Er heißt Florian, ist knapp drei Jahre alt und lebt bei Pflegeeltern. Die Pflegeeltern heißen Elly und Franz Leberlein, mein Schwager und meine Schwägerin.«

Eine Weile war es ganz still im Besprechungsraum des K10.

»Wie lange weißt du schon von der Verbindung zwischen der Hellenthal und deiner Familie?«, fragte Burkhard in die Stille hinein. Natürlich ließ er sich diese Gelegenheit nicht entgehen.

»Seit Freitag. Sie haben mir das gesagt, nachdem sie vom Tod Magdalena Hellenthals erfahren hatten.«

»Warum haben sie das nicht bereits erzählt, als die Hellenthal verschwand?«

»Weil sie das gar nicht mitbekommen haben«, antwortete Mayfeld ruhig. »Sie haben momentan im Weingut ziemlich viel zu tun.«

»Du meinst die Tage der offenen Weinkeller und die Schlemmerwoche? Wird da bei euch nicht über alles und jeden getratscht?«

»Worauf willst du denn hinaus, Paul?«

Burkhard lehnte sich auf seinem Stuhl zurück und lächelte. »Ich frag doch bloß.«

»Wenn der Junge drei Jahre alt ist, dann war Magdalena fünfzehn, als sie ihn auf die Welt brachte, und vierzehn, als er gezeugt wurde«, überlegte Winkler laut. »Ist etwas über den Vater bekannt?«

Mayfeld schüttelte den Kopf. »Ich werde beim Jugendamt nachfragen.«

»Sollte das nicht besser jemand anderes machen?«, warf Burkhard ein. »Es kann doch sein, dass es Konflikte zwischen der leiblichen Mutter und den Pflegeeltern gegeben hat. Wenn das so ist, wärst du befangen. Vielleicht wäre es sowieso besser, wenn du den Fall abgeben würdest.« Er drehte sich zu Brandt um und warf ihm einen fragenden Blick zu.

Der seufzte und erwiderte Burkhards Blick ruhig. Man konnte unmöglich erraten, was in ihm vorging, aber Mayfeld wusste, dass Brandt nicht viel von Burkhard hielt. Den kleinen Sheriff nannte er ihn, wenn außer Mayfeld niemand zuhörte. »Das kommt zum gegenwärtigen Zeitpunkt überhaupt nicht in Frage. Florians Pflegeeltern gehören nicht zu den Verdächtigen, also besteht auch keine Gefahr, dass Robert befangen sein könnte. Falls wir sie im Laufe der Untersuchung doch noch verdächtigen sollten, dann werde ich neu entscheiden«, sagte der Kriminaloberrat. »Die Auskunft beim Jugendamt kann ja jemand anderes einholen.«

»Ich kann das machen«, meldete sich Winkler.

Spätestens jetzt sollte er seinen Kollegen berichten, was ihm Pfarrer Grün gestern erzählt hatte. Aber dann war er den Fall los,

Franz und Elly gerieten in die Mühlen der Ermittlung, und die Chancen des wirklichen Mörders, unerkannt zu bleiben, stiegen. Deswegen würde er diese Informationen für sich behalten. Dass die beiden mit dem Mord nichts zu tun hatten, da war sich Mayfeld ganz sicher. Aus diesem Grund wollte er an dem Fall festhalten, nicht weil er die Eintrübung der familiären Atmosphäre fürchtete, wenn gegen Elly und Franz ermittelt wurde. Er konnte nur hoffen, dass Magdalena ihre Absichten noch nicht mit dem Jugendamt besprochen hatte.

»Mein Schwager Franz hat an besagtem Freitag die Weinpräsentation im Kloster Eberbach besucht. Gegen halb neun war er wieder zu Hause. Seine Frau und seine Mutter können das bezeugen. Kommen wir zurück zu den wesentlichen Dingen. Wir sollten uns fragen, ob die Tatsache, dass Magdalena mit fünfzehn ein Kind bekommen hat, auf das Mordmotiv hinweist. Falls der Erzeuger ein Erwachsener ist, würde er juristische Probleme bekommen.«

»Aber deswegen begeht man doch keinen Mord. Und wenn doch, warum passiert der Mord dann mehr als drei Jahre nach der Tat?«, fragte Burkhard.

Das war ein berechtigter Einwand. »Tatjana Lüder beschuldigt Andy Körner des sexuellen Missbrauchs an ihrer Schwester Tina und an sich selbst. Sie hält es für möglich, dass er sich früher auch an Tinas Freundin Magdalena vergangen hat. Übrigens war Körner vor ein paar Jahren in einer Reihe von Vergewaltigungsfällen in Rheinhessen der Hauptverdächtige.«

»Also ist das ein richtiger Mistkerl, dieser Körner. Aber das beantwortet nicht meine Frage«, beharrte Burkhard auf seiner Skepsis. »Warum wurden die beiden jetzt ermordet?«

»Wir sollten einen DNA-Test machen, vielleicht ist Körner der Vater des kleinen Florian«, schlug Mayfeld vor.

»Und das fällt der Hellenthal gerade jetzt ein, und unvorsichtigerweise teilt sie es Körner mit, damit er die Möglichkeit hat, sie aus dem Weg zu räumen, bevor sie zur Polizei gehen kann?« Burkhard schüttelte verärgert den Kopf.

»Wurde wegen der Vergewaltigungen in Rheinhessen damals Anklage erhoben?«, wollte Brandt wissen.

Mayfeld musste das verneinen. »Die Ermittlungen gegen Körner wurden eingestellt.«

»Dann gilt Körner nicht nur als unschuldig, sondern wir sollten von der Sache damals streng genommen gar nichts wissen. Und die Verdächtigungen von Tatjana Lüder sind ausgesprochen vage. So kriegen wir nie eine richterliche Anordnung für einen Test.« Damit hatte Brandt leider recht.

»Ich versuche es trotzdem. Wenn er unschuldig ist, wird er sich die Möglichkeit der Entlastung nicht entgehen lassen«, beschloss Mayfeld. »Bei den Vergewaltigungen in Rheinhessen soll es sich um zwei Täter gehandelt haben. Körner ist mit einem anderen Verdächtigen in unserem Fall befreundet, mit Arthur Roth. Der wohnte damals auch in Mainz«, ergänzte er.

»Dann werde ich Arthur Roth noch mal zu dieser Freundschaft befragen. Natürlich nur mit deiner Zustimmung, Robert.« Burkhard grinste.

»Sie schon wieder?« Die Begrüßung hätte kaum unfreundlicher ausfallen können. Körner füllte den Türrahmen der Haustür fast aus und schaute ihn mit finsterer Miene an. Von der Nerotalanlage aus beobachtete der steinerne germanische Reiter die Szenerie.

»Was wollen Sie denn diesmal von mir?«

»Kann ich reinkommen?«

Unwillig machte Körner Platz und ließ Mayfeld in die Wohnung herein.

»Sie haben Glück, dass Sie mich noch antreffen, ich muss weg.«

Sie betraten das Wohnzimmer. Auf der weinroten Couch räkelte sich wie eine Woche zuvor die Kaugummi kauende Daisy mit dem Schmollmund, diesmal in einem rosa Kleidchen und hellblauen Pumps. Allein wegen der Farbkombination hätte man sie verhaften sollen.

»Also, was wollen Sie?«

Mayfeld versuchte, einen möglichst peinlichen Gesichtsausdruck hinzukriegen. »Dürfte ich als Erstes mal auf Ihre Toilette?«

»Ich glaub es nicht.« Körner schüttelte angewidert den Kopf, während Daisy blasiert die Augen rollte, doch dann wies er dem

Kommissar den Weg. Leider fand Mayfeld auf der Toilette nicht gleich, was er suchte, keinen Kamm, keine Bürste mit Haaren. Aber er sah einen Aschenbecher mit ausgedrückten Zigarillos. Er nahm sich einige der Kippen und steckte sie in ein kleines Plastikbeutelchen. Dann drückte er die Spülung und ging zurück zu Körner ins Wohnzimmer.

»Sie haben vielleicht schon gehört, dass Magdalena Hellenthals Leiche gefunden wurde.«

Körner saß neben Daisy auf dem Sofa. Er ließ Mayfeld stehen und deutete auf die Wochenendausgabe des Wiesbadener Kuriers, dessen Regionalteil aufgeschlagen auf einem der roten Sessel lag. »Leiche im Keller der Staatsweingüter«, rief eine fette Schlagzeile dem Leser zu.

»Ich nehme an, es geht um diese Geschichte. Was habe ich damit zu tun?«

»Sie waren einer der Letzten, die Magdalena Hellenthal lebend gesehen haben.«

»Ich habe Ihnen bereits alles gesagt, was ich beobachtet habe. Sie hat das erste Mal für mich gearbeitet, ihr wurde schlecht, ich habe sie nach Hause geschickt.«

»Sie haben mir nicht gesagt, dass Sie Magdalena Hellenthal kannten.«

»Ich kannte sie nicht«, widersprach Körner.

»Da haben wir andere Informationen. Magdalena Hellenthal war eine Freundin Ihrer Stieftochter Tina. Sie müssten sie aus der Zeit, in der Sie mit Brigitte Lüder zusammenlebten, kennen«, half Mayfeld Körner auf die Sprünge.

An diese Zeit vor seinem kometenhaften sozialen Aufstieg wurde Körner offensichtlich nicht gern erinnert. Er schnaubte verächtlich. »Ich kenne bestimmt nicht alle verdammten Freundinnen von Tina. Und selbst wenn ich mich an sie erinnern würde, was wäre dabei?«

»Magdalena Hellenthal hat ein Kind bekommen.«

»Ach ja? Sieht der Schlampe ähnlich.« Körner bemühte sich wirklich nicht um einen sympathischen Eindruck. Aber vielleicht konnte er auch nicht anders.

»Ich dachte, Sie kannten sie gar nicht.«

Körners Augen blitzten vor Zorn. »Wenn sie eine Freundin von Tina war, dann war sie vermutlich verdorben und dumm.«

»Wir denken, wenn wir den Vater ihres Kindes kennen, kennen wir vielleicht auch ihren Mörder.«

»Warum sollte der picklige Milchbart, der sie geschwängert hat, sie denn umbringen?«, höhnte Körner.

»Weil es vielleicht gar kein pickliger Milchbart war, der sie geschwängert hat, sondern ein angesehener Bürger, der jetzt nicht als Kinderschänder dastehen will.«

»Und das überlegt sich der Bursche dann nach drei Jahren?«

»Woher wissen Sie das mit den drei Jahren?«

Körner schaute ihn wutentbrannt an. Einen Augenblick schien er aus der Fassung zu geraten. Dann kam ihm der rettende Einfall. »Sie haben von einem Kinderschänder gesprochen. Magdalena ist etwa im Alter von Tina gewesen, achtzehn oder neunzehn. Also muss die Sache schon ein paar Jahre zurückliegen.« Körner lächelte triumphierend. Wahrscheinlich bildete er sich gerade ziemlich viel auf seinen Scharfsinn ein.

»Wir wollen allen, die in den Fall verwickelt sind oder verwickelt scheinen, die Möglichkeit geben, ihre Unschuld zu beweisen.« Mayfeld holte ein Röhrchen mit einem Wattestab aus seiner Jacketttasche. »Wenn Sie einem DNA-Test zustimmen würden, wären alle Verdachtsmomente aus der Welt.«

Körner sprang vom Sofa auf und trat an Mayfeld heran. Er überragte den Kommissar fast um Haupteslänge.

»Seit wann muss man in diesem Land denn seine Unschuld beweisen? Brauchen Sie für einen solchen Test nicht eine richterliche Anordnung?«, zischte er ihn an.

»Nicht, wenn Sie das freiwillig mitmachen.«

»Ich denke gar nicht daran, Mayfeld. Sie bluffen nur. Ich muss das nicht machen, und Sie dürfen mir das nicht negativ auslegen. Ist das alles, was Sie von mir wollten?«

»Ja, alles.« Mayfeld blieb stehen und ließ seinen Blick auf Körner ruhen.

»Dann verlassen Sie jetzt schleunigst meine Wohnung, bevor ich einen Anwalt rufe und Sie wegen Hausfriedensbruch belangen lasse«, giftete ihn Körner an.

»Machen Sie sich keine Umstände. Sie haben mir sehr weitergeholfen.« Mayfeld drehte sich um, ließ den verdatterten Körner stehen und ging aus dem Haus.

Eineinhalb Stunden später betrat Mayfeld das Polizeipräsidium, passierte die mit Panzerglas gesicherte Pforte und ging zu seinem Arbeitszimmer im ersten Stock. Nach seinem Besuch bei Körner war er in Kiedrich gewesen und hatte sich eine Speichelprobe von Florian besorgt. Auf dem Flur begegnete er Winkler.

»Auf dem Jugendamt kennt man den Vater von Florian nicht«, berichtete sie.

»Komm mit in mein Zimmer«, forderte Mayfeld sie auf. Dort konnten sie ungestört reden.

»Die Sachbearbeiterin, eine Frau Wächter, kennt die Familie Hellenthal seit knapp drei Jahren«, fuhr Winkler fort, nachdem Mayfeld die Tür seines Dienstzimmers geschlossen hatte. »Magdalena Hellenthal muss es geschafft haben, die Schwangerschaft bis kurz vor der Geburt geheim zu halten. So was gibt es ja immer wieder, obwohl es mir für alle Ewigkeit unbegreiflich bleiben wird, wie das funktioniert. Ihre Umgebung hielt die Gewichtszunahme für den Ausdruck einer Essstörung, da sie bereits im Jahr zuvor mit erheblichen Gewichtsschwankungen zu kämpfen hatte, und einen typischen Schwangerenbauch entwickelte sie wohl nicht. Zum Vater wollte sich Magdalena nie äußern. Und ihrer Mutter war vor allem wichtig, dass die Sache möglichst geheim blieb und das Kind schnell in eine Pflegefamilie kam.«

Mayfeld war aufgestanden und zu der Espressomaschine gegangen, die seit ein paar Monaten im Regal zwischen den Aktenordnern stand und dort ihren Dienst verrichtete.

»Doppelt und mit drei Stück Zucker«, meldete Winkler ihre Wünsche an. Mayfeld lächelte. In dieser Beziehung hatten sie den gleichen Geschmack. Was hatte Frau Wächter wohl noch berichtet, überlegte er bang, während er die Kaffeebohnen mahlte, das Pulver in den Brühkopf einfüllte und auf dem Display die Zubereitungsart einstellte.

»Frau Wächter hat auch einiges über deinen Schwager und

deine Schwägerin erzählt.« Mayfeld spürte, wie sein Mund austrocknete. »Um es kurz zu machen«, fuhr Winkler fort, »sie scheinen ein Glücksfall für den kleinen Florian zu sein.«

Dem konnte Mayfeld nur zustimmen.

»Magdalena Hellenthal hat entgegen den Wünschen ihrer Mutter den Kontakt zu ihrem Kind nicht völlig aufgegeben. Einmal im Jahr hat sie ein Bild ihres Sohnes erhalten. Als Magdalena achtzehn wurde, kam es zu einem Treffen zwischen ihr und den Pflegeeltern. Sie hat damals die Absicht geäußert, einer Adoption zuzustimmen. Frau Wächter hat vorgeschlagen, dass sie sich noch einmal drei Monate Zeit nehmen solle, in denen sie diesen Entschluss überdenken könnte. Sie wollte das zunächst nicht, hat aber schließlich eingewilligt. Nächste Woche wollte Frau Wächter sie anrufen, um einen Notartermin auszumachen.«

»Das war alles?«, wollte Mayfeld wissen.

»Was soll denn sonst noch sein?«, fragte Winkler verwundert zurück.

Mayfeld atmete erleichtert auf. Magdalena hatte noch nicht mit dem Jugendamt darüber gesprochen, dass sie es sich anders überlegt hatte. Vielleicht waren diese Absichten auch weniger ernst gewesen, als es Pfarrer Grün vorgekommen war.

»Leider bringen uns diese Informationen der Aufklärung des Falles keinen Schritt näher«, stellte Winkler fest.

Aber sie führen uns auch nicht in die falsche Richtung, dachte Mayfeld.

In diesem Moment stürmte Burkhard in Mayfelds Zimmer, hinter ihm folgte Lackauf. Dessen triumphierende Miene verhieß nichts Gutes.

»Neuigkeiten, Mayfeld, interessante Neuigkeiten zum Fall Lüder und Hellenthal. Burkhard hat schon alle Kollegen zusammengerufen, sie warten im Besprechungsraum«, sagte der Staatsanwalt.

Mayfeld blickte fragend zu Winkler, doch die zuckte nur mit den Schultern. Sie schien genauso überrascht wie er. Wenige Minuten später trafen sich alle mit dem Fall befassten Kollegen im Konferenzraum des K10, als Letzter schlurfte Brandt herein.

»Kann mir mal jemand sagen, was diese Geheimniskrämerei

soll?«, knötterte er vor sich hin, während er seine quietscheentengelbe Fliege zurechtrückte.

»Es gibt Neuigkeiten«, eröffnete Lackauf die Besprechung.

»Kriminalkommissar Burkhard hat einen Anruf erhalten. Jemand hat Franz Leberlein am Abend, an dem Magdalena Hellenthal starb, zusammen mit ihr gesehen.«

»Und was ist die Neuigkeit?«, fragte Mayfeld. »Er war bis halb neun auf der Weinpräsentation und ist dann nach Hause gefahren. Dafür gibt es Zeugen.«

»Stimmt, Robert. Deine Schwägerin und deine Schwiegermutter bezeugen das«, sagte Burkhard. »Aber ich habe mir erlaubt, das Alibi deines Schwagers noch einmal nachzuprüfen. Um halb zehn ist Hilde Leberlein in ihre Wohnung gegangen, und Franz Leberlein ging nach eigenen Angaben noch einmal in den Weinkeller, um Vorbereitungen für die Tage der offenen Weinkeller zu treffen, die im Weingut Leberlein erst am Samstag begannen. Seine Frau blieb bei ihrem Pflegekind. Für die Zeit ab drei viertel zehn hat Franz Leberlein für eineinhalb Stunden kein Alibi.«

Warum hatten diese Idioten ihm das nicht gesagt? »Wenn er etwas mit den Morden zu tun hätte, würde er sich wohl kaum sein eigenes Alibi kaputt machen«, entgegnete er seinem Kollegen.

»Vielleicht ist seine Frau nicht bereit, ihm ein falsches Alibi zu geben«, konterte Burkhard. Diese Vermutung war natürlich gerade bei Elly lächerlich, aber so konnte Mayfeld gegenüber Burkhard nicht argumentieren. »Außerdem hat der Zeuge Leberlein und Hellenthal vor dem Schlosserbau gesehen, wie sie heftig stritten. Es muss also um zehn oder danach gewesen sein.«

»Was heißt das: ›Es muss nach zehn gewesen sein‹?«, blaffte Mayfeld Burkhard an.

»Kurz vor zehn hat Magdalena Hellenthal das Laiendormitorium verlassen. Der Zeuge selbst hat keine genauen Angaben zur Zeit gemacht«, antwortete Burkhard.

»Wer ist überhaupt dieser Zeuge?«, wollte Mayfeld wissen.

»Ein Besucher der Weinveranstaltung, der seinen Namen nicht nennen wollte.«

»Ein anonymer Anrufer also. Es kann einfach eine üble Nachrede sein, eine Denunziation ohne jede Substanz«, rief Mayfeld.

»Kann sein, muss aber nicht«, widersprach Lackauf. »Wie Kommissarin Winkler beim Jugendamt erfahren hat, sollte ein Termin für die Adoption des Pflegekindes der Leberleins in nächster Zeit festgelegt werden. Wäre doch möglich, dass es da einen Konflikt gegeben hat, dass es zum Streit gekommen ist, in dessen Verlauf Frau Hellenthal zu Tode gekommen ist.« Der Staatsanwalt holte ein Papier aus der Jacke seines Maßanzugs. »Das ist der richterliche Durchsuchungsbefehl für die Wohnung der Leberleins. Es gibt einen hinreichenden Verdacht, dass Franz Leberlein in die Ermordung von Magdalena Hellenthal verwickelt sein könnte. Ich schlage vor, dass Sie den Fall niederlegen, Mayfeld. Am besten nehmen Sie Ihren Jahresurlaub.«

Mayfeld war für einen Moment sprachlos. Wie schnell Lackauf einen Durchsuchungsbefehl bekam, wenn er es darauf anlegte! Wenn jetzt noch Pfarrer Grün seine Aussage wiederholte, dann sah es für seinen Schwager schlecht aus. Hatte er sich in ihm getäuscht?

»Ein anonymer Anruf ist wohl kaum ein ausreichender Grund, Kommissar Mayfeld den Fall zu entziehen«, meldete sich Brandt zu Wort. »Wenn wir bei der Durchsuchung etwas finden, sieht die Sache natürlich anders aus. Die Hausdurchsuchung leitet Burkhard.« Brandt stand auf und verließ das Zimmer.

Eine Stunde später fuhren vier Wagen der Wiesbadener Kriminalpolizei vor dem Weingut Leberlein vor. Lackauf hatte es sich nicht nehmen lassen, dem völlig verstört wirkenden Schwager Mayfelds den Durchsuchungsbefehl persönlich zu präsentieren. Burkhard wies die Polizeibeamten an, das ganze Haus zu durchsuchen.

»Kannst du denn nichts dagegen unternehmen?«, hatte ihn seine Schwiegermutter mit großen Augen und ungläubiger Stimme gefragt. Mayfeld hatte betreten geantwortet, dass ihm leider die Hände gebunden seien. Der Schwiegervater hatte etwas von Polizeistaatsmethoden in seinen Bart gemurmelt, hatte sich dann aber in das Unvermeidliche der Situation gefügt.

Der Staatsanwalt verabschiedete sich, und die Kollegen machten sich an die Arbeit. Den meisten war anzusehen, dass ihnen die Situation peinlich war, eine Hausdurchsuchung bei den nächsten Angehörigen ihres Chefs durchzuführen.

Mayfeld setzte sich ins Wohnzimmer der Schwiegereltern, das noch nicht wieder umgeräumt war und an die vergangene Schlemmerwoche erinnerte. Er versuchte, seine Gedanken zu ordnen. Natürlich war eine Hausdurchsuchung aufgrund eines anonymen Hinweises alles andere als zwingend geboten, und Mayfeld fragte sich, wie Lackauf den Untersuchungsrichter zur Unterschrift bewegt hatte. Sie stammte von einem jungen Richter, den Mayfeld nicht näher kannte. Vermutlich wollte der sich nicht dem Vorwurf aussetzen, bei Beamten der Staatsmacht und deren Angehörigen weniger streng vorzugehen als bei anderen Bürgern, und vermutlich hatte Lackauf ihm eingeredet, dass man das denken werde, wenn er anders entschied. Letztendlich war die ganze Aktion eine Schikane Lackaufs, mit der er ihm heimzahlte, dass er ihn bei der Durchsuchung der Baustelle am Steinberg übergangen hatte, vermutete Mayfeld. Es war für den Staatsanwalt eine willkommene Gelegenheit, ihm zu zeigen, wer bei den Ermittlungen das Sagen hatte, eine Demütigung von ausgesuchter Hinterhältigkeit. Aber Mayfeld hatte keine Chance gehabt, sich dagegen zu wehren. Er war zwar davon überzeugt, dass sein Schwager mit den Morden nichts zu tun hatte, aber er war blockiert gewesen. Franz hatte ihm seine Verbindungen zu Magdalena nur sehr zögerlich und häppchenweise mitgeteilt, und nach der Mitteilung von Pfarrer Grün konnte man bei Franz und Elly auch ein Motiv vermuten, wenn man die beiden nicht kannte. Diese Umstände hatten Mayfeld gehemmt, dem Vorgehen Lackaufs entschiedener zu widersprechen. Dass er seinen Kollegen gegenüber eine wichtige Information verschwiegen hatte, machte ihm ein schlechtes Gewissen und hatte ihn erst recht blockiert. Jetzt war es zu spät, damit noch herauszurücken. Das einzig Sinnvolle, was er tun konnte, war, seine Arbeit zu erledigen und den Mörder zu finden, statt nutzlos hier im Haus der Schwiegereltern herumzusitzen und zu grübeln. Er sollte herausbekommen, von wem der anonyme Anruf stammte. Natürlich konnte es sein, dass es einfach nur ein übelwollender Nachbar war oder ein neidischer Konkurrent. Aber es konnte auch jemand sein, der von sich selbst ablenken wollte.

Die Tür zum Wohnzimmer der Leberleins öffnete sich, und

Winkler kam herein. Ihre Miene war besorgt und verhieß nichts Gutes. »Wir haben im Büro deines Schwagers etwas gefunden. Du solltest dir das anschauen.«

Mayfeld folgte Winkler in den Flur des Weinguts. Rechts neben dem Hauseingang führte eine Tür, auf der ein großes Schild mit der Aufschrift »Büro« prangte, in ein Zimmer, das mit dunkel gebeizten Möbeln aus der Vorkriegszeit eingerichtet war. Über allem lag eine feine Staubschicht, ein Hinweis darauf, dass Franz kein Mensch war, der sich gern und lange in einem Büro aufhielt. Auf dem Schreibtisch stapelten sich Weinpreislisten, Prospekte des Weinguts, Rundschreiben des Winzerverbandes, Korrespondenz mit Kunden und dem Weinbauamt.

»Das haben wir in der untersten Schreibtischschublade gefunden.« Burkhard reichte ihm ein Foto, das bereits in einem Beutel der Spurensicherung steckte. Es zeigte den kleinen Florian und war vor einem halben oder Dreivierteljahr aufgenommen worden.

»Lies, was auf der Rückseite steht«, forderte Burkhard Mayfeld auf.

Auf der Rückseite war ein Datum notiert: »19.9.2006«. Darunter stand, in der Handschrift von Elly: »Für Magdalena«.

Adler betrat das Büro. »Die zwei sind oben in ihrer Wohnung«, sagte er zu Burkhard.

Burkhard nahm das Foto wieder an sich. »Gehen wir hoch«, forderte er seine Kollegen auf.

Elly und Franz saßen in der großen Essküche im ersten Obergeschoss, Franz half Florian bei einem Holzpuzzle, Elly stand am Herd und brutzelte Bratkartoffeln.

»Erkennen Sie dieses Foto?«, wollte Burkhard wissen und warf das Bild auf den Küchentisch.

»Flori!«, krähte der Kleine.

Franz betrachtete sich das Bild. »So ein Foto habe ich auf meinem Schreibtisch stehen, in einem schönen Rahmen«, antwortete er.

»Das Bild steht dort noch immer«, bestätigte Burkhard. »Dieses haben wir in der untersten Schublade Ihres Schreibtischs gefunden. Drehen Sie es ruhig mal um und lesen Sie, was auf der

Rückseite steht. Können Sie uns erklären, wie das Foto in Ihren Schreibtisch gekommen ist?«

Franz tat, wie ihm geheißen, betrachtete die Rückseite des Fotos. Dann schaute er Burkhard an, er schien die Bedeutung der Frage nicht zu verstehen. Hilflos zuckte er die Schultern.

»Keine Ahnung. Kannst du damit etwas anfangen?« Er gab die Fotografie Elly, die zum Tisch gekommen war.

Elly nahm das Foto, drehte es um. »Das habe ich geschrieben. Es ist ein Foto von Florians zweitem Geburtstag. So ein Foto habe ich Magdalena geschickt.«

»Haben Sie ihr *dieses* Foto geschickt?«

Elly schaute unsicher von Burkhard zu ihrem Mann, von ihm zu Mayfeld und dann wieder auf das Foto.

»Ich weiß nicht, ob es dieses Foto war. Es kann sein, dass ich zwei von dieser Sorte für Magdalena fertig gemacht habe und dann nur eines losgeschickt habe.«

»Kann sein? Sie erinnern sich nicht mehr?«, fragte Burkhard.

»Ich habe zwei Fotos für Magdalena fertig gemacht, aber nur eines weggeschickt. Jetzt erinnere ich mich wieder!«, antwortete Elly trotzig.

Burkhard gab Adler das Bild. »Bitte untersuche das Bild auf Spuren. Die Sache hat Priorität. Haben wir sonst noch was? Sind die Garderoben und Kleiderschränke durchsucht?«

»Wir haben sonst nichts gefunden«, antwortete Adler.

»Na, ja, das reicht ja vielleicht auch schon«, erklärte Burkhard. »Bitte halten Sie sich zu unserer Verfügung. Sie dürfen die Region nicht ohne unsere Zustimmung verlassen«, sagte er zu Franz.

***

Julia war nicht gerade in der allerbesten Stimmung, als Robert nach Hause kam.

Am Nachmittag hatte ihr Lisa ausführlich die Vorzüge von Islandponys geschildert und erzählt, wie sehr sich ihre Freundin Laura darauf freue, dass sie von ihren Eltern eines zum zwölften Geburtstag geschenkt bekommen werde. Ihr flehentlicher Blick hatte Julia angekündigt, dass da noch einige Kämpfe auf sie zukommen würden. Tobias hingegen hatte ihr über die letzte Woche bloß mitgeteilt, dass es bei Freddy total cool gewesen sei und dass sie das eh nicht verstehe. Sie hatte ihn gebeten, doch ein wenig mehr zu erzählen, aber er hatte nur die Augen gerollt und sie gefragt, warum Mütter immer so neugierig sein müssten. Das einzig Erfreuliche an diesem Nachmittag war ein Anruf von Roberts Vater gewesen, der Julia mitgeteilt hatte, dass er im Kloster »eine Woche verlängert« habe. »Ich habe deinen Rat beherzigt und bespreche mit den Patres alles, was mich bewegt«, hatte ihr der Schwiegervater begeistert erzählt. »Sie staunen über meinen großen Mitteilungsdrang. Aber Sie hören zu. Das ist wundervoll.« Julia hatte ihn und im Stillen auch sich und Robert dazu beglückwünscht und das Gespräch nach kurzer Zeit mit einer Ausrede beendet.

Und jetzt kam Robert ins Esszimmer, beachtete die übrig gebliebenen Leckereien, die sie aus der Straußwirtschaft mitgebracht hatte, überhaupt nicht, gab ihr einen flüchtigen Kuss auf die Wange und begrüßte die Kinder so, als ob ihm das heute bloß eine lästige Pflicht wäre.

»Tut mir den Gefallen und geht auf eure Zimmer. Ich habe mit Mama zu reden.«

»Nichts lieber als das«, giftete Tobias seinen Vater an und verzog sich türenknallend.

Eine solche Gelegenheit konnte Lisa nicht auslassen.

»Darf ich dann noch mal ins Internet? Da gibt es eine tolle Seite über Islandponys.«

Julia seufzte. »Du kannst an meinen Computer, ich bin online. Aber nur eine halbe Stunde!«

Robert setzte sich zu ihr an den Tisch und berichtete in aller Ausführlichkeit von der Hausdurchsuchung bei ihrem Bruder. Sie hätte es vorgezogen, wenn Robert sie früher benachrichtigt hätte, aber letztlich hätte sie nichts tun können, und niemand hatte es Franz oder Elly verwehrt, sie anzurufen.

»Wie kommt dieser Lackauf dazu, aufgrund eines anonymen Anrufs eine Razzia bei meinem Bruder anzuordnen? Wenn ich meinem Nachbarn eins auswischen will, dann bezichtige ich ihn anonym eines Verbrechens, und schon stellt ihm die Polizei die

Wohnung auf den Kopf? Ist das so? Da mich niemand kennt, ist für mich keinerlei Risiko dabei? Ist das unser Rechtsstaat?« Sie war wütend, aber auch besorgt um ihren Bruder. Was würde sich dieser Lackauf noch ausdenken?

Robert sah müde aus, grau und angegriffen. Er trank noch nicht mal von dem Rotwein, den sie ihm eingeschenkt hatte. Das war ein schlechtes Zeichen.

»Es ist durchaus üblich, auch anonymen Hinweisen nachzugehen. Es geht schließlich nicht um eine Bagatelle, es geht um Mord.«

»Du willst diese Hausdurchsuchung auch noch rechtfertigen?« Sie wollte nicht glauben, was sie da zu hören bekam.

»Natürlich nicht«, antwortete Robert gereizt. »Aber wenn es Verdachtsmomente gegen jemanden gibt, dann kann auch ein anonymer Anruf diesen Verdacht bestärken und eine Hausdurchsuchung rechtfertigen. Das Problem ist, dass Lackauf einen solchen Verdacht an den Haaren herbeigezogen hat und der Richter ihm darin gefolgt ist.«

Das klang alles ganz vernünftig und abwägend, aber nach vernünftiger Abwägung war Julia gerade nicht zumute. »Juristen finden immer einen Dreh, auch noch die größte Schweinerei zu rechtfertigen!«

»Lackauf auf jeden Fall. Wenn man auf dem Bild allerdings keine Spuren von Magdalena Hellenthal findet, hat er diesmal schlechte Karten.«

»Zweifelst du daran?«, fragte Julia erschrocken.

»Kommt dir die Geschichte von den zwei Fotos mit Widmung, von denen Elly nur eines weggeschickt hat, denn besonders glaubwürdig vor?«

Julia spürte, wie sich ihr Puls beschleunigte und der Nacken verkrampfte. Sie gab es ungern zu, aber das klang nach einer Ausflucht, nach einer schlechten Ausrede. »Es könnte aber doch so gewesen sein«, sagte sie mit wenig Überzeugung.

»Ich habe Elly noch einmal befragt, als Burkhard weg war. Sie besteht darauf, dass es so gewesen ist. Und Franz ist sich sicher, dass er das Büro während der letzten Woche immer verschlossen hatte, wenn Gäste kamen.«

»Warum ist das von Bedeutung?«

»Falls sich Elly mit ihrer Aussage geirrt hat, dann hat das Foto jemand anderes dahin gelegt. Es wäre wichtig zu wissen, wann er dazu Gelegenheit hatte.«

Robert glaubte Elly nicht. Julia musste sich eingestehen, dass sie das nachvollziehen konnte. Elly verhielt sich alles andere als rational. Angst, Misstrauen und ein Gefühl von Unterlegenheit trieben sie zu einem Verhalten, mit dem sie sich immer unglaubwürdiger machte.

»Es tut mir leid, dass ich dich gedrängt habe, den Fall zu behalten«, sagte sie mit einem Anflug von schlechtem Gewissen.

»Unsinn«, brummte Robert. »Das stehen wir durch.« Man sah ihm an, wie schwer ihm das momentan fiel. »Geh bitte morgen Mittag nach der Arbeit nach Kiedrich. Rede mit Franz und Elly. Vielleicht sind sie dir gegenüber offener und sagen die Wahrheit. Nur so kann ich den Täter finden und die beiden entlasten.«

Julia fasste Roberts Kopf im Nacken, zog ihn zu sich und gab ihm einen langen Kuss. »Das ist in letzter Zeit ein wenig zu kurz gekommen, findest du nicht auch?«

Roberts müde Augen blitzten auf, sein Gesicht wurde lebendiger. »Dann haben wir ja was nachzuholen«, sagte er und erwiderte den Kuss.

**

Bernhard lag im Bett neben ihr und schnarchte. Zwischendurch röchelte, grunzte und schmatzte er. Dann machte er eine Pause. Dann schnarchte er wieder. Das könnte einer dauerhaften Beziehung zwischen ihnen beiden entgegenstehen, dachte Tatjana. Aber erst einmal war es gut, dass sie ihn hatte, ihren großen Ritter mit den fettigen Haaren und dem ebenso stürmischen wie unbeholfenen Liebesgebaren. Sie konnte nicht schlafen, nicht nur wegen des infernalischen Lärms, den Bernhard veranstaltete. Sie war sich sicher, dass ihre Theorie zutraf. Aber die Theorie hatte Lücken. Warum waren Tina und Magdalena ermordet worden? Womit hatten sie Körner, das Schwein, bedroht? Was hatten sie gegen ihn in der Hand gehabt?

Sie knabberte an einem Nussplätzchen; sie hatte noch eine Dose aus dem letzten Herbst im Küchenschrank gefunden, gebacken nach ihrem Spezialrezept. Bernhard hatte ein paar Kekse gefuttert, wahrscheinlich war er deswegen so schnell weggeschlummert, nachdem sie miteinander geschlafen hatten. Der war nichts Gutes gewöhnt.

Du hast etwas Wichtiges in Erfahrung gebracht, kümmere dich darum, hörte sie die Stimme der Großmutter. Warum musste sie nur immer in Rätseln sprechen? Aber es war nichts zu machen, Oma meinte, sie solle ihren Kopf ruhig selbst anstrengen. Bloß sagte sie nicht, wie sie das bei diesem Lärm anstellen sollte.

Sie stand auf, setzte sich an ihren Schreibtisch. Vielleicht half das beim Denken. Sie zog die Schreibtischschublade auf. Da lag die Brosche mit der blonden Haarsträhne, die sie in Magdalenas Zimmer gefunden hatte, daneben der Zettel mit der E-Mail-Adresse, für die ihr das Passwort fehlte. Was hatte sie an Wichtigem in der letzten Zeit in Erfahrung gebracht?

Plötzlich verstand sie. Sie schaltete den Computer an, wartete ungeduldig, bis er alle möglichen Programme hochgefahren hatte, öffnete einen Browser und ging auf die Website des E-Mail-Providers. Dort tippte sie Magdalenas Adresse ein. Hatte Monika Hellenthal ihrem Sohn im Krankenhaus nicht angeblich etwas vom heiligen Florian erzählen wollen? Von wegen! Ausnahmsweise hatte die Alte mal keine Heiligengeschichten auf Lager gehabt. Sie wollte über ihr verleugnetes Enkelkind reden. Als Passwort gab Tatjana »Florian« ein. Volltreffer. Sie hatte Zugang zu Magdalenas Mails.

Im Postfach lag jede Menge Spam, neben Einladungen, irgendwelche Sexseiten zu besuchen, auch etliche Angebote, Münzen oder Briefmarken zu kaufen. Wie waren diese Händler auf Magdalenas Adresse gekommen? Sie warf einen Blick auf den schnarchenden Säugling, der drei Meter von ihr entfernt so friedlich dalag. Hatte das Schwesterherz ihm an die Münzen gehen wollen? War er deswegen böse geworden? Sein Wutanfall gestern Vormittag war sehr beeindruckend gewesen.

Der hat seiner Schwester nie und nimmer etwas angetan, meldete sich die Oma zu Wort. *Das ist ein guter Junge!*

Ob sich die Oma da so gut auskannte? Konnte nicht auch ein guter Junge ab und zu böse werden, hatte er das gestern nicht ziemlich drastisch gezeigt?

Ausrasten und Morden sind zweierlei Dinge, beharrte die Großmutter auf ihrer Sicht der Dinge. Es klang irgendwie logisch, wie Oma die Lage betrachtete. Außerdem gab es ja die SMS, in der Magdalena mit Bernhard Frieden geschlossen hatte. Was andererseits bedeutete, dass sie zuvor Krieg gehabt hatten. Aber warum bloß? Wegen der Münzen?

Sie stöberte weiter im Posteingangsfach. Sie fand die Mail einer Genlab KG. Was hatten die zu verkaufen? »24.4.07: Sehr geehrte Frau Hellenthal, wie von Ihnen gewünscht, geben wir Ihnen vorab auf diesem Weg Auskunft über das Ergebnis unserer Analysen«, las sie. »Bei den von Ihnen eingesandten Proben gab es Übereinstimmungen, die für eine nähere Verwandtschaft sprechen, nicht jedoch für eine Vaterschaft. Der schriftliche Befund wird Ihnen im Laufe der Woche zugesandt. Mit freundlichen Grüßen, Genlab KG«.

Was hatte das zu bedeuten? Nähere Verwandtschaft? Keine Vaterschaft? Genlab, der Name kam ihr bekannt vor. Sie ließ den Blick über ihren Schreibtisch schweifen. Eigentlich brauchte sie den gar nicht, ein größerer Papierkorb täte es auch. Überall Papierstapel, an einem blieb ihr Blick hängen. Sie durchsuchte den Stapel. Ein paar Zeitungen der letzten Woche, Prospekte, Rechnungen und ein Brief, direkt unter der Zeitung vom vorletzten Samstag. Der Brief war an Magdalena adressiert, Absender war die Genlab KG. Sie öffnete den Brief, es stand drin, was sie schon aus der E-Mail wusste. Verdammte Unordnung. Hätte sie damals die Augen aufgemacht, als die Bullen ihr die Nachricht von Tinas Tod brachten, wäre sie früher auf diese Spur gekommen.

Sie konzentrierte sich wieder auf den Computer, stöberte weiter, fand frühere Mails von Magdalena an die Genlab KG. Magdalena hatte nach Florians Vater gesucht. Sie hatte ihren Sohn gekannt, die Haarsträhne in der Brosche war vermutlich von ihm. Und sie hatte einen nahen Verwandten des Jungen in Verdacht gehabt. Sie blickte zu dem schnarchenden Bernhard hinüber. Hatte sie den Onkel des kleinen Florian verdächtigt, auch dessen Vater zu sein? Sie hätte das bestimmt nicht ohne Anlass getan. Die Puzzleteile begannen, sich zusammenzufügen. Der fromme Bernhard hatte es mit seiner Schwester getrieben. Deswegen hatte er sie nachts immer Magdalena genannt, sozusagen in memoriam. Tatjana wusste nicht so recht, ob sie faszinierend finden sollte, was sie da gerade über ihren Ritter herausgefunden hatte, oder widerlich. Oder beides. Bist du immer noch der Meinung, dass das ein guter Junge ist, Oma? Oma meldete sich nicht, vermutlich hatte es ihr die Sprache verschlagen. Aber Bernhard war nicht der Vater Florians, deswegen hatte ihm Magdalena die SMS geschickt, dass alles gut werde. Sie hatte ihm nichts übel genommen, und er hatte keinen Grund gehabt, seine und ihre Schwester zu töten.

Sie stöberte noch eine Weile in Magdalenas Post, fand aber nichts Interessantes mehr und schaltete den Computer wieder aus. Sie sollte zu ihrer ursprünglichen Theorie zurückkehren, dass sich Körner von seinen beiden Opfern bedroht gefühlt hatte. Es hatte da eine Lücke gegeben, es war unklar geblieben, worin die Bedrohung bestanden haben könnte. Das war jetzt klar. Die Bedrohung bestand in der Existenz des kleinen Florian. Schade, dass sie nicht wusste, wo der Kleine steckte. Aber sie hatte seine Locken. Und sie hatte eine Idee.

Dienstag, 8. Mai

Adler hatte ihn vorgewarnt, und deshalb war es für Mayfeld keine Überraschung mehr, was die Kollegen bei der Morgenbesprechung berichteten. Brandt und Lackauf nahmen an diesem Morgen an der Runde teil, für Lackauf war es das erste Mal, dass er sich so früh im Polizeipräsidium sehen ließ.

»Auf dem Foto, das wir gestern im Büro von Franz Leberlein sichergestellt haben, wurden Fingerabdrücke von Magdalena Hellenthal festgestellt«, teilte Adler den Kollegen mit. »Das Foto hat sich also zumindest vorübergehend in ihrem Besitz befunden. Weitere Fingerabdrücke wurden keine gefunden, also auch keine von Leberlein. Wir haben aber Textilfasern identifiziert, die an dem Foto anhafteten. Sie passen zu dem Stofffetzen, den wir am Fundort der Leiche Tina Lüders gefunden haben, und zu den Fasern, die sich unter ihren Fingernägeln befanden.«

»Außerdem gibt es einen neuen Bericht von der Pathologie.« Meyer legte die angebissene Mohnschnecke zu den beiden anderen auf die Konditortüte und blätterte in den Akten, die vor ihm lagen. »Auch unter den Fingernägeln der toten Magdalena Hellenthal fanden sich Textilfasern. Die genaue Bestimmung steht noch aus, aber nach einer ersten Untersuchung handelt es sich um die gleichen Fasern.«

Burkhard grinste Mayfeld Kaugummi kauend und siegessicher an. »Elly Leberlein hat also gelogen, was das Foto betrifft. Sie hat gelogen, um ihren Mann zu schützen. Sie hält ihn wohl für schuldig, wenn sie meint, für ihn lügen zu müssen.«

In Winklers Gesicht las Mayfeld Sorge und Mitleid. Das beunruhigte ihn noch mehr als Burkhards gehässiger Triumph.

»Franz Leberlein hatte also ein Bild seines Pflegekindes in Besitz, das zuvor einem der Mordopfer, nämlich der leiblichen Mutter gehört hatte. In seinem Büro wurden Stofffasern sichergestellt, die genau zu Spuren passen, die bei beiden Mordopfern gefunden wurden. Es gibt einen, wenn auch anonymen Zeugen, der ihn kurz vor dem Mord mit einem der Opfer streiten sah. Für den Zeitpunkt des Mordes hat er kein Alibi«, fasste Lackauf zusammen. »Alles deutet auf Leberlein als Täter hin. Über das Motiv wissen wir noch nicht genau Bescheid, aber vermutlich gab es Meinungsverschiedenheiten über die Zukunft des Pflegekindes. Wir werden Leberlein verhaften. Burkhard, Sie sollten das Jugendamt in Bad Schwalbach von der neuen Entwicklung informieren.« Zu Brandt gewandt fügte er hinzu: »Und Sie sollten Hauptkommissar Mayfeld in Urlaub schicken. Außerdem muss überprüft werden, ob bei den bisherigen Ermittlungen alle Erkenntnisse und Informationen von dem befangenen Mayfeld richtig gewertet wurden. Ich möchte, dass Sie mir alle diesbezüglichen Akten vorlegen.«

Das war mehr als Misstrauen, das war eine offene Kriegserklärung. Mayfeld wusste, dass er verletzlich war. Wenn Lackauf von der Aussage des Pfarrers erfuhr, war er geliefert. Warum hatte er den Fall nicht schon viel früher abgegeben? Warum hatte er sich eingebildet, dass die Regeln guter polizeilicher Ermittlungspraxis für ihn nicht galten? Zu diesen Regeln gehörte, einen Fall abzugeben, wenn auch nur der Verdacht bestand, befangen zu sein. Aber all diese Überlegungen kamen zu spät. Er konnte nicht mehr zurück. Und außerdem war er noch immer felsenfest davon überzeugt, dass Franz unschuldig war. An dieser Geschichte war etwas faul.

»Ich sehe keinen Grund, Hauptkommissar Mayfeld in Urlaub zu schicken«, widersprach Brandt dem Staatsanwalt. »Es gibt überhaupt keine Hinweise dafür, dass irgendetwas an der polizeilichen Arbeit bislang nicht korrekt gewesen wäre. Aber natürlich kannst du die Ermittlungen in diesem Fall nicht weiter leiten, Robert«, fügte er zu Mayfeld gewandt hinzu.

»Das könnte Hauptkommissar Burkhard tun«, forderte Lackauf.

»In Ordnung«, stimmte Brandt widerstrebend zu. »Paul, du übernimmst den Fall. Du stimmst dich eng mit mir ab.«

»Wenn Franz Leberlein der Täter ist, warum in aller Welt hat er dann ein Bild, das ihn derart belastet, nicht einfach vernichtet?«, fragte Winkler. »Das ist doch ganz dumm!«

»Erstens gibt es dumme Mörder!«, belehrte Burkhard sie. »Und zweitens musste Franz Leberlein nicht damit rechnen, dass wir seine Wohnung durchsuchen würden.« Er warf einen vielsagenden Blick auf Mayfeld. Nach einer längeren Pause fügte er als Erklärung hinzu: »Er konnte ja nicht wissen, dass ihn jemand kurz vor der Tat mit dem Opfer gesehen hat.«

Genau das war faul an der Geschichte. Franz hatte sich nach dem Gespräch, das er mit ihm am Sonntagabend geführt hatte, eben nicht sicher sein können, dass er dichthalten würde, er hatte damit rechnen müssen, ins Fadenkreuz der Polizei zu geraten. In einer solchen Situation belastendes Material im eigenen Schreibtisch zu verwahren, wäre dumm und fahrlässig gewesen, und Franz war weder das eine noch das andere. Aber Mayfeld konnte das den Kollegen gegenüber nicht erwähnen, ohne sein Gespräch mit dem Pfarrer zu offenbaren.

»Jemand anderes könnte das Bild dort hingelegt haben«, wendete Mayfeld ein.

»Was willst du damit sagen?«, fragte Burkhard gereizt und bedachte Mayfeld mit einem eisigen Blick.

Burkhard hatte das Bild gefunden, und er hatte den anonymen Anruf entgegengenommen, der Franz belastete. Aber so weit ging die Feindschaft wohl doch nicht, dass Paul Beweise fälschte und jemandem unterschob.

»Das ist doch so schwer nicht zu verstehen«, antwortete Mayfeld freundlich. »Jemand könnte das Bild versteckt haben, weil er von sich ablenken will. Er hat das Bild an sich genommen, hat es bei Franz Leberlein versteckt und die Polizei angerufen.«

»Du meinst, der Mörder hat das getan?«, fragte Winkler.

»Ich verstehe schon, dass Sie versuchen, Ihren Schwager zu entlasten, Mayfeld«, warf Lackauf ein. »Das ist sehr gut nachvollziehbar bei einem nahen Familienmitglied. Aber warum sollte ein Täter von sich ablenken, auf dessen Spur wir gar nicht sind? Oder haben wir noch einen dringend der Tat Verdächtigen?«

»Bisher haben wir Arthur Roth verdächtigt«, räumte Burkhard widerwillig ein. »Wir werden überprüfen, ob er die Gelegenheit hatte, das Bild im Leberlein'schen Weingut zu verstecken. Aber so viel Unverfrorenheit traue ich diesem Burschen eigentlich nicht zu.«

»Außerdem haben wir noch Andy Körner als Verdächtigen«, erinnerte Winkler.

»Bloß weil ihm seine Stieftochter alle möglichen Schandtaten zutraut? Er hat ein Alibi und kein Motiv«, widersprach Burkhard skeptisch. »Aber du kannst überprüfen, ob er die Gelegenheit hatte, ein Bild bei den Leberleins zu platzieren.«

»All das ändert nichts daran, dass Leberlein unser Hauptverdächtiger ist«, fasste Lackauf zusammen. »Selbstverständlich suchen wir auch nach Entlastungsindizien, Leberlein soll nicht besser, aber auch nicht schlechter dastehen, bloß weil er einen Schwager bei der Polizei hat. Aber als Nächstes würde ich vorschlagen, dass Sie Leberlein ins Präsidium bringen. Ich möchte ihn verhören. Und ich möchte engmaschig über den Fortgang der Ermittlungen informiert werden«, sagte er zu Brandt gewandt. Dann stand er auf und verließ den Raum.

Mayfeld fühlte sich wie ein angezählter Boxer. Die Kollegen standen alle auf und folgten dem Staatsanwalt, lediglich Winkler und Brandt blieben zurück.

»Wolltest du nicht Überstunden abfeiern?«, fragte ihn Brandt. »Glaub mir, das ist das Beste, was du tun kannst. Fahr jetzt nicht nach Kiedrich zu deinem Schwager. Du solltest dich aus der Schusslinie bringen, sonst gelingt es diesem Lackaffen noch, dich ernsthaft zu beschädigen. Ich werde ein Auge auf Burkhard haben. Wenn dein Schwager unschuldig ist, werden wir das beweisen, genauso wie wir seine Schuld beweisen werden, wenn er schuldig ist. Du weißt selbst, dass du für diesen Job der falsche Mann bist. Halte dich aus dem Fall raus!« Brandt klopfte Mayfeld freundschaftlich auf die Schultern. Oder tröstend. »Und führe jetzt keine Telefonate, die man als Verletzung des Dienstgeheimnisses missverstehen könnte.«

»Überwacht ihr mein Telefon?«, fragte Mayfeld barsch.

»Ich glaube nicht«, erwiderte Brandt sanft. »Aber natürlich überwacht Burkhard das Telefon deines Schwagers.« Dann verließ er den Konferenzraum.

»Was wirst du jetzt tun?«, fragte Winkler, die als Letzte der Kollegen bei ihm geblieben war.

»In meinem Weinberg nach dem Rechten sehen«, antwortete Mayfeld. Winkler war die Einzige, auf deren Loyalität er sich zu hundert Prozent verlassen konnte. Aber es war besser, wenn sie nicht alles wusste, er wollte die junge Kollegin nicht unnötigerweise in Konflikte stürzen.

»Wir halten Kontakt, ja?«, fragte sie. »Wenn du irgendwelche Hilfe brauchst ...«

»Dann werde ich auf dich zukommen, du kannst dich darauf verlassen.« Mayfeld verließ den Konferenzraum. Er war angezählt, aber er war nicht zu Boden gegangen.

Mayfeld war nach Eltville gefahren, nachdem er Julia an ihrem Arbeitsplatz in der Kinderklinik angerufen und sie über die neuesten Entwicklungen informiert hatte. Für ihn war es besser, sich an Brandts Ermahnung zu halten und im Moment nicht im Weingut der Schwiegereltern aufzutauchen. Er war in den Wiesweg gefahren, am Schulzentrum vorbei, und nahm jetzt die Straße, die zur Domäne Rauenthal hinaufstieg. Das Gebäude der Domäne ließ er links liegen und folgte dem Wirtschaftsweg, der durch die Weinberge zur Rauenthaler Madonna verlief. »Nimm uns in deine Fürbitten auf!«, war auf dem Sockel zu lesen, auf dem die kräftige weibliche Figur stand. Der Bitte konnte sich Mayfeld nur anschließen. Er bog nach rechts ab, folgte dem Weg, der in die Talsenke vor Martinsthal hinabführte und hatte nach wenigen Metern seinen Weinberg erreicht. Er parkte den Volvo neben einer Brombeerhecke und stieg aus. Im Kofferraum des Kombis lagen Mayfelds Arbeitskleidung, ein Overall, Gummistiefel und die Werkzeuge, die er im Weinberg brauchte: ein Hammer, eine Rebschere, Hacke und Schaufel, Stickel, Gertdraht und ein Refraktometer für den Herbst. Er zog sich um.

Franz hatte in den letzten Wochen die Stöcke »putzen« lassen, ein Arbeiter des Weinguts hatte das Unkraut um die Rebstöcke herum entfernt und den Boden gelockert. Die Sonne der letzten Tage hatte die Reben deutlich wachsen lassen, und es war jetzt an der Zeit, die überschüssigen Triebe auszubrechen. Er nahm sich eine Rebschere und trat zwischen die Zeilen des Weinbergs.

Er untersuchte jeden einzelnen Weinstock. Aus manchen Augen, die er beim Rebschnitt im Januar hatte stehen lassen, waren zwei kleine grüne Triebe herausgewachsen statt des erwarteten einzelnen Triebs. Diese Triebe schnitt er heraus oder brach sie ab, ebenso Triebe, die direkt über dem Boden aus den Weinstöcken gewachsen waren.

Das Leben war zu kurz für schlechten Wein, war Mayfelds Überzeugung, und deshalb widmete er sich der Arbeit im Weinberg mit unbändigem Enthusiasmus und ständigem Streben nach Perfektion. Normalerweise kam er durch diese Arbeit zur Ruhe, aber heute war das nicht so. Er sollte jetzt in Kiedrich sein und Franz beistehen oder aber den tatsächlichen Mörder der beiden Frauen finden.

Hoffentlich meldete sich Bischoff bald. Er hatte ihr noch gestern Abend die Kippen, die er bei Körner sichergestellt hatte, vorbeigebracht. Sie würde aus dem anhaftenden Speichel DNA isolieren und analysieren und sie einerseits mit der Spur aus dem alten Vergewaltigungsfall und andererseits mit der Speichelprobe von Florian vergleichen lassen.

Die Maisonne warf ihr Licht auf den Weinberg. Der Boden des Rothenbergs war von einem heftigen morgendlichen Regenschauer noch feucht und leuchtete in einem satten Rot, das mit dem Hellgrün der frischen Weintriebe einen strahlenden Kontrast bildete. Doch Mayfeld wollte sich nicht mit den Schönheiten der Natur befassen. Der Fall ließ ihn nicht eine Minute los.

Er konnte sich nicht vorstellen, dass sein Schwager mit den Mordfällen etwas zu tun hatte. Andererseits sagte ihm seine Berufserfahrung, dass auch das Unvorstellbare immer wieder passierte. Warum hatte Elly gelogen? War ihr denn nicht klar gewesen, dass sie damit nicht durchkommen und ihren Mann mit dieser Lüge nur noch mehr belasten würde? Wie war das Foto in den Schreibtisch von Franz geraten? Dass Burkhard es dort selbst hingelegt hatte, konnte er sich nicht vorstellen, zumal der bei den ersten Durchsuchungen von Magdalenas Zimmer nicht dabei gewesen war. Er hatte also gar keine Chance gehabt, an das

Bild heranzukommen, aber es war bezeichnend für ihre Beziehung, dass er einen solchen Gedanken überhaupt in Erwägung zog. Blieb nur der Täter selbst, der von sich ablenken wollte. Aber natürlich war Lackaufs Einwand berechtigt: Warum sollte ein Täter von sich ablenken, wenn ihm gar niemand auf der Spur war? Wenn diese Überlegung richtig war, kamen als Täter nur Personen in Frage, die von der Polizei bereits verdächtigt worden waren, also Roth und Körner. Die beiden waren seit Langem befreundet, konnten also die beiden Personen sein, hinter denen seine Mainzer Kollegin her war. Falls Körner in die Verbrechen verwickelt war, würde er das in den nächsten Tagen erfahren. Anders war es bei Roth. Von dem hatten sie keine DNA-Probe genommen. Er hatte sexuelle Kontakte zu Tina Lüder eingeräumt, weswegen eine solche Untersuchung überflüssig geworden war. Damals hatte Mayfeld gedacht, Roth gebe zu, was man ihm sonst innerhalb weniger Tage nachweisen könnte, aber vielleicht war dieser Kerl klüger, als er es ihm zutraute. Vielleicht hatte er diesen Kontakt zugegeben, um eine DNA-Untersuchung zu vermeiden.

Das Grübeln führte ihn im Moment nicht weiter. Er versuchte, sich auf die Arbeit im Weinberg zu konzentrieren.

**

Sie hatte lange geschlafen, Teufel noch mal, hatte sie lange geschlafen. In der Nacht hatte sie in einer Burgruine gegen einen Drachen gekämpft. Irgendwie hatte auch ein Sägewerk in dem Traum eine Rolle gespielt. Das Sägewerk neben ihr hatte noch gearbeitet, als sie aufgewacht war, der heilige Bernhard mit dem Hang zur Geschwisterliebe, und sie hatte den größten Teil des Traums gleich wieder vergessen. Jetzt saß Bernhard ihr gegenüber am Küchentisch, schlürfte einen Kaffee und blickte sie durch seine verquollenen Augen verliebt an. Sie wusste nicht mehr so recht, ob sie sich darüber freuen sollte oder davor ekeln. Sie gab drei Stück Zucker in ihren Humpen.

»Nenn mich bitte nicht mehr Magdalena, wenn du mit mir vögelst.« Sie lächelte ihn so freundlich an, wie es ihr heute Morgen möglich war. »Man fickt seine Schwester nämlich nicht. Hat dir das noch niemand gesagt?«

Er schaute sie so klug an wie ein Bulle, dem man auf die Nüstern pisste. Sie konnte beobachten, wie sich seine blasse Haut in wenigen Sekunden puterrot verfärbte. Immerhin schien er sich zu schämen.

»Wie, wie kommst du darauf?«, stotterte er.

»Willst du's abstreiten?«

Er schwieg verlegen.

»Deine Schwester wollte einen Teil der Münzen, ihren Anteil am Erbe, stimmt's?«

Seine Augen begannen zu flackern. Sie war sich nicht sicher, ob das Angst oder Wut war, was sie in seinem Gesicht sah. »Der größte Teil gehört Mama, Magdalena gehörte nur ein Achtel«, antwortete er stockend.

»Das du nicht rausrücken wolltest, richtig?«

»Richtig.«

»Sie wollte mehr als nur ihr Achtel, korrekt?«

»Korrekt.«

»Weißt du, wofür sie das Geld brauchte?«

»Nein.«

»Weißt du, warum sie es haben wollte?«

»Hab ich doch schon gesagt: Nein.«

Dieser Bursche kapierte rein gar nichts. Sie sollte ihn nicht mehr mit ihren Spezialplätzchen füttern.

»Das sind zwei verschiedene Fragestellungen, mein Lieber. Sie hatte ein Kind, daran erinnerst du dich doch noch?«

Bernhard verzog das Gesicht, als ob ihn etwas schmerzte. »Warum bist du plötzlich so? Was habe ich dir getan?«

»Die Frage ist, was du Magdalena getan hast. Sie hat den Vater ihres Kindes gesucht. Sie hatte dich in Verdacht. Wie kam sie wohl auf die Idee?«

Noch roter konnte sein Gesicht kaum noch werden, ohne in Flammen aufzugehen oder zu explodieren. Er starrte sie völlig entgeistert an.

»Wie kam sie wohl auf die Idee?«, wiederholte sie ihre Frage.

»Ich sage dir, wie sie darauf kam, mein Ritter von der traurigen

Gestalt: Ihr hattet ein Verhältnis miteinander, ein verdammtes, perverses, inzestuöses Verhältnis. Hat sie dich damit erpresst? Wenn sie es Mama erzählt hätte, hätte die sofort einen Herzkasper bekommen, und schwupp, hätte ihr schon die Hälfte der Münzen gehört.«

»So war Magdalena nicht!«, rief Bernhard.

»Sie hat einen Vaterschaftstest gemacht. Ich kann dich beruhigen, du bist nicht der Vater. Was mich beunruhigt, ist die Tatsache, dass du das nicht wusstest.«

»Aber ich wusste doch gar nicht, dass sie ein Kind hatte«, antwortete er verzweifelt. »Sie hat so komische Andeutungen gemacht, von wegen, ich sollte mich meiner Verantwortung stellen. Ich habe gar nicht verstanden, worum es ging.«

So trottelig, wie Bernhard manchmal war, konnte das sogar stimmen. Aber sie durfte ihn jetzt nicht zur Ruhe kommen lassen.

»Sie hat nie mit jemandem über die Sache geredet, sie blieb damit ganz allein. Weißt du, warum? Weil sie glaubte, dass du der Vater ihres Kindes bist. Sie hat sich geschämt und wollte dich nicht bloßstellen, weil sie dich immer noch liebte. Dann hat sie durch den Test erfahren, dass du gar nicht der Vater bist, und sie hat es dich gleich wissen lassen. Sie hat dir diese SMS geschickt. Sie dachte, dass sie jetzt endlich mit dir über alles reden könnte, aber du bist nicht gekommen, du hast dir zumindest ziemlich lange Zeit gelassen. Zu lange für sie. In der Zwischenzeit ist sie nämlich meinem verdammten Stiefvater Andy Körner über den Weg gelaufen. Weißt du, was der früher, bevor er das Geld hatte, um sich Mädels zu kaufen, immer gemacht hat? Er hat ihnen Drogen gegeben, Rohypnol, GHB und so einen Scheiß, das macht sie willig und vergesslich, und dann ist er über sie hergefallen. Bei mir hat er es so gemacht, bei Tina hat er es so gemacht. Und bei Magdalena hat er es auch so gemacht, es muss so gewesen sein.«

»Und du meinst, sie hat ihn jetzt erkannt, als sie für ihn im Kloster arbeitete?«

»So ist es.«

»Und vorher kam sie nicht auf die Idee?«

»Sie hat ihn seit Jahren zum ersten Mal wieder gesehen. Und die ganze Zeit hat sie gar nicht versucht, den Vater von Florian zu

finden, weil sie doch dachte, sie kennt ihn schon, nämlich dich. Erst seit Kurzem wusste sie, dass da noch etwas anderes passiert sein musste!« Endlich schien er zu kapieren.
»Das Schwein!«, entfuhr es ihm. »Hast du das der Polizei erzählt?«
Jetzt kam er ihr schon wieder mit den Bullen. »Ja, aber die tun nichts. Das kennt man doch. Körner ist mittlerweile ein bekannter Koch, ein Mitglied der besseren Gesellschaft, der kennt alle möglichen wichtigen und einflussreichen Leute. So einem fahren die nicht an den Karren. Der schwimmt mittlerweile im Geld, kauft sich Frauen und vermutlich auch Polizisten, wie er sie braucht.«
»Meinst du wirklich?«
Sie durfte nicht übertreiben. »Ich kann es dem Kommissar ja noch mal sagen. Aber wenn dann immer noch nichts passiert, nehmen wir die Sache in die eigene Hand, einverstanden?«
»Einverstanden.«
»Mein Ritter!« Sie fasste ihm in den fettigen Wuschelkopf. »Tut mir leid, was ich vorhin gesagt habe.« Sie gab ihm einen langen Kuss. »Ich war so aufgebracht, weil der Mörder unserer beiden Schwestern immer noch frei herumläuft. Ich wollte dich nicht verletzen.« Sie gab ihm noch einen langen Kuss. »Wie kann ich es wiedergutmachen?«
Das war nicht schwer zu erraten.

Eine Stunde später lag Tatjana mit Bernhard im warmen Bett und versuchte, Mayfeld telefonisch zu erreichen. Bei seiner Dienststelle sagte man ihr, dass Hauptkommissar Mayfeld außer Haus sei. Auf der Visitenkarte, die er ihr gegeben hatte, war noch eine Handynummer notiert, doch da ging niemand ran.
»Wenn man die Polizei braucht, ist sie nicht da«, meckerte sie.
»Versuch's doch bei ihm zu Hause!«, schlug Bernhard vor.
»Kennst du den Bullen näher?«, fragte Tatjana. Sie rückte von ihm weg, zum Bettrand hin.
»Nein, aber ich war am Sonntag in der Kirche in Kiedrich, da habe ich ihn gesehen. Er hat sich noch eine Weile mit dem Pfarrer unterhalten und ist dann in das Weingut Leberlein gegenüber von der Kirche gegangen. Ich glaube, er gehört zur Familie.«

»Dann werde ich da jetzt mal hinfahren. Es soll nicht heißen, dass ich nicht alles versucht habe, um mit der Polizei zusammenzuarbeiten.« Sie sprang aus dem Bett, rannte unter die Dusche und machte sich fertig.

»Soll ich nicht mitkommen?«, fragte Bernhard später, als sie sich die Lederjacke überwarf und beide das Haus verlassen wollten. »Du siehst umwerfend aus«, fügte er hinzu.

Sie war heute ganz in schwarzes Leder gekleidet, Minirock, Stiefel, T-Shirt und Jacke. Auf so etwas stand der Bursche also. Sie gab ihm einen schwesterlichen Kuss auf die Stirn. »Fahr nach Hause. Oder besuche deine Mama. Sie sehnt sich bestimmt schon nach dir. Ich melde mich.«

Sie konnte ihn heute nicht so gut gebrauchen, dachte sie. Auch wenn sie noch gar nicht genau wusste, was sie vorhatte. Sie winkte ihm zu, als er sich kurze Zeit später auf seinen Motorroller schwang, bestieg ihre grüne Ente und fuhr los.

Wenige Minuten später erreichte sie den Marktplatz von Kiedrich, hielt direkt vor der Kirche und stieg aus.

»Hier dürfen Sie aber nicht parken«, sagte eine alte, gebeugte Frau, die wie sie in Schwarz gekleidet war.

Sie blinzelte der Frau, die sie irgendwie an ihre Oma erinnerte, zu. »Meinen Sie, der Herrgott drückt ein Auge zu?« Sie blickte hinüber zur Kirche.

Die Alte kicherte. »Der Herrgott drückt meistens ein Auge zu.«

»Wo ist denn das Weingut Leberlein?«

»Sind Sie von der Polizei?«, fragte die Frau mit einer Mischung aus Neugier und Misstrauen.

Jetzt musste Tatjana kichern. »Nein, sehe ich so aus? Wie kommen Sie denn darauf?«

Die Frau winkte sie mit Verschwörermiene zu sich. »Da waren heute jede Menge Polizisten im Weingut«, flüsterte sie Tatjana ins Ohr. »Sie haben den Junior mitgenommen, Franz Leberlein. Ich glaube, es geht um die Morde im Kloster und auf dem Steinberg. Hier in Kiedrich bleibt nichts lange geheim.«

Tatjana war wie vor den Kopf gestoßen. »Der Kommissar Mayfeld wohnt doch auch in dem Weingut?«, fragte sie.

Die Alte schüttelte den Kopf. »Nein, der hat da eingeheiratet und ist mit der Julia weggezogen, nach Eltville.« Sie sagte das so, als ob sie von Feindesland sprechen würde. »Ich weiß gar nicht, wo der überhaupt hergekommen ist. Wo kommen Sie denn her, ich hab Sie hier noch nicht gesehen?«

»Ich bin in Rüdesheim geboren«, antwortete Tatjana.

»Na ja, wenigstens Rheingauerin«, versetzte die Alte.

»Ist der Kommissar denn jetzt da drin?« Tatjana deutete auf das Weingut hinter sich.

»Ist vor Kurzem eingetroffen.«

»Also war er bei der Verhaftung gar nicht dabei?«

Die alte Frau schüttelte den Kopf.

»Ihnen entgeht wohl gar nichts?«, fragte Tatjana.

»Ich bemühe mich, auf dem Laufenden zu bleiben«, sagte die Alte in vornehmem Ton und versuchte, ernst und gewichtig dreinzuschauen.

Tatjana verabschiedete sich und ging über die Straße zum Weingut Leberlein, wo sie durch das offen stehende Hoftor zur Haustür des Hauptgebäudes ging und klingelte.

Eine ältere Frau mit verheulten Augen öffnete die Tür einen Spaltbreit. »Wir haben heute geschlossen«, sagte sie mit rauer Stimme.

»Kann ich Kommissar Mayfeld sprechen?«

Die Frau schaute sie einen Moment mit müdem und resigniertem Blick an, dann wandte sie sich ab. »Robert, für dich«, rief sie in den dunklen Flur hinein und verschwand.

Nach einer Weile tauchte der Kommissar auf. Er war eigentlich ein ganz ansehnlicher Mann, aber heute war er überhaupt nicht gut drauf, bleich und unrasiert war noch die freundlichste Beschreibung, die ihr einfiel.

»Sie haben gesagt, ich soll mich bei Ihnen melden, wenn mir noch etwas einfällt!«

»Kommen Sie rein«, antwortete der offensichtlich missgelaunte Polizist und führte sie in einen Raum, in dem Tische und Bänke wie in einer Kneipe oder einem Bierzelt herumstanden. Sie setzten sich. »Was ist Ihnen noch eingefallen?«

»Haben Sie was gegen Körner unternommen?«, wollte Tatjana wissen.

»Was ist Ihnen noch eingefallen?«, wiederholte der Bulle seine Frage.

Das konnte sie auch. »Haben Sie was gegen Körner unternommen?«, echote sie.

»Sie haben Verdächtigungen gegen Ihren Stiefvater ausgesprochen, aber Sie hatten keine Beweise für Ihren Verdacht. Haben Sie mir etwas Neues mitzuteilen?«

»Körner hat mich vergewaltigt, meine Schwester und ihre Freundin ebenfalls. Er hat uns Drogen eingeflößt, deswegen sind die Erinnerungen an die Vorfälle so verschwommen. Aber Magdalena hat ihn dennoch erkannt. Und sie hatte eine Chance, Körner zu überführen. Sie hat ein Kind bekommen, das seine Gene trägt. Damit kann man ihm die Vergewaltigung nachweisen. Deswegen musste sie sterben.«

»Können Sie mir sagen, womit diese Theorie bewiesen werden kann?«

»Wollen Sie vielleicht einfach Ihren Job tun, oder muss ich hier alles selbst machen?«, schrie Tatjana. »Wieso suchen Sie denn nicht nach den Beweisen? Wieso lassen Sie Ihren Schwager verhaften?«

»Woher wissen Sie denn das?«, fragte der Polizist verblüfft.

»Das erzählt man sich hier auf der Gasse!«, antwortete Tatjana verächtlich.

»Hören Sie, Frau Lüder, ich bin für den Fall nicht mehr zuständig. Ich muss Sie bitten, sich an meine Kollegen zu wenden. Zeigen Sie Herrn Körner an. Hier ist die Karte von Kommissarin Winkler, sie wird sich gerne anhören, was Sie zu sagen haben.«

Das war doch nicht möglich. Erst hörte er ihr zu, tat so, als wäre er interessiert, und dann erklärte er sich für nicht zuständig und hielt ihr die Visitenkarte einer Kollegin unter die Nase. Die waren ja noch schlimmer, als sie es je gedacht hatte!

»Danke, mein Freund und Helfer!«, brüllte sie, stürmte aus dem Zimmer hinaus, rannte durch den dunklen Flur und über den Hof auf die Straße zu ihrem Auto, öffnete die Fahrertür und warf sich hinein in die grüne Ente.

Sie fuhr los, drückte aufs Gaspedal. Mal sehen, was die Blechkiste so hergibt, dachte sie. Ein paar Fußgänger flüchteten erschrocken in die Seitengassen, als sie an ihnen vorbeibrauste. Sie musste die Sache selbst in die Hand nehmen, das hatte sie doch gleich geahnt.

***

»Wer war das?«, fragte Julia. Nach Mayfelds Anruf hatte sie sich in der Klinik krankgemeldet und war nach Kiedrich zu ihrer Familie gefahren. Jetzt saß sie am Küchentisch, wo sie in der vergangenen Woche das Regiment geführt hatte, und starrte in ein Glas Traubensaft.

»Eine junge Frau, die wissen wollte, was ich gegen ihren Stiefvater unternommen habe, den sie der beiden Morde bezichtigt.«

Julia blickte auf und sah ihn neugierig an. »Was wirst du tun? Gehst du der Spur nach? Du bist zwar aus dem Fall draußen. Aber willst du das akzeptieren?«

Natürlich wollte er das nicht. »Auch ohne mich wird die Wiesbadener Polizei ihre Arbeit korrekt erledigen. Wenn Franz unschuldig ist, dann werden sie ihn auch wieder freilassen«, sagte er dennoch.

»Bist du dir da sicher?«

Das war er nicht. »Ich hoffe es zumindest«, antwortete er ausweichend.

»Ich hätte dich nicht drängen sollen, an dem Fall dranzubleiben«, entschuldigte sich Julia. Das hatte sie gestern Abend schon gesagt. Sie sollte es mit den Schuldgefühlen nicht übertreiben, fand Mayfeld. Es reichte, wenn sich einer in der Familie mit so etwas herumschlug.

»Ich habe meine Entscheidungen selbst getroffen«, antwortete er. »Ich habe nicht vor, mich von Lackauf einfach so abservieren zu lassen. Ich will den Fall lösen, damit helfe ich auch Elly und Franz am besten. Aber ich muss jetzt vorsichtig vorgehen.«

»Dieser Lackauf ist noch viel schlimmer, als ich es aufgrund deiner Schilderungen vermutet habe. In anderen Zeiten wäre so einer Gauleiter oder Sturmbannführer geworden«, grummelte Julia. »Auch gleich noch das Jugendamt zu informieren! Übermorgen werden drei von denen hierherkommen und die arme Elly schikanieren. Am Ende nehmen sie ihr Florian weg!« Ihr Gesicht hatte sich vor Zorn dunkel verfärbt.

»Warte doch erst mal ab.« Als Mitarbeiter des Jugendamtes konnte man es eigentlich nur falsch machen, dachte Mayfeld. Wurde man aktiv, war es eine unerträgliche Einmischung in private Angelegenheiten, tat man nichts, war es Fahrlässigkeit und Beamtenträgheit.

»Ist die Anschuldigung dieser Frau glaubhaft?«, kam Julia auf den Besuch zurück.

Mayfeld zuckte mit den Schultern. »Ich weiß nicht so recht. Er scheint ein ziemlich mieser Typ zu sein, dieser Andy Körner. Meine Kollegin Bischoff aus Mainz hat ihn im Verdacht, eine Serie von Vergewaltigungen begangen zu haben. Seine Stieftochter beschuldigt ihn, sie selbst, ihre Schwester Tina und deren Freundin Magdalena vergewaltigt zu haben. Aber selbst wenn das alles stimmt, beweist es die Morde nicht. Tatjana Lüder meint, Magdalena Hellenthal wollte ihm die Vaterschaft für Florian nachweisen. Damit hätte sie ihn unter Druck setzen können.«

»Aber das ist doch eine interessante Spur!«, warf Julia ein.

»Eine DNA-Analyse ist bereits in Arbeit. Bloß überzeugt mich das Motiv nicht wirklich. Wenn Magdalena Geld wollte, warum hat er dann nicht einfach gezahlt? Und wenn sie ihn anzeigen wollte, warum hat sie das dann nicht einfach getan?«

»Vielleicht kam er ihr zuvor.«

»Das meint auch Tatjana Lüder. Aber Magdalena Hellenthal wird doch nicht so blöd gewesen sein, eine Anzeige anzukündigen?«

»Sie hätte es nicht nur ankündigen müssen, sie hätte Körner auch gleich noch sagen müssen, dass sie ein Kind geboren hat und ihn damit überführen kann«, sagte Julia. »Das wäre wirklich ziemlich dumm gewesen.«

»Wir wissen gar nicht, ob die Morde etwas mit Magdalenas Schwangerschaft zu tun haben. Aber es ist die einzige konkrete Spur, die wir haben.« Mayfeld kramte ein Weingummi vom Winkler Hasensprung aus dem Jackett und steckte es in den Mund, bevor er weitersprach. »Wenn diese Hypothese zutrifft, würde das bedeuten, dass Magdalena gezielt getötet und Tina nur als

Zeugin beseitigt wurde. Das würde auch erklären, warum der Täter Tinas Leiche einfach hat liegen lassen, während er versucht hat, die von Magdalena verschwinden zu lassen. Vor allem aber setzt es voraus, dass der Täter von der Existenz Florians wusste. Und das wussten nur Franz und Elly, Magdalena und Monika Hellenthal, einige Leute vom Jugendamt und der Pfarrer.«

»Und der Mörder«, ergänzte Julia. »Du hast doch erzählt, dass Magdalena einen Bruder hat, der im Klostermuseum arbeitet. Der wusste nichts von seinem Neffen?«

»Das behauptete er jedenfalls. Er klang ganz überzeugend. Warum fragst du?«

»Er ist mir in den Sinn gekommen, weil ich ihn, glaube ich, am Sonntag bei uns in der Straußwirtschaft gesehen habe.«

»Du kennst Bernhard Hellenthal?«

»Ich habe anfangs des Jahres an einer Führung durch das Klostermuseum teilgenommen, die machte ein großer und dicker junger Mann mit einem Wuschelkopf und ziemlich altbackener Kleidung. Der war am Sonntagvormittag hier und hat eine Kleinigkeit gegessen.«

»Die Beschreibung trifft auf Bernhard Hellenthal zu«, bestätigte Mayfeld. »Er war am Sonntag in der Kirche, aber im Weingut habe ich ihn gar nicht bemerkt.«

»Nach dem Gottesdienst kam ein ganzer Schwung Besucher zu uns«, erinnerte sich Julia. »Die meisten haben sich in den Hof gesetzt, du selbst hast dich hinter den Tresen in der Kelterhalle gestellt. Bernhard Hellenthal war einer der wenigen Gäste, die sich im Wohnzimmer niederließen.«

»In der Nähe des Büros«, fiel Mayfeld auf. »Das bringt mich zu einem anderen Punkt. Es ist ja leider so, dass sich meine Befürchtungen bestätigt haben. Irgendjemand hat Franz das Foto untergeschoben. Es war bestimmt der Täter, sonst konnte nämlich niemand an das Foto kommen. Er hat versucht, die Aufmerksamkeit von sich weg- und zu Franz hinzulenken. Er hat vermutlich auch die Polizei angerufen. Er muss also während der Woche, in der wir die Straußwirtschaft offen hatten, hier im Haus gewesen sein.«

»Das kann fast jeder gewesen sein.«

»Hast du Franz noch mal gefragt, ob er das Büro immer abgeschlossen hat?«

Julia nickte. »Ich war heute Mittag fünf Minuten vor deinen Kollegen in Kiedrich und konnte ihn noch sprechen. Er hat gemeint, dass er das Büro immer zugeschlossen hat, bevor die ersten Gäste kamen. Aber du weißt ja, wie Franz ist, ein lieber Kerl, aber bestimmt nicht der Ordentlichste und Zuverlässigste.«

»Ich glaube, dass das Foto am letzten Wochenende versteckt worden ist.« Mayfeld war sich sogar sicher. »Vor der Entdeckung von Magdalenas Leiche machte es gar keinen Sinn, einen Hinweis auf Florian zu verstecken.«

»Am Wochenende waren unendlich viele Leute hier«, gab Julia zu bedenken. »Bernhard Hellenthal ist nur einer, an den ich mich zufällig erinnere. Die Roths waren zum Beispiel auch da.«

»Wahrscheinlich hat der Täter das Bild nach dem Mord bei Magdalena entdeckt und in seinen Anorak gesteckt, deswegen hafteten die Fasern an, die wir auch bei den Leichen gefunden haben. Aber das zu tun hatte er nur Grund, wenn er wusste, was es mit Florian auf sich hat und dass es eine Verbindung zwischen dem Jungen und ihm selbst gibt«, überlegte Mayfeld weiter. »Wir sollten versuchen, herauszufinden, wer außer den uns bekannten Personen noch von der Verbindung zwischen Florian und Magdalena wusste. Wo ist Elly?«

Julia schüttelte den Kopf. »Ich weiß es nicht. Ich habe schon ein paar Mal versucht, sie telefonisch zu erreichen. Nach dem Anruf des Jugendamtes hat sie Florian gepackt und ist verschwunden.«

»Hoffentlich macht sie keinen Unsinn.«

***

Es war Abend geworden, und sie hatte sich wieder im Griff. Sie war in die Röderstraße nach Wiesbaden gefahren, hatte dort geparkt und den Eingang zu Körners Partyservice beobachtet. Eine ganze Weile saß sie in ihrer Ente und starrte auf die Toreinfahrt zu dem Hinterhof. Der Traum von voriger Nacht tauchte in ihrer Erinnerung wieder auf, und es war, als ob sie ihn noch einmal erlebte. In der Burg Scharfenstein fand ein tödlicher Kampf zwischen einem Ritter und einem Drachen statt, den sie mit einem Fernglas beobachtete. Der Drache spuckte Feuer, schlug mit seinem Schwanz nach dem Ritter, der Ritter auf seinem Schlachtross griff den Drachen mit einem mächtigen Morgenstern an. Sie selbst war im Turm der Burg eingesperrt. Besiegte der Ritter den Drachen, so war sie frei, gewann der Drache, würde er sie auffressen. Aber kurz vor Ende des Kampfes, als die Burg schon in Trümmern lag, brach der Traum ab. Es war genauso wie am Morgen, da war sie von Bernhards Schnarchen aufgewacht, bevor der Kampf entschieden war. Und jetzt spürte sie die Unruhe der Nacht, die Angst und die Anspannung wieder. Die Burg Scharfenstein gab es wirklich, sie lag oberhalb von Kiedrich. Und ihr Chef, Vogler, war Vorsitzender des Burgvereins, der Gelder für die Renovierung der Ruine sammelte. Aber sie hatte keine Ahnung, was der Traum zu bedeuten hatte. *Beruhige dich*, hörte sie die Stimme ihrer Oma, *spüre die Kraft, die in dir steckt. Wenn es notwenig ist, wirst du den Traum schon noch verstehen. Und tu nichts Unüberlegtes!*

Dann fuhr der weiße Transporter mit der geschwungenen goldenen Aufschrift »Andy Körners Partyservice« aus der Hofeinfahrt heraus, und sie folgte ihm. Er fuhr ins Komponistenviertel, wo Körner Essen in eine der vielen Protzvillen, die hier herumstanden, lieferte. *Nur Geduld*, mahnte die Großmutter, *alles wird gut*. Während sie in ihrer Ente wartete, legte sie sich die Karten. Die Karte des Tages war die Nummer zehn der Großen Arkana, das Rad des Glücks. Besonders gut an der Karte gefielen ihr der Drache und die Sphinx mit dem Schwert. Sie spürte, dass sich ein Schicksalstag ankündigte, heute Nacht der Traum, jetzt die Karte, das waren lauter Zeichen. Sie musste sich nur noch treiben lassen und die Gelegenheiten, die sich ihr boten, ergreifen. Sie musste Mut zur Improvisation haben und sich auf das Rad des Glücks verlassen.

Körner kam mit seinem Helfer aus der Villa wieder heraus und fuhr zurück in die Röderstraße, wechselte dort den Wagen und fuhr von dort mit einem Jaguar ins Südliche Nerotal weiter, wo er in seiner eigenen Protzvilla verschwand. Tatjana stellte ihre Ente unter den germanischen Krieger, der den Eingang des Parks bewachte. Wie man sich mit einem Partyservice einen Jaguar und so eine Wohnung leisten konnte, war ihr völlig schleierhaft. Wahrscheinlich verkaufte er nicht nur Lachs und Kaviarhäppchen, sondern auch Koks und Speed. Das gab dem Wort »Partyservice« eine ganz neue Bedeutung. Bei dem Gedanken musste sie kichern.

Sie wartete eine ganze Weile, dachte über die Karte nach, über den Traum dieser Nacht, über Bernhard und über Körner. Schließlich kam Körner mit dem rot gekleideten Blondchen aus dem Haus, mit dem er schon am Samstag unterwegs gewesen war, stieg in seine Nobelkarosse und fuhr über die Taunusstraße in die Wilhelmstraße. Er bog in die Einfahrt zum Parkhaus unter dem Bowling Green, Tatjana folgte ihm mit ihrer Ente in einigem Abstand. Wenige Minuten später betrat er zusammen mit seiner Begleiterin die marmorne Eingangshalle des Kurhauses. Tatjana war zufrieden, Körner hatte sie während der ganzen Verfolgung nicht bemerkt. Und nun betrat er das Spielcasino, in dem sich das Rad des Glücks drehte.

Sie wartete, bis er mit der jungen Frau im Spielsaal verschwunden war, dann löste sie eine Eintrittskarte, zeigte dem Mann am Schalter ihren Ausweis und folgte den beiden. Sie trat durch die hohen Türen in einen Raum, dessen Wände mit Holz und Spiegeln verkleidet waren. An den Decken hingen kristallene Kronleuchter, und in der Höhe, unterhalb einer Balustrade, Ölgemälde von Rehen, Hirschen, Wildschweinen und Prinzessinnen. Fast hätte sie Körner in der Menschenmenge, die sich hier drängte, aus den Augen verloren, doch dann sah sie ihn, wie er an einer Kasse Geldscheine gegen Chips wechselte. Sie fand es ganz erstaunlich, wie viele Menschen an einem ganz normalen Dienstag darauf brannten, ihr Geld beim Glücksspiel loszuwerden, aber vielleicht hatten die ja alle heute das Rad des Glücks beim Kartenlegen gezogen. Natürlich war es gut, dass sich so viele Leute hier tummelten, sagte sie sich, das erleichterte es ihr, sich vor Körner zu verstecken und ihn unbemerkt zu beobachten. Sie hatte sich verändert, seit er sie das letzte Mal gesehen hatte, die Haare waren länger, gelockter und roter geworden, er würde sie also voraussichtlich sowieso nicht sofort erkennen. Aber so war es sicherer.

Er schlenderte an den Tischen vorbei, an denen Blackjack gespielt wurde, und grüßte einige der Typen, die dort saßen. Sie sahen aus wie von der Russenmafia angestellte Geldwäscher und zockten, ohne mit der Wimper zu zucken, um Hunderte und Tausende von Euros. Das Blondchen im roten Kleid hatte sich bei Körner eingehängt und wackelte mit dem Hintern. Allerliebst, die Kleine mit dem bösen Buben.

Jetzt wandten sie sich den Roulettespieltischen zu und beobachteten eine Weile das Geschehen. An jedem der Tische saßen vier Croupiers, einer ließ die Kugel rollen, drei weitere setzten nach Angaben der Spieler Chips und sammelten den Großteil der Chips wieder ein, nachdem die Kugel auf einem Zahlenfeld im Kessel zur Ruhe gekommen war. Oma hätte ihre Freude an den Leuten hier gehabt. Ein älterer Herr mit abgeschabtem Jackett und wirrer weißer Haarmähne, der genauso aussah, wie sich Tatjana einen verrückten Erfinder vorstellte, machte sich ständig Notizen über die Zahlen, auf die die Kugel gerollt war, gab sie in Tabellen ein, führte Berechnungen mit einem Taschencomputer durch, um dann seinen Einsatz zu machen. Er war ein Spieler mit System, aber leider funktionierte das System nicht. Nach einer Weile ging er mit kummervollem Gesicht und gebeugter Haltung zur Kasse, um sich neue Chips zu holen. Dann setzte er sein Systemspiel fort, schüttelte bei jedem neuen Verlust ungläubig den Kopf und rechnete umso emsiger neue falsche Zahlen aus.

Ganz anders verhielt sich seine Nachbarin, eine alte Dame mit dunkel gefärbtem langem Haar oder Perücke. Sie trug eine Federboa um den Hals, zu viel Make-up im Gesicht und an jedem ihrer hageren Finger mindestens einen dicken Ring. Sie küsste je nach Zahl, die der Croupier verkündete, zwei oder drei ihrer Ringe, richtete dann einen flehentlichen Blick zum Kronleuchter über sich und machte ihren Einsatz. Irgendwie funktionierte dieses System besser, der Haufen Chips vor ihr wurde immer größer und der Blick des erfolglosen Erfinders neben ihr immer bekümmerter. Ab und zu schnippte sie einen Chip in Richtung des Croupiers, der ihn in einem Loch im Tisch versenkte. »Für die

Angestellten, vielen Dank, Madame«, antwortete er charmant auf das Augenzwinkern der erfolgreichen Spielerin.

Neben ihr stand ein junger Kerl, der aussah wie ein Streber aus einem Pennälerfilm mit Heinz Rühmann, und behauptete, Anwalt zu sein. Er versuchte, die Croupiers mit seinem Wissen zu beeindrucken, indem er dauernd über Zerospiele, kleine und große Serien, Orphelins, Carrés und Chevals redete.

»Ich glaube, jetzt wäre ein guter Augenblick, das Spiel zu beenden, Madame«, sagte einer der Croupiers schließlich zu der Alten. Aber die hörte nicht auf ihn, spielte weiter, und der Haufen Chips vor ihr wurde wieder kleiner. Wahrscheinlich hatte sie den Kontakt zum Kronleuchter verloren.

Jetzt gingen Körner und sein Blondchen zu einem der hinteren Tische, wo American Roulette gespielt wurde. Dort war es deutlich leerer, die Mindesteinsätze lagen höher, die Kugel rollte schneller, hier war der Ort für die Reichen und Verwegenen. Tatjana stellte sich hinter eine der mit Holz vertäfelten Säulen, von wo aus sie Körner gut beobachten konnte, ohne von ihm gesehen zu werden.

»Ihre Einsätze bitte«, forderte der Croupier die Spieler auf, und Körner machte sein Spiel. Und wie er es machte! Mit jeder Runde vergrößerte er seinen Gewinn. Egal, ob er auf einzelne Zahlen setzte, auf Pärchen, Vierergruppen oder Serien, immer landete er Treffer oder zumindest fast immer. Es war kaum zu glauben. Das Blondchen neben ihm himmelte ihn an. So viel Glück für so ein Schwein, da musste sie doch etwas unternehmen!

Und plötzlich hatte sie eine Idee. Improvisation ist alles, hatte Oma gesagt, und sie würde jetzt improvisieren. *Bist du verrückt?*, hörte sie die Stimme ihrer Großmutter schimpfen. *Fall ihr jetzt nicht in den Rücken!*, zischte eine andere Stimme, die wie die von Tina klang. »Könnt ihr mal die Klappe halten, ich muss mich konzentrieren«, herrschte sie die beiden an und schaute sich erschrocken um. Zum Glück hatte niemand der Umstehenden zugehört.

Nach einer Weile stand Körner auf, tauschte die Chips siegesgewohnt lächelnd gegen andere Chips, steckte sie in die Hosentasche und ging langsam zur Kasse.

Tatjana wechselte ihre Position und setzte sich an einen der Tische, die zum Restaurant gehörten und von denen aus sie durch eine vergitterte spanische Wand einen guten Blick auf die Kasse hatte. Sie griff nach ihrem Handy und versuchte, ein Taxi, das direkt vor dem Kurhaus warten sollte, zu bestellen. »Vor dem Kurhaus stehen immer ein paar Kollegen«, klärte sie die Dame von der Taxizentrale auf.

Körners Handynummer hatte sie gestern von seiner Website abgeschrieben. Sie tippte sie in ihr Mobiltelefon. Hoffentlich hatte er seinen Apparat angeschaltet. Gerade tauschte er die Chips gegen viele Geldscheine ein, als sein Handy klingelte. Die Kassiererin deutete auf ein Schild, das den Gebrauch von Handys untersagte, aber Körner war nicht der Mann, der sich etwas verbieten ließ.

»Ja«, meldete er sich kurz.

»Guten Tag, Herr Körner«, begrüßte ihn Tatjana. »Herzlichen Glückwunsch zu Ihrem Gewinn. Sie sind ja ein richtiges Glückskind.«

Körner schaute sich überrascht um, sie verbarg ihr Mobiltelefon hinter einer langen Haarsträhne, schaute gelangweilt in eine andere Richtung, sodass er sie nicht erkennen konnte. Ein älterer Herr, der am Nebentisch saß, deutete auf ihr Handy und drohte spielerisch mit dem Zeigefinger. Sie zeigte etwas mehr von ihren Beinen und warf ihm einen Luftkuss zu. Der ältere Herr schien versöhnt.

»Ich möchte Ihr Glück gerne mit Ihnen teilen«, säuselte sie ins Telefon.

»Wer spricht?«, bellte Körner ins Telefon.

Der weißhaarige Herr vom Nebentisch gab doch keine Ruhe. »Sie dürfen hier nicht telefonieren«, flüsterte er ihr zu.

»Ach nee«, antwortete sie patzig und stand auf. Sie versuchte, möglichst unauffällig in den hinteren Teil des Restaurants zu schlendern.

»Sind Sie noch dran?«, fragte sie, sobald sie aus Körners Blickfeld heraus war.

Am anderen Ende der Verbindung herrschte Schweigen.

»Erinnerst du dich an die süße Tina?«, hakte sie nach. Jetzt hörte sie ein Räuspern im Telefon. »Die hast du immer so gerne gevögelt. Jetzt ist sie tot, die Süße. Und ihre Freundin Magdalena ist auch tot. Eigentlich schade drum, findest du nicht auch?« Sie setzte sich an einen der hintersten Tische des Restaurants.

»Ich beende jetzt das Gespräch.«

»Tu das besser nicht«, säuselte Tatjana weiter. »Ich mach dir einen Vorschlag, den du nicht ablehnen kannst.«

Körner blieb am Apparat.

»Weißt du, ich glaube, deine Art Partyservice gefällt der Polizei überhaupt nicht. Koks, Speed, Rohypnol, GHB und solche Sachen meine ich. Gar nicht schön. Schick jetzt mal dein blondes Dummchen aufs Töpfchen, damit wir uns in Ruhe und vernünftig unterhalten können!« Sie wartete eine Weile und hoffte, dass er ihrer Aufforderung Folge leistete. »Du kannst so ein braver Junge sein«, fuhr Tatjana fort. »Aber deine Vorliebe für kleine Mädchen mag die Polizei auch nicht. Soll ich mal mit denen über dich sprechen? Weißt du, dass Magdalena schwanger war und ein Kind hatte? Ob das Kind wohl deine Gene trägt?«

»Blödsinn! Ich beende das Gespräch.«

Aber das tat er nicht. »So ein DNA-Test würde dir bestimmt nicht gefallen, was? Wer kann schon wissen, wo er überall ein Tröpfchen oder Härchen hinterlassen hat? Wenn ich der Polizei erzähle, was du alles mit Tina Lüder gemacht hast, dann würden die neugierig werden, oder?«

»Falsche Beschuldigungen sind strafbar und können auch sonst gefährlich werden«, knurrte Körner in sein Handy. Er würde jetzt bestimmt gern hineinbeißen.

»Stimmt. Und wenn man nichts zu verbergen hat, dann kann man einer Anzeige ja auch ganz gelassen entgegensehen. Aber ich weiß, dass du nicht ganz sauber bist, und dieser Kommissar Mayfeld ist ganz wild darauf, dir etwas anzuhängen, das ist zumindest mein Eindruck. Du kennst doch Kommissar Mayfeld. Was ist dein Eindruck?«

Statt zu antworten, schnaubte Körner ins Mobiltelefon. Ihr Eindruck hatte sie also nicht getäuscht.

»Aber ich mag eigentlich gar nicht Leute bei den Bullen verpfeifen, das tut man nicht, hat man mir beigebracht. Ich möchte viel lieber dein Glück mit dir teilen!«

»Wer verdammt bist du und was verdammt willst du?«
»Man flucht nicht und man vögelt keine kleinen Mädchen! Du musst noch viel lernen. Aber ich verstehe deine Frage. Du hast doch gerade diese schönen Geldscheine an der Kasse eingetauscht. Die hätte ich gerne.«

Sie blickte nach vorn, wo ein Monitor einen Roulettekessel und Zahlenkolonnen zeigte. Der weißhaarige Alte kam um die Ecke und steuerte auf einen der Nachbartische zu. Hinter ihm erschien Körner auf der Bildfläche. Er ließ seinen Blick durch den Raum schweifen und kam auf sie zu. *Mist!*, rief Oma. *Ich hab dir doch gleich gesagt, lass das bleiben!*

Körner kam zu ihr an den Tisch.

»Darf ich mich setzen?«, fragte er grinsend und ließ sich, ohne eine Antwort abzuwarten, ihr gegenüber nieder. Er musterte sie mit einem prüfenden, hinterhältigen Blick. »So sehen wir uns also wieder, Tatjana.«

Ihr Magen zog sich zusammen, gleich musste sie sich übergeben. Er ließ seinen Blick über sie wandern, vom Scheitel über das Gesicht, den Hals, die Brüste bis zum Schoß. Hätte er Salzsäure über sie gekippt, es wäre nicht schlimmer gewesen.

»Du brauchst Geld?«, fragte er mit einem gefährlichen, falschen Lächeln.

»Ich glaube, ich habe mich klar und deutlich ausgedrückt«, antwortete sie trotzig.

»Mal abgesehen davon, dass alles, was du da erzählt hast, nur deiner kranken Fantasie entsprungen ist, wer gibt mir denn die Garantie, dass du mich in Ruhe lässt, wenn ich dich finanziell unterstütze?«

»Vertrau mir einfach!«

Körner lachte gequält.

Auch Tatjana musste kichern. »Ich nehme das Geld und verschwinde. Ich lass dich bestimmt in Ruhe. Ein bisschen Respekt habe ich schon vor dir.«

Körner schob ihr einen Briefumschlag über den Tisch. »Da sind fünftausend Euro drin. Es ist kein Problem für mich, meiner Stieftochter unter die Arme zu greifen, wenn sie mich nett darum bittet. Fass es als Anerkennung für gemeinsame schöne Stunden auf.« Er lächelte süffisant. »Aber damit muss es dann auch gut sein. Bilde dir nicht ein, dass an den Geschichten, die du dir ausgedacht hast, irgendetwas dran ist. Du bist krank, Tatjana, seit deinem Selbstmordversuch bildest du dir immer wieder abstruse Sachen ein. Glaub bloß nicht, dass ich vor dir Angst habe. Und strapaziere bitte meine väterlichen Gefühle für dich nicht.« Er lachte, als ob er gerade einen guten Witz gemacht hätte.

Sie griff nach dem Umschlag, öffnete ihn und warf einen Blick auf die Scheine.

»Kann ich dich noch irgendwo hinbringen?«, fragte Körner mit heimtückischer Freundlichkeit.

Der nette ältere Herr vom Nebentisch stand auf. *Nichts wie weg!*, zischte ihr die Großmutter ins Ohr. Tatjana steckte den Briefumschlag in ihre Lederjacke, sprang auf und lief zu dem Alten.

»Verfolgen Sie mich?«, fragte sie ihn.

»Aber ich bitte Sie, nein, gnädige Frau«, antwortete er und errötete ein wenig.

Sie zwinkerte ihm zu. »Schade! Ich bin ein böses Mädchen, dem es guttut, wenn es ab und zu verfolgt wird. Begleiten Sie mich nach draußen?«

»Also, ich weiß nicht«, antwortete der weißhaarige Mann zögerlich. Er dachte jetzt ganz bestimmt angestrengt nach. Dann huschte ein verwegenes Lächeln über sein markantes Gesicht. »Also gut, warum nicht. Man soll sich neuen Erfahrungen nie verschließen.«

Sie hakte sich bei ihm ein und dirigierte ihn Richtung Ausgang. »Was haben Sie denn mit mir vor?«, fragte sie den verblüfften Herrn. Sie stieß ihm mit dem Ellenbogen komplizenhaft in die Rippen. »Überraschen Sie mich«, forderte sie ihn auf, bevor er antworten konnte.

Sie verließen den Spielsaal, der alte Herr holte sich an der Garderobe Mantel, Stock, Schal und Hut. Körner war ihnen in einiger Entfernung gefolgt.

»Darf ich mich vorstellen? Mein Name ist Norbert Müller«, versuchte sich ihr Begleiter in etwas Konversation, als sie durch die Halle zum Ausgang des Kurhauses gingen.

»Gehen wir zu dir oder zu mir?«, antwortete Tatjana. Wie zufällig warf sie einen Blick nach hinten. Körner folgte ihnen weiterhin.

Der Alte brabbelte etwas von einem kleinen romantischen Hotel, als sie durch die Drehtür nach draußen gingen. Tatjana blickte zwischen den Säulen hindurch auf den Vorplatz des Kurhauses. Die beiden Brunnen waren beleuchtet, das Wasser schoss in Fontänen nach oben und plätscherte in drei Etagen von Becken zu Becken nach unten in die Teiche des Rasens. Rechts und links des Platzes liefen weiße Säulengänge bis zur Wilhelmstraße. Links des Kurhauses, hinter dem Theater, entdeckte sie den Taxistand.

»Nehmen wir ein Taxi zum Hotel?«, fragte sie ihren Begleiter.

»Ja, gerne«, antwortete der alte Mann tapfer.

Kurz bevor sie die Taxis erreicht hatten, begann sie zu rennen, stürzte auf den ersten Wagen zu, riss die Tür auf, ließ sich auf den Rücksitz fallen.

»Nichts wie weg«, schrie sie dem Taxifahrer zu.

***

Leviathan, du im Meer lebende Schlange, du erdrückst mich! Am Ende ihrer Tage wird Leviathan mit Behemoth, dem Drachen und Mundschenk der Hölle, kämpfen, bevor Gott sie vernichtet. Doch jetzt verbreitet sie Neid, Missgunst und Eifersucht.

Nach dem, was ich Ihnen bis jetzt von mir berichtet habe, wird es Sie nicht überraschen, dass ich auch mit diesen charakterlichen Schwächen geschlagen bin. Damals, im Jahr, bevor ich den Rheingau für einige Jahre verlassen habe, war ich vom Neid zerfressen. Neid auf meinen Cousin Cornelius, der immer größere Erfolge in seinem Weingut feierte, Missgunst gegen die Freundin Magdalenas, Tina, mit der sich Magdalena lieber traf als mit mir, und auch Neid und Eifersucht auf Körner, den Stiefvater Tinas, von dessen beruflichen Erfolgen mir mein kleines Schwesterchen berichtete und der sie jetzt abends bei sich zu Hause um sich hatte, während ich die Zeit immer häufiger allein mit meiner Mutter und meinem zunehmend abstumpfenden Vater zu Hause verbringen musste. Aber was heißt schon, ich musste die Zeit mit ihnen verbringen? Niemand hat mich dazu gezwungen, und es sollte ja auch kein Zwang sein, seine Zeit mit den Eltern zu verbringen, die man liebt und ehrt.

Auf jeden Fall war Magdalena, mein Licht in der Trübnis der Familie, verschwunden, selbst wenn sie körperlich manchmal noch anwesend war, und in mir wuchs allmählich der Vorsatz, die Familie zu verlassen, meinen Studien nachzugehen, Abstand zu gewinnen, zur Ruhe zu kommen und die beißenden Schuldgefühle loszuwerden, die mich immer wieder überfielen wegen der Unschicklichkeit und Frevelhaftigkeit meiner Wünsche und meiner Taten.

An genau diesen Frevel wurde ich erinnert, als mich Tatjana erst mit Spott und Hohn bedachte und mich dann sogar des Mordes an meiner Schwester für fähig hielt. Ich habe leider die Erfahrung machen müssen, dass das Gefühl von Schuld und Scham die Menschen nicht unbedingt demütig und reumütig macht, so wie es sein sollte, wie es Gott gefällig wäre. Nein, das Bewusstsein eigener Schuld macht den Menschen oft erst recht unleidlich, böse, gereizt und umso mehr zu jeder Schandtat bereit, als er ja weiß, dass er vor Gott sein Seelenheil bereits verwirkt hat. So ging es auch mir, als Tatjana mir von ihrem Verdacht gegen Körner berichtete. Aller Hass, aller Neid, alle Missgunst, die mich schon vor ein paar Jahren umgetrieben hatten, keimten wieder auf. Was sage ich keimen, sie explodierten förmlich, sie überschwemmten meine Seele und mein Gemüt.

Kurzfristig hatte ich mich mit der Möglichkeit konfrontiert gesehen, dass mein ruchloses Tun eine vergiftete Frucht auf der Erde hinterlassen hatte, doch dann erkannte ich die Bedeutung der Nachricht meiner Schwester, die sie mir per SMS hatte zukommen lassen, und war beruhigt. Aber welcher Art war diese Beruhigung? Lediglich Glück oder Vorsehung haben mich davor bewahrt, noch größere Schande über meine Familie, über mich und meine Schwester gebracht zu haben. Aber bemisst sich die Schande am Ergebnis statt am schändlichen Handeln selbst? Kann unverdientes Glück von Schuld befreien?

Doch noch vor wenigen Tagen war ich so verblendet, dass die Aussicht auf einen, der noch größere Schuld auf sich geladen hatte als ich, mich vor Wut geradezu rasend machte. Rachsucht, Selbstgerechtigkeit, Eifersucht, Neid und Missgunst vermischten sich zu ei-

nem wahren Höllengebräu. Ich musste mich nicht mehr mit der eigenen Schuld auseinandersetzen, so dachte ich zumindest, ich blickte voller Abscheu nicht mehr auf mich, sondern auf denjenigen, der es in meiner verblendeten Wahrnehmung um so vieles schlimmer als ich selbst getrieben hatte. Und er war jemand, auf den ich schon immer voller Missgunst und Neid geblickt hatte! Die Empörung über ihn, die Feindschaft zu ihm kamen mir vor wie Geschenke des Himmels.

Dabei waren es Geschenke der Hölle.

Mittwoch, 9. Mai

Tatjana presste ihren warmen Körper an Bernhards teigigen Leib. Sie war in der Nacht zunächst mit dem Taxi quer durch die Stadt gefahren, bis sie sicher gewesen war, dass ihr Körner nicht mehr folgte. In dieser Zeit hatte sie sich ihren Plan für den heutigen Tag zurechtgelegt. Die Großmutter hatte zur Vorsicht gemahnt, aber irgendwann hatte sie beschlossen, auf diese Stimme nicht mehr zu hören. Sie musste jetzt ihren eigenen Weg gehen. Dann hatte sie sich zurück ins Parkhaus zu ihrer Ente bringen lassen und war ins Kloster gefahren, hatte dort eine Tasche mit Klamotten gepackt, den Kassettenrekorder und ein paar Plätzchen eingesteckt und sich im Gewächshaus, wo Vogler seinen Schreibtisch stehen hatte, das Diensthandy und die Schlüssel ihres Chefs für die Burg besorgt. Schließlich war sie zu Bernhard nach Oestrich gefahren und hatte bei ihm Unterschlupf gefunden. Er war zu beschwipst gewesen, als dass sie ihm hätte erklären können, was vorgefallen war und was sie jetzt vorhatte. Und sie war zu aufgedreht gewesen, um das mit der nötigen Vorsicht und Klugheit zu tun. Aber es war sowieso besser, ihn erst auf alles vorzubereiten. Also hatte sie ihn nach allen Regeln der Kunst verwöhnt, gepiesackt, in die Hölle gestoßen und in den Himmel entführt. Es war eine lange und wilde Nacht geworden, die ihr die dringend benötigte Ablenkung gebracht hatte. Dann hatten sie eine Mütze Schlaf genommen. Jetzt lag er aufgedreht und erregt neben ihr. Sie fütterte ihn mit ihren Plätzchen, er fraß ihr aus der Hand.

Sie erzählte ihm, was in der Nacht in Wiesbaden vorgefallen war. Im Großen und Ganzen hielt sie sich an die Wahrheit. »Ich dachte, wenn er auf meine Erpressung eingeht, dann ist das doch eine Art Schuldeingeständnis. Was meinst du, mein Ritter?«

»*Schdimmbd*«, antwortete der dicke Ritter mampfend. »Er ist schuldig.«

»Aber jetzt wird mir klar, wie dumm ich gewesen bin. Es nützt ja gar nichts, dass wir jetzt wissen, dass er schuldig ist.«

»Du kannst es der Polizei erzählen. Die werden auch ihre Schlüsse daraus ziehen.« Der Junge war immer noch viel zu harmlos, dachte Tatjana.

»Willst du wirklich, dass ich ins Gefängnis gehe, mein Ritter?«

»Wie kommst du denn darauf?«, fragte er empört.

Sie gab ihm noch ein Plätzchen. »Na, ich hab Körner doch erpresst. Wenn die Polizei ihn drankriegt, wird er das haargenau erzählen, und ich bin dran.«

»*Schdimmbd.*«

»Willst du das?«

»*Neim.*«

»Mir bleibt nichts anderes übrig, ich muss aus dem Rheingau verschwinden. Zur Polizei kann ich nicht gehen, und wenn ich hierbleibe, wird er mich umbringen. Er ist jetzt hinter mir her.« Das war leider gar nicht übertrieben. Ihr wurde heiß und kalt zugleich, als sie an das triumphierende Grinsen Körners gestern Abend dachte.

Bernhard verschluckte sich und bekam einen Hustenanfall. Er richtete sich im Bett auf, und Tatjana klopfte ihm den Rücken.

»Das kommt überhaupt nicht in Frage«, sagte er, als er sich von dem Anfall erholt hatte.

Sie fing an zu heulen. Ihr war merkwürdig zumute. Sie fühlte sich deprimiert und verängstigt, und gleichzeitig kam es ihr so vor, als ob sie nur Theater spielte.

»Ich hab alles vermasselt«, rief sie und warf sich Bernhard mit so viel Schwung an den Hals, dass er nach hinten zurück in die Kissen kippte. Dann drückte sie ihm ihr tränennasses Gesicht auf die haarige Brust.

»Lass mal überlegen«, sagte Bernhard.

»Ja, überleg doch mal, Bernhard!«

»Das Geld zurückgeben geht nicht?«

Sie schnellte hoch und verzog ihr Gesicht, als ob sie Zahnschmerzen hätte.

»Entschuldigung, war nur so eine Idee«, beschwichtigte er und streichelte ihr über die Wange. »Er weiß ja jetzt, dass du eine Gefahr für ihn darstellst.«

Sie nickte traurig und ließ sich zurück auf seine Männerbrust fallen.

»Einfach mal abwarten ist auch keine so gute Idee?«

Sie schüttelte den Kopf. »Er ist das Schwein, das unsere Schwestern umgebracht hat. Sie waren ihm auf die Schliche gekommen, seinen Drogengeschäften und seinen Vergewaltigungen, sie hatten Beweise gegen ihn in der Hand und mussten deswegen sterben«, sagte sie. »Da können wir doch nicht einfach nur abwarten. So einer ist doch kein Mensch.«

»Ein Teufel!«

»Er hat die schlimmste Strafe verdient«, stellte Tatjana fest.

»Er wird in der Hölle schmoren«, pflichtete ihr Bernhard bei. Tatjana dachte mehr an diesseitige Strafen. Sie begann, ihn am Bart und noch ein paar Stellen, wo er es liebte, zu kraulen. »Man müsste ihm eine tüchtige Abreibung verpassen, eine, die er sein Leben lang nicht mehr vergisst.«

Nach einer Weile hüpfte sie aus dem Bett und ging langsam, ohne ihn aus den Augen zu lassen, zu ihren Klamotten, die irgendwo in der Mitte des Zimmers verstreut lagen. Bernhard verfolgte sie mit seinem hungrigen Blick. Aus ihrer Tasche holte sie die Karten und verteilte sie auf dem Boden. Dann zog sie eine. *Du schummelst*, hörte sie die Stimme der Großmutter, die immer noch keine Ruhe geben wollte, aus der Ferne mahnen. Aber manchmal musste das sein.

Sie ging zu Bernhard zurück, leckte sich die Lippen, ließ die Hüften schwingen. Sie zeigte ihm die Karte, warf sie aufs Bett. Der Gehenkte.

»Eine richtige Abreibung sollten wir ihm verpassen«, rief sie ihm zu. Er starrte auf die Karte, die einen kopfüber an einem Ast aufgehängten Mann zeigte.

»Das ist doch Teufelszeug«, murmelte er.

»Bist du dir sicher?«, fragte sie ihn und warf den Kopf herausfordernd in den Nacken. Er wollte nach ihr greifen, aber sie entzog sich ihm. »Hol mich, wenn du mich haben willst!«

Er stieg aus dem Bett, sie wich zurück, rannte ein paar Schritte durchs Zimmer, er lief ihr keuchend hinterher, sie sprang kreischend von einer Ecke des Zimmers in die nächste, er stolperte ihr nach.

Direkt vor dem Morgenstern stürzte sie zu Boden, und Bernhard fiel über sie her. Sie half ihm, schnell an sein Ziel zu kommen, schließlich brauchte er seine Kräfte noch. Anschließend fragte sie: »Kann man mit dem richtig kämpfen?«, und deutete auf die Waffe.

»Natürlich«, antwortete Bernhard voll männlichen Besitzerstolzes.

»Ein tolles Teil, dieser Prügel«, gurrte sie. »Genau das Richtige für meinen Ritter.« Dann stand sie auf. »Ich mach Kaffee«, sagte sie und verschwand nackt in der Küche.

Während die Kaffeemaschine gurgelte, spuckte und zischte, versuchte sie, ihre Gedanken zu sammeln. Sie sollte den Plan, den sie sich gestern Nacht ausgedacht hatte, schleunigst in die Tat umsetzen. Man musste die Eisen schmieden, solange sie heiß waren. Sie musste handeln, ehe ihr Körner zuvorkam und solange Bernhard noch zu allem bereit war. Nach ein paar Minuten kam sie mit zwei dampfenden Humpen voll süß-bitterer schwarzer Brühe zurück. Während er seinen Kaffee trank, zog sie sich an, zuletzt ihre schwarzen Lederstiefel.

»Wirst du zu mir stehen, wenn es drauf ankommt?«, fragte sie ihn.

»Was hast du vor?«, fragte Bernhard besorgt.

»Ich muss noch was erledigen«, wich sie aus. »Wirst du mich verteidigen?«

Bernhard straffte sich. »Tu nichts ohne mich, ich bin immer an deiner Seite.«

»Kann ich dein Fernglas haben?«

Bernhard nickte und brachte es ihr.

»Bist du die nächsten Stunden zu Hause?«

»Wenn du es willst.«

»Ich ruf dich an.«

Sie streifte sich die Lederjacke über, griff nach ihrer Tasche, steckte das Fernglas hinein und gab Bernhard einen leidenschaftlichen Kuss.

»Ich komme wieder, mein Ritter!«

Tatjana schaute auf die Uhr, als sie in ihren 2CV stieg. Sie fuhr von der Rheingaustraße aus nach Hattenheim, wo sie in der letzten

Woche ihren Ritter kennengelernt hatte, und überquerte dort die Bahnlinie. Der Bahnübergang war eine der Unwägbarkeiten in ihrem Plan. Würde er geschlossen sein oder offen, wenn Bernhard ihr nachkam? Wie groß wäre die Zeitverzögerung? Es war sowieso schon schwer genug abzuschätzen, wie schnell oder langsam er auf seiner Vespa fahren würde. Tatjana legte sicherheitshalber eine flotte Geschwindigkeit vor. Es wäre zwar unangenehm, wenn Bernhard sich verspätete, aber der Plan würde scheitern, käme er zu früh.

Auf der Fahrt hörte sie wieder diese undeutliche, warnende Stimme, die sie von ihrem Vorhaben abbringen wollte, aber andere Stimmen rieten ihr zu, auf ihrem einmal eingeschlagenen Weg fortzuschreiten. Und Vorsicht hin oder her: Ihr blieb nach dem gestrigen Abend gar keine andere Wahl. Körner würde ihr die Erpressung nicht verzeihen, für ihn war sie ab jetzt ein Sicherheitsrisiko, das er über kurz oder lang beseitigen würde. Aber genau das würde sie sich nun zunutze machen.

Sie fuhr die Straße zwischen Hattenheim und dem Kloster entlang. Die Frühlingssonne schien auf die frisch ergrünten Böschungen. Ein heiterer, friedlicher Tag war das bis jetzt. Nachdem sie die Aussiedlerhöfe, die sich hinter neu belaubten Bäumen versteckten, passiert hatte, öffnete sich der Blick auf den nackten Neubau der Staatskellerei, wo man Magdalena letzte Woche gefunden hatte. Irgendwo weiter links im Tal summten ihre Bienen und trugen den Nektar aus den Rapsfeldern in die Bienenstöcke. Dann kam sie an der Einfahrt zum Kloster vorbei, weiter hinten im Tal war Tina ermordet worden. Das Bild ihrer toten Schwester sprang ihr entgegen, die Würgemale am Hals, die aus ihren Höhlen herausgetretenen Augäpfel. Das war eine gute Einstimmung auf das, was heute noch folgen sollte, dachte sie grimmig. Als Nächstes kam sie an den Mauern des Eichbergs vorbei. Hier war sie nach ihrem Selbstmordversuch monatelang eingesperrt gewesen. Auch das würde heute gerächt werden. Heute war der letzte Tag ihres Lebens als Opfer. Heute war der erste Tag ihres neuen Lebens. Sie spürte ihre Kraft, sie spürte die Macht in sich.

Welche Strecke würde Bernhard in Kiedrich einschlagen? Mit der Vespa nahm er vermutlich die kürzeste Strecke durch die engen Gassen des Dorfes. Die nahm sie jetzt auch. Am Kreisel bog sie in die Bingerpfortenstraße ein, fuhr durch die Oberstraße vorbei am Wiesbadener Platz in die Marktstraße, vorbei an all den hübschen netten Fachwerkhäusern, die auf andere Menschen so heimelig wirkten, vorbei am Weingut Leberlein, wo der Kommissar wohnte, dem sie fast vertraut hätte, vorbei an der gotischen Kirche, wo die Menschen zu dem Gott beteten, der sie verlassen hatte. Unterhalb der Kirche führte der Mühlberg aus dem Ort hinaus. Sie folgte der kleinen gepflasterten Straße, überquerte den Kiedrichbach und schlug den Weg zur Burg Scharfenstein ein, der sich durch die Wingerte des Kiedricher Gräfenbergs, der Wasseros und des Turmbergs zum Wald hinaufzog. Als sie oben ankam, schaute sie wieder auf die Uhr. Sie hatte siebzehn Minuten gebraucht.

Der Zugang zur Burgruine erfolge auf eigene Gefahr, stand auf dem Schild neben dem Weg zur Burg. Sie parkte auf dem Parkplatz vor dem Bergfried. Am Himmel brauten sich Gewitterwolken zusammen, die freundliche Maisonne war plötzlich verschwunden, stattdessen beleuchteten fahle Lichtstrahlen die Szenerie. Dieser Wetterwechsel war gut, dann verirrten sich keine Spaziergänger hierher, die sie bei der Durchführung ihres Plans nur stören würden. Der direkte Zugang vom Burghof zum Bergfried war durch ein Baugitter versperrt. Daher kletterte sie vom Parkplatz aus den steilen Berg zu der Stahltreppe hoch, die an der Außenwand des Turms nach oben führte. Sie hielt sich an Baumwurzeln fest, krallte sich in den feuchten Boden. Vertraue deiner Kraft, folge deiner Intuition, machte sie sich Mut. Bald hatte sie die Treppe erreicht und stieg die Stufen nach oben. Der Schlüssel ihres Chefs passte. Sie öffnete die quietschende Stahltür und betrat den Turm. Drinnen holte sie eine Taschenlampe aus ihrer Lederjacke und tastete sich nach vorn. Die Treppe im Inneren machte keinen sehr vertrauenerweckenden Eindruck, aber sie hatte keine Angst. Die Stufen führten in endlosen Windungen nach oben, eine Klappe öffnete schließlich den Zugang auf die Plattform des Turms. Von hier aus hatte man einen überwältigenden Blick über Kiedrich, die Hügel des Rheingaus und das Rheintal. Aber das interessierte sie heute nicht besonders. Von hier aus hatte man auch einen perfekten Blick auf den Parkplatz der »Weinschänke Schloss Groenesteyn«. Sie holte das Fernrohr aus ihrer Tasche und schaute hindurch. Sie musste sich anstrengen, es ruhig zu halten, wegen der starken Vergrößerung zitterte das Bild, das sie vor sich sah. Aber der Parkplatz war deutlich zu erkennen.

Dann stieg sie wieder nach unten, sperrte die Tür zum Turm ab, sprang die Treppe hinab, rutschte den Abhang bis zum Parkplatz hinunter und ging zu ihrer Ente. Dort schaute sie auf die Uhr. Sie fuhr den Weg, den sie gekommen war, bis zur Kirche zurück, nahm dann die Suttonstraße und bog von dort in die Oberstraße ein. Hinter der Weinschänke lag der Parkplatz, die Schranke am Eingang war geöffnet. Sie stoppte und schaute wieder auf die Uhr. Sie hatte vier Minuten gebraucht. Jetzt hatte sie alle nötigen Informationen zusammen. Sie fuhr zurück zur Burgruine.

Sie parkte ihr Auto nicht auf dem Parkplatz, sondern fuhr auf dem Weg, der hinter der Burg ins Tal Richtung Hausen führte, ein paar Meter weiter und stellte die Ente zwischen Büschen ab. Ein unaufmerksamer Besucher der Burg würde sie übersehen, aber ein aufmerksamer Beobachter könnte auf die Idee kommen, dass da jemand stümperhaft versucht hatte, sein Auto zu verstecken. Dann krabbelte sie den Berg hinauf bis zur Stahltreppe, anschließend die Stahltreppe außerhalb des Turms nach oben, zuletzt im Inneren des Turms die endlosen Stufen bis zur Plattform. Dort angekommen, setzte sie sich auf die Brüstung und ließ die Beine baumeln. Da unten floss der Rhein ruhig und träge dahin. Die Sonne der letzten Wochen hatte überall das frische Grün herausgekitzelt, das die Rückkehr des Lebens nach einem langen Winter ankündigte und das Ende ihres Lebens als Opfer. Das Gewitter, das jetzt über dem Rhein aufzog, störte zwar die Idylle, passte aber ganz gut zu ihrer Stimmung und zu ihren Plänen. Irgendeine Stimme gab ihr gute Ratschläge mit dem Tenor, Rache sei nicht das, was ihr wirklich weiterhelfe. Sie spürte eine Beklemmung in der Brust, sie versuchte, nicht hinzuhören. Seit Kurzem verstand sie sich nicht mehr so gut mit Oma, vielleicht sollte sie sich dauerhaft von ihr trennen. In ihrem neuen Leben war kein Platz mehr für Stimmen aus dem Jenseits.

Tatjana nahm ihr Handy und wählte Körners Nummer. Er nahm das Gespräch sofort entgegen. »Hallo, Andy, hier Tatjana. Hast du die letzte Nacht gut überstanden?«, begrüßte sie ihn.

»Was willst du noch?«, knurrte der Mann am anderen Ende der Verbindung.

»Rate mal!«

»Lass mich in Ruhe!«

»Bald, Andy, bald. Ich habe vor, lange zu verreisen, das ist dir bestimmt ganz recht. Fünftausend Euro sind ja eine ganz stattliche Summe. Aber für ein Leben in Ruhe und Frieden kommt es mir doch etwas zu wenig vor. Das sollte dir mehr wert sein.«

Körner atmete schwer, sagte aber nichts.

»Bist du noch dran, Andy?«

»Lass mich in Ruhe, du kannst froh sein, dass du überhaupt etwas bekommen hast!«, raunzte er ins Telefon.

»Du gehst jetzt zu deiner Bank, hebst fünfzehntausend Euro ab und bringst sie mir. Dann lass ich dich in Ruhe. Das ist eine bescheidene Forderung, also versuche nicht, zu handeln. In einer Stunde will ich das Geld sehen, und erzähle mir nicht, du bräuchtest länger, um es zu besorgen.«

Körner schwieg eine Weile, dann meldete er sich wieder zu Wort. »Wohin soll ich dir das Geld bringen?«

Er hielt sie für ziemlich blöd, und das war gut so. »Bring es zur ›Weinschänke Schloss Groenesteyn‹ in Kiedrich, ich warte dort auf dem Parkplatz auf dich.«

»In einer Stunde?«

»In einer Stunde.«

Der Köder war ausgeworfen, und Körner hatte angebissen. Vermutlich war er in einer halben Stunde unten im Dorf und suchte sie. Aber bis hier oben würde er nicht kommen.

Sie genoss die Aussicht über das Tal. Hier oben fühlte sie sich wohl, sie hatte alles im Blick, hier konnte ihr niemand etwas anhaben, sie war geschützt in ihrer Burg. Es war alles wie in dem Traum. Nachher kam ein etwas heikler Teil ihres Vorhabens. Aber das würde sie auch noch schaffen, schließlich war bislang alles nach Plan verlaufen, und auf ihren Ritter konnte sie sich verlassen.

Sie saß lange auf der Brüstung und malte sich aus, wie ihr neues Leben aussehen würde. Dieses Leben war hell und licht und schön, auch wenn im Moment aus der Ferne Donnergrollen heranrollte. Zwischenzeitlich kontrollierte sie mit dem Fernglas den Parkplatz. Vierzig Minuten nach ihrem Anruf fuhr Körners silberfarbener Jaguar auf den Platz. Körner stieg aus, schaute sich um, blickte auf die Uhr und setzte sich wieder in seinen Wagen. Er war zu früh und wunderte sich deswegen nicht, dass sie noch nicht da war. Genau so sollte es sein.

Sie holte tief Luft, jetzt begann der Countdown. Sie nahm ihr Handy und tippte eine Nummer ein.

»Bist du das?«, hörte sie Bernhards Stimme.

»Ja, mein Ritter«, schmachtete sie ins Telefon hinein. Dann gab sie ihrer Stimme einen hysterischen und verzweifelten Ton. »Ich glaube, ich habe schon wieder einen fürchterlichen Fehler gemacht, Bernhard. Ich treffe mich mit Körner auf der Burg Scharfenstein. Ich habe so fürchterliche Angst, dass er mir was tun wird, am Telefon war er so aggressiv.«

»Dann mach, dass du wegkommst«, brüllte Bernhard. »Bring dich in Sicherheit!«

»Dafür ist es zu spät, mein Ritter. Er ist in wenigen Minuten da, wenn ich jetzt versuche, mich in Sicherheit zu bringen, laufe ich ihm auf der Straße zur Burg bestimmt über den Weg.«

»Was wolltest du denn von ihm?«, schrie Bernhard.

»Ich weiß, es war dumm von mir, aber jetzt ist kein guter Zeitpunkt, darüber zu diskutieren. Hilf mir bitte!« Durch das Telefon hörte sie Bernhard stöhnen und grunzen. Hoffentlich war er nicht zu sauer. Hoffentlich war er vor allem besorgt. »Kannst du mir helfen? Kommst du?«

»Kannst du dich verstecken?«

»Mhm. Bitte denk daran, Bernhard, Körner ist gefährlich.«

»Hättest du mal früher dran gedacht!«

»Ja, Bernhard, aber bitte komm, so schnell du kannst!«

»Ich komme!« Er beendete das Gespräch.

Tatjana schaute auf die Uhr. In einer guten Viertelstunde würde Bernhard hier sein. Alles klappte wie am Schnürchen. Sie wartete ein paar Minuten. Das war überraschenderweise der bislang schwierigste Teil des Planes. Eine Stimme rief ihr ununterbrochen zu, sie solle verschwinden. *Flieh, Flieh! Noch ist es nicht zu spät!* Aber manchmal musste man im Leben etwas wagen, man musste alles auf eine Karte setzen. Und ihre Tageskarte war heute der Gehenkte.

Fünf Minuten waren vergangen. Sie nahm das Diensthandy ihres Chefs, bei dem sie die Anrufererkennung unterdrückt hatte, und tippte Körners Nummer hinein.

»Ja?«

»Hallo, Andy! Ich bin's, Tatjana. Ich hab es mir anders überlegt.« Sie stieg von der Turmbrüstung herab und setzte sich auf die Plattform. Jetzt konnte er sie nicht mehr sehen, selbst wenn er mit einem Fernglas zur Burg hinaufblicken sollte. »Kennst du die Burg Scharfenstein?«

»Was ist mit der?«

»Du kannst sie vom Parkplatz des Groenesteyn aus sehen. Die Ruine besteht aus einem Turm und einem alten Burghof. Soll ich dir was über die Geschichte der Burg erzählen?«

»Erspar mir das«, zischte Körner.

»Auf dem Burghof gibt es mehrere Feuerstellen und am Ende eine Art Terrasse, einen Aussichtspunkt, von dem aus man einen wunderschönen Blick auf Kiedrich hat. Da stehen ein Holztisch und zwei Bänke. Du musst gar nicht so angestrengt nach da oben schauen, ich bin nicht dort. Aber ich will, dass du das Geld auf diesen Holztisch legst, sofort. Dann verschwindest du, und wir werden nie mehr voneinander hören.«

»Was soll das Theater, Tatjana?«

»Weißt du, wo die Burg ist?«

»Ja.«

»In fünf Minuten bist du oben und genauso schnell wieder verschwunden. Tschüss.« Sie beendete das Gespräch. Vorsichtig lugte sie mit dem Fernglas durch die Schießscharten des Bergfrieds in Richtung des Parkplatzes. Körner war aus dem Auto ausgestiegen und schaute einen Moment unschlüssig in Richtung Burg, dann verschwand er wieder in seinem Wagen. Der Jaguar rollte langsam vom Parkplatz weg. Auch das hatte geklappt. Jetzt kam der schwierigste Teil. Sie schaute auf ihre Armbanduhr. Ein paar Minuten hatte sie noch Zeit.

Vier Minuten später hörte sie Motorengeräusch, der Motor wurde abgeschaltet und eine Autotür geöffnet und wieder zugeschlagen. Sie hörte Schritte, jemand kam auf den Burghof. Sie linste durch die Schießscharte und sah Körner, der wie ein Jäger in alle Richtungen spähte. Er wusste noch nicht, dass er der Gejagte war. Er ging zu dem Aussichtspunkt, schaute hinunter, suchte zwischen den Bäumen und Sträuchern. Dann ging er zu dem Baugitter und schaute zum Turm hoch, schließlich verließ er den Burghof wieder. Eine Minuten später hörte sie, dass jemand die Stahltreppe an der Außenseite des Bergfrieds emporstieg und dann an der Eingangstür des Turms rüttelte.

»Bist du da oben, Tatjana? Ich weiß, dass du dich hier irgendwo versteckst, ich habe dein Auto gesehen. Ich will das Geld nicht einfach irgendwo hinlegen, ich möchte es dir persönlich übergeben. Du brauchst keine Angst zu haben, es geht doch nur um ein Geschäft.«

Es war fast schon kränkend, für wie blöd er sie hielt. Sie stieg die Treppe bis zur Turmtür hinab und schaltete den Kassettenrekorder an. »Du hast Tina und Magdalena umgebracht!«, rief sie durch die Tür.

»Komm raus, lass uns über alles reden«, antwortete Körner.

»Ich werde nur den Mund halten, wenn du zahlst. Hast du das Geld dabei?«

»Natürlich hab ich das Geld dabei«, kam die Antwort durch die Tür.

Sie schaltete den Kassettenrekorder wieder aus. Alles lief wie am Schnürchen. Hoffentlich ging er jetzt bald wieder von der Tür weg. Doch stattdessen rüttelte er immer wieder daran. Das war in ihrem Plan nicht vorgesehen gewesen. Sie spürte, wie ihr der Schweiß auf die Stirn trat, wie die Hände feucht wurden. Wenn er an der Tür blieb, würde alles viel schwieriger werden. Zum Glück machte die Tür einen stabilen Eindruck. Sie war das Einzige, was an der ganzen Ruine einen stabilen Eindruck machte. Sie rannte die Treppe wieder nach oben.

»Geh nach drüben zu dem Aussichtspunkt!«, brüllte sie von oben hinab.

Er machte noch einen Versuch, die Tür einzudrücken, gab es

dann aber auf. Sie hörte, wie er die Stufen der Eisentreppe wieder nach unten stieg. Unten angekommen schaute er den Turm hinauf.

»Komm doch runter, Tatjana, wir können über alles reden!«

»Geh zu dem Aussichtspunkt«, schrie sie zurück.

»Gut, wenn dir das so wichtig ist.« Langsam und ohne die Turmtür aus dem Blick zu lassen, krabbelte er den Abhang hinunter. Dann verschwand er zwischen dem Laub, tauchte nach kurzer Zeit auf dem Burghof wieder auf und ging zum Aussichtspunkt. Sie schaute auf die Uhr. Bernhard müsste jetzt allmählich eintreffen. Sie lauschte angestrengt. Eine Windböe fuhr durch die Bäume rund um die Burg. Endlich hörte sie in der Ferne das Knattern seiner Vespa, und gleich darauf sah sie ihn die Straße zur Burg hinauffahren. Jetzt kam der letzte Akt in ihrem Plan.

Sie sprang die Treppe hinunter, öffnete die Tür, rannte die Eisentreppe nach unten. Körner rannte los, um sie abzufangen. Sie erreichte das Ende der Treppe, rutschte den Abhang hinunter, blieb an einer Wurzel hängen, diese blöde Wurzel hatte sie nicht auf der Rechnung gehabt, stolperte, fiel und erreichte verdreckt und verschrammt und zu spät den Weg, der um die Burg herumführte. Körner kam keuchend um die Ecke gerannt, das Monster stürzte auf sie zu, verpasste sie aber. Sie rannte in Richtung des Trampelpfades, der ins Tal hinausführte, Körner war dicht hinter ihr. Sie drehte sich abrupt um und trat ihm mit voller Wucht zwischen die Beine. Der Hund jaulte auf, ließ sich von den Schmerzen aber nur kurz aufhalten. Vom Parkplatz her hörte sie Bernhards Roller.

Sie schrie laut um Hilfe, dann fiel Körner über sie her, legte seine riesigen Hände um ihren Hals und drückte zu. Sie trat und zappelte, wehrte sich, so gut sie konnte, schnappte nach Luft. Ein rot-milchiger Schleier fiel über ihr Gesicht und verdunkelte ihren Blick immer mehr. Wieso brauchte Bernhard so lange? Plötzlich schlug ein Blitz in das Dunkel, und ein Donnerschlag grollte wütend vom Himmel herab. Jemand riss das Ungeheuer von hinten von ihr weg. Ihr Ritter war gekommen. Sie schnappte nach Luft und stieß einen Schrei voller Wut und Schmerz aus.

Körner war besser trainiert als Bernhard, aber beide waren

Riesen, und Bernhard hatte seinen Morgenstern dabei, das konnte sie durch den blutroten Nebel, der sie umgab, gerade noch erkennen. Körner griff nach einer Latte, die auf dem Boden lag.

»Schlag das Monster tot!«, rief Tatjana. Ihr Ritter war wie sie außer sich vor Wut. Aber sein erster Schlag mit dem Morgenstern ging daneben, Körners Schlag mit der Latte hingegen traf Bernhard an der Schulter. Bernhard heulte auf. Tatjana rappelte sich hoch, packte einen Stein, den sie nach Körners Kopf warf. Der konnte dem Stein zwar ausweichen, war dadurch jedoch abgelenkt. Bernhard erhielt die Chance für einen zweiten Schlag. Er hatte den Prügel mit beiden Händen umklammert, die Kette sauste klirrend durch die Luft, und die mit Dornen bewehrte Kugel schlug krachend in Körners Schädel ein. Blut spritzte in einer kleinen Fontäne aus der aufgerissenen Kopfschwarte, Körner wankte, doch er fiel noch nicht. »Schlag ihn tot!«, schrie Tatjana. Und Bernhard schlug erneut zu, traf Körner am Hals, und nochmals, diesmal traf er den Brustkorb. Und endlich ging Körner zu Boden, blieb dort röchelnd liegen. Dicke Regentropfen begannen, auf Tatjana, ihren Ritter und den Drachen herabzuprasseln.

Der Drache war erlegt, das Schwein war geschlachtet, sie war frei. Sie fiel ihrem Retter um den Hals, bedeckte sein Gesicht mit Küssen. »Du hast mich gerettet und du hast mich befreit. Und du hast unsere beiden Schwestern gerächt, mein Ritter!«

Doch in Bernhards Augen sah sie nur Entsetzen und Verzweiflung.

***

»Können Sie mich hören?«, fragte Mayfeld.

Der Mann mit dem blutverschmierten Gesicht schloss für einen Moment die Augen und röchelte etwas, das wie ein Ja klang.

»Können Sie Ihre Hände und Füße bewegen?«

Nichts bewegte sich. Körners Augen füllten sich mit Angst.

»Der Notarzt kommt gleich!«, sagte Mayfeld und versuchte, seiner Stimme einen beruhigenden Klang zu geben.

Zehn Minuten zuvor hatte ihn Tatjana Lüder auf seinem Handy angerufen und ihm mitgeteilt, dass sie von Andy Körner überfallen worden sei. Ihr Freund habe sie gerettet, Körner habe sie erwürgen wollen, jetzt sei er selbst schwer verletzt oder tot. Mayfeld hatte sich zu diesem Zeitpunkt im Leberlein'schen Weingut befunden, wo er gerade seinem Schwiegervater beim Aufräumen der Weinkeller half. Er hatte Winkler im Polizeipräsidium informiert, einen Notarztwagen zur Ruine Scharfenstein bestellt und war dann durch die Gewitterschauer sofort zum Tatort gefahren.

Es hatte wieder aufgehört zu regnen, und er breitete gerade eine Decke über den fröstelnden und nassen Körper Körners aus, als der Notarztwagen eintraf. Ein Arzt legte eine Infusion an, ein Sanitäter sicherte Körners Hals mit einer Manschette. Gemeinsam hievten sie ihn dann auf eine Trage und verfrachteten ihn in den Ambulanzwagen.

»Ich bringe ihn in die Neurochirurgie in den Horst-Schmidt-Kliniken«, sagte der Arzt zu Mayfeld, bevor der Wagen losfuhr. »Sieht nicht gut aus. Er hat ein schweres Schädel-Hirn-Trauma, und es besteht der Verdacht auf einen hohen Querschnitt. Momentan ist er vom Kopf abwärts gelähmt, hoffentlich bleibt das nicht so.«

Seinem ärgsten Feind und dem übelsten Verbrecher würde er ein solches Schicksal nicht wünschen, dachte Mayfeld erschüttert. Er ging zu Tatjana und Bernhard hinüber, die zusammengekauert auf dem Parkplatz der Ruine saßen.

»Erzählen Sie, was passiert ist«, forderte er die beiden auf.

»Ich bin an allem schuld«, jammerte Tatjana. »Ich wollte Detektiv spielen und Körner überführen.«

»Das müssen Sie mir näher erklären«, bat Mayfeld.

»Ich habe Ihnen doch erzählt, dass ich sicher bin, dass Körner meine und Bernhards Schwester umgebracht hat, weil er der leibliche Vater von Magdalenas Sohn ist und die beiden herausgefunden haben, dass er Magdalena damals vergewaltigt hat.«

»Das war Ihre Theorie.«

»Von der Sie sagten, man müsse sie erst noch beweisen.«

»Richtig.«

»Und genau das hatte ich vor! Ich dachte, wenn es mir gelänge, Körner zum Schein zu erpressen, dann wäre das doch der Beweis für seine Schuld. Ich habe ihn angerufen, ihn mit meinen

Vorwürfen konfrontiert und fünfzehntausend Euro Schweigegeld gefordert. Er ist auf meine Forderungen eingegangen, aber nur zum Schein, wie ich dann feststellen musste. Er hat gar kein Geld mitgebracht, er wollte mich töten. Zum Glück habe ich mich im Turm versteckt, so konnte er nicht an mich ran. Ich habe ein Gespräch mit ihm aufgenommen, das beweist, dass ich die Wahrheit sage. Als ich merkte, dass er mir ans Leder wollte, habe ich Bernhard angerufen, und der ist mir zu Hilfe geeilt. Ich habe versucht, aus dem Turm zu fliehen, als ich Bernhard kommen sah. Leider hat mich Körner zu fassen bekommen. Er hat versucht, mich zu erwürgen, so wie er es bei meiner Schwester und Magdalena getan hat.« Sie schob ihre Jacke von den Schultern herab und zeigte Mayfeld ihren Hals. Die Würgemale waren eindeutig. »In letzter Minute kam dann Bernhard und hat mich gerettet.« Sie fasste Bernhard an der Hand und blickte ihn dankbar an.

Irgendetwas irritierte Mayfeld an Tatjana Lüder und ihrer Geschichte. Vielleicht war es ihr flackernder Blick, vielleicht war es der Kontrast zwischen der Atemlosigkeit, mit der sie erzählte, und dem Anschein des Ausgedachten, das dieser Geschichte anhaftete. Wie war es möglich, dass jemand, der nach einer solchen Stresssituation derart zusammenhängend berichten konnte, sich vorher so dumm verhalten hatte? Irgendetwas stimmte nicht. Tatjana Lüder war vielleicht verrückt, aber dumm war sie keinesfalls.

»Und was sagen Sie zu alledem?«, fragte er Hellenthal.

»So war es«, war Hellenthals knappe Antwort. Der Blick des jungen Mannes war irgendwo in weite Ferne gerichtet. Sicherlich stand er noch unter Schock, schließlich hatte er einen Menschen schwer verletzt.

Mayfeld hörte Autos herannahen, Türen wurden geöffnet und zugeschlagen. Winkler erschien mit einigen uniformierten Kollegen. Mayfeld begrüßte sie und informierte sie über den aktuellen Sachstand. Sie gingen ein paar Schritte zu dem Aussichtspunkt.

»Das ist ja eine merkwürdige Geschichte, die uns die Frau da auftischt«, bemerkte Winkler. »Glaubst du ihr die?«

»Verrückt genug ist diese Tatjana Lüder für so etwas. Aber eigentlich ist sie nicht so dumm, dass sie sich in solche Gefahr bringt.«

»Auf diese Art und Weise bist du also wieder im Fall drin«, sagte seine Kollegin schmunzelnd. »Wenn es stimmt, was die beiden sagen, dann dürfte Körner unser Mörder sein. Wir machen einen DNA-Test, damit können wir seine Vaterschaft nachweisen und haben ein sehr plausibles Mordmotiv. So wie du vermutet hast.«

Mayfeld nickte. Jetzt blieb ihm wohl kaum etwas anderes übrig, als Winkler von seinem Alleingang zu berichten. »So was hab ich bereits vor ein paar Tagen in Auftrag gegeben. Warte mal!« Er rief seine Kollegin Bischoff in Mainz an.

»Hallo, Robert, ich wollte dich schon anrufen«, hörte er Bischoffs rauchige Stimme. »Ich habe eine gute und eine schlechte Nachricht für dich. Zuerst die gute: Die DNA von Körner entspricht der DNA aus einem der alten rheinhessischen Vergewaltigungsfälle. Wir müssen uns zwar noch was ausdenken, wie wir offiziell an seine DNA gekommen sind, damit die Sache gerichtsfest ist, aber wir haben das Schwein am Wickel. Danke vielmals. Es wird mir eine persönliche Genugtuung sein, diesen Mistkerl in den Knast wandern zu sehen. Und jetzt die schlechte Nachricht: Körner ist mit dem kleinen Florian nicht verwandt, als Vater kommt er nicht in Frage. Ob er dann noch als Täter in deinen Fällen in Frage kommt, musst du beurteilen.«

Diese Auskunft machte alles hinfällig, was er die letzten Minuten überlegt hatte. Wieso war Körner auf Tatjanas Erpressung eingegangen, wenn er mit Magdalenas Vergewaltigung nichts zu tun hatte? Hatte Tatjana die ganze Geschichte von Anfang bis zum Ende erfunden? Sie konnte doch nicht annehmen, dass sie damit durchkam! Aber es gab eine Erklärung für diese Wendung des Falles. »Wusste Körner eigentlich, dass ihr Spuren von ihm habt?«, fragte er die Kollegin.

»Bestimmt. Sein Anwalt hatte damals Akteneinsicht und hat ihm sicherlich alles über die belastenden Indizien, die wir gegen ihn in der Hand hatten, erzählt. Warum fragst du?«

»Das ist eine lange Geschichte. Ich ruf dich später noch einmal an.«

»Ein kleines Briefing wäre jetzt nicht schlecht«, meinte Winkler, als Mayfeld das Gespräch beendet hatte.

»Sollst du haben.« Mayfeld berichtete von den DNA-Proben Florians und Körners, die er Bischoff gegeben hatte. Er berichtete von den Vergewaltigungsfällen Mitte der neunziger Jahre im Rheinhessischen. »Er hat mir keine DNA-Probe gegeben, weil er wusste, dass man die über kurz oder lang mit den damals sichergestellten Spuren vergleichen würde und er dann zur Rechenschaft gezogen werden könnte. Aus demselben Grund ist er auf Tatjanas Erpressung eingegangen. Er konnte es sich nicht leisten, unsere Aufmerksamkeit noch mehr auf sich zu ziehen. Wahrscheinlich stimmt es auch, was Tatjana über den sexuellen Missbrauch in ihrer Familie erzählt hat. Aber wenn er nicht der Erzeuger Florians ist, dann hatte er keinen Grund, die beiden Frauen zu töten.«

»Wir sind also keinen Schritt weiter«, bemerkte Winkler.

»Ich bin gespannt, wie die beiden das auffassen werden.« Mayfeld ging zu Hellenthal und Lüder hinüber.

»Können wir jetzt nach Hause?«, fragte ihn Tatjana Lüder.

»Ich habe eine Information, die Sie interessieren wird. Wir haben bereits eine DNA-Analyse von Körner durchgeführt. Er ist nicht unser Mann, er ist nicht der Vergewaltiger und deswegen aller Wahrscheinlichkeit nach auch nicht der Mörder Ihrer Schwestern.«

»Was?« Hellenthal war aufgesprungen. Er packte Mayfeld am Kragen seines Jacketts. »Er ist nicht Magdalenas Mörder?« Hellenthal rannte unruhig auf dem Platz vor der Ruine hin und her, trat gegen den Morgenstern, der neben einem Busch auf dem Boden lag, verbarg sein Gesicht in den Händen. »Oh, mein Gott, was habe ich getan!« Er blickte verzweifelt zu Tatjana Lüder hinüber, zugleich Hilfe suchend und feindselig. Sie vermied den Blickkontakt mit ihm, sie hatte ihre Haare wie einen Vorhang über das Gesicht fallen lassen und drehte mit den Fingern Locken in ihre Strähnen. Hellenthal ging auf sie zu. »Hast du das gehört, Tatjana? Er ist gar nicht der Mörder von Magdalena!«

Sie strich sich die Haare aus dem Gesicht. Ihre Miene war starr und maskenhaft geworden, die Augen blickten Hellenthal kalt an. »Er hat bekommen, was er verdient hat«, sagte sie mit einer mechanisch klingenden Stimme.

Hellenthal starrte seine Freundin eine Weile an, während diese ihr Gesicht wieder hinter ihren Haaren verbarg und sich erneut eine Strähne um den Finger wickelte. Er ging zu den Polizisten zurück. Etwas arbeitete in ihm, sein Gesicht nahm von leichenblass bis zu feuerrot in kürzester Zeit alle nur denkbaren Farbschattierungen an. Dann entschloss er sich, zu reden.

»Das war keine Notwehr und auch keine Nothilfe. Ich war überzeugt, dass Körner der Mörder meiner Schwester ist. Als mich Tatjana anrief und mir mitteilte, dass sie sich mit ihm treffen wollte, bin ich mit dem festen Vorsatz hierhergefahren, ihn zu töten. Ich habe auf ihn eingeschlagen, als er schon am Boden lag und völlig hilflos war. Sie müssen mich festnehmen.« Er streckte Mayfeld seine Hände entgegen.

»Sind Sie sich da sicher, Herr Hellenthal?«, fragte Mayfeld.

Hellenthal nickte bestimmt und trotzig.

»Packt ihn ein und nehmt ihn mit«, sagte Mayfeld zu den uniformierten Kollegen.

Eine halbe Stunde später saßen Mayfeld und Winkler im Hof des Weingutes Leberlein. Für den Moment hatte die Sonne den Kampf gegen Gewitter und Regenwolken gewonnen.

Mayfelds Telefon klingelte. »Mein lieber Junge! Endlich erreiche ich dich! Ich kann dir gar nicht sagen, welche Gnade mir in den letzten Tagen zuteilgeworden ist!« Es war Herbert Mayfeld. Er wirkte aufgeregt und begeistert, fast getrieben. Jeder Satz war ein Ausruf. »Stell dir vor, die Mönche hier hören mir zu! Hier tut man meine Gedanken nicht ab als die Schrullen eines alten Spinners! Hier nimmt man mich ernst!«

Schon als ihm Julia von ihrem letzten Gespräch mit seinem Vater erzählt hatte, hatte Mayfeld befürchtet, dass der Vater dabei war, wieder zu erkranken. Der schier unerschöpfliche Redefluss sprach dafür, dass sich bei Herbert Mayfeld eine Manie ankündigte.

»Ich spüre eine Kraft in mir, Robert, das kannst du dir gar

nicht vorstellen! Etwas ganz Besonderes geht in mir vor! Ich möchte die ganze Welt umarmen!«

Normalerweise war sein Vater in diesen Phasen getriebener Aktivität gereizt und ging allen Menschen in seiner Umgebung ganz fürchterlich auf die Nerven. Der Kontakt mit den Mönchen und ihrer Religiosität schien den Vater vor einem erneuten Ausbruch der Erkrankung nicht bewahren zu können. Aber immerhin fühlte er sich besser dabei.

»Die Mönche nennen das ein Erweckungserlebnis«, fuhr sein Vater fort. »Sie haben etwas Sorge, dass ich in meiner Begeisterung die Andacht zu kurz kommen lasse. Bruder Gottlieb meint, für mich sei wahrscheinlich eine Art aktive Andacht das Richtige. Deswegen lassen sie mich die Orgel in ihrer Kirche spielen! Ich spiele ununterbrochen!«

»Das freut mich.« Endlich war es Mayfeld gelungen, den Redefluss seines Vaters zu unterbrechen. »Du hast so lange schon keine Musik mehr gemacht.« Seit Veras Tod nicht mehr. »Das mit der aktiven Andacht ist eine gute Idee. Aber übertreib es nicht. Lass die Leute auch mal zur Ruhe kommen und schlafen. Vielleicht solltest du auch mal wieder zum Arzt gehen.«

»Ich werde für dich beten!«, rief sein Vater ins Telefon und beendete das Gespräch.

Endlich konnte sich Mayfeld seiner Kollegin zuwenden. »Wie geht's im Präsidium?«, fragte er Winkler.

»Burkhard spielt sich auf, als wäre er dein Nachfolger. Meyer hatte heute Morgen einen Zusammenbruch, der Polizeiarzt sagte was von einer diabetischen Krise. Brandt wirkt noch zerknitterter als sonst und liefert sich ein Scharmützel nach dem anderen mit Lackauf, der sich in die Ermittlungen reinhängt wie schon lange nicht mehr.«

Die Dinge entwickelten sich noch unerfreulicher, als Mayfeld es befürchtet hatte. Aber wichtig war im Moment nur, dass sein Schwager unbeschadet aus der Sache herauskam.

»Wie geht es Franz?«

»Kann ich schlecht sagen. Aber Lackauf ist völlig verbohrt, er hat sich bei deinem Schwager festgebissen. Außerdem will er keinesfalls, dass du mit dem Fall wieder befasst wirst, und je mehr er den Verdacht gegen deinen Schwager aufbläst, desto besser kann er das begründen.«

»Was hat Franz ausgesagt?«

»Dass er keine Ahnung hat, wie das Foto in sein Büro gekommen ist. Er sagt, dass er ganz sicher ist, dass er das Büro immer abgeschlossen hat, bevor die ersten Gäste kamen. Nützlicher für ihn wäre, er wäre da nicht so sicher. Dann könnte er besser argumentieren, dass ihm das Bild untergeschoben wurde. Aber dein Schwager besteht darauf, dass genau das die Wahrheit sei.«

Mayfeld seufzte. Hätten Franz und Elly die Wahrheitsliebe nur schon früher entdeckt. Aus dem Schlamassel kamen sie wohl nur dann ohne größere Blessuren heraus, wenn er den Mörder fand.

»Hat Franz noch was über seine Kontakte zu Magdalena Hellenthal gesagt?«

»Ja, und da könnte es schwierig für ihn werden. Er hatte zuletzt im März Kontakt mit ihr. Sie war sich unsicher geworden, ob sie einer Adoption zustimmen sollte.«

»Wem hat er das gesagt?«

»Mir. Er ist wohl der Meinung, dass ihm nur die Wahrheit helfen kann. Ich für meinen Teil glaube ihm aus genau diesem Grund die ganze Geschichte.«

»Aber Lackauf wird daraus ein Mordmotiv konstruieren.«

»Na sicher. Wusstest du übrigens davon?«

Mayfeld schwieg.

»Schön, dass du mich nicht anlügst«, fuhr Winkler fort. »Noch schöner wäre allerdings gewesen, wenn du mich eingeweiht hättest. Ich bin kein kleines Mädchen, das man nicht belasten darf. Aber ich bin ein großzügiges Mädchen, und deswegen verzeihe ich dir und erzähle, was du streng genommen gar nicht wissen solltest. Lackauf hat Franz ebenfalls gefragt, ob du von der Geschichte wusstest. Franz hat das bestritten. Er meinte, er hätte mit dir darüber nicht gesprochen. Ich glaube, das war das einzige Mal, dass er nicht ganz bei der Wahrheit geblieben ist.«

»Was hat er unternommen, als er von Magdalenas Überlegungen erfuhr? Sagte er dazu etwas?«

»Hat er dir das nicht gesagt? Er und Elly haben versucht, über

Magdalenas Mutter auf sie Einfluss zu nehmen, sie sollte Magdalena ihre Pläne ausreden.«

»Sie kannten die?«

»Nein, aber der Mann von Ellys Freundin Nadine, Cornelius Bergmann, ist ein Neffe von Monika Hellenthal. Elly erzählte es Nadine, Nadine erzählte es Cornelius, der ging zu Monika, und die redete mit ihrer Tochter. Franz meinte, Magdalena habe sich daraufhin nicht mehr gemeldet.«

Jetzt erst sah Mayfeld die Verbindungen. Es war zwar wieder nur eine Vermutung, aber so hätte es gewesen sein können. »Ich brauche deine Hilfe, Heike.« Er schilderte ihr seinen neuen Verdacht und seinen Plan. Er musste Julia und Elly, die heute Morgen wieder zu Hause aufgetaucht war, noch ein paar Fragen stellen. Dann konnte es losgehen. Winkler war einverstanden.

Vor dem Haus stand ein dunkler Landrover. Mayfeld grüßte die Jungfrau Maria mit dem Kind und drückte auf die Klingel des Weinguts Felsen. Cornelius Bergmann öffnete das Tor persönlich.

»Du entwickelst dich zum Stammgast, Robert«, begrüßte er Mayfeld launig. »Wenn du Nadine suchst: Sie ist mit Oma, Opa und Kind auf einer Geburtstagsfeier, vor der ich mich erfolgreich gedrückt habe.«

»Ich habe etwas mit dir zu besprechen.«

»Da bin ich aber mal gespannt.« Bergmann ging Mayfeld voraus und geleitete ihn durch die Eingangshalle in sein Büro. »Will das Weingut Leberlein Mitglied im Verband der Prädikatsweingüter werden?«

»Darum geht es nicht. Es geht um die beiden Mordfälle, die ich untersuche.«

Bergmann bot Mayfeld Platz in einem der üppigen Ledersessel an. Wieder umgab Mayfeld der Duft von altem Leder, teuren Zigarren und einem teuren Herrenparfüm.

»Kann ich dir was zu trinken anbieten?«, fragte Bergmann.

Mayfeld lehnte ab.

»Hast du die Ermittlungen nicht abgegeben?«, wollte Bergmann wissen. »Das ist eine schlimme Sache mit dem Verdacht gegen Franz.«

»Ich bin überzeugt, dass er mit der Sache nichts zu tun hat.«
»Geht mir genauso«, versicherte Bergmann. »Aber wie kann ich dir helfen? Oder wie kann ich Franz helfen, wenn es darum geht?«
»Seit wann weißt du, dass Florian der Sohn deiner Cousine Magdalena ist?«
Bergmann schaute ihn lange an und überlegte. »Ich glaube, Nadine hat mir das im März dieses Jahres erzählt. Magdalena wollte plötzlich das Kind von Elly und Franz zurückhaben, und ich sollte Tante Monika bearbeiten, dass sie Magdalena das wieder ausredet.«
»Und warst du erfolgreich?«
»Monika musste man nicht groß überzeugen. Sie war außer sich über Magdalenas Plan.«
»Hast du auch mit Magdalena geredet?«
»Nein, das hätte keinen Zweck gehabt, ich stand ihr nicht sehr nahe. Aber das habe ich dir ja schon erzählt.«
»Warum hast du mir nicht früher gesagt, dass du von der Verbindung zwischen Florian und Magdalena wusstest?«
»Ich hatte keine Ahnung, dass das wichtig sein könnte«, antwortete Bergmann.
»Ich habe Elly gefragt, warum sie niemals gesagt hat, dass du ihr und Franz geholfen hast.«
»Sie hat, glaube ich, nicht das beste Verhältnis zu dir.«
»Du hast sie darum gebeten, zu schweigen.«
Bergmann wurde ärgerlich. »Wieso sagst du das? Was soll dieses Misstrauen? Ich wollte mit der ganzen Sache nichts zu tun haben, deswegen bat ich Elly, den kleinen Gefallen, den ich ihr getan habe, nicht zu erwähnen, und sie hat sich daran gehalten.«
»Mich hat das gewundert. Was hattest du zu befürchten?«
»Vielleicht Gespräche wie dieses?«
Mayfeld nickte zustimmend. »Ich will dir erzählen, was ich von dem Fall denke, Cornelius.«
»Nur zu, es ist bestimmt spannend, der Kripo bei der Arbeit über die Schultern zu schauen.«
»Gehen wir davon aus, dass der Mord an Magdalena Hellenthal die ursprüngliche Tat ist«, begann Mayfeld mit seiner Analy-

se. »Der Mörder wollte ihren Leichnam verschwinden lassen, weil er befürchtete, dass man ihn mit ihr in Verbindung bringen könnte. Als wir ihre Leiche gefunden hatten, wurde er nervös und begann, Fehler zu machen.«

»Was für Fehler waren das?«, unterbrach ihn Bergmann.

»Er hat Franz ein Bild Florians, das Magdalena gehörte, in sein Büro gelegt und der Polizei den anonymen Hinweis gegeben, er habe Franz zur Tatzeit in der Nähe des Tatorts gesehen. Das Foto kann eigentlich nur der Täter an sich genommen haben, und zwar direkt nach der Tat. Warum hat er es nicht bei der Toten gelassen?«

»Sag es mir.«

»Er wusste, um wen es sich auf dem Foto handelte, um Magdalenas Kind. Und er befürchtete, dass wir auf das Motiv für den Mord kommen, wenn wir dieses Bild bei der Leiche finden. Das war eigentlich schon sein erster Fehler.«

»Inwiefern?«

»Auf das Kind wären wir in jedem Fall gekommen, nachdem wir Magdalenas Leiche gefunden hatten«, erklärte Mayfeld. »Wir hätten vielleicht ein paar Tage länger gebraucht. Das muss dem Mörder auch klar geworden sein. Deswegen hat er versucht, die Leiche verschwinden zu lassen, was ja auch fast geklappt hätte. Dass er Magdalenas Handy dabei verloren hat und wir deswegen ihre Leiche gefunden haben, war der zweite Fehler des Täters. Andernfalls wäre es der perfekte Mord gewesen, ohne Leiche hätte Magdalena als eine der vielen verschwundenen Personen gegolten.«

»Das ist jetzt anders. Aber der Entdeckung des Täters bist du noch nicht näher gekommen, soweit ich das überblicke«, wandte Bergmann ein.

»Nur Geduld, Cornelius«, bat Mayfeld. »Der nächste Fehler war dann, das Foto des kleinen Florian bei Franz zu verstecken.«

»Wieso denn das?«

»Weil es mir signalisiert hat, dass der Mörder nervös geworden ist. Er hatte nach dem Leichenfund Angst, dass wir ihn entdecken könnten, und wollte eine falsche Spur legen. Aber er hat damit verraten, dass er über Florian Bescheid wusste.«

»Das Ganze setzt natürlich voraus, dass Franz mit der Sache nichts zu tun hat.«

»Das ist richtig. Bist du da anderer Meinung?«

»Ich leite die Ermittlungen nicht. Aber wen hast du denn in Verdacht?«, wollte Bergmann wissen. Er schien interessiert, aber ansonsten völlig unbeteiligt.

»Ich leite die Ermittlungen auch nicht mehr. Aber ich glaube, dass der Mörder eine intelligente und kaltblütige Person ist«, fuhr Mayfeld fort. »Ich habe mich gefragt, wie es sein konnte, dass so ein Mensch das Handy des Opfers verloren hat. Warum er Florians Bild nicht mit Magdalenas Leiche verscharrt hat. Warum er überhaupt diesen Ort und diesen Zeitpunkt für sein Verbrechen gewählt hat. Er musste doch damit rechnen, entdeckt zu werden. Von Tina Lüder wäre er ja auch fast entdeckt worden.«

»Was glaubst du? Warum hat er diese Fehler gemacht?«

»Ich glaube, es hat sich nicht um ein geplantes Verbrechen gehandelt. Die Tat geschah spontan. Deswegen die Fehler, der Täter stand unter Stress. Weißt du, was ich für das Tatmotiv halte, Cornelius?«

»Du wirst es mir bestimmt gleich verraten.«

»Ich glaube, Magdalena wurde aufgrund einer Vergewaltigung schwanger, und dem Mörder ging es darum, seine Täterschaft zu verschleiern.«

»Wie kommst du darauf?«, fragte Bergmann.

»Sonst hätte Florians Bild für den Mörder keine Bedeutung gehabt. Ich glaube, dass Magdalena Hellenthal den Mann wiedererkannt hat, der sie vergewaltigt hat. Das muss kurz vor ihrer Ermordung gewesen sein. Sobald der Täter wusste, dass er erkannt worden war, hatte er keine Zeit mehr zu verlieren. Denn er musste befürchten, dass er angezeigt werden würde. Wenn er um die Existenz Florians wusste, konnte er sich ausrechnen, dass man ihm zumindest den sexuellen Kontakt mit einer Jugendlichen unter sechzehn Jahren hätte nachweisen können.«

»Was bekommt man denn dafür?«, fragte Bergmann. »Eine Geldstrafe oder muss man ins Gefängnis?«

»Das kommt auf die Umstände an«, antwortete Mayfeld.

»Ist das nicht ein bisschen wenig, um jemanden zu einem Mord zu bewegen?«

»Da hast du recht, Cornelius. Deswegen muss der Täter jemand sein, für den mehr auf dem Spiel stand. Wenn meine Theorie zutrifft, dann suchen wir einen Mann, den Magdalena kurz vor ihrem Tod noch gesehen hat, jemanden, dem sie nicht täglich begegnete, einen Mann, der von der Existenz Florians wusste, jemanden, der wusste, dass die Polizei den Vater Florians suchte, und der deswegen Angst bekam, entdeckt zu werden, und schließlich jemanden, dem es schwer geschadet hätte, wenn dieser Vorfall öffentlich geworden wäre. Zunächst dachte ich an Andy Körner, aber den können wir mittlerweile ausschließen, zumindest als alleinigen Täter. Dann habe ich mich daran erinnert, dass es schon vor zehn, fünfzehn Jahren den Verdacht gab, dass Körner Vergewaltigungen zusammen mit einem Komplizen begangen hatte. Wir suchen also möglicherweise einen Freund von Körner, und wir suchen jemanden, der die Möglichkeit hatte, außerhalb der Öffnungszeiten der Straußwirtschaft eine falsche Fährte im Weingut meines Schwagers zu platzieren.«

Mayfeld machte eine lange Pause. Bergmann stand auf und ging zu einem der dunklen Wandschränke, schloss eine Flügeltür auf. »Sprich nur weiter«, forderte er Mayfeld auf.

»Wir werden deswegen von allen Männern, die Magdalena am letzten Tag ihres Lebens gesehen hat, DNA-Proben verlangen. Die meisten werden sie uns freiwillig geben, und die anderen werden wir umso intensiver beobachten. Unter uns gesagt, irgendwie werde ich mir schon von allen Betreffenden Proben beschaffen.«

»Warum erzählst du mir das alles, Robert?«, fragte Bergmann. Er stand vor der Schrankwand und beobachtete Mayfeld genau.

»Ich wollte dir erklären, warum ich auch von dir eine DNA-Probe brauche.«

»Das ist nicht dein Ernst!«

»Aber sicher ist das mein Ernst, Cornelius. Du bist mit Körner befreundet, Magdalena Hellenthal hat dich kurz vor ihrem Tod noch gesehen, sie hat zu diesem Zeitpunkt sogar einen Schwächeanfall erlitten. Du wusstest von Florian. Wenn du sein Erzeuger bist und das herauskommt, ist alles, was du in deinem Leben aufgebaut hast, von einem auf den anderen Tag zerstört. Nadine trennt sich von dir, ihr Vater wirft dich aus dem Weingut, und dir selbst gehört hier gar nichts, wie mir Julia erzählt hat. Außerdem hattest du die Gelegenheit, das Foto im Büro von Franz zu verstecken. Der hat die Tür abgeschlossen, bevor die Gäste am Sonntag kamen, aber du warst vorher im Haus meiner Schwiegereltern, nämlich als du Nadine brachtest, deren Auto angeblich defekt war.«

»Und diese ganze Theorie baut lediglich darauf auf, dass jemand dieses Bild bei Franz versteckt hat?«, fragte Bergmann und schüttelte ungläubig den Kopf. »Meinst du, irgendjemand wird dir da folgen?«

»Das war der entscheidende Fehler«, beharrte Mayfeld auf seiner Analyse. »Aber nachdem dir Nadine erzählt hatte, dass ich nach dem Vater Florians suche, blieb dir gar nichts anderes übrig, als von dieser Fährte abzulenken. Das war riskant, aber es hätte fast geklappt. Ich hätte allerdings schon früher auf dich kommen können.«

»Da bin ich aber mal gespannt«, sagte Bergmann.

»Auf der Vernissage in Johannisberg hast du mir erzählt, dass du die Weinpräsentation um zehn verlassen hast«, fuhr Mayfeld fort. »Da wusstest du noch nicht, dass wir Magdalenas Leiche finden würden, und dachtest, die Wahrheit sei in diesem Fall am unauffälligsten. Spätestens als ich erfuhr, dass sie eine Verwandte von dir war, hätte ich stutzig werden müssen. Du hast selbst gesagt, dass kurz vor zehn fast alle Besucher die Veranstaltung verlassen hatten. Und du willst nicht mitbekommen haben, dass deine Cousine einen Schwächeanfall hatte? Du lässt sie bei dem Sauwetter allein nach Hause gehen, obwohl du fast zur selben Zeit zu deinem Auto gehst, das vor ihrer Wohnung geparkt ist? Das ist kaum zu glauben.«

»Meine Kinderstube lässt zu wünschen übrig, das ist alles. Sonst noch was?«

»Ja. Als ich dir erzählte, dass wir Magdalenas Leiche gefunden haben, warst du geschockt, wenn auch aus anderen Gründen, als ich damals annahm. Du hättest mich allerdings danach fragen sollen, wo wir Magdalenas Leichnam gefunden haben. Aber das hast du nicht getan. Du wusstest es ja bereits, du hast sie schließlich dort vergraben. Du siehst, es gibt einige Gründe, eine DNA-Probe von dir zu verlangen.«

»Das sind doch alles nur wilde Spekulationen«, sagte Bergmann mit einer kalten und harten Stimme. »Du bist aus dem Fall raus. Und von mir bekommst du keine solche Probe.«

»Verlass dich drauf, die bekomme ich. Wahrscheinlich bekomme ich sie über eine richterliche Anordnung. Und wenn nicht, dann nehme ich irgendein Probenglas auf einer Weinprobe oder ein Haar aus einer Bürste aus deinem Bad. Und wenn das Ergebnis erst einmal da ist, dann wird es auch bekannt, mit den Folgen, die ich dir schon aufgezeigt habe.«

Bergmann nahm eine Jagdflinte aus dem Schrank heraus. Im Nu hatte er zwei Schrotpatronen in die Läufe eingeführt und die Waffe zugeklappt. Er zeigte mit dem Gewehr auf Mayfeld. »Du weißt, dass ich dir keine Probe geben kann. Wenn du meinst, dass ich wegen so einer dummen Schlampe ins Gefängnis gehe, dann kennst du mich schlecht. Und aus meinem Weingut lasse ich mich auch nicht verjagen, nicht von meiner großartigen Ehefrau, nicht von ihrem Superpapa und nicht von einem kleinen Polizisten. Du hast keine Ahnung, was ich alles durchgemacht habe, Robert. Was es bedeutet hat, mit einer saufenden Mutter zusammenleben zu müssen. Und wie wichtig es für mich gewesen ist, aus diesem Dreck herauszukommen. Dahin werde ich bestimmt nicht wieder zurückgehen.«

»Das Spiel ist aus, Cornelius. Leg die Waffe hin, du machst sonst alles nur noch schlimmer«, beschwor Mayfeld Bergmann. Aber im Angesicht der Flinte, die auf ihn gerichtet war, und in Anbetracht der Wut, die sich in Bergmanns verzerrtem Gesicht widerspiegelte, bekam er Angst vor der eigenen Courage.

»Ich wüsste nicht, wie es für mich noch schlimmer kommen könnte. Das hast du mir doch gerade eben so schön erklärt. Du hast vollkommen recht mit allem, was du gesagt hast, auch damit, dass das Spiel aus ist. Wir beide sind hier ganz allein, und das Spiel ist aus. Aber nicht für mich, sondern für dich.«

Das Letzte, was Mayfeld sah, waren ein Blitz und Pulverrauch, das Letzte, was er hörte, war ein lauter Knall. Das Letzte, was er spürte, war ein heftiger Schlag gegen die Brust, der ihn nach hinten schleuderte. Dann verlor er das Bewusstsein.

Donnerstag, 10. Mai

Es war ein herrlicher Frühlingstag. Die Sonne schien auf den Fluss und die Berge am Ufer, einige Möwen verfolgten schreiend das Motorschiff »Vater Rhein«. Die meisten Gäste hatten sich im Innenraum des Schiffes oder auf dem Vorderdeck versammelt, einige nahmen ihr Mittagessen ein.

»Wir kommen nun gleich an die tiefste und engste Stelle des Rheins«, erzählte der Reiseführer seinen Gästen. Seine Ausführungen waren über blechern klingende Lautsprecher auch auf dem Außendeck zu hören. »Fünfundzwanzig Meter ist er am Fuße der Loreley tief und nur einhundertdreizehn Meter breit. Wegen der Stromschnellen, die erst in den dreißiger Jahren des letzten Jahrhunderts durch Sprengung einiger Felsen beseitigt wurden, war diese Stelle eine der gefährlichsten der gesamten Rheinschifffahrt, und viele Rheinschiffer verloren hier ihr Leben. In der Ballade ›Zu Bacharach am Rheine‹ hat Clemens Brentano die Sage von der Loreley für uns festgehalten. Sie soll eine Zauberin gewesen sein, die mit ihrer Schönheit allen Männern den Verstand raubte und ihnen schließlich den Tod brachte. Alle Männer konnte sie bezaubern, nur den einen, den sie liebte, nicht, der hat sie betrogen. Als sie nun wegen ihrer Zauberei angeklagt und als Hexe bestraft werden sollte, brachte der Bischof es wegen ihrer Schönheit nicht übers Herz, sie zum Tode zu verurteilen. Er verurteilte die liebeskranke und lebensmüde Frau zu einem Leben im Kloster. Auf der Reise dorthin kam sie mit den drei Rittern, die sie bewachten, an dem Felsen vorbei, den Sie jetzt zu Ihrer Rechten sehen. Sie bat um die Erlaubnis, ihn zu besteigen, um noch einmal in ihrem Leben den Rhein zu sehen. Oben angekommen, stürzte sie sich in die Fluten. Und das Echo ihres Rufens hört man noch heute im Rauschen des Flusses.«

Tatjana saß etwas abseits im hinteren Teil des Außendecks. Sie hatte es zu Hause nicht mehr ausgehalten, die Stille und Leere hatten ihr fast den Verstand geraubt. In Bernhards Wohnung, die jetzt verwaist war, war es nicht besser gewesen. Überall brüllende Leere, ohrenbetäubende Ruhe. Sie hatte deswegen Bernhards Münzalbum gepackt und sich zu einer Schifffahrt zur Loreley entschlossen. Sie war unruhig, denn die Karte, die sie für den heutigen Tag gezogen hatte, zeigte den Tod.

Sie blätterte schon eine Weile in dem Album. Es war kaum zu glauben, dass diese kleinen silbernen Scheiben so viel Geld wert sein sollten. Bernhard hatte sie mit seinem albernen Geständnis im Stich gelassen und ein Leben im Gefängnis einem Leben an ihrer Seite vorgezogen. Als ob es darauf ankäme, ob dieser Körner ein Mörder war oder nicht. Er war auf jeden Fall ein Teufel, der seine gerechte Strafe erhalten hatte. Und außerdem, wer sagte, dass er nicht doch der Mörder Tinas und Magdalenas war? Der Kommissar konnte viel behaupten, vielleicht wollte er Körner decken. Schon als sie ihn zum ersten Mal auf Körner aufmerksam gemacht hatte, hatte er nichts unternommen. Und als diese Polizistin am Mittwoch zur Burg Scharfenstein gekommen war – was hatten die beiden da miteinander zu tuscheln gehabt? Und dann hatte noch jemand den Kommissar angerufen, das hatte sie genau beobachtet. Von wem hatte er da seine Anweisungen bekommen? Die steckten doch alle unter einer Decke. Man hatte sie im Stich gelassen, betrogen und verraten.

Irgendwie hatte sie sich ihr neues Leben anders vorgestellt, farbiger, lebendiger und ohne Angst. Doch es war gar nicht so leicht, sich ohne die Hilfe der freundlich mahnenden Stimme zurechtzufinden. Die Erinnerungsbilder von früher waren zwar verschwunden, Körners grinsend geile Visage und sein stinkender Atem, aber jetzt wurde sie das Bild von seinem blutverschmierten Gesicht und das Geräusch von splitterndem Schädelknochen nicht mehr los. Die ganze Nacht hatte sie deswegen kaum geschlafen.

Für all das war eine Entschädigung mehr als angebracht, und vielleicht waren diese Münzen die angemessene Entschädigung. Aber je mehr sie darüber nachdachte, desto größer wurden ihre Zweifel, dass diese heimtückisch funkelnden Scheiben ihr Glück bringen würden.

Unrecht Gut gedeiht nicht, schimpfte die Stimme der Großmutter. Es war fast beruhigend, sie wieder zu hören.

»Aber du hast mir doch einen Ritter versprochen, und die Karten haben einen Ritter der Münzen vorhergesagt!«, beklagte sich Tatjana.

Das war vielleicht ein Fehler gewesen, hörte sie die Stimme sagen.

»Was?«, schrie sie entsetzt auf.

»Darf ich Ihnen etwas bringen?«, fragte ein Kellner, der sich unbemerkt an sie herangeschlichen hatte.

»Was?«, schrie sie nochmals voller Panik. Was glotzte dieser Mann so neugierig auf ihren Schatz?

»Genau das war meine Frage: Was darf ich Ihnen bringen?«, antwortete er. »Geht es Ihnen gut?«, wollte der Heuchler noch wissen.

»Nein! Aber was geht Sie das an? Scheren Sie sich zum Teufel!«

»Wie Sie wünschen, gnädige Frau!«

Gnädige Frau! Wollte er Sie verspotten? Sie war nicht gnädig, bei ihr gab es keine Gnade, die vor Recht ging. Aber das musste geheim bleiben. Der spionierende Kellner hatte sich wieder verzogen, sie konnte wieder frei reden.

»Was meinst du damit: ›Es war vielleicht ein Fehler gewesen‹?«, wollte sie von der Stimme wissen.

Ich hätte dir keinen Ritter versprechen sollen. Du hast alles missverstanden. Seinen Ritter belügt man nicht, man betrügt ihn nicht, und man bestiehlt ihn nicht. Ich hätte dir nichts versprechen sollen, damals, als ich noch am Leben war.

»Bist du denn nicht mehr am Leben?«, rief Tatjana, aber gleich darauf hielt sie sich erschrocken den Mund zu. Niemand durfte ihre Unterhaltung belauschen, die Leute hielten sie sonst für verrückt.

Ich hätte dir nichts versprechen sollen. Aber ich war eine alte senile Frau, und ich dachte, ich tröste dich mit meinen albernen und törichten Worten. Stattdessen habe ich eine gierige und böse Schlange herangezüchtet, die alles vergiftet und verschlingt.

Tatjana wurde schwindelig und übel. Der Himmel verfinsterte

sich, und ein Sturm kam auf, die Wellen des Flusses peitschten gegen das bedrohlich schwankende Schiff.

Das waren meine letzten Worte an dich. Du wolltest allein durchs Leben kommen, jetzt sieh zu, wie du klarkommst!

Tatjana spürte, wie eine Kälte an ihr hochkroch, von den Füßen über die Beine in den Unterleib und die Gedärme eindrang und von dort aus begann, den Körper zu vergiften. Sie zitterte. Sie hörte das Rauschen des Flusses, das Gurgeln der Stromschnellen, das brüllende Echo der Felsen. Der Fluss war eine bösartige Schlange, die gegen den Schiffsrumpf züngelte. Der Fluss wollte ein Opfer. Alles hatte mit der Gier nach diesen verdammten Münzen begonnen. Die musste sie loswerden.

Sie begann eine Münze nach der anderen aus ihren Plastiktaschen zu nehmen und in die Fluten zu werfen, die silbernen wie die goldenen. Rheinsilber, Rheingold, Blutgeld. Unrecht Gut gedeiht nicht. Es tat gut, sich zu erleichtern, es stimmte sie heiter, endlich konnte sie wieder lachen. Und wie sie plötzlich lachen konnte, alle Wut, alle Traurigkeit, alle Einsamkeit und Beschwernis konnte sie weglachen, wegwerfen.

Schließlich waren alle Münzen weg. Für einen Moment fühlte sie sich ruhig und leer. Doch dann spürte sie, dass es nicht ausreiche, sich von ihrem Diebesgut zu befreien, dass die Bedrängnis und Bedrohung, die Angst und die Einsamkeit wieder zurückkommen würden. Die Schlange züngelte gegen das Schiff, der Fluss schrie nach einem Opfer. Und plötzlich verstand sie. Jetzt war sie ganz frei. Sie hatte eine Schwelle überschritten, hinter der es keine Furcht mehr gab. Sie lachte laut auf und sprang über die Reling in den gurgelnden grauen Fluss.

Freitag, 11. Mai

Satan, der Ankläger am göttlichen Gerichtshof, war zu stolz, sich vor dem Herrn zu verneigen, und fiel deswegen, wie Sie wissen, von Gott ab. Die Rache ist mein, spricht der Herr, aber ich war zu stolz, in Demut mein Haupt zu neigen, und riss die Rache an mich. Ich war so voller Hass und Zorn gegen Körner, den ich als einen Schuft erkannt hatte, dass ich ihn fast erschlagen hätte. Auch wenn ich im letzten Moment innehielt: Ich wollte ihn töten, und diese Absicht zählt. Ich war in einem Blutrausch, es gefiel mir, als ich spürte, wie stark ich war, es gefiel mir, als ich spürte, dass Körner in meiner Hand war und meiner Rache ausgeliefert. Jetzt ist er grausam verstümmelt, was wahrscheinlich schlimmer ist als der Tod. Der Anwalt, den mir irgendjemand ins Gefängnis geschickt hat, hat mir geraten, mein Geständnis zu widerrufen, ich könnte immer behaupten, dass ich in Nothilfe gehandelt habe. So hat das auch Tatjana gesagt. Aber ich weiß doch, dass das nicht stimmt. Ich wollte Körner vernichten, und mir ist genau das gelungen, auch wenn er überlebt hat.

Sie, lieber Herr Pfarrer, haben mir einmal gesagt, zu einer Zeit, als ich noch regelmäßiger zur Beichte ging, dass wahre Reue und Buße auch bedeutet, dass man die eigenen Taten ohne Abstriche und falsche Ausrede vor Gott und den Menschen bekennt und dass nur so wirkliche Vergebung erlangt werden kann. Und auch wenn ich befürchte, dass ich keine Vergebung erlangen kann, will ich dennoch genau das tun.

Ich hatte mit meiner Schwester ein schändliches und widernatürliches Verhältnis, und ich habe ihr dadurch moralisch das Genick gebrochen, sie ihrer Widerstandsfähigkeit beraubt, sie wehrlos gemacht, hilflos und sprachlos. All dessen war ich mir bewusst, als ich Tatjana kennenlernte, auch wenn mir von einem Kind Magdalenas nichts bekannt war. Das Einzige, was mich interessierte, war Mag-

dalenas Vergebung, ihre Versicherung, dass alles gut würde, dass alles verziehen war.

Als ich von ihrem Tod erfuhr, entfesselte dies einen schier unersättlichen Zorn in mir. Ich, der ich nur durch Zufall oder aufgrund unverdienter Gnade nicht der schändliche Erzeuger ihres Kindes bin, ich reagierte nicht mit Demut, sondern mit Zorn und Wut. Ich ließ mich gerne von Tatjana aufstacheln, meine Wut und meine Selbstgerechtigkeit übertönten für eine Weile das Bewusstsein meiner Schuld.

Tatjana ist ein armes und verwirrtes Kind, das unendlich viel Leid erlitten hat. Sie hat mich umgarnt, sie hat mich verführt, sie hat mich aufgehetzt, das ist alles wahr. Aber ich ließ es geschehen, ich ließ es sogar gerne geschehen. Ich spürte und ich erkannte ihre Absichten, allzu geschickt konnte sie die ja nicht verbergen, aber ich ließ es zu, ich gefiel mir in meiner Selbstgerechtigkeit und meiner Raserei.

In der letzten Nacht ist mir ein Drache mit sieben Häuptern und zehn Hörnern erschienen, Luzifer, der hochmütige Lichtbringer. Ich habe mir eingeredet, ich könnte für Gerechtigkeit sorgen, den Bösen seiner Strafe zuführen, und ich bin damit gescheitert, was nur einen Menschen wie mich, der in seinem Hochmut völlig verblendet ist, überraschen kann. Mit all diesen Anmaßungen hinterlasse ich nun verbrannte Erde, wohin ich auch blicke. Ich habe meine Schwester ins Verderben getrieben, ich habe zugelassen, dass Tatjana all ihre schlechten Eigenschaften ausleben konnte, habe mich von ihr sogar dazu treiben lassen, ein Leben zu zerstören.

Ich habe zu viel über die Kreuzzüge gelesen. Das hat meiner moralischen Urteilsfähigkeit nicht gutgetan. Ich habe nichts verstanden. Ich habe die falschen Schlüsse gezogen und war zu verblendet, das zu bemerken. Wer versucht, das Böse auszumerzen, und nicht bei sich selbst beginnt, sondern bei anderen, der hat schon von Anfang an alles falsch gemacht.

Gott sei meiner armen Seele gnädig!

***

Mayfeld legte Hellenthals Brief an Pfarrer Grün zur Seite. Er war sich unschlüssig, ob er ihn an den Geistlichen weiterleiten sollte, aber diese Entscheidung hatte keine Eile. Mayfeld atmete ruhig und flach, denn jede hastige Bewegung des Brustkorbs tat höllisch weh. Die schusssichere Weste, die er am Mittwoch im Weingut Felsen getragen hatte, hatte zwar verhindert, dass die Ladung Schrot, die Bergmann auf ihn gefeuert hatte, ernsthaften Schaden bei ihm angerichtet hatte, aber die Wucht der Salve und der darauf folgende Sturz hatten eine leichte Gehirnerschütterung, eine riesige Beule am Kopf und eine harmlose, aber sehr schmerzhafte Rippenprellung hinterlassen.

Das Gespräch zwischen Bergmann und ihm hatte Mayfeld mittels eines Mikrofons und eines kleinen Senders Winkler, die mit einigen Kollegen vor dem Weingut Felsen in einem Kleinbus gewartet hatte, übermittelt. Als sie den Schuss hörte, hatte sie mit den anderen Beamten das Weingut gestürmt. Als Bergmann die Beamten bemerkte, hatte er sich vor ihren Augen mit der Ladung Schrot, die im zweiten Lauf seiner Jagdflinte steckte, das Gehirn aus dem Schädel geschossen.

Winkler betrat Mayfelds Büro. Sie sah blendend aus und strahlte ihn an. »Schön, dass du so schnell wieder an Bord bist!« Sie ließ offen, ob sie damit die schnelle Lösung seiner medizinischen oder seiner dienstlichen Probleme meinte. »Schreibst du den Abschlussbericht oder soll ich das machen?«, fragte sie.

»Nachdem ich von Brandt wieder mit dem Fall betraut worden bin, werde ich das wohl tun«, antwortete Mayfeld. »Lackauf hat mir zur Lösung des Falles zähneknirschend gratuliert«, fügte er mit einer gewissen Genugtuung hinzu. »Was hat die kriminaltechnische Untersuchung ergeben?«

»Bergmann ist der leibliche Vater von Florian, die vorläufigen Untersuchungsergebnisse kamen gerade aus dem Labor. Bei dem Anorak, den wir im Weingut Felsen gefunden haben, fehlt ein Fetzen Stoff, der genau zu unserem Tatortfund passt. Die Fasergutachten sind noch in Arbeit, aber alles deutet darauf hin, dass die Textilfasern, die unter den Fingernägeln der beiden Opfer gefunden wurden, zu dem Anorak gehören«, berichtete Winkler. »In Bergmanns Büro haben wir sowohl Rohypnol als auch GHB gefunden, es scheint sich um den gleichen Stoff zu handeln, den wir auch bei Körner in der Küche gefunden haben.«

»Das würde für eine Verurteilung reichen. Aber gerichtet hat sich Bergmann ja selbst.«

»Wir hätten uns den Aufwand mit den Mikrofonen sparen können. Du hättest dich nicht in Gefahr begeben müssen.«

»Wir konnten nicht wissen, was wir im Weingut finden würden«, widersprach Mayfeld. »Lackauf hätte uns möglicherweise nicht einmal einen Durchsuchungsbefehl besorgt. Deswegen mussten wir Bergmann aus der Reserve locken. Und wenn wir nichts gefunden hätten, dann hätte das, was er im Gespräch zugegeben hat und wovon du Zeuge wurdest, bei der Überführung noch eine Rolle spielen können.«

»Da er tot ist, brauchen wir keine genaue Rekonstruktion des Tathergangs.«

»Aber ich glaube dennoch zu wissen, was an jenem Freitagabend und die Wochen zuvor passiert ist«, antwortete Mayfeld. »Magdalena Hellenthal musste sich entscheiden, ob sie der Adoption ihres Sohnes zustimmen sollte oder nicht. Sie war unsicher geworden und versuchte, an den Teil der Erbschaft zu kommen, der ihr nach dem Tod ihres Vaters zustand, um wenigstens einen finanziell abgesicherten Start ins Familienleben zu haben. Als ihr Bruder darauf nicht einging, hat sie versucht, ihn mittels eines Vaterschaftstests unter Druck zu setzen, denn sie ging bis zu diesem Zeitpunkt davon aus, dass er der Vater Florians war.«

»Wir haben keine Hinweise für einen Test gefunden«, wandte Winkler ein.

»Adler war heute Morgen noch mal in der Wohnung der drei Frauen«, sagte Mayfeld. »In der Küche hat er den Brief einer Firma Genlab vom 26.4. gefunden, der an Magdalena adressiert war und vom Ergebnis eines Vaterschaftstests berichtet. Vermutlich hat sie auch eine Vorabbenachrichtigung per E-Mail bekommen. Das wird zumindest in dem Brief erwähnt. Das Ergebnis war einerseits ein Problem für sie, ihr Bruder war nicht der Vater ihres Kindes, und sie hatte somit kein Druckmittel mehr gegen ihn in der Hand. Andererseits wurde sie dadurch auch entlastet, denn einer der Hauptgründe, warum sie bislang von dem Kind nichts wissen wollte, war weggefallen. Meine Schwägerin hat währenddessen versucht, auf Magdalena Einfluss zu nehmen, dass sie das

Kind in seiner gewohnten Umgebung belassen solle. Sie hat sich dafür Cornelius Bergmanns bedient, der ein Cousin von Magdalena Hellenthal ist. Vermutlich hat Bergmann erst bei dieser Gelegenheit von der Schwangerschaft Magdalenas und dem Kind erfahren, denn damals scheint es ihr gelungen zu sein, die Schwangerschaft geheim zu halten.«

»Das hatte ja auch die Frau vom Jugendamt berichtet«, bestätigte Winkler.

»Bergmann wusste nun von dem Kind, er kannte dessen Geburtstag und konnte sich ausrechnen, dass er als Vater in Frage kam.«

»Wieso hat Magdalena denn Bernhard für den Vater gehalten?«, fragte Winkler.

»Die beiden hatten ein Verhältnis, Bernhard gibt es in diesem Brief an Pfarrer Grün zu. Aber Florian war eine Frühgeburt. Das hat mir meine Frau erzählt. Jeder, der damals mit Elly oder Franz gesprochen hat, konnte das wissen. Das Kind hat die ersten Lebensmonate ziemlich gekränkelt, dass es zu früh auf die Welt gekommen war, war bei Elly und Franz dauerndes Gesprächsthema. Bergmann hat es vermutlich über seine Frau erfahren, Nadine Bergmann wusste es als gute Freundin Ellys bestimmt. Magdalena hingegen hatte davon wahrscheinlich keine Ahnung. Die ersten Monate hat sie vermutlich von der Schwangerschaft nichts bemerkt, eine Vierzehnjährige hat noch nicht unbedingt regelmäßige Blutungen, habe ich mir sagen lassen. Wahrscheinlich ist ihr erst, als der negative Test kam, klar geworden, dass ihre ganzen bisherigen Berechnungen falsch waren. Und dann hat sie vermutlich fieberhaft überlegt, wie und wann sie sonst noch schwanger geworden sein könnte.«

»Und wie ist sie dann auf Bergmann gekommen?«

»Sie hat weder Körner noch Bergmann in den letzten Jahren gesehen. Ich vermute, dass die beiden Magdalena gemeinsam überfallen haben. Wenn die beiden nebeneinanderstehen, der Hüne Körner und der kleine untersetzte Bergmann, ist das bestimmt ein Bild, das man nicht so schnell vergisst. Ich nehme an, dass die beiden Rohypnol oder GHB benutzt haben, Magdalena eines von beiden in einen Drink gemixt haben. Beide Drogen beeinträchtigen nicht nur die Willenskraft, sondern auch das Erinnerungsvermögen. Aber sie führen nicht immer zu einer absoluten Amnesie. Vielleicht hat sie irgendein Detail erkannt, den Geruch eine Parfüms oder etwas Ähnliches.«

»Sie sieht also die beiden, erkennt Bergmann und fällt in Ohnmacht«, führte Winkler die Überlegungen fort. »Als sie wieder daraus erwacht, sagt sie etwas, das Bergmann einen Hinweis darauf gibt, dass sie ihn erkannt hat. Da er um das Kind weiß, erkennt er die Brisanz der Situation. Selbst wenn man ihm keinen Gewaltakt nachweisen könnte, der Nachweis des sexuellen Missbrauchs einer Minderjährigen wäre für ihn das Aus. Also verfolgt er Magdalena, sie bemerkt, dass er ihr dicht auf den Fersen ist, schafft es nicht mehr bis in ihre Wohnung. Sie flüchtet in den Klostergarten, wo Bergmann sie einholt und tötet. Er hat Angst, dass man ihm über kurz oder lang auf die Spur kommt, und beschließt, die Leiche verschwinden zu lassen. Er nimmt ihre persönlichen Dinge, Handy, Brieftasche oder Ähnliches an sich, darunter auch Florians Bild. Wegen des Regens und der Dunkelheit hofft er, dass er unbeobachtet bleibt. Doch als er die Leiche in sein Auto schleppt, kommt Tina Lüder, die ihre Freundin zu der Party bei den Roths abholen will, vorbei. Er verfolgt auch sie. Sie flüchtet ebenfalls in den Garten, gewinnt einen kleinen Vorsprung, klettert über die Mauer und bricht sich den Fuß, als sie von der Mauer des Klosters springt. Daher holt Bergmann sie ein und ermordet auch sie.«

»Da sie mit Bergmann nicht so schnell in Verbindung gebracht werden kann, lässt er ihre Leiche am Tatort liegen und konzentriert sich darauf, Magdalenas Körper zu beseitigen«, fuhr Mayfeld fort. »Zum Glück verliert er ihr Handy, und wir kommen auf den Steinberg als Versteck für die Leiche. Wäre das nur ein paar Stunden später geschehen, hätten wir ihre Leiche nie gefunden. Sie würde als vermisste, labile junge Frau gelten, die vielleicht abgehauen ist oder die sich umgebracht hat. Niemand hätte ihr Verschwinden mit dieser Schwangerschaft in Verbindung gebracht.«

»Du sagtest vorhin, Körner sei bei der Vergewaltigung Magdalenas dabei gewesen«, überlegte Winkler. »Dennoch glaubst du, dass er an den Morden nicht beteiligt war?«

»Wahrscheinlich war er das nicht«, antwortete Mayfeld. »Er konnte die Veranstaltung nicht verlassen, ohne dass es aufgefallen wäre, schließlich war noch ein Mitarbeiter da. Bergmann konnte ihr unbemerkt folgen, als sie davonlief. Ich vermute, dass er wusste, dass er der Vater war. Das Sperma, das in einem der Vergewaltigungsfälle in Rheinhessen asserviert wurde, konnte ihm zugeordnet werden. Bischoff hat mich deswegen gerade vorhin angerufen. Wahrscheinlich war es eine Art zusätzlicher perverser Kick für ihn, das Ganze ohne Gummi zu machen.«

»Wie kam Bergmann eigentlich zu seinem Alibi? Hat seine Frau für ihn gelogen?«

»Das glaube ich nicht. Es war ganz einfach, sie zu täuschen. Sie schlief immer zwischen neun und zehn ein, ihr Mann wusste das. Als er nach Hause kam, hat er den Wecker an Nadines Bett verstellt, seinen Sohn wach gemacht und dann mit dem schreienden Kind seine Frau geweckt. Nadine hat den ganzen Abend das Schlafzimmer nicht verlassen, der Wecker ist die einzige Uhr in ihrem Zimmer. Bergmann musste ihn nur wieder zurückstellen, als Nadine wieder eingeschlafen war, und schon hatte er ein Alibi.«

»Woher warst du dir eigentlich so sicher, dass es diesen Zusammenhang zwischen den Morden und Magdalenas Schwangerschaft gab?«

»Ich war mir gar nicht sicher«, antwortete Mayfeld. »Aber Bergmann hat den Fehler begangen, Franz das Bild von Florian unterzuschieben. Da er es in seiner Anoraktasche hatte, hafteten dem Bild Fasern an, die wir vom Tatort kannten, es war also eigentlich eine verteufelt gute falsche Spur. Aber für mich war anschließend klar, dass das Mordmotiv etwas mit Florian zu tun haben musste. Und ich war mir sicher, dass Franz nicht der Mörder war. Über die Motive für das Verbrechen war ich mir anfangs allerdings völlig im Unklaren. Ich bin einfach nur einem Hinweis Tatjana Lüders nachgegangen.«

»Wie geht es der überhaupt?«, fragte Winkler.

Mayfeld wiegte den Kopf. »Nicht so gut. Als sie aus dem Rhein geborgen wurde, war sie schon eine Weile bewusstlos gewesen. Man hat sie auf die Intensivstation der Horst-Schmidt-Kliniken gebracht und dort in ein künstliches Koma versetzt.«

»Liegt dort nicht auch Körner?«
»So ist es. Er wurde gestern operiert. Seine schweren Schädelverletzungen wird er wohl überleben. Aber er bleibt vom Hals an abwärts gelähmt. Zurzeit liegt er ebenfalls noch im Koma, in der Box neben Tatjana Lüder.«
Winkler schüttelte sich. Sie deutete auf die Papiere, die vor Mayfeld auf dem Schreibtisch lagen. »Ist das Hellenthals Brief?«
»Er hat zwei Briefe geschrieben. Der erste ist offensichtlich für den Kiedricher Pfarrer gedacht gewesen, eine einzige Selbstbezichtigungsorgie, die für das Verständnis des Falles sehr hilfreich ist. Den zweiten Brief hat die Frühschicht des Wachpersonals heute Morgen im Untersuchungsgefängnis neben Hellenthals Leiche gefunden.« Mayfeld reichte Winkler den zweiten Brief.

**

Gerade habe ich die Nachricht erhalten, dass Tatjana versucht hat, sich das Leben zu nehmen, und im Koma liegt. Ich habe keine Kraft mehr. Ich werde zu Ende führen, was sie versucht hat. Es gibt keine Gnade, es gibt nur die Hölle. Und die Hölle, das sind wir selbst. Der Tod ist der Sünde Gold.

*Die Gerechtigkeit litt große Not,
die Wahrheit ist geschlagen tot,
der Glauben hat den Streit verloren,
die Falschheit, die ist hochgeboren.*

Über den Rheingau

Der Roman spielt während der Rheingauer Schlemmerwochen, die alljährlich den Reigen der Feste in dieser Region Ende April eröffnen. Es folgt dann bis in den Spätherbst im wöchentlichen Rhythmus eine Vielzahl von Weinfesten, von kulinarischen und kulturellen Veranstaltungen.

Straußwirtschaften
Die Schlemmerwochen sind nicht denkbar ohne die Straußwirtschaften. 791 hat Karl der Große im Erlass »Capitulare de villis vel curtis imperii« den Winzern den Ausschank von Wein in Schänken gestattet, die durch einen Kranz aus Efeu oder Weinlaub gekennzeichnet waren. Seither gilt im Rheingau (wie auch in anderen Weinbaugebieten): Wo's Sträußche hängt, wird ausgeschenkt. Im Gegensatz zu Gutsausschänken, die wie Gaststätten betrieben werden, sind Straußwirtschaften Familienbetriebe, die nur für einige Wochen oder maximal vier Monate im Jahr geöffnet werden. Räumlichkeiten dürfen dafür nicht eigens angemietet werden, häufig wird daher eine Kelterhalle oder auch das eigene Wohnzimmer in einen Gastraum umgewandelt. Es dürfen nur eigene Weine und alkoholfreie Getränke ausgeschenkt werden. Wie in Deutschland nicht ganz unüblich, ist der Betrieb durch Verordnungen geregelt, die nicht immer sinnvoll sind. So wird unter anderem vorgeschrieben, dass in einer Straußwirtschaft nur kalte oder »*einfache* warme« Speisen angeboten werden dürfen. Zum Glück hält sich nicht jeder dran.

Kloster Eberbach
Ein Großteil dieser Geschichte spielt im Kloster Eberbach. Das Kloster ist mit seinen romanischen, frühgotischen und barocken Bauten das bedeutendste Kunstdenkmal Hessens.

Gegründet wurde das Kloster 1136 von Bernhard von Clairvaux. Der Sage nach soll der heilige Bernhard zusammen mit dem Bischof Adalbert von Mainz im Kisselbachtal einen wilden Eber gesehen haben, der das Erdreich aufwühlte, und dies als ein göttliches Zeichen aufgefasst haben, hier ein Kloster zu gründen. Tatsächlich befanden sich an dieser Stelle bereits Klosterbauten der Augustiner und Benediktiner, die vom Mainzer Bischof in den Jahren zuvor wegen unsittlichen Verhaltens verjagt worden waren.

Das Zisterzienserkloster Eberbach wurde im 12. und 13. Jahrhundert komplett neu erbaut, später kamen Barockbauten hinzu. Seine Blütezeit erlebte Eberbach in dieser Zeit, es war eines der größten Klöster Deutschlands. Zeitweise lebten hier über hundert Mönche und über zweihundert Laienbrüder. Die Mönche waren meist adliger Herkunft und verschrieben sich ganz dem Gebet und der Kontemplation. Die Laienbrüder, meist Bauernsöhne, verrichteten die alltägliche Arbeit. Spätestens als die Sitten im Kloster lockerer wurden, führte diese »Arbeitsteilung« zu Konflikten, die im Jahre 1261 sogar in der Ermordung des Abtes durch einen Laienbruder kulminierten. In der Folgezeit ging der Orden dazu über, seine Wirtschaftsbetriebe zu verpachten, eine frühe Form des »Outsourcings«.

Der wirtschaftliche Erfolg, der vor allem auf den Weinbau zurückzuführen war, brachte dem Kloster nicht nur Anerkennung. Viele Rheingauer waren empört über die Steuerprivilegien des Klosters und den zunehmend schamlos zur Schau gestellten Reichtum. Im frühen 16. Jahrhundert muss es im Kloster ein Riesenfass gegeben haben, das zwischen fünfzig- und hunderttausend Liter Wein beinhaltete. Im Bauernkrieg wurde das Kloster 1525 geplündert. Die aufständigen Rheingauer Truppen sollen das Fass leer getrunken haben, was ihre Kampffähigkeit vermutlich entscheidend geschwächt hat (siehe Wacholderheide).

Im Dreißigjährigen Krieg wurde der Rheingau von schwedischen Truppen überfallen. Sie plünderten und zerstörten das Kloster, raubten große Teile der umfangreichen Eberbacher Klosterbibliothek.

Im 18. Jahrhundert erlebte das Kloster einen letzten wirtschaftlichen Aufschwung. 1803, während der napoleonischen Kriege, wurde das Kloster durch den Reichsdeputationshauptschluss säkularisiert. Die letzten Mönche wurden verjagt, der Besitz fiel an das Herzogtum Nassau.

In den folgenden Jahrzehnten wurde das Kloster als Gefängnis, Irrenanstalt, Schweinestall, Militärlazarett und Weingut genutzt. Die Schäden an der Bausubstanz hielten sich zum Glück in reparablen Grenzen.

Nach dem Zweiten Weltkrieg wurde das Kloster als Unterkunft für Flüchtlingsfamilien genutzt, die Wohnungen sind mittlerweile bis auf wenige Dienstwohnungen aufgelöst. Im Schlosserbau befinden sich keine Privatwohnungen, in der im Roman beschriebenen Wohnung befinden sich Aufenthaltsräume für die Eberbacher Gärtner. Seit 1986 werden die Klostergebäude einer Generalsanierung unterzogen. Seit 1998 sind sie im Besitz der gemeinnützigen »Stiftung Kloster Eberbach«. 1985 wurde hier der Großteil der Innenaufnahmen für den Film »Der Name der Rose« gedreht.

Besucher sollten am besten einen Tag Zeit mitbringen. Besonders sehenswert sind Basilika, Kreuzgang, Mönchsrefektorium, Cabinetkeller, Laienrefektorium und Laiendormitorium. Das Mönchsdormitorium ist der schönste nichtsakrale mittelalterliche Raum, den ich kenne.

Am Wochenende und auf gesonderte Vereinbarung gibt es zweistündige Führungen durch Eltviller Gästeführer. Darüber hinaus informiert das Klostermuseum über Geschichte des Klosters und über den Zisterzienserorden. In der Umgebung des Klosters führen zahlreiche Wanderwege zu weiteren Zielen im Rheingau oder Taunus.

Schloss Vollrads

Einige der Adligen, die Rheingauer Weingüter besitzen, kamen erst 1803, nach der Enteignung der Kirche und der Klöster, in deren Besitz. Der Herzog von Nassau behielt einen Teil der kirchlichen Weingüter, die heutigen Hessischen Staatsweingüter, den Rest verkaufte er. Anders verhielt es sich bei der Familie Greiffenclau. Sie soll zu Zeiten Karls des Großen aus Lothringen in den Rheingau eingewandert sein. Als Karl der Große von seiner Kaiserpfalz in Ingelheim aus bemerkte, dass die Schneeschmelze auf der anderen Rheinseite früher einsetzte, und daraus schloss, dass dieser Landstrich für den Weinbau besonders geeignet sei, sollen die Greiffenclaus, die sich in Diensten des Kaisers befanden, dorthin gezogen sein. Urkundlich erwähnt werden sie erstmals im 12. Jahrhundert. Seit dem frühen 13. Jahrhundert ist verbürgt, dass sie Weinbau betreiben. Schloss Vollrads gilt somit als das älteste Weingut Europas. Im 14. Jahrhundert errichteten die Greiffenclaus die Wasserburg Vollrads, die zunächst nur aus einem vollständig von Wasser umgebenen großen Wohnturm bestand. Später kamen ein Herrenhaus und Wirtschaftsgebäude hinzu. Die Greiffenclaus waren über Jahrhunderte die einflussreichste Adelsfamilie des Rheingaus, aus ihren Reihen kamen mehrere Erzbischöfe und Kurfürsten von Mainz und Trier, Fürstbischöfe von Würzburg, häufig stellten sie den Vertreter des Mainzer Erzbischofs im Rheingau. Der letzte Besitzer von Schloss Vollrads aus der Familie Greiffenclau war langjähriger Präsident des Rheingauer Weinbauverbandes. Trotz erfolgreicher fachlicher Arbeit gelang es ihm nicht, den verschuldeten Betrieb finanziell zu sanieren. Als seine Hausbank beschloss, ein Konkursverfahren zu eröffnen, erschoss sich Erwein Graf Matuschka-Greiffenclau 1997. Seither gehört das Schloss der Bank, die das Weingut nun in eigener Regie betreibt, im Weinbau ähnlich erfolgreich, aber, wie man hört, ohne finanzielle Probleme.

Kloster Johannisberg
Das Gebäude wurde 1857 von der »Wasserheilanstalt-Gesellschaft zu Johannisberg« gebaut und diente bis 1920 als Sanatorium. Erst dann übernahmen es Benediktinerinnen und gründeten das Kloster »Maria Immaculata«. 1993 übernahmen die Schwestern der Steyler Mission das Kloster. Dass das Kloster in der Gemarkung »Johannisberger Hölle« liegt, brauchte die Nonnen nicht zu beunruhigen. »Hölle« leitet sich in diesem Fall von »Halde« ab, es könnte in modernem Deutsch also auch »Johannisberger Hang« heißen. Seit 2006 befindet sich in den Räumen des Klosters ein Hotel.

Der Künstlerkreis Johannisberg, eine 1987 gegründete Vereinigung von professionellen Künstlern und Amateuren aus dem Rheingau, veranstaltet im Kreuzgang des Klosters seit 1997 seine jährlichen Ausstellungen.

Oestrich-Winkel
Die größte Weinbaugemeinde Hessens (bezogen auf die Fläche) setzt sich aus den Ortsteilen Oestrich, Mittelheim, Winkel und Hallgarten zusammen. Im Mittelalter bildeten die Ortschaften wie heute eine Einheit. In Winkel, im Grauen Haus, dem ältesten Steinhaus Deutschlands, hatte der Gelehrte und Erzbischof von Mainz Rabanus Maurus seine Sommerresidenz, hier starb er auch. Auf der Lützelau, einer mittlerweile untergegangenen Insel im Rhein, tagte über Jahrhunderte der Rheingauer Landtag.

Nach der Trennung der Ortsteile behielt Winkel den Namen des Ortes, der sich vermutlich vom lateinischen »vincella« (Weinkeller) ableitet, wohl weil dort die einflussreichen Greiffenclaus residierten. Das eher bürgerliche Oestrich wurde seither als der östliche Teil des Ortes bezeichnet, daher leitet sich der Name ab. Noch heute ist Oestrich geprägt von vielen kleinen Familienweingütern.

Sehenswert sind neben Schloss Vollrads und dem Grauen Haus das Brentanohaus der Frankfurter Bankiersfamilie Brentano, in dem Goethe des Öfteren logierte, die Mittelheimer St.-Aegidius-Basilika, eine der ältesten Steinkirchen Deutschlands, der Oestricher Marktplatz, die Kirche St. Martin und der Oestricher Weinverladekran. Im 18. Jahrhundert gebaut, wurde er im Inneren durch eine Tretmühle bewegt, die durch die Muskelkraft zweier Knechte angetrieben wurde. Er war bis 1926 in Betrieb.

Hattenheimer Burg

Die Burg wurde Anfang des 12. Jahrhunderts erbaut und besteht im Wesentlichen aus einem vierstöckigen Wohnturm, gekrönt von einem großen Schornsteinaufbau, ist also eine Art mittelalterliches Hochhaus. Sie gehörte zunächst den Edlen von Hattenheim, im frühen 15. Jahrhundert erwarben sie die Freiherren Langwerth von Simmern, die dort etwa dreihundert Jahre ihren Familiensitz hatten, bevor sie im 18. Jahrhundert in den Stockheimer Hof in Eltville zogen. In den darauffolgenden Jahrhunderten verfiel das Gebäude, 1979 übernahm es der »Burg- und Verschönerungsverein Hattenheim« in Erbbaupacht.

Kiedrich

Die kleinste selbstständige Ortschaft im Rheingau wird auch das gotische Weindorf genannt. Sie wird erstmals in einer Urkunde aus dem 10. Jahrhundert erwähnt. Für die Entwicklung des Ortes maßgeblich war der Bau der Burg Scharfenstein im 12. Jahrhundert durch den Mainzer Erzbischof. In dessen Gefolge siedelten sich zahlreiche Adlige in dem Ort an.

Ein weiterer Meilenstein war die Schenkung einer Reliquie des heiligen Valentinus durch das Kloster Eberbach an die Kiedricher Kirche. Der heilige Valentinus ist der Schutzpatron der Fallsüchtigen. Für die Zisterzienser des Klosters waren die Wallfahrten der Kranken zur Reliquie eine empfindliche Störung ihrer Kontemplation oder auch ihres Wunsches, in Ruhe gelassen zu werden. Für die Kiedricher Bürger bedeuteten sie einen enormen wirtschaftlichen Aufschwung. Im 14. Jahrhundert begannen sie mit dem Bau der neuen Kirche St. Dionysius und Valentinus und der benachbarten Michaelskapelle, eines Beinhauses. Die Kirche wurde Anfang des 16. Jahrhunderts fertiggestellt. Da sie von vielen hinfälligen Kranken besucht wurde, wurde sie mit Sitzgelegenheiten für die gemeinen Gottesdienstbesucher ausgestattet, einem reich verzierten Laiengestühl, das man noch heute bewundern kann.

Eine Kiedricher Besonderheit ist die im Mainzer Choraldialekt gesungene lateinische heilige Messe. Sie wird gesungen von den Kiedricher Chorbuben, einem der ältesten Knabenchöre Deutschlands. Ursprünglich sangen Geistliche, ab dem 17. Jahrhundert waren es dann Männer und Knaben aus der Gemeinde. Die Kiedricher hielten an dieser Tradition auch fest, als die katholische Kirche Ende des 18. Jahrhunderts diese unterbunden hatte.

Eine weitere Besonderheit ist die Kiedricher Orgel, eine der ältesten bespielbaren Orgeln Deutschlands. Sie wurde um 1500 erbaut und bis 1800 gespielt. Glücklicherweise fehlte den Kiedrichern damals das Geld, sich eine neue Orgel anzuschaffen. So fand Baronet John Sutton, ein wohlhabender Engländer und Bewunderer der Gotik, Mitte des 19. Jahrhunderts eine Orgel vor, die er in aufwendiger Restaurationsarbeit in ihren Urzustand zurückversetzen lassen konnte.

Kisselmühle
Die Zisterzienser waren wahre Meister in der Nutzbarmachung des Wassers. Sie siedelten bevorzugt in feuchten Tälern, die sie urbar machten. Die Wasserkraft nutzten sie durch eine Vielzahl von Mühlen in der Umgebung und innerhalb der Klöster. Eine der Mühlen in der Nähe von Kloster Eberbach ist die Kisselmühle. Von den historischen Bauten aus dem 12. Jahrhundert sind nur noch wenige Steine erhalten. Heute steht auf dem Gelände ein Zuchtbetrieb für Lamas und Alpakas.

Gaisgarten
Ein ehemaliger Wirtschaftshof von Kloster Eberbach im Kisselbachtal. Ursprünglich wurden hier Schafe und Ziegen gehalten. Später diente das Gebäude der Unterbringung einer psychisch kranken Adligen. Heute sind die historischen Gebäude in Privatbesitz.

Steinberg
Mit dreihundert Hektar war das Weingut des Klosters Eberbach das größte mittelalterliche Weingut Europas. Die größte Einzellage stellte mit über dreißig Hektar der Steinberg in unmittelbarer Nähe des Klosters dar. Er ist seit 1170 in dessen Besitz. Bereits im frühen 13. Jahrhundert schützten die Mönche ihren Lieblingsweinberg gegen Traubendiebe mit einer geschlossenen Umfriedung. Die Mauer schützte auch vor kalten Winden und schuf im Steinberg ein einzigartiges Mikroklima. Heute ist der Steinberg im Besitz der Hessischen Staatsweingüter.

Seit 2006 bauten die Hessischen Staatsweingüter am historischen Steinberg eine große unterirdische Weinkellerei. Sie wurde im Frühjahr 2008 fertiggestellt. Das Vorhaben ist im Rheingau umstritten. Für die einen ist es ein Meilenstein moderner Kellereitechnik und ein Beispiel für die gelungene Synthese von Landschaftsschutz und moderner Architektur, für die anderen ein Beispiel für staatliche Großmannssucht, Steuerverschwendung und Verschandelung der Landschaft. Einige Winzer versprechen sich von dem Projekt ein größeres internationales Renommee für die Region, andere ärgern sich, dass mit ihren Steuergeldern ein Konkurrenzbetrieb subventioniert wird.

Umstritten ist auch die Art und Weise, wie das Projekt von der Landesregierung durchgesetzt wurde. Befremden hat zum Beispiel hervorgerufen, dass die Stadt Eltville zunächst gegen den Bau klagte, dass nach den Kommunalwahlen des Jahres 2006 jedoch etliche Politiker, die die Klage noch im Wahlkampf unterstützt hatten, ohne stichhaltige Begründung umschwenkten, die Klage zurückgenommen und der Weg für den Bau so frei gemacht wurde. Honi soit qui mal y pense.

Wacholderheide

Die Wacholderheide war eine mit Wacholderbüschen bewachsene Viehweide unterhalb des Eichbergs. Im April 1525 forderten zunächst Eltviller Bürger eine Erleichterung bei Steuern, Zöllen und anderen Abgaben sowie eine Verbesserung der rechtlichen Stellung der Rheingauer Bürger. Die Forderungen wurden auf einer Versammlung der Räte und Schöffen in Winkel angenommen und an den Erzbischof von Mainz weitergeleitet. Viele Aufständische zogen zur Wacholderheide. Im Mai 1525 wurden die Forderungen vom Landesherrn und vom Mainzer Domkapitel akzeptiert. Die Versammlung auf der Wacholderheide endete in einem rauschenden Fest: Sämtliche Vorräte des nahe gelegenen Klosters Eberbach wurden verspeist, das Riesenfass mit über fünfzigtausend Litern Wein wurde leer getrunken. Anschließend verlief sich die Versammlung. Doch das Kriegsglück wendete sich zugunsten der Herrschenden. Im Juni 1525 forderte der Führer des Schwäbischen Bundes von den Rheingauern, sich auf Gnade oder Ungnade zu ergeben. Abgesandte des Rheingaus erkannten die militärische Überlegenheit des Gegners und willigten in die Kapitulation ein. Trotz der Unterwerfung der Rheingauer auf dem Feld vor dem Steinheimer Hof wurden am 14. Juli 1525 in Eltville neun »Rädelsführer« enthauptet.

Nerotalanlage

Das Wiesental des Schwarzbaches in Wiesbaden wurde 1897 im Stile eines englischen Landschaftsparks umgestaltet. Die umliegenden Villen stammen größtenteils aus der zweiten Hälfte des 19. Jahrhunderts und sind im Stile des Historismus gebaut. Am Ende der Anlage führt die Nerobergbahn, eine Zahnstangenstandseilbahn, zum Neroberg. Dort liegen, mitten im Stadtgebiet, vier Hektar Weinberge, die von den Hessischen Staatsweingütern bewirtschaftet werden, sowie die Russische Kirche, die 1847 bis 1855 von Herzog Adolf von Nassau anlässlich des Todes seiner erst neunzehnjährigen Frau, einer russischen Prinzessin, erbaut wurde.

Rauenthaler Rothenberg
Eine der ältesten Weinlagen des Rheingaus, in unmittelbarer Nähe der berühmten Halbhöhenlagen Baiken und Wülfen. Der rote Phyllitschiefer verleiht dem Boden des Weinbergs seine rote Farbe und dem Wein seine charakteristische Note. Ein famoser Riesling aus dieser Lage kommt vom Weingut August Eser aus Oestrich.

Wiesbadener Spielcasino
1810 errichtete Christian Zais das Alte Kurhaus. In seinen Räumen wurde auch das Wiesbadener Spielcasino untergebracht. Hier gewann Fjodor Michailowitsch Dostojewski 1863 zehntausend Franken, hier verzockte er 1865 seine gesamte Reisekasse. Ab 1872 waren Spielbanken im Deutschen Kaiserreich verboten.

Von 1905 bis 1907 wurde das Alte Kurhaus abgerissen und das Neue Kurhaus von Friedrich von Thiersch errichtet. Kaiser Wilhelm II. nannte es in typisch wilhelminischer Bescheidenheit »das schönste Kurhaus der Welt«. Vielleicht hatte er in diesem Fall sogar einmal recht.

Seit 1949 ist das Glücksspiel in Wiesbaden wieder erlaubt, seit 1955 befindet sich die Spielbank wieder in Räumen des Neuen Kurhauses, seit 1985 im ehemaligen Weinsaal. Der Saal mit seinen Holztäfelungen aus Kirschbaum und den Kronleuchtern aus Kristallglas ist auch für Leute, die mit Glücksspiel nicht viel am Hut haben, ausgesprochen sehenswert. Die Leute, die dort ihr Geld verspielen, sind es sowieso.

Burg Scharfenstein
Die Burg wurde Ende des 12. Jahrhunderts von den Mainzer Erzbischöfen oberhalb von Kiedrich errichtet und diente der Absicherung der Ostflanke ihres Herrschaftsgebietes sowie der Überwachung der Straße zwischen Eltville und Hausen. Vor dem Bau der Eltviller Burg diente sie den Mainzer Erzbischöfen mehrfach als Residenz und Fluchtburg. Ende des 17. Jahrhunderts wurde die Burg unbewohnbar und, mit Ausnahme des dreißig Meter

hohen Bergfrieds, als Steinbruch für Weinbergsmauern benutzt. Der Turm der Burg ist das Wahrzeichen Kiedrichs und zusammen mit den Rädern der Mainzer Erzbischöfe im Wappen der Ortschaft abgebildet.

Weinschänke Schloss Groenesteyn
Eine hervorragende Adresse, um nach einem Besuch Kiedrichs den Tag in der gemütlichen Schankstube oder auf der Terrasse bei exquisiten Speisen und Rheingauer Weinen ausklingen zu lassen. Vom Chef der Weinschänke, Eric Elbert, stammen die folgenden Rezepte für die Gerichte, die im Roman in der Straußwirtschaft Leberlein zubereitet werden. Die Rezepte sind, wenn nicht anders angegeben, jeweils für vier Personen berechnet.

Kiedricher Rieslingsuppe mit Kräutern
1 Zwiebel, 1 Kartoffel, 1 Stück Sellerie, 1 Stück Weißes vom Lauch und 1 Knoblauchzehe in Würfel schneiden und in 50 g Butter und 50 ml Olivenöl anschwitzen. Salz, Pfeffer, Zucker und 1 Lorbeerblatt dazugeben. Mit 0,4 l Riesling und 0,2 l Gemüsebrühe ablöschen und 15 Minuten kochen lassen. Dann 0,4 l Sahne und 0,1 l Schmand hinzugeben und weitere 15 Minuten kochen lassen. Saft einer Zitrone hinzufügen. Die klein geschnittenen Kräuter (Schnittlauch, Petersilie, Sauerampfer, Kresse und Estragon) hinzufügen und die Suppe pürieren. Zum Schluss 0,1 l Rieslingsekt dazugeben.

Spundekäs (8 Portionen)
500 g Frischkäse, 150 g Quark, 250 g Crème fraîche, Salz, Pfeffer, 1 Prise Zucker, 1 TL Senf und reichlich Paprikapulver miteinander verrühren, pikant abschmecken und ca. 1 bis 2 Stunden ziehen lassen.

Forellenfilet
Pro Person ein Forellenfilet von der Wisper von Gräten befreien und eventuell Bauchlappen wegschneiden, mit Salz, Pfeffer und Zitronensaft würzen. Die Hautseite mit einem scharfen Messer einritzen und leicht mehlieren, in Olivenöl auf der Hautseite anbraten. Eine Knoblauchzehe und etwas Rosmarin dazugeben. Wenn die Hautseite knusprig ist, den Fisch umdrehen und ein Stück Butter dazugeben. Leicht ziehen lassen, damit der Fisch saftig bleibt.

Kartoffel-Bärlauch-Salat
1,5 kg Salatkartoffeln waschen, kochen, pellen, in leicht abgekühltem Zustand halbieren und in dünne Scheiben schneiden. Für die Vinaigrette 1 Zwiebel klein hacken, anschwitzen, mit 0,1 l Brühe ablöschen, Salz, Pfeffer, etwas Zucker, 0,1 l weißen Balsamico, 0,125 l Olivenöl und 1 Esslöffel Senf mit dem Schneebesen unterrühren. 2 Bund Bärlauch klein hacken und unter die Kartoffeln geben, danach die Vinaigrette über die lauwarmen Kartoffeln gießen. Statt des klein gehackten Bärlauchs kann man zum Schluss auch ein Bärlauchpesto zugeben. Dafür gibt man 1 Bund Bärlauch zusammen mit 1 EL Pinienkernen, 0,15 l Olivenöl, dem Saft von ½ Zitrone, Knoblauch nach Geschmack und 1 TL Honig in den Mixer und püriert alles. 2 EL geriebenen Parmesan erst anschließend in die Masse unterheben, sonst gerinnt der Käse beim Mixen. Den Salat 1 Stunde ziehen lassen.

Schweinebäckchen
Pro Person 2 Schweinebäckchen küchenfertig beim Metzger vorbestellen. 1 Karotte, 2 halbierte Knoblauchzehen, ½ Stange Lauch, 1 Ecke Sellerie, je 1 Zweig Thymian, Rosmarin und Salbei, Salz und Pfeffer in 1 l Brühe aufkochen. Die Schweinebäckchen dazugeben und bei niedriger Temperatur in etwa 1,5 Stunden weich sieden lassen. Vor dem Servieren in Rotweinsauce erhitzen bzw. mit der Sauce überziehen.

Grundsauce oder Demiglace
Man stellt am besten am Vortag eine größere Menge her; was nicht benötigt wird, kann man einfrieren.
1 kg gehackte Kalbsknochen anrösten. 2 geschälte Zwiebeln, 1 kleine Ecke Sellerie, das Weiße von 1 Stange Lauch, 2 Karotten in kleine Würfel schneiden und mitrösten. 3 halbierte Knoblauchzehen, je 1 Zweig Rosmarin, Thymian und Salbei, 1 TL Pfefferkörner, 6 Wachholderbeeren, 6 Pimentkörner, 3 Lorbeerblätter und 4 EL Tomatenmark zugeben und weiter rösten. Mit 1 l Rotwein ablöschen und reduzieren. Nach und nach 2 bis 3 l Brühe zugeben, reduzieren und 4 bis 6 Stunden köcheln lassen. Man kann auch nur Rotwein als Flüssigkeit verwenden. Zwischenzeitlich die aufsteigenden Trüb- und Eiweißstoffe mit einem Schöpflöffel abseihen. Zum Schluss durch ein Sieb passieren, sodass ca. 1 l Sauce übrig bleibt, eventuell mit Salz, Pfeffer und Zucker abschmecken.

Rotweinsauce
6 Zwiebeln klein schneiden und anrösten, bis sie dunkelbraun werden. Zwischendurch 4 halbierte Knoblauchzehen, 1 kleinen Bund Petersilie, je 2 bis 3 Zweige Thymian und Rosmarin, einige Pfefferkörner, 3 Lorbeerblätter sowie 1 TL Zucker hinzugeben. Mit 1 l Rotwein ablöschen und auf ein Viertel reduzieren lassen. 1 l Grundsauce dazugeben und nochmals um ein Drittel reduzieren lassen, sodass zum Schluss etwa 0,8 l Sauce übrig bleibt. Alles passieren und mit rotem Balsamico-Essig würzen, eventuell mit Salz und Zucker abschmecken sowie mit Mehlbutter abrunden.

Kalbshaxensülze (8 Portionen)
Eine einfache Variante geht so: Eine Kalbshaxe in einen Topf geben und mit Wasser bedecken. Salz, 6 Pfefferkörner, 3 Lorbeerblätter, 1 Zwiebel, 1 Karotte, 1 Ecke Sellerie, ½ Stange Lauch, 1 Bund Petersilie und eventuell etwas gekörnte Brühe dazugeben. Alles aufwallen und bei kleiner Temperatur in 2,5 Stunden weich ziehen lassen. Danach das Fleisch vom Knochen lösen, Knorpel wegschneiden und das Fleisch in Würfel schneiden. 2 Karotten

und ½ halbe Stange Lauch klein schneiden und blanchieren, 1 Bund Schnittlauch klein hacken. Alles miteinander vermischen. 1 l von der Brühe passieren, mit Salz und Pfeffer sowie Balsamico abschmecken. 16 Blatt Gelatine oder 40 g Gelatinepulver in der Brühe auflösen. Gelee leicht abkühlen lassen, Fleisch- und Gemüsewürfel untermischen, in Form füllen und 6 Stunden auskühlen lassen. Wenn man will, kann man das grob ausgelöste Fleisch erst in ein Gefäß legen und mit einem schweren Gegenstand beschweren, nach 4 Stunden hat sich durch die Gelierstoffe in der Haxe ein Fleischblock gebildet, den man in Würfel schneidet. Dann fährt man fort wie oben beschrieben.

Grüne Sauce
1 Päckchen Grüne-Sauce-Kräuter waschen, von den Stielen befreien und klein hacken. 2 gekochte Eier, 2 Essiggurken und 1 Zwiebel in feine Würfel schneiden, das Ganze mischen. 1 EL Senf sowie 1 klein gehackte Knoblauchzehe dazugeben. 200 g Joghurt, 200 g Mayonnaise und 200 g saure Sahne hinzufügen und alles miteinander verrühren. Mit Salz, Pfeffer, Zucker und Zitronensaft abschmecken.

Spargelsalat (8 Portionen)
2 kg Spargel schälen, in 4 cm lange, schräge Stücke schneiden und in Spargelfond (Wasser, Salz, Zucker, Butter, Zitronensaft) »bissfest« kochen und anschließend in kaltem Wasser abschrecken, auf einem Küchentuch trocknen lassen. Rucola und Frisee auf dem Teller verteilen und die Spargelstücke darauf legen. Cherrytomaten in Ecken schneiden und ringsherum legen. Kresse und Petersilie klein hacken und darüber streuen. Für die Vinaigrette etwas Spargelfond, weißen Balsamico-Essig, Limonensaft, Olivenöl, Senf, Salz und Pfeffer miteinander verrühren und über den Salat geben.

Rhabarbersauce
3 bis 4 Stangen rotfleischigen Rhabarbers waschen, die Enden abschneiden und die Stangen in gleichmäßige Stücke schneiden. 150 g Zucker mit etwas Wasser im Topf aufsetzen und zu einem

Karamell einkochen. Mit 0,1 l Orangensaft und 0,1 l Rotwein ablöschen. Saft von ½ Zitrone hinzufügen. Rhabarberstücke dazugeben und bei kleiner Temperatur weich kochen. Ein paar schöne Stücke zum Garnieren herausnehmen, den Rest pürieren und durch ein Sieb passieren.

Waldmeisterpanacotta
Für den Waldmeistersirup 1 Bund Maikraut über Nacht trocknen lassen. 0,2 l Riesling, 0,1 l Selters, Saft einer Zitrone und 100 g Zucker aufkochen. Die Flüssigkeit heiß auf das getrocknete Maikraut geben und 2 bis 4 Stunden ziehen lassen. Anschließend durch ein Sieb passieren. 0,8 l Sahne, 0,25 l Waldmeistersirup, 45 g Zucker und ½ Vanilleschote 20 Minuten kochen lassen, passieren, 5 Blatt eingeweichte Gelatine unterrühren, in Förmchen abfüllen und 4 bis 6 Stunden kalt stellen.

Schokoladen-Mandel-Kuchen
100 g Kuvertüre im Wasserbad schmelzen. 100 g weiche Butter mit dem Mark von 1 Vanilleschote, 1 Messerspitze Salz und der geschmolzenen Kuvertüre schaumig rühren. 35 g Marzipanrohmasse und 6 Eigelb schaumig rühren. 6 Eiweiß, 70 g Zucker und 15 g Speisestärke steif schlagen. Alle drei Massen miteinander vermengen. 150 g geriebene Mandeln unterrühren. Die Masse in eine gefettete oder mit Backpapier ausgelegte Form geben und bei 160°C etwa 40 bis 45 Minuten backen.

Kommissar Mayfeld kommt wieder in »Tod in der ersten Reihe«.

Danksagung

Viele Menschen haben mich beim Verfassen dieses Buches unterstützt.
Urs Mergard hat alle meine kriminalistischen Fragen beantwortet. Die Beamten der Pressestelle des Polizeipräsidiums Westhessen haben mich durch das neue Präsidium geführt.
Helga Simon, Franz Staab, Bruno Kriesel, Thomas Sparr und Michael Palmen gaben mir vielfältige und wertvolle Informationen über Kiedrich und das Kloster Eberbach.
Franz Derstroff hat mir Hinweise zur Arbeit im Weinberg gegeben.
Von Eric Elbert stammen die Kochrezepte.
Ihnen allen sei herzlich gedankt.
Danken möchte ich auch Christel Steinmetz vom Emons Verlag und meiner Lektorin Marion Heister für ihre kluge und freundliche Beratung.

Dieses Buch wäre nicht geschrieben worden ohne die tatkräftige Hilfe meiner Frau Ingrid. Sie hat den gesamten Prozess des Schreibens, vom ersten Plot bis zur Endfassung des Romans, kreativ und kritisch begleitet und unterstützt. Die beschaulichen Abende im April 2007, in denen wir auf der Terrasse sitzend all die Morde und Intrigen ausgeheckt haben, die in diesem Buch beschrieben werden, werde ich nie vergessen. Dafür möchte ich ihr ganz besonders danken.

Eltville, im Sommer 2008

Roland Stark
TOD BEI KILOMETER 512
Broschur, 240 Seiten
ISBN 978-3-89705-490-5

»*Ein Krimi mit Spannung, voller interessanter Figuren, viel Lokalkolorit und gelungenen Beschreibungen.*« Wiesbadener Kurier

»*Viel Spannung mit hohem Unterhaltungswert.*« Rheingau-Echo

Roland Stark
TOD IN ZWEI TONARTEN
Broschur, ca. 240 Seiten
ISBN 978-3-89705-727-2

»*Ein fein gezeichnetes Psychogramm.*« ekz

» *Roland Stark ist ein spannender Psychokrimi gelungen.*«
Rheingau Echo

www.emons-verlag.de